Jean-Sébastien Steyer (Hrsg.)

Die Wissenschaft von GAME OF THRONES

Jean-Sébastien Steyer (Hrsg.)

Die Wissenschaft von GAME OF THRONES

Wie George R. R. Martin die Welt von Westeros erfand

Mit Beiträgen von Jean-Paul Demoule, Stephen Giner, Frédéric Landragin, Barbara Le Maître, Yann Leroux, Dan Lunt, Pierre Poveda und Jean-Sébastien Steyer

Illustriert von William Simpson

Aus dem Französischen von Tanja Lampa

wbg Theiss

„Wie ein Schwert den Wetzstein braucht ein Verstand Bücher, um seine Schärfe zu bewahren."

George R. R. Martin, *Das Lied von Eis und Feuer,* Bd. 1: *Die Herren von Winterfell,* München 2010.

Anmerkung zur Lektüre
Die Verweise werden in Bezug auf die jeweilige Figur und die Bandnummer des Werks angeführt.
Dabei handelt es sich um die folgenden Ausgaben:
George R. R. Martin, *Le Trône de fer*, intégrale 1, Paris, Pygmalion, 2012.
George R. R. Martin, *Le Trône de fer*, intégrale 2, Paris, Pygmalion, 2012.
George R. R. Martin, *Le Trône de fer*, intégrale 3, Paris, Pygmalion, 2013.
George R. R. Martin, *Le Trône de fer*, intégrale 4, Paris, Pygmalion, 2013.
George R. R. Martin, *Le Trône de fer*, intégrale 5, Paris, Pygmalion, 2014.

DAS LIED VON EIS UND FEUER,
SPIEGEL UNSERER WELT

JEAN-SÉBASTIEN
STEYER

„Jede große Geschichte braucht interessante Charaktere, eine fesselnde Handlung, stimmungsvolle Prosa, ein wichtiges Thema … aber epische Fantasy braucht auch einen einprägsamen Rahmen. Ein ‚Paralleluniversum', wie J. R. R. Tolkien es nennt, eine Welt, die wie unsere und doch anders ist, mit ihrer eigenen komplexen Geschichte, ihrer Geografie, ihren Bräuchen, ihrer eigenen Schönheit und ihrem eigenen Schrecken." (G. R. R. Martin[1])

Korruption, Kriege, Fanatismus, Verbrechen … die gewalttätige Welt des *Lieds von Eis und Feuer* unterscheidet sich kaum von der heutigen.

Im August 1929 entwarf der junge Texaner Robert Erwin Howard (1906–1936), ein Boxfan und Schriftsteller, die Idee von *Kull dem Eroberer,* einem wilden Krieger, der von der Insel Atlantis verbannt und schließlich König von Valusia wurde. Seine gewalttätige Geschichte, die 20 000 Jahre vor unserer Zeitrechnung (im ‚Thurianischen Zeitalter') spielt, geht in gewisser Weise der Geschichte seines zweiten Helden, *Conan der Barbar* (1932–1935), voraus, der weitaus bekannter ist. Mit solchen Charakteren, die versuchen, in einer chaotischen Welt voller Hexen und Drachen zu überleben und für (ihre eigene) Gerechtigkeit zu sorgen, erfand Robert E. Howard ein eigenständiges literarisches Genre, die *heroische Fantasy.* Leider blieb ihm nicht genug Zeit, um die Anerkennung zu erhalten, die er verdient hätte: Er konnte die unheilbare Krankheit seiner Mutter, die im Koma lag, nicht länger ertragen und erschoss sich im Alter von 30 Jahren.

Kurze Zeit später in den USA: Zutiefst betroffen vom Selbstmord seines Freundes Robert E. Howard, mit dem ihn eine langjährige Brieffreundschaft verband, starb ein Jahr später ein anderer Schriftsteller namens Howard Philip Lovecraft (1890–1937) verarmt und unterernährt an den Folgen einer Krebserkrankung. Bis zu seinem Lebensende veröffentlichte auch er gewalttätige Geschichten mit gequälten Charakteren, die seltsame Anbetungen von uralten Gottheiten betrieben. Seine Geschichten sind keine reine Science Fiction, sondern spielen an dunklen Orten, die sowohl real als auch imaginär sind. Obwohl H. P. Lovecraft ein viel zu kurzes und ziemlich armseliges Leben führte, gilt er heute als einer der großen Meister des Horrors und des Fantastischen …

Wieder zurück zur reinen und dauerhaften heroischen Fantasy, möchten wir auch die dunkle Seite des nicht minder berühmten John Ronald Reuel Tolkien (1892–1973) erwähnen: Auf der anderen Seite des Ärmelkanals war dieser Universitätsprofessor und Weltenerfinder (ein *world builder* in der anglophonen Welt) ebenfalls in der Lage, die Dunkelheit der Seele und die Gier der Menschen in einem einzigen Ring zu bündeln – im Kultobjekt des *Herrn der Ringe* (1954–1955), um nur einen Titel zu nennen. Im Gegensatz zu einigen seiner Vorgänger genoss J. R. R. Tolkien bereits zu Lebzeiten internationale Anerkennung und Aufmerksamkeit, die durch die umfangreiche verlegerische Arbeit seines dritten Sohnes und literarischen Nachfolgers Christopher Tolkien (1924–2020) noch verstärkt wurden.

Wo die großen Klassiker des Genres jedoch aufhören, beginnt die sorgfältige und fast chirurgische Arbeit von George R. R. Martin – denn hier geht es darum, unsere Welt und ihre übermäßige Gewalttätigkeit zu sezieren. Und wer könnte solche Übergriffe besser aufdecken als ein ehemaliger Kriegsdienstverweigerer, der es 1972 ablehnte, in den Vietnamkrieg zu ziehen? Die menschliche Natur ist auch für George R. R. Martin ein fabelhaftes Forschungsgebiet. Der junge Amerikaner entwickelte sich schnell zu einem Schriftsteller, Drehbuchautor und Produzenten, der eher im Bereich der Science-Fiction zu Hause war. Als er jedoch des vom Fernsehen vorgegebenen Formats überdrüssig wurde, begann er 1991 im Alter von 43 Jahren mit der Arbeit am *Lied von Eis und Feuer,* dessen erster Band, *Die Herren von Winterfell,* fünf Jahre später veröffentlicht wurde. Mit diesem Werk, das ursprünglich als Trilogie geplant war, erschuf der Autor unwissentlich ein schreckliches Räderwerk. Eine süchtig machende Konstruktion, in der viele Rädchen ineinander greifen und in dem dunkle Städte aus einer komplexen Landkarte herausragen, auf der sich Kultfiguren, Drachen und andere fantastische Kreaturen bewegen: willkommen im *Lied von Eis und Feuer,* der größten heroischen Fantasy-Saga aller Zeiten.

Mit seinem originellen Stil, in dem selbst die düstersten Figuren sich rechtfertigen und ihre eigene Sicht der Dinge schildern – „die Realität ist nur eine Frage des Blickwinkels", wie Philip K. Dick bemerkte –, ist G. R. R. Martin von Anfang an ein Anatom des menschlichen Denkens und gilt heute als „der amerikanische Tolkien", nur mit mehr Politik, Sex und extremer Gewalt. Aber wie die frühen Werke der heroischen Fantasy wie *Conan der Barbar* ist auch die Welt von G. R. R. Martin sehr dunkel und spielt „vor langer, langer Zeit" auf einem großen Spielfeld, das mit seinen Kriegen, Verschwörungen und Ränken an unser eigenes erinnert.

Das *Lied von Eis und Feuer* verwendet eindeutig Versatzstücke aus unserer realen Welt: Welche sind das, warum und wie werden sie in dem Werk behandelt? Wie kann man diese Saga, die ein Spiegel unserer Welt ist, vollständig erfassen?

Ein wesentlicher Schlüssel zum Verständnis der Welt von G. R. R. Martin fehlte bisher: die Wissenschaft. Die Wissenschaften haben die Welt – ob fiktiv oder real – aufgeklärt, indem sie sich auf die Vernunft und nicht auf den Aberglauben berufen:

Wir schlüpfen also in die Haut eines Meisters, eines Gelehrten des *Lieds von Eis und Feuer,* und nehmen an der Entdeckung dieses Universums teil, um es im Licht aktueller Erkenntnisse besser verstehen zu können: Geschichte, Sprache, Geografie, Geologie, Biologie, Psychologie, Klima, Umwelt, Ikonologie. *Das Lied von Eis und Feuer* ist so reichhaltig und komplex, dass es auch ein Lied der Wissenschaften ist! Und was wäre besser geeignet als die Wissenschaften, um einen klaren Blick auf dieses komplexe – und auf unser – Universum zu werfen? „Wie ein Schwert den Wetzstein braucht ein Verstand Bücher, um seine Schärfe zu behalten", sagt Tyrion Lennister zu Jon Schnee.

Finden Sie zusammen mit den besten Experten und Autoren populärwissenschaftlicher Werke im *Lied von Eis und Feuer* (wieder) Geschmack an der Wissenschaft. Unser Ziel ist es nicht, das Werk zu kritisieren – schon gar nicht das des Erzmaesters G. R. R. Martin –, sondern Ihre Neugier zu schüren, Ihren kritischen Geist zu wecken und Ihr Lieblingswerk auf unterhaltsame und fundierte Weise zu analysieren. Möge dieses Zauberbuch, das Sie in Ihren Händen halten, den Winter so lange wie möglich hinauszögern, der unweigerlich kommen wird … den Winter der Vernunft, denn er ist wirklich real.

Jean-Sébastien Steyer,
La Citadelle, Villevieille,
28. Juni 2021

Anmerkung

1 https://georgerrmartin.com/notablog/2018/01/27/worldbuilding-in-seattle/

DAS LIED VON EIS UND FEUER, DIE GESCHICHTE UND WIR

JEAN-PAUL DÉMOULE

* Sofern nicht anders angegeben, stützen sich die Analysen dieses Artikels hauptsächlich auf den Inhalt der Fernsehserie *Game of Thrones*.

Blick auf Königsmund

Das Wort „Geschichte" hat bekanntlich zwei Bedeutungen. Es bezeichnet sowohl vergangene Ereignisse als auch deren Erzählung. Doch die Begebenheiten, über die berichtet wird, müssen nicht unbedingt tatsächlich stattgefunden haben. Deshalb werden den Kindern am Abend Geschichten erzählt, denen man im Gegenzug ebenfalls unterstellen könnte, „Geschichten zu erzählen". Ganz zu schweigen von denjenigen, die „Geschichten schreiben". Ein anderes Wort für Geschichte, „Historie", stammt über das Lateinische vom altgriechischen *historia* ab, das wiederum von *histôr*, „der Wissende" oder „der Kundige", abgeleitet wurde.

Das Lied von Eis und Feuer ist von Anfang bis Ende eine Geschichte – oder eine Reihe von Geschichten –, die selbst auf der Geschichte basiert. Hier wird also der Blickwinkel eines Historikers und Archäologen eingenommen – wobei man sich bewusst sein muss, dass *archê* im Altgriechischen sowohl „Anfang" als auch „Macht" bedeutet.

Aber warum über *Das Lied von Eis und Feuer* sprechen, wo doch alle davon reden? „Alle" ist tatsächlich relativ, denn obwohl die achte und (vorerst) letzte Staffel von Game of Thrones – also der Serie, für die die Bücher als Vorlage dienten – in nicht weniger als 86 Ländern ausgestrahlt und von Millionen Zuschauern gesehen wurde, hat nicht jeder sie mit der gleichen Leidenschaft erlebt, auch wenn es vielleicht so scheint. Und obwohl die Zuschauerzahl im zweistelligen Millionenbereich liegt, macht dies kaum mehr als ein Prozent der aktuell sieben Milliarden Erdenbürger aus, also eine recht bescheidene Menge. *Das Lied von Eis und Feuer* und die dazugehörige Serie sind dennoch ein historisches Ereignis, da sie in der westlichen Kultur des zweiten Jahrzehnts des 21. Jahrhunderts nachwirken.

Die turbulente englische Geschichte war eine der Hauptinspirationsquellen für George R. R. Martin.

Die Geschichte der Serien

Die Geschichte der Serien nahm ihren Anfang im Fortsetzungsroman – genau gesagt am 15. Juli 1836 –, als Émile de Girardin in seiner *La Presse,* einer der großen französischen Tageszeitungen, die ersten Seiten des Romans *La Comtesse de Salisbury* von Alexandre Dumas abdruckte, dessen Veröffentlichung bis September fortgesetzt wurde. Die Geschichte spielt zu Beginn des Hundertjährigen Krieges, als König Édouard III. die schöne Alix de Grafton umwarb, die mit seinem Vasallen, dem Grafen von Salisbury, verheiratet war. Der unglückliche Graf wurde auf dem Kontinent von den Franzosen ins Gefängnis gesteckt, wovon wiederum der König profitierte und die unglückliche Gräfin vergewaltigte ... Es ist kein Zufall, dass man sich mitten im *Lied von Eis und Feuer* wiederfindet, denn die turbulente englische Geschichte war, wie man weiß, eine der Hauptinspirationsquellen von George R. R. Martin, dem Verfasser der Tausenden von Seiten des Romans.

Der Fortsetzungsroman erlebte einen unaufhaltsamen Aufschwung, wurde aber auch heftig kritisiert: Würden diese populären Romane und Geschichten, die nun die Seiten der seriösen Zeitungen füllten und sehr erfolgreich waren, nicht verkommenes Gedankengut in die Köpfe ihrer wehrlosen Leser einpflanzen und die Qualität der literarischen Werke herabsetzen, die noch dazu in Fortsetzungsromane zerlegt wurden? Ganz zu schweigen von den geradezu umstürzlerischen Werken wie *Les Mystères de Paris* (dt.: *Die Geheimnisse von Paris*) von Eugène Sue, das von 1842 bis 1843 in der Tageszeitung *Journal des débats* veröffentlicht wurde und in der der Held Rodolphe mit allen Mitteln gegen die gesellschaftlichen Ungerechtigkeiten kämpft. Dieser Fortsetzungsroman war ein großer Erfolg und hatte einen dauerhaften literarischen Einfluss, weshalb das Parlament 1850 eine Steuer auf Zeitungen einführte, in denen Fortsetzungsgeschichten veröffentlicht wurden.

Das Genre setzte sich dauerhaft auf Papier fort und wurde sogar eine Zeit lang durch den Fotoroman bereichert, der in den späten 1940er-Jahren zuerst in Italien und dann in Frankreich mit der Zeitschrift *Nous deux* aufkam, von der in ihrer Blütezeit jede Woche 1,5 Millionen Exemplare verkauft wurden. Die Ankunft der Bilder in den Feuilletons markierte gleichzeitig einen Übergang zu den bewegten Bildern, also den Fernsehserien, wobei die USA damit in den 1950er-Jahren den Anfang machten. Hauptthemen dieser Serien waren Kriminalfälle, Western und im Zuge des Kalten Krieges bald auch Spionage *(Solo für O.N.C.E.L.),* gefolgt von

Fantasy und Science-Fiction mit *Star Trek*. Für Großbritannien sind natürlich *Mit Schirm, Charme und Melone* oder *Nummer 6* zu erwähnen. Frankreich blieb mit *Les Chevaliers du ciel, Thierry la Fronde, Kommissar Moulin, Mit Rose und Revolver, Eine französische Ehe* – und sogar *Die Shadoks* – und anderen Werken ebenfalls nicht untätig. Seit den 1980er-Jahren gibt es in Frankreich Sitcoms, von denen einige sehr erfolgreich sind, wie *Hélène et les garçons* oder *Plus belle la vie.*

Man muss jedoch die Serien, in denen alle Episoden mit denselben Helden unabhängig voneinander sind (wie in den meisten Polizeiserien von *Derrick* bis *Columbo*), von jenen unterscheiden, die die Tradition des Fortsetzungsromans weiterführen und in denen der Zuschauer gespannt auf die nächste Folge wartet, nachdem das schicksalhafte „Fortsetzung folgt" eingeblendet wurde. Darüber hinaus gibt es auch Fortsetzungsromane im Radio wie die berühmte *Familie Duraton,* ein getreuer Spiegel Frankreichs, die von 1936 bis 1948 ausgestrahlt wurde, oder – im Genre der Parodie – *Signé Furax* von Pierre Dac und Francis Blanche. Unter den Fernsehserien ist *Im Schatten der Leidenschaft,* die seit 1973 ausgestrahlt wird, eine der bekanntesten, da sie über 12 000 Episoden hinausgeht und bereits die dritte und vierte Generation begeistert. Serien haben jedoch nicht nur Vorteile, da man keine Episode verpassen darf, um nicht den roten Faden zu verlieren. Darüber hinaus sehen einige Fans dank der neuen Technologien die Sendungen nicht mehr direkt, sondern über Streaming-Plattformen, um so auf den Konsum der Werbung verzichten zu können.

Die Jahre 2000–2010 haben zu einer unübersehbaren Qualitätssteigerung in den Fernsehserien beigetragen, vor allem in den USA, in denen oft Vergangenes oder Aktuelles aus Politik und Geschichte thematisiert wurde wie in *The West Wing – Im Zentrum der Macht, Homeland, House of Cards, The Americans, Mad Men, The Crown, Therapy* und natürlich *Game of Thrones*[1].

Ein überwältigender globaler Erfolg

Game of Thrones wurde daher im Rahmen des 1951 ins Leben gerufenen Primetime Emmy Award sukzessive 2015, 2016, 2018 und 2019 als „herausragende Dramaserie" ausgezeichnet (und 2011, 2012, 2013 und 2014 nominiert) und wird manchmal sogar als „die beste Serie aller Zeiten" betrachtet! Dieses „aller Zeiten" ist jedoch zu relativieren, da es sich im Moment auf etwa sieben Jahrzehnte beschränkt, es sei denn, man betrachtet die 24 Gesänge der *Ilias* – um bei Europa zu bleiben und weder auf das Gilgamesch-Epos noch auf die Mahabharata einzugehen – als eine Serie, was nicht falsch wäre, auch wenn sie ursprünglich nicht für das Fernsehen bestimmt war. In diesem Zusammenhang wurde die neunte Episode der sechsten Staffel der Fernsehserie („Die Schlacht der Bastarde") von den Besuchern der Internet Movie Database als „beste Episode aller Zeiten" bezeichnet (dieselbe Äußerung wie zuvor).

Tatsächlich wurden im Anschluss an die Veröffentlichung der Bücher und die Verbreitung der Serie unzählige Fanseiten unterschiedlicher Größe und Qualität eingerichtet, wobei Frankreich sich rühmen kann, die äußerst kompetente „Garde de Nuit" ins Leben gerufen zu haben – eine Internetseite, die sich ganz der Saga und der Serie verschrieben hat. In zahlreichen Foren wurde über jede Episode diskutiert und versucht, die nächsten Folgen sowie die Funktion und das Schicksal dieser oder jener Figur vorauszusagen – ein Hype, der durch die sozialen Netzwerke offensichtlich noch verstärkt und beschleunigt wurde. Bekanntlich – und ohne sofort das Ende zu verraten – konnte eine Protestpetition gegen die Figur, die in der letzten Folge der (vorerst) letzten Staffel den (übrigens geschmolzenen) eisernen Thron erobern konnte (Bran der Gestürzte, um den Namen nicht zu nennen), sofort mehr als eine Million Unterschriften sammeln. Und der Autor der Romane – der tüchtige George R. R. Martin – hat 85 Millionen Exemplare verkauft (im Vergleich zu 500 Millionen Exemplaren von *Harry Potter,* wobei die Romane immer noch geschrieben werden), nimmt nach wie vor an Fantreffen teil und reist um die ganze Welt. Nicht zu vergessen sämtliche Merchandising-Produkte, von T-Shirts über Videospiele, Spielfiguren, Tassen und Spielkarten bis hin zu Kochbüchern. Man kann – allerdings in harmloserer Form – die berühmte Taubenpastete auch selbst machen, die den Verdacht vom vergifteten Wein ablenken und den Tod des verhassten jungen Königs Joffrey nach einem versehentlichen Ersticken aussehen lassen sollte – in diesem Fall ein glückliches Recycling dieser unliebsamen Ratten der Lüfte.

Es gibt keine Wirkung ohne Ursache. Nach dem Erfolg der Bücher in der eher ruhigen Welt der Liebhaber dieses Genres hat sich die Zuschauerzahl der Serie vervielfacht. Die finanziellen Mittel für die Dreharbeiten, die von fünf Millionen US-Dollar pro Episode in der ersten Staffel auf fünfzehn Millionen US-Dollar, also das Dreifache, für jede Episode der letzten Staffel gestiegen sind, haben zu einer qualitativ hochwertigen Fernsehserie geführt. Im Internet gibt es zahlreiche „Making of"-Beiträge, die den Umfang dieser Mittel und die Qualität der Spezialeffekte zeigen, wie die Bewegungen des treuen Drachen Drogon, der von der dünnhäutigen Daenerys mit Geschick geritten wurde. Obwohl ein Großteil der Kämpfe nachts stattfand, wodurch Statisten eingespart werden konnten, dauerte die bereits

Ist die notwendige Voraussetzung für diesen Erfolg, der allen anderen vorausging, nicht in erster Linie die Tatsache, dass das Universum der Lied von Eis und Feuer-Romane eine beeindruckende Fülle erzählerischer und fantasievoller Verflechtungen bietet?

erwähnte Schlacht der Bastarde[2] 25 Drehtage und der letzte Kampf, jener um Winterfell[3], der als Mutter aller Schlachten gilt, in der längsten Episode der gesamten Serie mehr als doppelt so lange, nämlich eine Stunde und 20 Minuten! Die Aufnahmen mit ihren starken Bildern, insbesondere von Schlachten, sind in der Tat oftmals beeindruckend – um sie zu genießen, darf man freilich nicht zu pazifistisch sein. Nicht zu vergessen ist der äußerst effektive Soundtrack, angefangen natürlich mit dem Vorspann – eine Musik, die manchmal Wagners Leitmotiv verwendet, zugeschnitten auf die jeweilige Figur. Dieser Soundtrack ist dem deutsch-iranischen Komponisten Ramin Djawadi zu verdanken, der sich auf die Musik von Blockbustern spezialisiert hat.

Natürlich ist der Erfolg der Fernsehserie auch auf die beiden unverzichtbaren Zutaten Gewalt und Sex zurückzuführen. Die Gewalt ist allgegenwärtig, nicht nur in den Bataillonen, sondern auch in den individuellen oder kollektiven Morden, wie in der „Purpurnen Hochzeit“[4], in den Exekutionen mit der spektakulären und tragischen Entführung des unglücklichen Ned Stark in der unerträgliche Stille der Tonspuren[5] oder auch in den Folterszenen, die mehr oder weniger glaubwürdig sind. Wie sicher jeder bemerkt hat, ist auch der Sex in einer sehr männlichen Vision präsent. Es gibt eine Fülle von Prostituierten, nackten Heldinnen – von Daenerys, die mit ihren Drachenbabys auf der Schulter dem Feuer entkommt[6], bis hin zu Cerseis Bußgang[7] –, von Inzest und Vergewaltigungen, eine seltene, aber vielleicht immer seltener werdende Häufung in einer historischen Serie.

Keines dieser Elemente hätte für sich genommen ausgereicht, um einen solchen weltweiten Erfolg zu erzielen, da die Serie ein Publikum außerhalb der üblichen Serien- und Fantasyfans ansprach. Es war ihr Zusammenspiel, das zu diesem erfolgreichen Mix führte. Dieses Zusammenspiel erklärt auch – wie das vorliegende Buch bezeugt – die Leidenschaft, die in mehreren Ländern Historiker, Soziologen, Politiker und sogar Philosophen ergriffen hat, die diesem Genre normalerweise gleichgültig oder sogar verächtlich gegenüberstehen, weil es in der Regel als minderwertig angesehen wird. Aber ist die notwendige Voraussetzung für diesen Erfolg, der allen anderen vorausging, nicht in erster Linie die Tatsache, dass die Welt der *Lied vom Eis und Feuer*-Romane eine beeindruckende Fülle erzählerischer und fantasievoller Verflechtungen bietet?

Das *Lied von Eis und Feuer* und die Fantasie

Die Menschen lieben die Ordnung. Daher ordnet man *Das Lied von Eis und Feuer* und sein Kinodouble für gewöhnlich ins Genre der *Fantasy* ein, genauer gesagt in die *heroische Fantasy,* manche sogar der *Gritty Fantasy.* Das englische Wort *fantasy,* wie auch das deutsche Wort *Fantasie,* hat die Bedeutung von „Einbildungskraft" beibehalten, die das französische Wort „fantaisie" ursprünglich hatte, bevor es zu *fantastischeren* Konnotationen abdriftete – der Ursprung ist über den lateinischen Begriff *fantasia* im altgriechischen *phantasia,* „Erscheinung, Bild, Vorstellung" und seinem Verwandten *phantasma,* „Erscheinung, Bild, Gespenst" zu finden, aus dem wiederum unsere „Fantasmen" entstanden sind. Im Mittelalter schrieb das Französische, das dem Lateinischen treu folgte, das Wort „fantasie" mit der gleichen ursprünglichen Bedeutung von Vorstellungskraft. Paradoxerweise war das Französische angesichts der Popularität der *Fantasy* gezwungen, 2007 offiziell den Begriff „fantasie" neu zu definieren – während im selben Erlass des *Journal officiel* gleichzeitig offiziell die Begriffe „campaniste", „fête techno", „programmiste", „recriveur" und „stockage en libre-service" eingeführt wurden, um die vielen angelsächsischen Entsprechungen zu vermeiden – und ihm die Bedeutung „Genre an der Schnittstelle von Wunderbarem und Fantastischem, das seine Quellen in der Geschichte, den Mythen, den Märchen und der Science-Fiction hat" zuzuweisen. Er wird jedoch kaum benutzt. Aber was ist das „Wunderbare" und „Fantastische"? Wo und wann hat es seinen Ursprung? In Wirklichkeit lebten oder leben alle menschlichen Kulturen im Fantastischen, wenn nicht sogar im Wunderbaren, da in den meisten von ihnen das Religiöse nicht strikt vom Weltlichen getrennt ist. Selbst in unseren sogenannten weltlichen westlichen Gesellschaften ist nicht alles rational, selbst wenn es nur um regelmäßige Blicke in Horoskope oder New-Age-Bewegungen geht.

Wenn eine Million Fans gegen das erzwungene Ende der letzten Episode von *Game of Thrones* protestieren, unterscheiden sie dann wirklich zwischen Realität und Einbildung? Im Laufe des 20. Jahrhunderts sind wir von mündlichen oder schriftlichen Erzählungen (manchmal mit einigen Bildern) zu den allgegenwärtigen bewegten Bildern übergegangen, einschließlich immer realistischerer computergenerierter Bilder und – in Erwartung des 3-D-Booms – virtueller Bilder und der Augmented Reality, der erweiterten Realität.

In Europas ältestem Text, der *Ilias,* greifen die Götter immer wieder ein, während einige Helden außergewöhnliche Leistungen vollbringen wie Jon Schnee, der in der Serie voller Wut ganz allein gegen die Armee des schrecklichen Ramsay Bolton kämpft und unversehrt aus der Schlacht zurückkehrt[8]. Fantastik und Wunder haben die Literatur seit Homer nicht verlassen, von La Fontaines *Fabeln* über Rudolf Raspes *Abenteuer des Baron von Münchhausen* (1685) bis hin zu *Tausendundeine Nacht,* um im 19. Jahrhundert von Guy de Maupassant bis Richard Wagner ihre Blütezeit zu erleben. Im 20. Jahrhundert erfreuten sie sich dann insbesondere in den USA mit den populären Zeitschriften, den sogenannten *Pulps* (eine Anspielung auf das minderwertige Papier aus Holzfaserresten, *woodpulp*), größter Beliebtheit, in denen sowohl Lovecrafts Horrorgeschichten als auch die Abenteuer von Robert Howards *Conan der Barbar* veröffentlicht wurden, eines der Begründer der *heroischen Fantasy* im engeren Sinne, die Arnold Schwarzenegger ein halbes Jahrhundert später berühmt machen sollten[9]. Aus der gleichen Zeit stammen jedoch auch *Mary Poppins* von Pamela Travers oder *Schneewittchen und die sieben Zwerge* von Disney.

Von Tolkien zu Martin

Und an dieser Stelle kommen wir schließlich zu Professor John Ronald Reuel Tolkien, der lange Zeit englische Literatur an der Universität Oxford lehrte. Zuvor sei jedoch auf einige Höhepunkte der *Fantasy* in verschiedenen Genres hingewiesen wie C. S. Lewis' *Die Chroniken von Narnia* (1950–1956), J. K. Rowlings *Harry Potter* (500 Millionen Exemplare, um es noch einmal zu erwähnen!) und meine beiden Favoriten: Die *Scheibenwelt*-Romane von Terry Pratchett – wobei eine der Figuren, der Tod, das Ableben des Autors im März 2015 auf seinem Twitter-Account bekannt gab – und *Niemalsland* von Neil Gaiman (1996), das zunächst eine Fernsehserie war und später zu einem Roman wurde.

J. R. R. Tolkien ist bekanntermaßen eines der wichtigsten Vorbilder von George R. R. Martin, der in einem Artikel des Magazins *Time* 2005 sogar als „Tolkien américain“ (und nicht umgekehrt) bezeichnet wurde. Die Parallelen und die Inspiration sind hinreichend bekannt, sodass nicht näher auf sie eingegangen werden muss. Die gleiche beeindruckende historische und mythologische Belesenheit, wobei der eine sie sich durch seine Universitätsausbildung und der andere als Autodidakt angeeignet hat; die gleichen imaginären, aber unbestreitbar mittelalterlichen Länder; die gleiche Nachstellung einer langen, mehr oder weniger mythischen Vergangenheit und unbekannter Sprachen … Diese Nähe wurde von den Machern der Serie beibehalten, und so findet sich auch dort die große Entscheidungsschlacht ebenso wieder wie Frodo, der ganz am Ende mit dem Boot in Richtung Westen nach Valinor ins Segensreich aufbricht, und Arya, die sich ebenfalls mit dem Schiff nach Westen zu einem potenziell unbekannten Kontinent aufmacht. Und das sind nur einige Parallelen. Es gibt jedoch zwei wichtige Unterschiede zwischen den beiden Werken, die das Geschlecht und das Gute betreffen.

Im *Herrn der Ringe* gibt es tatsächlich nur wenig Sex, obwohl es ihn trotz der britischen Prüderie an der Universität von Oxford durchaus gegeben haben muss. Ein gewissenhafter schwedischer Student, Emil Johansson, hat die Figuren der Trilogie akribisch erfasst und 393 männliche Charaktere (ob Menschen, Elfen, Zwerge, Hobbits oder andere) und nur 61, also 19 %, weibliche Charaktere gezählt.[10] Insbesondere Elfen, selbst wenn sie heiraten und Kinder haben, scheinen aufgrund ihrer großen moralischen Reinheit besonders ätherische Beziehungen zu führen. Was das Gute betrifft, so ist die gesamte Trilogie auf den Kampf gegen das Böse ausgerichtet, das durch Sauron personifiziert wird, den dunklen Herrscher im Land Mordor, in dem sich die Schatten ausbreiten – und der übrigens ein böses Ende nimmt. Im *Lied von Eis und Feuer* sucht man dagegen vergeblich nach makellosen und untadeligen Vertretern des Guten, da alle ihre Zeit damit zu verbringen scheinen, andere zu betrügen.

Beide Epen wurden verfilmt und zum Teil erst kürzlich abgeschlossen: Der *Herr der Ringe* zwar nur in drei Filmen (mit einer Reihe von Streichungen gegenüber dem Roman), aber mit einer Gesamtlänge von mehr als elf Stunden, je nach Lang- oder Kurzfassung – wobei allein der *Hobbit* in der Langfassung fast neun Stunden länger ist. Die 73 Episoden von *Game of Thrones* erreichen eine Gesamtlänge von etwa 90 Stunden.

Im Lied von Eis und Feuer sucht man vergeblich nach makellosen und untadeligen Vertretern des Guten, da alle ihre Zeit damit zu verbringen scheinen, andere zu betrügen.

Game of Thrones unterscheidet sich zudem in technischer Hinsicht vom *Herrn der Ringe.* So erfolgte die Verfilmung des Letztgenannten nach dem Tod des Autors, während George R. R. Martin zeitweise als Berater für die Fernsehserie tätig war und bis zur vierten Staffel in jeder Staffel eine Episode selbst verfasste. Vor allem aber musste die Serie ohne den Roman fortgesetzt werden, der im Laufe der sechsten Staffel endete. Die inzwischen berühmten Drehbuchautoren und Produzenten (die *Showrunner*), David Benioff und Daniel Brett Weiss, mussten die Fortsetzung erfinden und dabei komplexe Beziehungen zu George R. R. Martin unterhalten. Die echten Fans des amerikanischen Autors waren oft sehr kritisch und manchmal wird deren Enttäuschung das höhere Tempo in den letzten beiden Staffeln zugeschrieben, in denen auch die Anzahl der Episoden von den üblichen zehn in den ersten sechs Staffeln auf nur sieben in der siebten und sechs in der achten und letzten Staffel reduziert wurde. Allerdings musste das geplante Ende der Serie bei denjenigen, die sie so lange mit großer Hingabe verfolgt hatten, zwangsläufig ein Gefühl der Unzufriedenheit, wenn nicht sogar des Verlassenwerdens hervorrufen.

Lied von Eis und Feuer für Dummies

Möglicherweise kennen einige Leserinnen und Leser dieses Werks weder die Bücher noch die Serie. Im Grunde gibt es drei Geschichten, die auf drei Kontinenten spielen.[11] Der wichtigste Kontinent heißt Westeros, wahrscheinlich weil er im Westen liegt, und hat mehr oder weniger die umgedrehte Form der britischen Inseln (natürlich gibt es Landkarten) und ein vergleichbares Klima. Dort kämpfen mittelalterliche Kriegergesellschaften gegeneinander, aufgeteilt in neun Hauptkönigreiche, die seit Aegon Targaryen mit wenigen Ausnahmen unter einem einzigen König vereint sind. Ganz im Norden liegen unwirtliche, eisige und wenig bekannte Gebiete, die von gefährlichen, wenn nicht gar bösen Kreaturen und prähistorisch anmutenden Völkern heimgesucht werden. Deshalb schützt eine Eismauer, die einfach „die Mauer" genannt wird, den Rest von Westeros vor diesen Gebieten. Diese Mauer erinnert an jene, die der römische Kaiser Hadrian in Schottland errichten ließ und die noch heute in der britischen Landschaft erkennbar ist.

Im Osten liegt der Kontinent Essos, der an Asien erinnert und von verschiedenen Zivilisationen bewohnt wird, von denen einige an die Mongolei, andere an China und wieder andere an die italienischen Republiken der Renaissance erinnern. Ganz im Süden liegt der unerforschte Kontinent Sothoryos, der natürlich an Afrika erinnert und wo man kleinen behaarten Menschen und ungemütlichen Tieren begegnet, die in Dschungeln und Sümpfen ihr Unwesen treiben; Sothoryos spielt in diesem Zyklus keine große Rolle. Schließlich gibt es möglicherweise weiter westlich einen weiteren Kontinent, den es noch zu entdecken gilt.

Das Epos umfasst drei große Handlungsstränge. Hauptthema ist der Kampf der großen Adelsfamilien um den berühmten Eisernen Thron und damit um die Herrschaft über alle Sieben Königslande von Westeros. Die zweite Haupthandlung ist der Rachefeldzug einer in Essos im Exil lebenden Prinzessin, Daenerys Targaryen, und ihres Bruders Viserys, deren verrückt gewordener Vater durch den Usurpator Robert

Baratheon vom Eisernen Thron vertrieben worden war. Im dritten Handlungsstrang geht es um die Verteidigung der Mauer (und damit um den Schutz des Königreichs), die von der Nachtwache, einer strengen und treuen militärischen Bruderschaft, gesichert wird, an der jedoch ständig die Gefahr einer Invasion lauert.

Von der Vorgeschichte zur Geschichte

Die Frage, die sich jeder Historiker an dieser Stelle stellen muss, ist weniger die nach den Inspirationsquellen, die Thema zahlloser Kommentare und Rezensionen[12] sind, als vielmehr jene nach den historischen Vorstellungen und Darstellungen, die die Saga transportiert. Was die Frage nach dem Realismus der Beschreibungen und der materiellen Objekte in Bezug auf die erwähnten historischen Epochen anbelangt, die insbesondere die Fernsehserie betrifft, so ist diese ein wenig paradox.[13] Tatsächlich waren die Fans besonders wachsam und sogar unnachgiebig in Bezug auf unzählige konkrete Details, insbesondere in den Schlachten, obwohl es sich ausdrücklich um eine Fiktion handelt, in der Drachen geritten werden, Krähen sprechen und Tote wiederauferstehen – wenngleich jede Fantasy ihre eigene Logik besitzt.

George R. R. Martin, auf Tolkiens Spuren wandelnd, bemühte sich zudem um die Perfektionierung seiner Welt, die er – unterstützt von zwei Fans, Elio M. García Jr. und Linda Antonsson, die bereits eine Website zu diesem Thema, Westeros.org, betreiben – im Buch *Game of Thrones. Die Ursprünge der Saga*[14] ausführlich darstellt. Sie reisten unter anderem in die Frühzeit des Universums zurück, wobei diese Zeitspanne allerdings zu lang oder zu kurz gefasst wurde, zumindest wenn man sich zu sehr an die Menschheit auf Erden bindet.

In der Tat wurde der Kontinent Westeros erst vor 8000 bis 12 000 Jahren von den Ersten Menschen besiedelt, während *Homo erectus* vor mindestens 700 000 Jahren und *Homo sapiens* vor etwa 40 000 Jahren England erreichten. Darüber hinaus stammen diese Ersten Menschen vom Kontinent Essos und nicht von Sothoryos, das üblicherweise mit Afrika verglichen wird, das bekanntermaßen die Wiege der Menschheit ist. In Sothoryos finden sich dagegen nur gering entwickelte menschliche Lebensformen.[15] Entsprechend kannten sich diese ersten menschlichen Siedler von Westeros bereits mit der Bearbeitung von Bronze aus, die in Europa erst gegen Ende des dritten Jahrtausends v. Chr. aufkam[16].

Auf dieser Grundlage entwirft Martin eine (prä-)historische Abfolge, die mehr oder weniger von der eurasischen inspiriert ist, mit einigen Abweichungen und

Die Gemälde von Drachenstein

auch einigen recht traditionalistischen Vorstellungen von der Abfolge der Zivilisationen.

Alles beginnt mit dem „Zeitalter der Dämmerung", also vor den Ersten Menschen. Die Prähistoriker des 19. Jahrhunderts bezeichneten eine frühe Periode, die durch bereits bearbeitete, aber noch sehr primitive Steine gekennzeichnet war, als „Eolithikum", also als „Beginn der Steinzeit" – bis sich herausstellte, dass es sich bei den Steinen in Wirklichkeit um natürliche, vom Frost geformte Splitter handelte. In Westeros gibt es zu jener Zeit nur die Riesen und die Kinder des Waldes, wobei Letztere den Kobolden nicht unähnlich sind.

Die Fernsehserie führt außerdem ein Element ein, das in den Büchern nicht vorkommt: Die Kinder des Waldes malen und kratzen auf dem Boden der Höhlen. Jon Schnee zeigt sie Daenerys in der Höhle auf der Insel Peyredragon.[17] Außerdem zeigt die Serie recht einfache geometrische Muster, Kreise (von denen einige im Buch enthalten waren) und Spiralen, die an einige der Gravuren erinnern, die die Arawaks in der Karibik hinterlassen haben. Zudem gibt es eine beängstigende Darstellung mehrerer weißer Wanderer, deren Stil, mehr oder weniger gemalt, ziemlich originell ist. Obwohl man spontan an die Altsteinzeit denkt, sind Felszeichnungen und Höhlenmalereien in verschiedenen Teilen der Welt aus späteren Epochen zu finden. Die Kinder des Waldes sind auch eng mit der Natur und insbesondere mit den Bäumen verbunden, was an die Ents erinnert, die ältesten Bewohner der Mittelerde im *Herrn der Ringe,* die zur Zeit des Romans vom Aussterben bedroht waren, aber immerhin noch die finstere Armee des Verräters Saruman zerschlagen konnten.

Dann kamen die Ersten Menschen vom Typ *Homo sapiens*[18]. Ihre Zivilisation entspricht der europäischen Bronzezeit, allerdings in einer bereits fortgeschrittenen Version, da sie Bronzeschwerter besaßen, die erst in der mittleren Bronzezeit, also um 1600 v. Chr., auftauchten. Tatsächlich begruben die Ersten Menschen prominente Tote wie im europäischen Bronzezeitalter unter Grabhügeln, die noch heute sichtbar sind.[19] Dagegen besaßen sie bereits eine primitive Schrift, eine Art Runen, eine in Europa viel später entstandene Schriftform, die von den Germanen in den ersten Jahrhunderten unserer Zeitrechnung im Kontakt mit dem Römischen Reich und dem lateinischen Alphabet für begrenzte und vor allem rituelle Zwecke verwendet wurde.

Von Bronze zu Eisen

Diese Ersten Menschen hatten auch Pferde. Die Domestizierung des Pferdes in Europa geht auf das fünfte Jahrtausend v. Chr. zurück, wobei es sich zunächst um eine Domestizierung zum Schlachten handelte. Obwohl die ersten Pferdewagen im vierten Jahrtausend in verschiedenen Teilen Eurasiens entwickelt wurden, waren es zunächst Gefährte mit schweren Vollrädern, die nur von Ochsen gezogen werden konnten. Pferde wurden erst im zweiten Jahrtausend eingesetzt. Mit den Ersten Menschen beginnt auch das Zeitalter der Helden, ein Begriff, der vom griechischen Dichter Hesiod übernommen wurde, der im 8. Jahrhundert v. Chr. in *Werke und Tage* die fünf Zeitalter der Menschheit beschreibt. Demnach ist jedes Zeitalter mit einer menschlichen Rasse in einer Art fortschreitendem Verfall verbunden: das goldene Zeitalter, eine Art irdisches Paradies, dann das silberne Zeitalter, das schon weniger glänzend war, dann das bronzene Zeitalter, das so kriegerisch war, dass die Menschen sich selbst auslöschten, dann das Zeitalter der Helden, das von Homer und den Epen beschrieben wurde, und schließlich das aktuelle, das eiserne Zeitalter mit seiner traurigen Realität.

Der erste Kurator des dänischen Nationalmuseums, Christian Jürgensen Thomsen, schlug 1836 vor, die Vorgeschichte in drei aufeinanderfolgende „Zeitalter“ zu unterteilen: das Steinzeitalter, das Bronzezeitalter und das Eisenzeitalter.

Im 19. Jahrhundert, dem der triumphalen industriellen Revolution, kehrte Thomsen den Pessimismus Hesiods um und beteiligte sich am Aufschwung des Evolutionismus in der Anthropologie, nach dem alle menschlichen Gesellschaften in einer Bewegung des kontinuierlichen Fortschritts eine Reihe aufeinanderfolgender Stadien durchlaufen, die von einem Endpunkt gekrönt wird, der unsere eigene Gesellschaft ist. Dieser Evolutionismus, der mit Condorcet 1794 begann, wurde von dem US-amerikanischen Anthropologen Lewis Morgan mit seiner *Ancient Society* (1877) formuliert und strukturierte die westliche Weltanschauung bis in die letzten Jahrzehnte, bevor ein gewisser Pessimismus hinsichtlich der strahlenden Zukunft der Menschheit aufgrund von Umweltkrisen, neuen Epidemien, nuklearen Unfällen, anhaltenden bewaffneten Konflikten usw. aufkam.

Um zum *Lied von Eis und Feuer* zurückzukehren: Auf die Ersten Menschen folgen die Andalen, die stets vom Kontinent Essos kamen und die die Träger des Eisens sind. Sie treten zwei- oder dreitausend Jahre vor dem Beginn der Saga auf und unterwerfen dank ihrer besseren Ausrüstung die Ersten Menschen, vermischen sich aber mit ihnen, sodass die großen Adelsfamilien von Westeros sowohl von den einen als auch von den anderen abstammen. Sie bringen die Schrift und auch eine ausgefeilte monotheistische Religion mit, den sogenannten „Glauben an die Sieben", dessen göttliche Gestalt in sieben Aspekten erscheint und eine Art Pontifex hat, den Hohen Septon, der Tausende von Jahren in der Sternensepte von Altsass residierte, bevor er in die Große Septe der Stadt Königsmund umzog – ein prächtiges Gebäude, das an den Petersdom in Rom erinnert und in der Fernsehserie in einer gigantischen und zugleich schaurig-schönen Explosion unter dem entzückten und rachsüchtigen Auge von Königin Cersei sein Ende findet[20]. Die Religion, die im realen Mittelalter maßgeblich gewesen war, spielte in den ersten Bänden des *Lieds von Eis und Feuer* nur eine untergeordnete Rolle. George R. R. Martin baute ihre Rolle in Westeros dagegen aus, wobei er in Anlehnung an Tolkien die verschiedensten Mythologien für seine jeweiligen Gesellschaften erfand. Auch wenn die Struktur und politische Rolle des Klerus eher auf das mittelalterliche Christentum verweisen und auch die Ritterschaft eine Rolle spielt, findet man sich doch eher im Zeitalter der Eisenzeit sowie in Europa wieder und die Andalen ähneln sehr den Kelten.

Die Religion, die im realen Mittelalter maßgeblich gewesen war, spielte in den ersten Bänden des Lieds von Eis und Feuer *nur eine untergeordnete Rolle.*

Tatsächlich flohen die Andalen auf dem Kontinent Essos vor der fortschreitenden Ausdehnung eines großen Sklavenhalterimperiums, dem Reich von Valyria. Dies hängt mit der längeren Ausdehnung (von vier Jahrhunderten) des

Römischen Reiches zusammen, die einen Teil der als „barbarisch" bezeichneten Königreiche im Europa des Eisenzeitalters (Kelten, Iberer, Thraker, Makedonier, Numider usw.) zum Abschluss brachte. Valyria entsprang ursprünglich einer einfachen Gemeinschaft von Hirten, genau wie das frühe Rom. Die Macht lag in den Händen der Oberschicht, ähnlich wie bei den Patriziern der späten Republik. Zudem herrschte eine große Toleranz gegenüber den verschiedenen Kulten und Religionen, ähnlich wie im Römischen Reich, das die Christen nur deshalb verfolgte, weil sie sich im Gegensatz zu allen anderen religiösen Gemeinschaften weigerten, dem vergöttlichtenKaiser zu huldigen. Zudem ging das Reich der Valyrer in einer großen Katastrophe unter, die oftmals auf gigantische Vulkanausbrüche zurückgeführt wurde – natürlich denkt man dabei immer auch an Pompeji. Es gibt jedoch einen großen Unterschied: Die Stärke der Valyrer beruhte auf ihren Hausdrachen, von denen jede Familie der Oberschicht einige furchterregende Exemplare besaß, die später ausstarben. Zurück blieben nur versteinerte Eier wie jene, die Daenerys am Anfang der Geschichte erhält.

Die Nachkommen der Ersten Menschen

Die Ersten Menschen als solche wurden nicht vollständig eliminiert, sondern bestehen vielmehr in drei verschiedenen Formen fort. Zum einen sind sie, wie erwähnt, in der Gesamtbevölkerung von Westeros zu finden, unter anderem in einigen Familien der Oberschicht wie den Starks oder den Rotfests. Tatsächlich kann sich der König von Westeros, sofern es einen gibt, als „König der Andalen, der Rhoynar und der Ersten Menschen, Lord der Sieben Königslande und Beschützer des Reiches" bezeichnen – wie mehrfach angeführt und in den mittelalterlichen Titulaturen üblich. Zum anderen flüchteten einige von ihnen in den Norden des Kontinents, jenseits der Mauer, und leben dort in einer unsicheren und mehr oder weniger jungsteinzeitlichen Art und Weise. Sie bilden das Freie Volk, wie sie sich selbst zu Recht nennen, oder die Wildlinge, wie sie die übrigen Bewohner von Westeros verächtlich bezeichnen – so wie die Schweden die kolonisierten Samen im hohen Norden spöttisch als „Lappen", also als „die in Lumpen", bezeichneten, ein Vorgehen, das überall auf der Welt bekannt ist. Im Übrigen danken es ihnen die Wildlinge, indem sie die Menschen in den Sieben Königslanden wegen der feudalen Gesellschaftsform als „Kniende" bezeichnen. Die Gemeinschaften des Freien Volkes verwenden hauptsächlich Feuerstein, Granit (auch „Drachenglas" genannt), Holz und Knochen und betreiben Viehzucht (Schafe, Ziegen und Rinder). Auch wenn die Wildlinge nicht wissen, wie man das Metall bearbeitet und schmiedet, können sie durch den Handel mit Leuten aus dem Süden der Mauer Waffen aus Metall erwerben. Sie sind überwiegend sesshaft und leben in Dörfern mit Steinhäusern. Sie scheinen keine Landwirtschaft zu betreiben, sodass ihre Kleidung nicht gewebt ist, sondern wie in der Altsteinzeit aus Tierhäuten besteht; sie kennen jedoch das Rad und den Schlitten. Anders als in den meisten menschlichen Gesellschaften können Frauen Jägerinnen und sogar Kriegerinnen sein. Der künftige Ehemann muss die Braut rauben, aber diese muss letztendlich zustimmen, ein bei den Sinti und Roma bekanntes Ritual.

Außerdem betreiben die Wildlinge gelegentlich Handel mit der Nachtwache, die die Mauer bewacht. So können sie einige Gegenstände aus Drachenglas gegen andere aus Metall eintauschen. Dieses kleine Tauschgeschäft erinnert an das Leben rund um den Limes, das Befestigungssystem, das einst vom Römischen Reich zur Grenzsicherung errichtet wurde. Die Konflikte waren nicht von ständiger Dauer, sodass es zu einer gewissen wechselseitigen Akkulturation kam. Sowohl das deutsche Verb „kaufen“ als auch das slawische „kupiti“, die beide aus den Grenzsprachen am Limes während des Kaiserreichs stammen, leiten sich übrigens vom lateinischen „caupo“ ab, das den kleinen Händler oder Schmuggler bezeichnet. Wie bereits erwähnt, wird die berühmte Mauer in der Saga sowohl in ihrer nördlichen Position als auch in ihrer Funktion traditionell mit dem Hadrianswall verglichen, der die britischen Besitzungen vor den „Barbaren“ des Nordens schützen sollte.

Die 213 Meter hohe Mauer (mit Aufgang) schützt das Reich der Sieben Königslande vor Übergriffen aus dem Norden, vor den Wildlingen, aber auch den Anderen, wie die Weißen Wanderer auch genannt werden. Über die Herkunft der Letztgenannten gehen die Meinungen auseinander. Einer der vielen Reize der Saga ist es, dass sie manchmal mehrere Versionen eines bestimmten historischen Ereignisses präsentiert, die von verschiedenen Gelehrten oder Meistern von Westeros stammen, genau wie in der „wahren“ Geschichte. Die Fernsehserie lässt sie von bestimmten Ersten Menschen abstammen, oft nach unverantwortlichen Manipulationen an Kindern aus dem Wald. Dies entspricht auch der Auffassung von Jean-Sébastien Steyer.[21] Diese Anderen verwandeln sich jedoch in schreckliche Kreaturen, die jeden Toten auf dem Schlachtfeld sofort in einen verbündeten Untoten verzaubern können. In der Fernsehserie kann ihr Anführer, der Nachtkönig, nur durch einen Schlag mit einem Schwert aus valyrischem Stahl von der tapferen Arya getötet werden, was seine Armee von Untoten auslöscht, so wie Sauron und seine Nazgûl bei der

Die Vor- und Frühgeschichte von Westeros entsprechen mit einigen zeitlichen und kulturellen Überschneidungen mehr oder weniger der Vor- und Frühgeschichte Eurasiens.

Zerstörung des bösen Rings am Ende der Tolkien-Saga vernichtet werden.

Somit entsprechen die Vor- und Frühgeschichte von Westeros mit einigen zeitlichen und kulturellen Überschneidungen mehr oder weniger der Vor- und Frühgeschichte Eurasiens. Es folgen die klassischen Perioden der Bronze- und Eisenzeit und nach einem Intermezzo im Stil des Römischen Reiches, das jedoch auf den angrenzenden Kontinent Essos beschränkt ist, kommt es zur klassischen Gesellschaft der Sieben Königslande im mittelalterlichen europäischen Stil (die aber an die mehr oder weniger jungsteinzeitliche Gesellschaft des Freien Volkes anschließt). George R. R. Martin nimmt jedoch eine sehr traditionelle invasionistische Sichtweise ein: Die Ankunft der Ersten Menschen mit Bronzewaffen erinnert an die alte, immer wieder neu belebte Hypothese über die Verbreitung der indoeuropäischen Sprachen, nach der kriegerische Invasoren auf ihren Pferden aus der Steppe kamen und einen Großteil Europas und Südasiens gewaltsam unter ihre Kontrolle brachten. Auch die Entstehung der Kelten wurde – gar nicht so weit von den Andalen entfernt – lange Zeit als Invasion aus Mitteleuropa angesehen, bis man feststellte, dass es sich um eine kulturelle Entwicklung vor Ort ab der Bronzezeit, wenn nicht sogar ab dem Ende des Jungsteinzeitalters, handelte. Kriege und Invasionen scheinen in dieser Geschichte, in der die Bataillone auf dem Papier wie auf der Leinwand aufgereiht sind, der wichtigste Motor der Geschichte zu sein.

Ein (zu) dunkles Mittelalter

Das Mittelalter ist eindeutig der wichtigste kulturelle Bezugspunkt der Serie. Alles dreht sich um Festungen, Ritter, Schwertkämpfe, gekrönte Könige auf Thronen, Verschwörungen, Enthauptungen, aber auch um Drachen und Hexerei. Mehr noch, nach eigenen Aussagen wurde George R. R. Martin durch die Rosenkriege inspiriert, in denen im 15. Jahrhundert zwei Adelshäuser unter den Nachkommen von Edward III. um die englische Krone kämpften, die Yorks (mit der weißen Rose) und die Lancasters (mit der roten Rose), deren Familiennamen denen der Starks und Lennisters, zwei der wichtigsten Familien der Saga, nicht unähnlich sind. Martin sagt darüber hinaus, dass er sich von Maurice Druons Romanreihe *Die unseligen Könige* inspirieren ließ, in der die blutigen Machtkämpfe innerhalb der französischen Königsfamilien und während des Hundertjährigen Krieges in Romanform geschildert werden und die in den 1970er- und 2000er-Jahren in zwei Fernsehserien verfilmt wurden.

In der Tat ist das Mittelalter in der allgemeinen westlichen Vorstellung die am häufigsten dargestellte Epoche, sei es negativ (Klischees über die angebliche Lasterhaftigkeit der Zeit, die Große Pest, Hexerei) oder positiv (Verkleidungen von Rittern und Prinzessinnen, Ritter der Tafelrunde, Kathedralen). Unzählige erfolgreiche Filme wurden davon inspiriert – neben dem *Herr der Ringe* unter anderem *Excalibur, Braveheart, Ivanhoe, Merlin, Der Name der Rose, Robin Hood* und auch – in einem anderen Genre – die Filme und Serien von Monty Python, ja sogar *Die Besucher* …, ganz zu schweigen von Comics, Video- und Rollenspielen (Dungeons & Dragons usw.) oder mittelalterlichen Aufführungen.

Das Mittelalter wird oft als „lange Nacht" gesehen, als „mittleres" Zeitalter zwischen einer glänzenden Antike, die den absoluten Maßstab für die Kultur der europäischen Eliten bildete, und einer „Renaissance" (was einen vorherigen Tod voraussetzt), gefolgt von einem „Großen Jahrhundert" (als ob die vorherigen Jahrhunderte klein gewesen wären) und einer Aufklärung (als ob die anderen dunkel gewesen wären). Der Begriff „Gotik" wurde übrigens in der Renaissance geprägt, um eine Kunst und Architektur zu bezeichnen, die fortan als „barbarisch" galt, in Anlehnung an die Goten, die unter anderem 410 n. Chr. Rom geplündert hatten. Der einzige Trost, zumindest für das christliche Frankreich, war, dass mit der Taufe von Chlodwig im Jahr 496 n. Chr. das Frankreich des anbrechenden Mittelalters christlich geworden war. Trotzdem wurde Chlodwig, im Gegensatz zu seiner Frau Clotilde, nie heiliggesprochen, nicht zuletzt wegen der wenig christlichen Affäre um den Krug von Soissons. Außerdem waren die Franken in Wirklichkeit ein Volk mit germanischer Kultur und Sprache, die aber, als sie in der eroberten Bevölkerung untergingen, beides innerhalb weniger Generationen verloren – sodass sie, die sich selbst „Franzosen" nennen, immer noch eine Sprache sprechen, die aus dem Lateinischen hervorgegangen ist. Schließlich hat die Geschichtsschreibung die blutige Auseinandersetzung der Merowinger, der sogenannten „faulen Könige", mit der symbolträchtigen Begegnung der Königinnen Brunichild und Feregunde in den Mittelpunkt gerückt.

Diese düstere Vision des Mittelalters ist jedoch aus historischer Sicht stark zu relativieren. Erstens dauerte das Mittelalter ein Jahrtausend, weshalb kaum ein Zusammenhang zwischen seinen Anfängen, als sich das Römische Reich in eine gewisse Anzahl instabiler Königreiche auflöste, und seiner letzten Phase besteht, die durch eine erste industrielle Revolution und eine Intensivierung des

Handels gekennzeichnet ist. Einige Historiker sehen in der Renaissance, also im 16. Jahrhundert, einen echten historischen Bruch, der erst mit der Errichtung der absoluten Monarchie eintrat. Die meisten Festungen wurden nur in den letzten Jahrhunderten des Mittelalters errichtet. Und was die berühmte Taufe von Chlodwig betrifft, so war sie im Wesentlichen der opportunistische Akt eines ausländischen Kriegsherrn, durch den er in das mächtige Netzwerk der Bischöfe des römischen Galliens aufgenommen werden wollte. In Wirklichkeit war es bereits seit einem Jahrhundert christlich, seit Kaiser Theodosius im Jahr 392 alle anderen Religionen verboten hatte und ihre Tempel zerstört oder in Kirchen umgewandelt wurden. Parallel dazu zeigt die Archäologie, dass heidnische Bräuche, insbesondere in der Totenbestattung, noch zwei oder drei Jahrhunderte nach Chlodwig fortgeführt wurden, vor allem auf dem Land.

Und schließlich war das Mittelalter, gemessen an seinem vermeintlich gewalttätigen Charakter, nicht brutaler als die Renaissance mit ihren erbarmungslosen Religionskriegen oder das „Grand Siècle" mit den endlosen Kriegen Ludwigs XIV., die das Königreich ruinierten, oder auch die Unterdrückung der Protestanten und die Dragonaden, ganz zu schweigen von der Revolution und den napoleonischen Kriegen.

Die Vision eines barbarischen und gewalttätigen Mittelalters ist daher ziemlich veraltet, wie mehrere Historiker und insbesondere Florian Besson und Justine Breton in einem sehr informativen Buch festgestellt haben.[22] Gewiss, *Das Lied von Eis und Feuer* ist Fiktion, aber in dem Maße, in dem sie realistisch und von der mittelalterlichen Geschichte inspiriert ist, darf man sie dennoch infrage stellen. Und wie diese beiden Mittelalterforscher gezeigt haben, werden in Wirklichkeit vier verschiedene Erzählansätze vermischt: jener der mittelalterlichen Geschichte im eigentlichen Sinne, aber aus einer veralteten Sicht; jener des Medianismus, also der populären, mehr oder weniger ideologischen oder verzerrten Darstellung des Mittelalters; jener der Fantasy im eigentlichen Sinne; und schließlich die Einbindung zeitgenössischer Belange, auf die wir später noch zurückkommen werden.

Und auf Essos?

Neben diesem westeuropäisch angehauchten Mittelalter blühen weitere Arten auf, die mit anderen Kulturen dieser Zeit vergleichbar sind. Ein Beispiel hierfür sind die Eisenmänner, die auf dem Archipel der Eiseninseln an der Westküste von Westeros

Ein Rabe als Kurier

leben. Die Inseln sind ziemlich arm, mit Blei-, Zinn- und Eisenminen, durch die die Bewohner ihre Rohstoffe gegen landwirtschaftliche Produkte eintauschen können. Sie sind Seeleute und Krieger, die die Navigation beherrschen, und leben daher hauptsächlich von Plünderungen entlang der Küste. Wie die Wikinger – die den Autor inspirierten – eroberten sie eine Zeit lang Teile des Kontinents (siehe die Normandie oder Sizilien), die sie dann wieder verloren oder sich darin auflösten.

Die Dothraki sind mit den Mongolen vergleichbar und spielen in der Saga eine wichtige Rolle, da Prinzessin Daenerys in der Fernsehserie durch die Heirat mit dem großen Dothraki-Anführer Drogo das Königreich der Sieben Königslande (für eine gewisse Zeit) zurückerobern kann. Das Mongolische Reich war bekanntlich mit 30 Millionen Quadratkilometern, von der chinesischen Pazifikküste bis nach Ungarn, das größte Reich der Geschichte und gleichauf mit dem ebenso kurzlebigen britischen Kolonialreich, jedoch sehr uneinheitlich. Die Dothraki haben zwar wie die Mongolen einen kupferfarbenen Teint, schmale Augen und schwarze, geflochtene Haare – aber sie fügen ihren Haaren Glöckchen hinzu, um ihre Siege zu markieren. Sie sind gefürchtete Reiternomaden, die in Zelten leben und ihre Zeit mit Kriegen verbringen. Aber ihr Reich scheint viel beständiger zu sein als das der Mongolen, auch wenn es, wenn ich mich nicht irre, nicht unter einem einzigen Herrscher vereint zu sein scheint, wie es in Westeros der Fall ist. Neben den Mongolen erinnern die Dothraki allgemein an die asiatischen Horden, die zu verschiedenen Zeiten der Geschichte aus den Steppen kamen, wie die Skythen, Goten, Hunnen, Petschenegen, Protobulgaren, Awaren, Magyaren, Tataren, Kosaken und sogar die Rote Armee, eine europäische Fantasievorstellung vom „Einfall der Barbaren" (die weit weniger „barbarisch" waren als das),[23] aber auch an die „gelbe Gefahr", die am Ende des 19. Jahrhunderts heraufbeschworen wurde und die sich schließlich zu Beginn des 21. Jahrhunderts zunächst eher in wirtschaftlicher als in militärischer Form zu verwirklichen scheint. In der Tat dehnte sich das Dothrakische Reich erst nach dem Zusammenbruch des Valyrischen Reiches aus – genauso wie in einer ebenso veralteten wie sich hartnäckig haltenden historischen Version vom Untergang des Römischen Reiches, nach der Letzteres den Schlägen der Barbaren erlegen sein soll.

Die Dothraki haben eine eigene Sprache, da eine der Stärken der Regisseure der Fernsehserie darin lag, auch im sprachlichen Bereich sehr erfinderisch zu sein.[24] Nach ihrem Tod werden die Anführer der Dothraki, die sogenannten Khala, zusammen mit ihren Pferden auf einem großen Scheiterhaufen verbrannt, aber im Gegensatz zum hinduistischen Sati-Ritual (siehe *In 80 Tagen um die Welt*) müssen ihre Ehefrauen sie nicht begleiten. Trotzdem tut Daenerys genau das und bleibt bis zum Tagesanbruch unversehrt, mit Ausnahme ihrer Kleidung, die vollständig in Flammen aufging. Diese Gemeinschaft ist stark chauvinistisch geprägt und der erste Sex zwischen Drogo und Daenerys wirft Fragen nach der Einvernehmlichkeit auf und kann sogar als Vergewaltigung angesehen werden. Die Situation ändert sich jedoch, als Daenerys sich den Respekt von Drogo und den Blutreitern verschafft. Die Dothraki lieben Kefir, ein mit Hefe fermentiertes Getränk aus Stutenmilch, das man heutzutage selbst herstellen kann.

Ganz im Westen des Kontinents Essos erstreckt sich das Gebiet der neun „Freien Städte". Diese handeltreibenden Stadtstaaten funktionierten nach dem Vorbild der unabhängigen Städte des klassischen Griechenlands, Etruriens oder der italienischen Renaissance. Die nördlichste und zweifellos mächtigste Stadt heißt Braavos. Sie wurde von entflohenen Sklaven aus Valyria in einer Lagune erbaut, wobei ihr Inselgrundriss, durch den der Lange Kanal führt, dem von Venedig sehr ähnlich ist. Vom Langen Kanal wiederum wird angenommen, dass er von Flüchtlingen erbaut wurde, die vor den Invasionen der Goten und später der Hunnen flohen. Einige dieser Städte werden von Handelsoligarchen regiert, wobei Braavos von einem Seelord angeführt wird, der auf Lebenszeit gewählt wird, ähnlich wie der Doge von Venedig. Auch wenn es in Braavos keinen Karneval gibt, gibt es am Eingang der Lagune eine gigantische Statue, den Titanen von Braavos – nach dem Vorbild des Kolosses von Rhodos aus der griechischen Antike –, der zusammen mit der Mauer zu den „neun Schönheiten der Menschheit" gehört. In einer anderen Form findet sich eine Anspielung auf die italienische Renaissance – in der religiösen Reform des Hohen Spatzes in Westeros, der die unglückliche Cersei dem „Bußgang" aussetzt und an die kurzlebige religiöse Reform in Florenz durch den Mönch Savonarola im späten 15. Jahrhundert erinnert.

Wir schließen mit dem Fernen Osten (von Essos), der unser eigener ist, da es ganz im Osten, über die Berge hinweg, ein großes Reich der Morgenröte gab, dem das Goldene Reich von Yi Ti mit seinen mehr oder weniger vergöttlichten Kaisern folgte.

Es war nicht meine Absicht, hier einen Katalog aller politischen Gruppierungen der Saga und ihrer detaillierten und komplexen Geschichten zu erstellen, die von George R. R. Martins überbordender Fantasie zeugen. Wie wir gesehen haben, ist es schwierig, ein Universum zu erfinden, das sich völlig von unserem unterscheidet, und auch Martins historische Vision bleibt trotz seines erzählerischen Talents relativ traditionell – mit einem düsteren und gewalttätigen Mittelalter, einem farbenfrohen Asien und einem ebenso unbekannten wie beunruhigenden Afrika.

Macht und Gewalt

Nach diesem Überblick über die verschiedenen Epochen und historischen Kulturen, die in der Saga vereint sind, lohnt sich ein Blick auf einige der großen Themen, die sich durch die Saga ziehen wie Sex, Krieg und Religion, aber auch die illustrativen Elemente des Alltagslebens – und vor allem natürlich die Macht, da sie die Haupttriebfeder der Handlung ist. George R. R. Martin malt ein sehr düsteres Bild, was wahrscheinlich nicht zuletzt auf seine eher „linke" politische Einstellung zurückzuführen ist, zumindest in seinen jungen Jahren, als er während des Vietnamkriegs aus Gewissensgründen den Kriegsdienst verweigerte.

Tatsächlich bieten sich zwei mögliche Lesarten dieser Welt der Adligen an, in der alle ihre Zeit damit verbringen, sich gegenseitig auf Kosten des offiziell propagierten ritterlichen Ideals zu betrügen. So stößt Jaime Lennister, der königliche Wächter, den jungen Bran einfach in die Tiefe, und der große und finstere Ritter Gregor Clegane vergewaltigt, mordet und

Am Eingang der Lagune gibt es eine gigantische Statue, den Titanen von Braavos – nach dem Vorbild des Kolosses von Rhodos aus der griechischen Antike –, der zusammen mit der Mauer zu den „neun Schönheiten der Menschheit" gehört.

foltert mehrfach. Und in der Fernsehserie ersticht der treue Jon Stark schließlich seine Geliebte Daenerys heimtückisch, um sie an weiteren Zerstörungen zu hindern – und verursacht damit die Verflüssigung des eisernen Throns. Eine pessimistische Lesart würde sich mit einem ersten Eindruck begnügen und die unwiderrufliche Dunkelheit der Welt feststellen. Die optimistische Lesart, wenn man sie so nennen kann und die zweifellos jene von George R. R. Martin ist, würde Louise Michel zitieren: „Die Macht ist verflucht, und deshalb bin ich Anarchist." Mit anderen Worten, aus dieser ungerechten Gesellschaft gibt es nichts zu lernen, außer dass man eine radikal andere Gesellschaft aufbauen muss.

In der Fernsehserie wird das demokratische Ideal, das offiziell von allen zeitgenössischen abendländischen Nationen vertreten wird, vom ehrenwerten Samwell Tarly bei der Wahl des neuen Königs in der letzten Episode zaghaft als Hypothese aufgestellt: „Eine Entscheidung, die jeden betrifft, sollte vielleicht ... von jedem getroffen werden." Wir entsinnen uns, dass nach einem Moment der Verblüffung nur ein riesiges kollektives Gelächter folgt. Die Demokratie wird in Westeros also noch eine Weile auf sich warten lassen. Dies war jedoch im realen Mittelalter nicht immer der Fall. Wie Florian Besson und Justine Breton ausführen, war das westliche Mittelalter auch eine Zeit der demokratischen Erfahrungen, insbesondere mit der kommunalen Bewegung zwischen dem 11. und dem 13. Jahrhundert, in der eine Reihe von Städten sowohl den weltlichen als auch den kirchlichen Herrschern Rechte und Freiheiten entzogen.[25]

Es ist die düstere Vision einer Politik, die eher im Dienst persönlicher Ambitionen als eines möglichen Gemeinwohls steht, die das Interesse zahlreicher Politologen an der Serie geweckt hat, zum Beispiel der Philosophinnen Marianne Chaillan und Sandra Laugier oder des Führers der spanischen Podemos-Bewegung, Pablo Iglesias. Es ist in der Tat schwierig, bei diesen Kämpfen nicht an Machiavellis zynische Ratschläge über die Kunst des effizienten Regierens zu denken als auch an Thomas Hobbes und seine Hypothese eines „Kriegs aller gegen alle", wenn die Menschheit nicht von einem guten Monarchen regiert wird. Allerdings kann man sich auch wie Pablo Iglesias und seine Genossen fragen, mit welchen Strategien Bürgerbewegungen diese „verfluchte" Macht stürzen könnten.[26]

Viele Fans, insbesondere der Fernsehserie, begeistert vor allem die blutige Art und Weise, die Machtfrage zu lösen – ob es sich nun um gezielte Tötungen handelt, von denen es unzählige in allen möglichen Formen gibt[27], oder um Schlachten, bei denen jedes konkrete Detail der Waffen und der Kampfmethoden sorgfältig unter die Lupe genommen wird. Dies geht so weit, dass sich eine Reihe von

Videos mit den *„Verbrechen gegen den mittelalterlichen Realismus"* in verschiedenen Filmwerken befasst, eines davon speziell mit der Schlacht von Winterfell[28], die in der Fernsehserie gezeigt wird. So wurde festgestellt, dass keine der Festungen in der Fernsehserie durch die breiten Gräben geschützt war, die im realen Mittelalter üblich waren – und die zu graben zugegebenermaßen sehr zeitaufwendig gewesen wäre. Außerdem wurde angemerkt, dass die Tribböcke – also Katapulte, mit denen vor der Erfindung der Artillerie schwere Steinblöcke auf die Angreifer geschleudert wurden und die in China lange vor dem europäischen Mittelalter bekannt waren – entgegen dem gesunden Menschenverstand vor und nicht hinter den Mauern aufgestellt wurden – damit sie auf dem Bildschirm besser zu sehen waren. Und es fiel auf, dass die Helden im Gegensatz zum Fußvolk keine Helme trugen – eine weit verbreitete Praxis in audiovisuellen Werken, die insbesondere die Identifizierung von Schlüsselfiguren ermöglicht. Auch über den Schiffsbau gibt es viel zu sagen. Und schließlich erscheinen diese Schlachten im Gegensatz zu denen des Mittelalters sehr unkoordiniert.[29]

Frauenbilder und Geschlechterrolle

Neben den blutigen Machtkämpfen in Westeros, die von einer Dosis Fantasy, Drachen und Untoten begleitet werden, ist die Darstellung der Sexualität ein weiterer Bestandteil, der zweifellos den Erfolg der Fernsehserie ausmacht. Sie wird in der Serie – wie auch in den Büchern, wenn auch in geringerem Maße – überwiegend aus männlicher Sicht dargestellt, da vor allem nackte junge Frauen wie Daenerys gezeigt werden, die aus dem erloschenen Scheiterhaufen ihres Mannes steigt. Zudem ist es schwierig, ein männliches Äquivalent zu finden, selbst in geringem Umfang wie die verstohlene, kaum eine halbe Sekunde dauernde Zurschaustellung eines Mannes, der Cersei auf ihrem „Bußgang" hämisch sein Geschlechtsteil zeigt.[30] Im Zusammenhang mit der letztgenannten Szene wird oft das Schicksal von Jane Shore erwähnt, der Mätresse von Eduard IV., die von seinem Nachfolger Richard III. gezwungen wurde, zur Buße mit einer Wachskerze in der Hand durch London zu ziehen, aber immerhin in einem weiten Gewand aus braunem Wollstoff. Man könnte auch an die ältere Königin Brunichild denken, wie sie nackt auf einem Kamel zur Schau gestellt und 613 von den merowingischen Soldaten unter König Clotaire missbraucht wurde, bevor sie an ein galoppierendes Pferd gefesselt starb. Oder an die Frauen, die nach der Befreiung Frankreichs als Kollaborateurinnen mit den Nazis kahl geschoren und häufig ebenfalls entblößt auf den Straßen zur Schau gestellt wurden.

Es kommt wiederholt zu Vergewaltigungen, darunter die von Daenerys durch ihren Ehemann, den grimmigen Dothraki Khal Drogo, die in beiden Werken vorkommt. Die Fernsehserie fügte noch Cerseis Vergewaltigung durch ihren Zwillingsbruder Jaime am Sterbebett ihres Sohnes Joffrey sowie Sansas Vergewaltigung durch den niederträchtigen Ramsay Bolton hinzu. Diese Gewaltszene, die zum großen Teil im Dunkeln spielt, zwingt den Schauspieler Iwan Rheon, der den Ramsay spielt, sich vor seinem Publikum zu rechtfertigen und zu versichern, dass dies „der schlimmste Tag in seiner Karriere" gewesen sei. Die Einbindung des Zuschauers und das Spiel zwischen Fiktion und Realität sind jedoch nichts Neues. Im vergangenen Jahrhundert wurde bei großen religiösen Darstellungen, den „Mysterienspielen", der Schauspieler, der den Judas verkörperte, anschließend nicht selten von den Zuschauern angegriffen.

Ebenfalls zu erwähnen sind die angedeuteten Vergewaltigungen der gefangenen Wildlinge durch Mitglieder der Nachtwache, da, wie eine Wache entschuldigend sagt, „Männer eben Männer sind"[31]. Es stimmt, dass Homers *Ilias* mit dem folgenschweren Streit zwischen Achilles und Agamemnon vor den Mauern Trojas um den Besitz der Sklavin Briseis beginnt und dass die Entführung und die Vergewaltigung der Frauen der Feinde wiederkehrende Themen sind. Der unbestreitbare Voyeurismus vieler Szenen in *Game of Thrones* ist zweifellos eine Entscheidung der Drehbuchautoren und Regisseure, und die Tatsache, dass pornografische Websites die meistbesuchten im Internet sind, ist wahrscheinlich auch nicht ganz unschuldig daran. Natürlich gibt es auch wesentlich zärtlichere Szenen wie die Umarmung zwischen Jon Schnee und der rothaarigen Wildlingsfrau Ygritte in einer (während der Dreharbeiten isländischen) Höhle, obwohl der Schauspieler Kit Harington zugeben musste, dass seine Kehrseite gedoubelt worden war, weil er sich den Knöchel gebrochen hatte.[32]

Diese Gewaltszene, die zum großen Teil im Dunkeln spielt, zwingt den Schauspieler Iwan Rheon in der Rolle des Ramsay, sich vor seinem Publikum zu rechtfertigen und ihm zu versichern, dass dies „der schlimmste Tag in seiner Karriere" gewesen sei.

Bestimmte Szenen der Fernsehserie wurden zweifelsohne durch kommerzielle Erwägungen beeinflusst. Dabei wird die Homosexualität offen gezeigt: Das gilt für Yara Graufreud ebenso wie für Renly Baratheon und Loras Tyrell, deren Beziehung auf der Leinwand deutlich zu erkennen ist. Auch die Frauen bekämpfen sich gelegentlich wie Arya und vor allem die kräftige Brienne von Tarth.

Apropos korrekte Sichtweise: Behinderte werden recht positiv dargestellt, sei es der gelähmte Bran Stark in seinem (etwas anachronistischen) Rollstuhl oder natürlich Tyrion Lennister, einer der sympathischsten Charaktere, mit seinem Zwergenwuchs – ganz zu schweigen von Jaime, der einen Arm verlor, nachdem er von Söldnern gefangen genommen und verstümmelt wurde. Auch die Ausgeschlossenen sind positive Helden, allen voran Jon Schnee und – ganz am Anfang – Daenerys.

Game of Thrones und wir

„Die Vergangenheit ist die Aktualität der Gegenwart", sagen Historiker manchmal. Selbst wenn diese Vergangenheit erfunden (wenn auch nicht vollständig erfunden) ist, sagt sie etwas über unsere Gegenwart aus, und sei es nur über unsere Ängste oder Fantasien. Kinderbücher haben auch eine pädagogische Funktion, sie bereiten auf die Schwierigkeiten der Pubertät vor, sei es die Abnabelung von der Mutter oder die Entdeckung der Sexualität. Auch wenn *Das Lied von Eis und Feuer* ein weltweites kulturelles Phänomen ist, so greift es doch unsere Probleme und Schwierigkeiten auf.

Zwar ist es nicht der Winter, der kommt[33] – unsere nächste Eiszeit auf der Erde wird erst in einigen Jahrtausenden eintreten –, sondern eher der Sommer, ein lang anhaltender und zunehmend trockener, wenn nicht sogar verheerender Sommer. Aber unsere Klimasorgen sind tatsächlich da – und keine Einbildung.

Seit der Errichtung des Hadrianwalls haben wir nicht aufgehört, weitere Barrieren zu errichten, auch wenn einige von ihnen – von der Chinesischen Mauer bis zur Maginot-Linie – ihr Versprechen nicht wirklich gehalten haben. Während die Berliner Mauer endlich verschwunden und nur noch in kleinen Einzelteilen in Museen oder Parks zu sehen ist, haben einige europäische Länder andere Mauern – in Form von Elektrostacheldraht – neu errichtet, nicht um die Bürger davon abzuhalten, ihr Land zu verlassen, sondern um andere Menschen davon abzuhalten, ihre Mitbürger zu werden. Eine weitere Mauer steht an der Grenze zwischen Mexiko und den USA – ein Teil davon wurde im Laufe des Jahres 2017 eingerissen, fast zur gleichen Zeit, in der die Saga entstand.

Auch im letzten Jahrhundert gab es immer wieder Massaker: der Völkermord an den Armeniern, den europäischen Juden und den Tutsi, Massenmorde an den indonesischen Kommunisten (1965–1966), an den Aufständischen in Sri Lanka (2009), Übergriffe der Terrorgruppe Daesh in Südostasien, Massaker an den Rohingyas in Myanmar usw., die jedes Mal mit Massenvergewaltigungen einhergehen, wie im Frühjahr 2021 in der Tigré-Region. Die Massaker und Vergewaltigungen, die in der Romansaga *Das Lied von Eis und Feuer* und in der Fernsehserie *Game of Thrones* in mehr oder weniger großem Umfang verübt werden, stehen ihnen in nichts nach.

Die politischen Machtstrukturen haben schließlich viel von ihrer Überlegenheit eingebüßt. In Demokratien und ähnlichen Regierungsformen treiben die Verschwörungstheorien von der Erde als Scheibe bis hin zu manipulierten Epidemien absurde Blüten, während sich autoritäre, illiberale oder diktatorische Regimes von der Türkei bis Brasilien, von Indien bis Russland, von China bis Ungarn auszubreiten scheinen und sogar die USA erreicht haben – all dies im Einklang mit dem langsamen Anstieg der rechtsextremen Bewegungen. Ist ein politischer Winter auf dem Vormarsch?

Das Universum im *Lied von Eis und Feuer,* das hier auf die Serie ausgeweitet wurde, erzählt uns nur Geschichten, wie sie Kinder abends so gerne hören und von denen sie wissen, dass das Geschilderte nicht oder nicht mehr existiert. Deshalb lieben sie sie, wie sie auch die Dinosaurier oder die Drachen lieben. Doch beide Werke handeln von uns.

Kleine Flotten an den Küsten von Essos und Westeros

„Die Vergangenheit ist die Aktualität der Gegenwart“, sagen Historiker manchmal. Selbst wenn diese Vergangenheit erfunden ist, sagt sie etwas über unsere Gegenwart aus, und sei es nur über unsere Ängste oder Fantasien.

Wir versuchen an dieser Stelle, anhand der Bilder aus der Serie eine Art maritimer Ethnografie der Völker in *Game of Thrones* zu erstellen. Nach dem Vorbild von François Beaudouin, der die Vielfalt der Schiffe an den Küsten Frankreichs zusammengestellt hat, suchen wir die Schiffe und Boote von Dorne bis zu den Eiseninseln und von Königsmund bis zur Sklavenbucht zu erfassen. Daraus ergibt sich das Bild eines Gebiets, das nicht nur von großen, sich relativ ähnelnden Schiffen von einem Punkt dieser imaginären Welt zum anderen befahren wird, sondern auch von vielen kleineren Booten, deren Eigenheiten und Unterschiede stärker hervortreten.

Diese Feststellung stimmt mit den Beobachtungen überein, die die Seefahrtforscher seit François Edmond Pâris bis zum heutigen Tag gemacht haben. Daher gehen wir davon aus, dass in Bezug auf die einheimische Schiffsarchitektur jede Region auf lokaler Ebene ihre eigenen Bautraditionen besitzt,

Das Universum im Lied von Eis und Feuer, *das hier auf die Serie ausgeweitet wurde, erzählt uns nur Geschichten, wie sie Kinder abends so gerne hören und von denen sie wissen, dass das Geschilderte nicht oder nicht mehr existiert.*

die die Besonderheiten ihres Schifffahrtsraums sowohl in grafischer und wirtschaftlicher als auch in politischer, sozialer und kultureller Hinsicht widerspiegeln. Je ausgeprägter diese Besonderheiten sind, desto stärker und dauerhafter sind die Bautraditionen. Wenn der Seeraum jedoch über die regionale Ebene hinausgeht und sich auf offene Meeresgebiete ausdehnt, verschwinden die Besonderheiten der Schiffe und es zeigen sich mehr gängige Konstruktionen, die zu einer gewissen Universalität tendieren.

In der Fernsehserie ist die Interpretation der Welt, die George R. R. Martins literarischem Werk nachempfunden ist, von dieser Dynamik nicht ausgenommen, da es einerseits ein klar identifizierbares Modell des Hochseeschiffs, das fast allen Seefahrervölkern in der Serie gemein ist, und andererseits eine Unzahl von kleinen Booten gibt, die eine erstaunliche Vielfalt aufweisen.

So findet man in den Häfen im Norden von Westeros eine große Anzahl von Booten mit Holzrahmen, die mit einer Haut überzogen und den irischen Curraghs sehr ähnlich sind. Dieser Schiffstyp scheint sehr verbreitet zu sein und dient oft als Beiboot der großen Schiffe auf dem gesamten Kontinent. Ebenso häufig sieht man Klinkerboote, deren Planken sich überlappen und mit Nägeln zusammengehalten werden, die stark an die kleinen skandinavischen Faerings erinnern. Dennoch scheint ihre Verbreitung weit über die nördlichen Provinzen von Westeros hinauszugehen, denn das schönste Beispiel für diese Art von Booten ist in Dorne zu sehen: Ein beplanktes Paradeboot bringt Prinzessin Myrcella an Bord eines Schiffs, das nach Königsmund fährt.

An der Küste von Essos fällt auf, dass die kleinen Schiffe sowohl in Klinker- als auch in Kraweelbauweise konstruiert sein konnten und sich vor allem durch die Verwendung eines Sprietsegels auszeichnen. Insbesondere in Braavos erklärt das Vorhandensein einer großen geschützten Lagune und eines umfangreichen Kanalsystems, warum die kleine Flotte dieser freien Stadt derjenigen in den Lagunengebieten der nördlichen Adria unter venezianischem Einfluss (das Batana aus Rovinj und der venezianische Sandolo) sehr ähnlich ist.

Schließlich tauchen in einer Szene manchmal auch bemerkenswertere Boote auf, die jedoch aufgrund ihrer Seltenheit keinem bestimmten Typus zugeordnet werden können. In Peik, der Hauptstadt der Eiseninseln, taucht ein Schiff auf, das aus Schilf besteht, was auf mehrere Schiffstypen verweist, die in der ganzen Welt bekannt sind. Ebenso ist es wieder ein prächtiges Boot, das Prinzessin Myrcella zu dem Schiff überführt, das sie nach Dorne bringen soll.

Holzschiffe und *Das Lied von Eis und Feuer*

Von Pierre Poveda

Auf dem Balkon eines prachtvollen Zimmers in einem Palast in Pentos, das von einem sanften Frühlingslicht erhellt wird, treffen wir zum ersten Mal die zukünftige Drachenmutter. Die Mehrheit der Zuschauer ist zweifellos von der Schönheit dieses jungen Mädchens beeindruckt: Ihr silbernes Haar und die feinen Gesichtszüge machen sie zu einer besonderen Figur in dieser ersten Szene.

Das reicht aber nicht aus, um den Bootsfreund abzulenken, der sich stattdessen an der Seeszene erfreuen wird, die auf der großen Wand im Hintergrund des Raums zu sehen ist. Darauf sind zwei Schiffe mit zwei oder drei Masten dargestellt, die nebeneinander fahren und auf denen mehrere quadratische Segel übereinander gesetzt sind. Obwohl dieses erste Merkmal, die Aufteilung des Segelsystems in eine Reihe von quadratischen Segeln, bereits interessant ist (es zeigt eine Raffinesse und einen Entwicklungsgrad, der sich von den einfacheren Takelagen, die wir im Rest der Serie finden werden, deutlich absetzt), sind die Rauchschwaden, die die beiden Boote umgeben, das wichtigere Detail. Rauch steigt aus den Waffenpforten auf, die Artillerie feuert einen Kugelhagel auf die feindlichen Schiffe ab: eine wahre Feuerwalze, eine Seeschlacht mit Kanonen!

Die Drachen sind nicht die einzigen, die zwischen Essos und Westeros Feuer speien. Die Schiffe, die auf den Wellen der Meerenge segelten, waren dazu einst ebenfalls in der Lage. Der Bootsfreund muss daher die Frage nach der Zukunft des Schiffsbaus in diesem Universum stellen.

Es ist mit einem axialen Ruder zur Steuerung ausgestattet und erinnert an die ungewöhnlichen Neretvanska lađa, Boote auf dem Fluss Neretva in Kroatien.

Zum Glück für unsere Recherche spielt die Serie abwechselnd in den verschiedenen Meeresräumen von Game of Thrones (Zitterndes Meer im Norden, Sommermeer im Süden, Meerenge in der Mitte, Myrische See im Osten und schließlich das Dornische Meer im Westen), sodass man die Vielfalt dieser regional begrenzten Schifffahrt gut nachvollziehen kann. Anhand dieser Berichte kann man den Reichtum der Bau- und Konstruktionstechniken dieser kleinen Boote erkennen, was wesentlich zur Bereicherung der Fantasiewelt der Serie beiträgt. Umgekehrt scheint, wie wir sehen werden, das viel einheitlichere Modell des Hochseeschiffs ein Faktor zu sein, der die Erzählung ärmer macht.

In Bezug auf die einheimische Schiffsarchitektur besitzt jede Region ihre eigenen lokalen Bautraditionen, welche die Besonderheiten ihres Schifffahrtsraums sowohl in geografischer und wirtschaftlicher als auch in politischer, sozialer und kultureller Hinsicht widerspiegeln.

Das Lied von Eis und Feuer und das Lateinersegel

Während man erwarten würde, dass die Graufreuds Wikingerschiffe benutzen und andere Seemächte sich auf das Ruder als Hauptantrieb für ihre Kriegsflotte verlassen, stellt man stattdessen fest, dass mit sehr wenigen Ausnahmen ein und derselbe Schiffstyp die meisten großen Schiffe in der Welt von *Game of Thrones* repräsentiert. Dies würde bedeuten, dass die Navigation und die Kriegskunst auf den Meeren sowohl in Essos als auch in Westeros stark standardisiert waren, was dazu führte, dass ein einziges Schiffsmodell alle anderen verdrängt hat. Nun scheint die außergewöhnliche Gefährlichkeit von Euron Graufreuds Flaggschiff, der Stille (mit einem Rammsporn und einem Corvus wie eine römische Galeere), das Gegenteil zu beweisen. Dies gilt auch für die beeindruckende Armada der Sklavenhändlerstädte, die Meere belagern und im Vergleich zu den in der Schlacht am Schwarzwasser eingesetzten Schiffen sehr effizient erscheinen. So wurden Dutzende von Ruderschiffen mit Rammspornen und einer beeindruckenden Artillerie (eine Art Triböcke und Katapulte) vor der Küste der großen Pyramide und der Sklavenbucht beobachtet, die die Stadt verwüsteten – die Stadt, die sie ohne die Intervention der Drachen wahrscheinlich in kürzester Zeit in Schutt und Asche gelegt hätten. Neben diesen schweren Kriegsschiffen taucht auch das unserer Meinung nach schönste Schiff an diesen imaginären Ufern auf: ein großer

Dreimaster mit Lateinersegeln aus Astapor, der an die Schebecken im Mittelmeer des 18. Jahrhunderts erinnert.

Die meisten Schiffe sind jedoch viel einfacher und ähneln einer Karavelle mit zwei Masten und Lateinersegeln unterschiedlicher Größe. Dabei ist das größere Segel, das der südländischen Mestre entspricht, meist vor dem kleineren, der Mejane, platziert, die von einem schwer erreichbaren Ausguck gekrönt wird. Dieses Schiff mit einer Länge von 20 bis 30 Metern findet man sowohl in den Flotten der Eisenmänner als auch in denen von Dorne oder Stannis Baratheon und sogar jenseits der Meerenge. Dieses Schiff hat keine Ruder und kann sowohl mit einem Steuerrad als auch mit einer Pinne gesteuert werden, deren geringe Größe den Steuermann in schweren Stürmen in Schwierigkeiten bringen kann ... Die Segel sind meist verziert und farblich auf das Wappen des Eigentümers abgestimmt: schwarze Segel mit einem dreiköpfigen roten Drachen, rote Segel mit einem goldenen Löwen, schwarze Segel mit einem goldenen Kraken, weiße Segel mit einer Harpyie usw. Auf ähnliche Weise greift eine oftmals goldene Galionsfigur diese Symbolik auf. Gelegentlich ist das Schiff mit Quadratsegeln getakelt und ähnelt dann eher einer Karacke. So erinnert zum Beispiel Theon Graufreuds Seehund stark an die Santa Maria von Christoph Kolumbus.

Ohne Zweifel ist das Schiff, das Cersei Lennister ihrer Tochter Myrcella zur Verfügung stellt, ein typisches Beispiel für die Hochseeflotte von Westeros. Während einer Unterhaltung in den Gärten von Königsmund beauftragt Königin Cersei Oberyn Martell damit, ihrer Tochter in Dorne das Geschenk zu überbringen, das sie von den besten Schiffszimmerern in Königsmund anfertigen ließ: „Seit Monaten arbeiten die besten Zimmerleute von Königsmund daran. Myrcella liebt das offene Meer."[34]

Die historische Parallele für dieses typische Schiff findet sich in den Schiffen, die von den portugiesischen Entdeckern Mitte des 15. Jahrhunderts genutzt wurden.

Die offensichtlichste historische Parallele zu diesem typischen Schiff aus *Game of Thrones* findet sich in den Schiffen, die von den portugiesischen Entdeckern im Dienst von Heinrich dem Seefahrer oder Johann II. in der Mitte des 15. Jahrhunderts verwendet wurden. Eine Karavelle wie jene, die Gil Eanes 1434 benutzte, um Kap Bojador zu umfahren und den Seeweg nach Indien zu erschließen, hätten die Beobachter an den Kais von Königsmund oder Braavos sicherlich kaum eines Blickes gewürdigt.

Die Magie der Seefahrt

Im Epilog der Serie wird deutlich, dass die Erwartungen, die das Panorama von Pentos – ein komplexes und abwechslungsreiches Seestück nach dem Vorbild der Renaissance, in der manchmal die Kanonen donnern –, geweckt hat, eine große Herausforderung darstellen. Die Enttäuschung wird jedoch größtenteils durch jenes seltsame Gefühl ausgeglichen, das sich einstellt, wenn man sieht, wie schnell und leicht sich diese Segelschiffe mit ihrer einfachen Takelage unabhängig von der Windrichtung und der Stärke des Winds bewegen. In dieser Hinsicht speien die Schiffe in *Game of Thrones* zwar kein Feuer, sind aber ebenso außergewöhnlich wie die Drachen.

Neben diesen schweren Kriegsschiffen taucht auch das schönste Schiff dieser imaginären Küste auf: ein großer Dreimaster mit Lateinersegeln aus Astapor.

Interpretation des Schiffs, das Myrcella von ihrer Mutter Cersei Lennister geschenkt bekam.

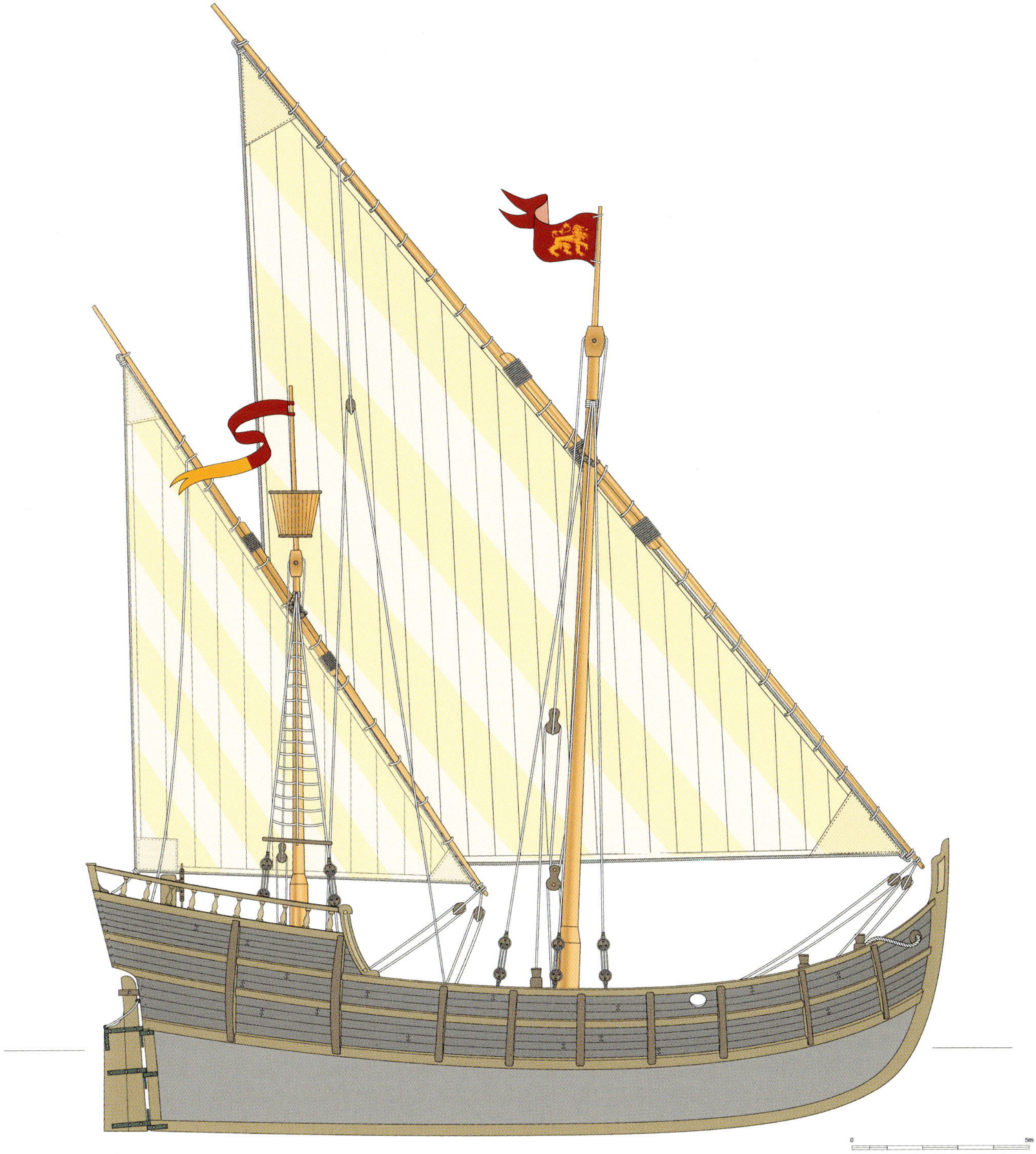
0
5m

Anmerkungen

1 Sandra Laugier, „En confinement: du care en série“, Analyse Opinion Critique, 15. März 2021: https://aoc.media/critique/2021/03/14/en-confinement-du-care-en-series/; Alexandre Gefen et Sandra Laugier (Hrsg.), Le Pouvoir des liens faibles, Paris, CNRS Éditions, 2020; Sandra Laugier, Nos vies en séries, Paris, Climats, 2019.

2 Game of Thrones, Staffel VI, Folge 9 (im Folgenden in dieser Kurzform zitiert: GoT VI-9).

3 GoT VIII-3.

4 GoT III-10.

5 GoT I-9.

6 GoT I-10.

7 GoT V-10.

8 GoT VI-9.

9 Jacques Goimard, Critique du merveilleux et de la fantasy, Paris, Pocket, 2003; Anne Besson (Hg.), Dictionnaire de la fantasy, Paris, Vendémiaire, 2018.

10 Siehe „Mittelerde in Zahlen“ – LotrProjekt, http://lotrproject.com/ statistics/#raceandsex

11 Siehe das Kapitel von Stephen Giner, S. 51.

12 Zum Beispiel auf der Website La Garde de Nuit: „Inspirations et parallèles historiques du Trône de fer“, www.lagardedenuit.com/forums/sujets/inspirations-et-paralleles-historiques-du-trone-defer/ oder „Sources historiques et littéraires de la saga“, www.lagardedenuit.com/wiki/index.php?title = Sources_historiques_et_littéraires_de_la_saga

13 Siehe „Dossier: jusqu'à quel point le Moyen Âge de Game of Thrones est-il réaliste? (Teil 1)“, Hitek.fr, www.hitek.fr/actualite/jusqu-a-quel-point-le-moyen-age-de-game-of-thrones-est-il-realiste_19076

14 George R. R. Martin, Elio M. García Jr. und Linda Antonsson, Game of Thrones. Les origines de la saga, Paris, Huginn & Muninn, 2015.

15 Siehe das Kapitel von Jean-Sébastien Steyer, S. 157.

16 Zur Wiederholung von Vorgeschichte und Geschichte kann man nicht genug empfehlen: Jean-Paul Demoule, Dominique Garcia und Alain Schnapp (Hrsg.), Une histoire des civilisations. Comment l'archéologie bouleverse nos connaissances, Paris, La Découverte, 2018.

17 GoT VII-4.

18 Siehe das Kapitel von Jean-Sébastien Steyer, S. 157.

19 Eddard II, Intégrale 1, S. 147.

20 GoT VI-10.

21 Siehe sein Kapitel, S. 157, sowie das von Barbara Le Maître, S. 227.

22 Florian Besson und Justine Breton, Une histoire de feu et de sang. Le Moyen Âge de Game of Thrones, Paris, Puf, 2020; Florian Besson, Catherine Kikuchi und Cécile Troadec, Cahiers de recherches médiévales et humanistes,

Nr. 28, 2014, S. 479-507, https://journals.openedition.org/crm/13765; Aurélie Paci, „Game of Thrones et l'histoire“, www.parolesdhistoire.fr/index.php/2019/04/13/49-game-of- thrones-et-lhistoire-avec-aurelie-paci/

23 Bruno Dumézil (Hg.), Les Barbares, Paris, Puf, 2016.

24 Siehe das Kapitel von Frédéric Landragin, S. 109.

25 Florian Besson und Justine Breton, Une histoire de feu et de sang, a. a. O., S. 226-227; Michel Hébert, La Voix du peuple. Une histoire des assemblées au Moyen Âge, Paris, Puf, 2018.

26 Marianne Chaillan, Game of Thrones. Une métaphysique des meurtres, Paris, Le Passeur, 2016; Sandra Laugier, „Retour sur Game of Thrones, une expérience personnelle augmentée“, Analyse Opinion Critique, 10 Juni 2019: www.aoc.media/critique/2019/06/10/retour-sur-game-of-thrones- une-experience-personnelle-augmentee/; Pablo Iglesias (Hg.), Les Leçons politiques de Game of Thrones, Paris, Post-Éditions, 2019; siehe auch Nummer 41 (Sonderausgabe), Philosophie Magazine, März 2019: www.philomag.com/articles/game-thrones.

27 GoT III-10.

28 YouTube-Kanal Shadiversity, „The Battle of Winterfell tactics analysed: Crimes Against Medieval Realism“, www.youtube.com/watch?v=jY2jAnV5Fa4

29 Florian Besson und Justine Breton, Une histoire de feu et de sang, a. a. O., S. 261-286.

30 GoT V-10.

31 Jon II, Intégrale 5, S. 65.

32 GoT III-5; „Les fesses de Kit Harington (Jon Snow dans Game of Thrones) n‘étaient pas … les siennes“, Télé-Loisirs, www.programme-tv.net/news/series-tv/50471-les-fesses-de-kit-harington-jon-snow-dans-game-of-thrones-n-etaient-pas-les-siennes/

33 Um vor dem Klimawandel zu warnen, hat Greenpeace das bekannte Leitmotiv aus dem *Lied von Eis und Feuer* in „Winter is not coming“ umgewandelt.

34 GoT IV-5.

„PLANETOS" ZWISCHEN GEOGRAFIE UND GEOLOGIE DES IMAGINÄREN

STEPHEN GINER

* Sofern nicht anders angegeben, stützen sich die Analysen in diesem Artikel auf den Inhalt des *Lieds von Eis und Feuer* und der Fernsehserie *Game of Thrones*

Ansicht von Dorne

Die Geschichte vom *Lied von Eis und Feuer* spielt auf einem erdähnlichen Planeten, er ist also kugelförmig, belebt und hat seine eigene geologische Geschichte.

George R. R. Martin formuliert es noch genauer: „Ja, die Erde ist rund. Vielleicht ein bisschen größer als unser Original, aber ..."[1] Wenn wir uns die Karte dieser Erde ansehen, die von den Fans „Planetos", vom Autor jedoch „bekannte Welt" genannt wird, überraschen uns augenblicklich bestimmte Ähnlichkeiten mit dem Original, sei es in Bezug auf die Konturen der Erdoberfläche, die Position der Geländereliefs oder die allgemeine Beschaffenheit der Karte.

Nun wollen wir die tektonische und geologische Historie dieses Planeten erkunden. Die tektonische Geschichte lässt sich leicht aus der Form der Kontinente sowie aus Vorhandensein, Höhe und Lage der Reliefs ableiten. Auf dieser Grundlage wird die geologische Geschichte der Welt der Saga rekonstruiert, um eine solide Grundlage für das Wissen über diese imaginären Länder zu schaffen, die unseren eigenen so ähnlich sind.

Ausgehend von den verschiedenen Disziplinen der Geowissenschaften, die sich mit der Erforschung unseres Planeten befassen, können wir Fantasiewelten wie die von George R. R. Martin beschreiben und ihnen gleichzeitig eine gewisse Plausibilität verleihen. Anhand der geografischen Angaben, die sich aus der Form der Kontinente, dem Vorhandensein, der Höhe und der Lage der Reliefs ergeben, sowie der Wahl der Schauplätze der Fernsehserie, die den Beschreibungen des adaptierten Werks folgen oder nicht, können wir eine tektonische und geologische Theorie dieses Planeten erstellen.

Diese Rekonstruktion bildet eine solide Grundlage für die Kenntnis der imaginären Länder, die unseren so ähnlich sind und uns paradoxerweise erlauben, unsere reale Welt besser zu verstehen.

Ausgehend von den verschiedenen Disziplinen der Geowissenschaften, die unseren Planeten erforschen, können wir Fantasiewelten wie die von G. R. R. Martin beschreiben und ihnen gleichzeitig eine gewisse Plausibilität verleihen.

Die Glaubwürdigkeit eines imaginären Planeten

Die erste Information über den Planeten, auf dem die Geschichte des *Lieds von Eis und Feuer* spielt, ist, dass es sich um einen terrestrisch, also felsigen Planeten handelt, der sich in der nahen Peripherie seines Muttersterns befindet. In unserem Sonnensystem sind Merkur, Venus, Erde und Mars terrestrische Planeten, während Jupiter, Saturn, Uranus und Neptun Gasplaneten sind.

Aus den astronomischen und orbitalen Bedingungen von „Planetos" können wir schließen, dass er sich innerhalb seines Planetensystems in der sogenannten „Goldlöckchenzone" befindet, die nach der kleinen Märchenheldin benannt wurde, die zuerst aus einer zu heißen und dann aus einer zu kalten Suppenschüssel probiert, bevor sie die Schüssel mit der richtigen Temperatur findet. Die Planeten der Goldlöckchenzone müssen zudem in einer „guten" Entfernung liegen, das heißt weder zu nah noch zu weit von ihrem Stern entfernt. Dieser Abstand gewährleistet, dass das Wasser an der Oberfläche flüssig und unter den Temperatur- und Lichtverhältnissen die Entstehung und Entwicklung von Leben möglich ist. Diese Zone wird auch als „habitable Zone" bezeichnet.

Befindet sich der Planet zu nah an seinem Stern, ist die Temperatur so hoch, dass das Wasser verdunstet, was für die Entwicklung von Leben, wie wir es kennen, nicht ideal ist. Zudem behindert die starke Strahlung der Sternwinde seine Entwicklung. In unserem Sonnensystem trifft dies auf Merkur und Venus zu. Während jedoch auf dem Merkur wegen seiner zu großen Nähe zur Sonne nie flüssiges Wasser vorhanden war, könnte die Venus bereits Ozeane besessen haben, als unser Stern noch nicht seine heutige Helligkeit und Aktivität erreicht hatte.

Seit ihrer Entstehung vor etwa fünf Milliarden Jahren hat sich die Sonne kontinuierlich weiterentwickelt: von einem kleinen zu einem größeren Stern, der in den folgenden Milliarden Jahren an Kraft und Intensität gewann. Gegenwärtig befindet er sich in der sogenannten „Hauptreihe". In den nächsten 5 Milliarden Jahren, wenn sie den größten Teil ihres Wasserstoffs verbraucht hat, wird sie erst zu einem Roten Riesen und nach einer Phase des planetarischen Nebels zu einem Weißen Zwerg werden. Während ihrer gesamten Lebensdauer von zehn Milliarden Jahren wird die Sonne mehrmals die Spektralklasse wechseln. Diesen Begriff werden wir später erläutern.

Kommen wir nun zurück zur Goldlöckchenzone und zur Geburt der Sonne. Während dieser fünf Milliarden Jahre der Evolution stieg die Temperatur unseres Planeten an, was dazu führte, dass die Ozeane auf der Venus allmählich in der oberen Atmosphäre verdampften. Der Sonnenwind in Kombination mit einem Elektronenwind führte dann dazu, dass die Wassermoleküle in den Weltraum getrieben wurden und die Venus zu einem sterilen Planeten ohne Leben wurde. Die Tatsache, dass sie ein regelrechter Hochofen ist (462° C durchschnittliche Oberflächentemperatur, also doppelt so hoch wie der Backofen in Ihrer Küche), ist hauptsächlich auf ihre relative Nähe zur Sonne und auf den gigantischen Treibhauseffekt zurückzuführen, der durch eine sehr dichte Atmosphäre mit hohem Kohlendioxidgehalt verursacht wird. Merkur und Venus befinden sich daher außerhalb der Goldlöckchenzone, da es dort zu heiß ist.

Ist ein Planet jedoch zu weit von seinem Stern entfernt, kann das Wasser aufgrund der Oberflächentemperatur nicht flüssig bleiben und gefriert. Dies ist aktuell auf dem Mars der Fall, wo Wassereis nur an den Polen, in einigen Kratern und im Untergrund sichtbar ist. Aber vor etwa vier Milliarden Jahren war diese Ebene zum Teil von Meer und flüssigem Wasser bedeckt, und das lange genug, um unter sich Felsen zu formen und bis heute interessante Spuren von Rissbildungen und Sedimentaktivitäten zu hinterlassen.

Ebenso wie die Erde befindet sich auch der Mars in einer Goldlöckchenzone. Sein flüssiges Wasser ist verschwunden, weil der kleine Planet (er ist zweimal kleiner als die Erde) aufgrund seiner geringen Anziehungskraft seine Atmosphäre nicht erhalten konnte: Diese wurde durch die Sonnenwinde allmählich „ausgefranst“. Ohne eine ausreichend dichte Atmosphäre, die das Wasser auf der Oberfläche in flüssigem Zustand halten konnte, wurde die Verdunstung verstärkt, und nur das unter der Oberfläche gefrorene Wasser blieb übrig.

Die mittlere Oberflächentemperatur auf dem Mars liegt bei -63° C gegenüber +15° C auf der Erde. Dieser enorme Unterschied ist nicht nur darauf zurückzuführen, dass der Mars weiter von der Sonne entfernt ist, sondern vor allem darauf, dass er keine Atmosphäre mehr hat und somit nicht mehr vom Treibhauseffekt profitiert, mithilfe dessen er eine milde Temperatur aufrechterhalten könnte.

Ohne den Treibhauseffekt hätte die Erde eine Durchschnittstemperatur von etwa -20° C. Zur Erinnerung: Der Treibhauseffekt ist ein natürliches Phänomen, das auftritt, wenn ein Planet eine ausreichend dichte Atmosphäre hat, um die Infrarotstrahlung während der Nachtphase seines Tag-Nacht-Zyklus vom Boden abzuhalten. Der Treibhauseffekt existiert auf der Erde seit etwa 4,53

Milliarden Jahren, und obwohl die Menschheit dazu neigt, weitere Gase hinzuzufügen, die den Effekt verstärken, ist sie in keiner Weise für seine Entstehung verantwortlich …

In unserem Sonnensystem ist der einzige Gesteinsplanet, der aufgrund seiner Entfernung von der Sonne für die kältere Zone infrage kommt, kein Planet! Es handelt sich dabei um den Astroidengürtel zwischen Mars und Jupiter. Wenn die Anziehungskraft von Jupiter die Ansammlung von Planeten in diesem Gürtel nicht verhindert hätte, hätten wir höchstwahrscheinlich einen kalten Planeten außerhalb der Goldlöckchenzone.

Kehren wir nun zur Welt von George R. R. Martin zurück. Angesichts der Beschreibung seiner Welt und seiner Bewohner, die den heutigen sehr ähnlich sind, ähnelt sein Planet einem natürlichen Stern der Spektralklasse zwischen G und K. Was bedeutet das? Die Sterne im Universum werden nach dem von ihnen zurückgegebenen Leuchtspektrum, aber auch nach der Helligkeit dieses Strahls, ihrer absoluten Helligkeit (die innere Helligkeit eines Asteroiden im Gegensatz zur scheinbaren Helligkeit, die je nach Entfernung variiert) und ihrer Oberflächentemperatur klassifiziert. In Abhängigkeit von diesen Parametern werden die Sterne in das (nach seinen beiden Begründern benannte) „Hertzsprung-Russell-Diagramm“ eingeordnet.

In diesem werden folgende Klassen unterschieden: O, B, A, F, G, K und M, die von blauen Sternen (den heißesten mit Oberflächentemperaturen zwischen 20 000° C und 50 000° C) über weiße und gelbe Sterne bis hin zu roten Sternen (den am wenigsten heißen mit Oberflächentemperaturen zwischen 2000° C und 4000° C) reichen.

Die Sonne, unser Mutterstern, ist ein gelber Zwergstern der Klasse G. Der Stern, der „Planetos“ beleuchtet, ist ihr sehr ähnlich, wenn auch kleiner, und daher höchstwahrscheinlich ein Stern vom Typ G bis K, also ein gelber Zwergstern mit einer Oberflächentemperatur von etwa 6000° C. Dies deutet darauf hin, dass sich der Planet von George R. R. Martin in einer Entfernung von 130 bis 170 Millionen Kilometern von seinem Mutterstern befindet. Der Autor beschwört die Magie, um die Unregelmäßigkeit der Jahreszeiten zu erklären. Auf unserem Planeten könnte nur eine bestimmte Umlaufbahn dieses Phänomen hervorrufen (wir werden später darauf zurückkommen).

Die Sonne ist ein gelber Zwergstern der Klasse G. Der Planet, der Planetos beleuchtet, könnte ihr sehr ähnlich sein, auch wenn er kleiner ist.

Auch wenn es nicht möglich ist, die genaue Zusammensetzung der Atmosphäre von „Planetos“

Das Ozon absorbiert die blauen Wellen des Lichtspektrums und streut sie in alle Richtungen, was erklärt, warum der Himmel über der Erde blau ist.

zu bestimmen, so muss sie doch genügend Sauerstoff und Stickstoff enthalten, damit die Bewohner wachsen und atmen können. Der Ozongehalt entspricht im Wesentlichen dem auf der Erde, was auch durch die Farbe des Himmels belegt wird, die dieselbe ist wie bei uns. Tatsächlich absorbiert das Ozon die blauen Wellen des Lichtspektrums und streut sie in alle Richtungen, was erklärt, warum der Himmel über der Erde blau ist. Dasselbe gilt für die bekannte Welt von George R. R. Martin, in der er mehrmals durch die Augen seiner Figuren die Farben des Himmels beschreibt, die unseren ähneln: „Der Tag war zu perfekt. Der Himmel war von dunklem Blau, und hoch über ihnen kreiste ein Jagdfalke. Das gräserne Meer schwankte und seufzte mit jedem Windhauch, die Luft war warm auf ihrem Gesicht […]“[2] oder „Auf der anderen Seite öffneten sich die Berge plötzlich zu einer Aussicht auf grüne Felder, blauen Himmel und schneebedeckte Gipfel, die ihr den Atem nahm. Das Grüne Tal von Arryn nahm ein Bad im Morgenlicht.“[3]

„Planetos“ könnte zwischen vier und fünf Milliarden Jahre alt sein. Dies ist die Zeitspanne, die auf der Erde zwischen dem Auftreten der allerersten Lebensformen (vor ca. vier Milliarden Jahren, also nicht lange nach der Entstehung der Erde) und dem Menschen (erst vor ca. 300 000 Jahren) beobachtet wurde. Natürlich ist dieses angenommene Alter von „Planetos“ eine Arbeitshypothese, da die Paläontologen von heute wissen, dass das Auftreten des Menschen in einem stochastischen Kontext biologischer Evolution – also Ereignissen, die dem Zufall unterliegen – nicht zwingend ist. Da „Planetos“ ein Planet ist, der unserem sehr ähnlich ist, gehen wir auch davon aus, dass sein Alter relativ identisch ist.

Eine tektonische Geschichte des Imaginären

Der Planet, auf dem sich die bekannte Welt befindet, ist geologisch aktiv und weist eine tektonische Aktivität mit sich gegeneinander verschiebenden Platten auf, ähnlich wie unsere Erde. Durch die Analyse der von George R. R. Martin erstellten Karte können wir im Vergleich mit der unsrigen diese Geschichte nachvollziehen.

Die Karte der bekannten Welt nach einer imaginären tektonischen Aktivität

Die Erde, der „lebendige Planet“, besteht aus einer Kruste. Diese äußere Kruste ist zwar starr, besteht aber aus Platten, die auf einer Schicht aus duktilen (d.h. elastischen) Gesteinen ruhen, die als „Asthenosphäre“ bezeichnet wird. Innerhalb dieser Platten kommt es zu Konvektionsbewegungen, die die Platten aufspalten und sie in tektonischen Zyklen, den sogenannten „Wilson-Zyklen“, bewegen oder verschieben. Diese Zyklen verlaufen über Zeiträume von 400 bis 600 Millionen Jahren. Die erste Phase, die „Ausdehnungsphase“, entspricht der Fragmentierung eines Superkontinents: Die Platten driften auseinander, der Superkontinent zerbricht und ein Ozean bildet sich. Dieser Ozean wird immer größer, je weiter sich die Platten voneinander entfernen. Neue, kleinere Kontinente entstehen und bewegen sich durch die Konvektionskräfte der Asthenosphäre, auf der sie „schwimmen“.

Nach Millionen von Jahren treffen die tektonischen Platten aufeinander (Kompressionsphase) und verschmelzen zu immer größeren Kontinenten. Die Ozeane schließen sich und es kommt zu Zusammenstößen innerhalb der Platten, die zur Entstehung großer Gebirgsketten führen. Der Zyklus endet mit der Bildung eines neuen Superkontinents, der sich nach mehreren Millionen Jahren wieder auflösen wird.

Durch die Entschlüsselung der Karte der bekannten Welt von George R. R. Martin ist es möglich, diese tektonischen Zyklen zu rekonstruieren, und es ist anzunehmen, dass sich „Planetos" seit mehr als 100 Millionen Jahren in einem Zyklus befindet.

Die älteste Spur dieser Tektonik könnte in den Ländern des langen Sommers zu finden sein, einem sehr alten Archipel im Süden von Essos, wo sich die Städte Oros, Tyria und Valyria befinden. Dieser Archipel ist das Überbleibsel eines alten Superkontinents, der vor einigen 100 Millionen Jahren entstanden ist.

So wie es auf der Erde uralte Kerngebiete der Superkontinente gibt (die sogenannten Kratone, beispielsweise in Australien und Kanada), so wurde dieses „Kerngebiet des langen Sommers" vor Erosion und späteren tektonischen Aktivitäten bewahrt. Die Fortsetzung eines neuen Zyklus hat einen Rift (einen Einsturzgraben) zwischen einem Teil von Essos und Sothoryos geschaffen. Dieser letzte Kontinent bewegte sich dann nach Süden und ließ die Sommerinseln hinter sich. Während dieser Trennung brach ein Teil des ehemaligen Superkontinents, den man Essothoryos nennen könnte, unter dem Meeresspiegel zusammen, sodass heute nur noch das Land des langen Sommers übrig ist.

Zuvor waren die Inseln des Südens (die Sommerinseln, Sothoryos und Großmoraq) durch eine tektonische Verschiebung mit Riftbildung entstanden. Die Ablösung erfolgte nicht gleichmäßig, sondern schräg, wobei die Platte von Großmoraq als Letztes abfiel.

Die tektonische Platte, die die Sommerinseln und Sothoryos umfasst, verschiebt sich nach Süden und in einigen Millionen Jahren wird das Sommermeer zu einem Ozean der „Öffnung des Grabens" werden, ähnlich wie unser Atlantik.

Die tektonische Platte, die die Sommerinseln und Sothoryos umfasst, verschiebt sich nach Süden, und in einigen Millionen Jahren wird das Sommermeer zu einem Ozean der „Öffnung des Grabens" werden, ähnlich wie unser Atlantik.

Wie bereits erwähnt, erfolgte die Ablösung in einer schrägen Bewegung gegen den Uhrzeigersinn und die Großmoraq-Platte löste sich als letzte vom nördlicheren Kontinent. Das erinnert an die Abspaltung von Korsika und Sardinien im Mittelmeer, die vor 30 Millionen Jahren einsetzte und die Inseln in jene Position brachte, in der sie sich seit 8 Millionen Jahren befinden.

Der zweite chronologische Hinweis auf diese tektonische Geschichte findet sich auf Essos. Hierbei handelt es sich um eine sehr lange Bergkette, die sich von Norden nach Süden erstreckt und diesen großen Kontinent in zwei Hälften teilt. Diese sehr hohe, fast unüberwindbare Bergkette wird wegen der vielen Knochen der Mutigen, die versuchten, sie zu überqueren, als „die Knochen" bezeichnet.[4] Sie deutet darauf hin, dass Essos einst aus zwei Teilen oder vielmehr aus zwei Kontinentalplatten bestand, die aufeinanderprallten. Die östliche und die westliche Platte (die „heute" Essos bilden) waren damals durch einen Ozean getrennt. Diese Bergkette markiert also das Ende des letzten tektonischen Zyklus von „Planetos" und entspricht der Schließung dieses alten Ozeans.

Wie die Alpen (das Ergebnis der Kollision zwischen afrikanischer und eurasischer Platte) oder der Himalaya (das Ergebnis der Kollision zwischen indischer und eurasischer Platte) sind auch die Knochenberge geologisch jung: Diese Gebirgskette ist höchstens einige zehn Millionen Jahre alt. Sie ist das Ergebnis der frontalen Kollision zweier Kontinentalplatten gleicher Dichte, wobei sich keine Platte unter die andere schiebt, wie es bei der Kollision einer Kontinentalplatte mit einer ozeanischen Platte der Fall ist. Da sie viel dichter als die Kontinentalplatte ist, schiebt sie sich unter die erste Platte, was als „Subduktion" bezeichnet wird.

Im Osten der Knochenberge erstrecken sich eine riesige Dünenwüste (auch Erg genannt) und Trockentäler, die als das „Große Sandmeer" bezeichnet werden. Diese Wüste verwandelt sich weiter östlich in weite Grasebenen, die Steppen der Jogos Nhai – ein uraltes Nomadenvolk aus dem fernen Osten. Die Existenz dieser großen Wüste, die zwischen der Gebirgskette und der Steppe eingeschlossen ist, ist ziemlich ungewöhnlich und findet auf der Erde keine Entsprechung.

Sie kann jedoch durch die tektonischen Vorgänge erklärt werden, die zur Entstehung dieser Bergkette führten (Geologen sprechen von „Orogenese"). Als sich die Platten (Essos Ost und Essos West) annäherten, verschwand das Essoische Meer, das die beiden Kontinente trennte, allmählich und sein Meeresgrund tauchte auf. Brüche entstanden und bildeten Felsblöcke. Einige zogen sich zusammen, andere hoben sich langsam an, sodass die darüberliegende

Die Verdunstung des Großen Sandmeers

Wasserschicht allmählich verschwand und riesige Salzablagerungen und anderes Gestein entstanden, das als „Evaporit" bezeichnet wird.

Dieses gigantische Verdunstungsphänomen, das seltsam erscheinen mag, ist keineswegs ungewöhnlich und trat auf unserem Planeten bereits vor 5,6 bis 5,9 Millionen Jahren während einer geologischen Episode auf, die als „Messinische Salinitätskrise" bekannt ist. Während dieses Vorgangs, der das Ende des Miozäns markiert, wurde das zukünftige Mittelmeer vom Atlantischen Ozean getrennt und infolge des wärmeren Klimas dieser Zeit verdampfte es allmählich: Eine mehr als 1500 Meter dicke Schicht verschwand und hinterließ zahlreiche Solebecken.

Die vom Wasser befreiten Böden wurden 600 000 Jahre lang mit Hunderte Meter dicken Salzkrusten bedeckt, bis sich die Straße von Gibraltar nach tektonischen Erschütterungen öffnete und der Atlantische Ozean in das teilweise ausgetrocknete Mittelmeerbecken einfließen konnte. Dies ist der Grund, warum man unter dem Mittelmeergrund auf riesige Salzvorkommen stoßen kann. Das Große Sandmeer könnte ebenfalls ein riesiges Evaporitbasin sein.

Anstatt jedoch von einem sich formierenden Ozean bedeckt zu werden, wurde diese ehemalige Senke in den Millionen Jahren nach der Verdunstung auf die Oberfläche von Essos ausgedehnt und das Oberflächenwasser (Bäche, Flüsse …) löste das Evaporitgestein allmählich auf. Dies führte schließlich zu großen Sandfeldern.

Ein weiterer Graben ist auch zwischen Essos und Westeros zu erkennen. Westeros scheint zu einer eigenen tektonischen Platte zu gehören, die sich nach Westen verschoben hat. Seine Entfernung zu Essos ist geringer als die der anderen Inseln, sodass die tektonische Bewegung erst vor etwa zehn Millionen Jahren einsetzte, vorausgesetzt, dass die Geschwindigkeit der Plattenverschiebung mit der auf der Erde vergleichbar ist, also einige Zentimeter pro Jahr beträgt.

So konnten die Menschen, die in Essos lebten, zu Fuß über eine heute nicht mehr existierende Landzunge nach Westeros gelangen, was an die Besiedlung Amerikas durch nordasiatische Völker erinnert, die die südliche Beringstraße überquerten, als diese während der letzten Eiszeit auf der Erde noch passierbar war.[5]

Diese Öffnung des Ozeans zwischen Essos und Westeros deutet auf einen neuen Wilson-Zyklus hin und erinnert an die Öffnung des Atlantiks, die vor über 200 Millionen Jahren (am Ende der Trias) begann und bis heute andauert.

Der Wilson-Zyklus

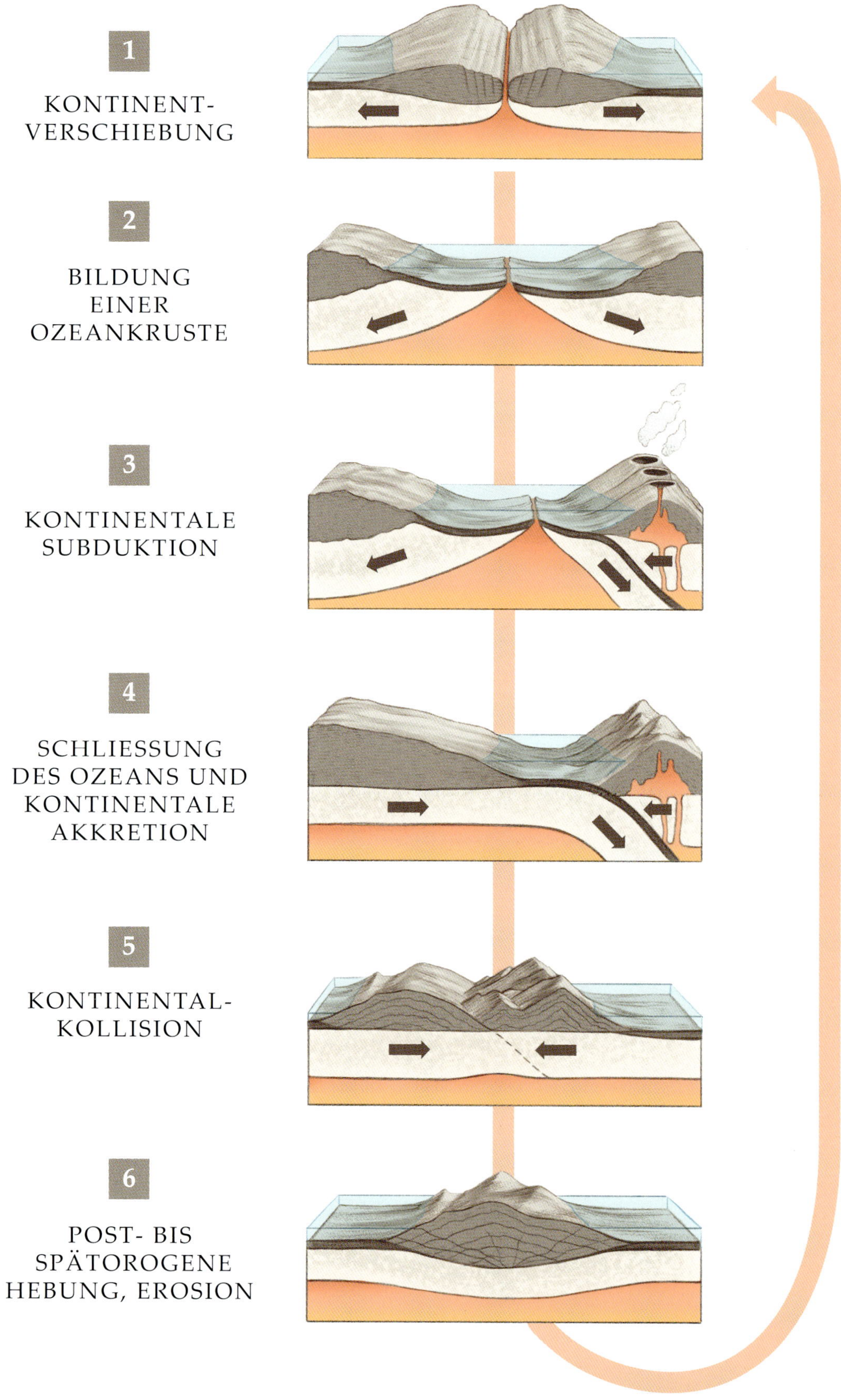

Auf dem Meeresgrund befindet sich eine riesige Blase, die aus aktiven Vulkanen besteht. Es handelt sich um einen ozeanischen Rücken, der ständig durch aufsteigendes Magma gespeist wird, sobald sich die Platten auseinanderbewegen.

Die Öffnung des Atlantiks erfolgte nicht schlagartig, sondern begann zunächst mit der Trennung von Südamerika und Afrika. Anschließend folgte die Trennung von Nordamerika und Europa. Zwischen diesen befindet sich auf dem Grund des Ozeans eine riesige Blase aus aktiven Vulkanen. Es handelt sich um einen ozeanischen Rücken, der ständig durch aufsteigendes Magma gespeist wird, sobald sich die Platten auseinanderbewegen (was auf dem Grund aller Ozeane der Erde der Fall ist).

Aufgrund ihrer Geografie, des Klimas, der Landschaften und des typisch europäischen Mittelalters[6] erinnert die Insel Westeros an die britischen Inseln, was die Welt der Sieben Königslande zu einem bekannten Ort für uns macht. Wie könnte man etwas anderes sehen als ein mehr oder weniger umgekehrtes Bild von Großbritannien und Irland? George R. R. Martin sagt selbst, dass er die Karte beinahe abgepaust habe.[7] Der Norden, also die große nördliche Region der Sieben Königslande, erinnert an Schottland, während die Landschaften jenseits der Mauer an Grönland oder Island, einen der Drehorte der Serie *Game of Thrones,* erinnern.

Nun bleibt noch ein tektonisches Element zu erklären, das sich an der östlichen Grenze der bekannten Welt befindet: Es handelt sich um die Berge des Morgens, eine große Gebirgskette, die in den Schattenländern liegt und sich von Asshai (der „Hauptstadt" des Blutzaubers, in der Melisandre ausgebildet wurde) bis zu den fünf Burgen erstreckt. Diese riesige Bergkette erinnert an den Himalaya, der in unserer realen Welt aus der Kollision von Indien und Eurasien entstand: Die indische Platte löste sich vor mehr als 70 Millionen Jahren von Afrika, wanderte mit einer enormen Geschwindigkeit von etwa zehn Zentimetern pro Jahr nach Norden und kollidierte mit Eurasien. Ähnlich wie Indien könnten die Schattenländer eine alte Platte sein, die sich von Sothoryos gelöst hat und schnell nach Norden gewandert ist, wo sie auf Essos traf.

Diese ehemalige „Schattenplatte" führte auch hier zur Schließung eines ehemaligen Ozeans, dessen Grund und Becken (eine sogenannte „Geosynklinale") sich zur Bildung der Berge des Morgens auffalteten. All das fand vor der Trennung von Westeros und Essos und der von Essos und Sothoryos statt und könnte das Ende des alten Wilson-Zyklus anzeigen, bevor der neue Zyklus vor einigen zehn Millionen Jahren mit einem neuen Rifting und neuen Meeresausdehnungen begann.

Wie wir sehen, ist die Welt von G. R. R. Martin durchaus glaubwürdig und es ist sogar möglich, ihre tektonische Geschichte zu schreiben.

Wie wir sehen, ist die Welt von George R. R. Martin durchaus glaubwürdig und es ist sogar möglich, ihre tektonische Geschichte zu schreiben. Viele Autoren haben dies bereits vor mir getan (zum Beispiel geopole.free.fr, futura-sciences.com); meine Analyse ist nur eine weitere Interpretation dieser komplexen Welt, die faszinierend und fantastisch und stark von unserer eigenen inspiriert ist. Lassen Sie uns nun einen Schritt weiter gehen und eine geologische Geschichte von George R. R. Martins bekannter Welt nachzeichnen – anhand der Beschreibungen ihrer Landschaften, Aufschlüsse und Ablagerungen und auch ihrer Lücken.

Eine tektonische Geschichte des Imaginären

Alle Gebiete der Erde weisen unterschiedliche Gesteine auf, seien sie vulkanisch, sedimentär oder metamorph.[8]

Verkleinert man den Maßstab, so kommen beispielsweise innerhalb eines französischen Departements mehrere Gesteinsarten nebeneinander vor, die unterschiedlich alt sind. Daher ist es nicht ungewöhnlich, in nur wenigen Schritten Dutzende oder sogar Hunderte von Millionen Jahren zurückzulegen. Ebenso gibt es mitunter Gebiete, in denen die Grenze so fließend ist, dass man mit einem Fuß auf über 300 Millionen Jahre altem Gestein und mit dem anderen auf zehnmal jüngerem Gestein stehen kann, ohne dass es einen mit bloßem Auge sichtbaren Bruch gibt (außer für Geologen und Geomorphologen, denn das ist schließlich ihr Beruf!).

Ich schlage daher vor, die geologische Geschichte und die Paläoumwelt (die Umwelt der Vergangenheit, die zum Zeitpunkt der Entstehung des Gesteins vorhanden war) von einigen Orten der bekannten Welt in einer geologischen Chronologie auf der Grundlage der oben beschriebenen tektonischen Ereignisse zu rekonstruieren.

Beginnen wir diese geologische Geschichte der bekannten Welt mit zwei Orten in Westeros – den Zwillingen und Winterfell.

Gemäß den Drehorten der Serie sind die Felsen, aus denen die Zwillingsregion besteht, Zeugen eines ehemaligen Eismeeres, in dem sich Sedimente über Millionen von Jahren auf dem Grund abgelagert haben. Wie bereits erwähnt, ist die Tektonik von „Planetos" sehr aktiv, sodass sich die Platte, auf der sich das zukünftige Gebiet der Zwillinge befand, nach Norden in gemäßigtere Breiten verschoben hat, was die Fällung von karbonhaltigen Gesteinen auf dem Meeresboden während der Zeit ermöglichte, die man als „zwillingisch" bezeichnen könnte.

Sein Alter wird auf mehr als 440 Millionen Jahre geschätzt und die Veränderung der Form der Aufschlüsse deutet auf eine alte Tektonik hin, die zur Annäherung zweier Platten führte und so die allmähliche Entleerung dieses Ozeanbodens ermöglichte. In einer Tiefe von einigen Hundert Metern konnten sich aufgrund der chemischen und ökologischen Bedingungen dieses ehemaligen Meeres kalkhaltige Organismen ansammeln, die dann sedimentierten, versteinerten und sich durch ein Phänomen, das als Diagenese bezeichnet wird, in Gestein verwandelten. Durch die Annäherung der Platten wurde das Meer aufgrund der Auffaltung seines Bodens immer flacher, wodurch es sich erwärmte und der Meeresgrund, der bis dahin in der lichtlosen Tiefseezone (der sogenannten „aphotischen Zone") lag, von der Sonne beschienen wurde, was die Diagenese begünstigte. In den folgenden Jahrmillionen näherte sich dieser Meeresboden einer Kontinentalplatte, die weiter nördlich lag, bis er sich mit ihr zusammenfügte und die ehemaligen Ränder vernarbten (was nördlich der Zwillinge geschah, wo Westeros eine Engstelle aufweist).

Dieses Gebiet weiter nördlich war einer ständigen Erosion unterworfen und die Rückstände des erodierten Reliefs wurden von Flüssen weitertransportiert, bis sie sich auf dem Grund eines Golfs absetzten, der an den ehemaligen Ozean grenzte, welcher sich nun schloss.

Das Klima war damals heiß bis trocken, wahrscheinlich mit wechselnden Jahreszeiten, und es gab, wenn überhaupt, nur einen geringen natürlichen Schutz der Vegetation, der die Landmassen vor dem rauen Wetter sichern konnte. Die Erosion war zu dieser Zeit besonders aktiv und die zeitweiligen Flüsse und Ströme, die durch die starken Niederschläge verursacht wurden, führten große Mengen an Gestein mit sich, die von den umliegenden Reliefs abgetragen wurden.

Während ihres kilometerlangen Transports zerfielen sie und es blieben nur die harten, kieselartigen Körner übrig, die sich schließlich auf dem Meeresboden

Die geologische Aktivität ist in der Tiefe immer noch mehr oder weniger aktiv, was die heißen Quellen von Winterfell erklärt.

ansammelten, sobald die Flüsse in das Meer mündeten. Allmählich setzte eine starke Sedimentierung in einer sehr flachen und ruhigen Umgebung ein, während die südliche Platte, die die Sedimente der zukünftigen Zwillinge enthielt, immer näher rückte.

Das Zusammentreffen fand einige Millionen Jahre später statt und führte zu einer Phase des inneren Vulkanismus mit der Bildung von Batholithen (unterirdische magmatische Gesteine), die später durch Erosion freigelegt wurden. Diese geologische Granitformation kann daher als „winterfellisch" bezeichnet werden. Obwohl die geologische Aktivität schon sehr alt ist, ist sie in der Tiefe immer noch mehr oder weniger aktiv, was die heißen Quellen von Winterfell erklärt.

Infolge der Kollision innerhalb der Platten fiel der Meeresboden in beiden Gebieten trocken und trat an die freie Luft. Kalkstein im Süden, der aus einer Sedimentierung in einer heißen Zone stammt, und Sandstein im Norden, der aus einer Sedimentierung in einer kalten Zone mit Graniteinschlüssen stammt, sind zwei Formationen unterschiedlicher geologischer Natur, die jedoch zeitgleich durch die Verschmelzung zweier Platten, deren Überreste die Berge des Mondes sind, miteinander verbunden sind.

Die Fortsetzung dieser geologischen Geschichte erzählt das Dothrakische Meer. Bei dieser Zusammenführung von Platten, die immer wieder vorkommt, verursachten intensive geologische Aktivitäten Risse in der Erdkruste, welche das Eindringen saurer Magmen ermöglichten. Man bezeichnet dieses Eindringen als „batholithisch" oder „plutonisch". Das Magma stieg durch die Risse in der Kruste auf, erreichte jedoch nicht die Erdoberfläche und kristallisierte langsam aus. Die weitere geologische Geschichte mit ihren Erosionsphasen legte dann diese Felsen frei, da sie eine höhere Erosionsbeständigkeit aufweisen als die umliegenden Sedimentgesteine.

Dies erinnert an viele Regionen der Welt (wie das Massif des Maures im Departement Var), die den gleichen Formationstyp mit sehr alten Intrusivgesteinen aufweisen und die in völligem Widerspruch zu viel jüngerem sedimentären oder metamorphen Gestein stehen: Man kann also, wie oben erwähnt, mit einem Fuß im Paläozoikum stehen, während der andere Fuß im Mesozoikum oder sogar im Känozoikum steht, ohne die Flexibilität eines Jean-Claude Van Damme zu besitzen!

Dass diese Felsen zu umgekehrten Reliefs in Form von Bergen wurden, beweist die Erosionskraft, die auf „Planetos“ vorhanden ist. Wir befinden uns hier im dothrakischen geologischen Zeitalter.

Die Granite des Dothrakischen Meeres sind Zeugen dieser lithosphärischen Übereinstimmung, die es dem Magma ermöglichte, sich einen Weg durch die Risse in der Erdkruste zu bahnen. Die Tatsache, dass diese Felsen zu umgekehrten Reliefs in Form von Bergen wurden, zeigt die Erosionskraft, die auf „Planetos“ vorhanden ist – oder war. Wir befinden uns hier im dothrakischen geologischen Zeitalter.

An diesem Punkt der geologischen Geschichte von „Planetos“ muss ein Blick auf die Klimaverhältnisse geworfen werden, die mit der Erosion des Gesteins und der daraus resultierenden besonderen Umweltdynamik verbunden sind. In seiner Saga erwähnt George R. R. Martin immer wieder die besonderen Klimaschwankungen, die diese Welt beherrschen.[9] Hierin unterscheidet er sich von anderen Autoren. Diese Schwankungen sind für die Landschaft von großer Bedeutung, da ein Klima mit sehr ungünstigen Zyklen zu sehr unterschiedlichen Erosionsphasen führt.

In Bezug auf den Klimawandel auf der Erde ist es wichtig zu wissen, dass er in vier Kategorien unterteilt wird: die Klimaschwankung, die von einigen Jahrhunderten bis zu einigen Jahrzehnten andauert (wie die Kleine Eiszeit, die Europa vom 17. bis zur ersten Hälfte des 19. Jahrhunderts erlebte), die Klimaoszillation, die sich über einen Zeitraum von einigen Jahrhunderten bis zu einigen Jahrtausenden erstreckt, die Klimafluktuation, die über Zehn- bis Hunderttausende von Jahren andauert wie die Eiszeiten des Quartärs, und der Klimawechsel, der sich über Zehn- bis Hundertmillionen von Jahren erstreckt.

Diese Arten von Klimaveränderungen erklären, warum unser Planet über Millionen von Jahren warme bis sehr warme Phasen (die Dinosaurier entstanden und lebten in einer Art Treibhaus-Phase) oder im Gegensatz dazu extrem kalte Perioden mit Eis erlebte, das fast den gesamten Globus bedeckte (diese Phasen werden als Schneeball-Erde bezeichnet wie die paläoproterozoische Vereisung, die vor 2,1 bis 2,4 Milliarden Jahren stattfand, und die varangische Vereisung während des Cryogeniums vor 540 bis 900 Millionen Jahren).

Derzeit – und das seit etwa fünf Millionen Jahren – befindet sich die Erde im sogenannten känozoischen Eiszeitalter mit relativ gemäßigten Durchschnittstemperaturen, Gletscherfeldern in den Gebirgen und polaren

Eiskappen. Es ist durch Eiszeiten gekennzeichnet, von denen die letzte in der Zeit vor 115 000 Jahren begann und vor 11 700 Jahren endete.

Die Handlung des *Lieds von Eis und Feuer* ist von solchen großen Klimaveränderungen geprägt (daher das berühmte „Winter is coming"), weshalb man „Planetos" nicht wirklich mit unserem Planeten vergleichen kann, denn unser Klima hat sich, wie bereits erwähnt, im Laufe der Geschichte zwar regelmäßig verändert, aber nie so schnell und unberechenbar wie in den Romanen von George R. R. Martin. Wir wollen jedoch nicht auf die Studie von Dan Lunt eingehen, die Sie in diesem Buch nachlesen können,[10] sondern uns wieder der geologischen Geschichte zuwenden.

Vor mehr als 360 Millionen Jahren bewirkte die tektonische Kompression der Platten auf „Planetos", dass die verborgenen Gesteine eine leichte Metamorphose durchliefen, wodurch die tonhaltigen Sedimente des zuvor erwähnten Ozeans in Schiefer umgewandelt wurden (schieferartiges Gestein).

Im Zuge der Geosutur der alten Platten brachten die geologischen Falten das vor Millionen von Jahren vergrabene Gestein wieder an die Erdoberfläche. Die geologischen Bedingungen waren jedoch so beschaffen, dass es in kleine Plättchen und Trümmer zerfiel, die aber aufgrund ihrer geologischen Beschaffenheit – sie waren widerstandsfähiger als die umgebenden Sedimentgesteine – relativ gut vor Erosion geschützt waren.

Wir erleben also das Ende eines Wilson-Zyklus (die end-dothrakische Stufe) mit einer Kollision innerhalb der Platten, die eine Bergkette mit umgewandelten Sedimenten aus einem ehemaligen Ozeanboden hervorbrachte.

Diese Kette erodierte allmählich und die durch die Erosion abgetragenen Fragmente sammelten sich in einer Senke an, bis sie diese ausfüllten und ihr die Form einer sogenannten „Rumpffläche" verliehen, während der einzige Rest dieser alten Kette zu einem Inselberg[11] wurde, der als Mutter der Berge bekannt ist.

Als diese Platten aufeinandertrafen, bildeten sich Verwerfungen in der oberen Kruste und ließen verflüssigtes Gestein durch, das unter dem Umgebungsdruck durchsickerte und die oben beschriebenen Batholithen entstehen ließ. 60 Millionen Jahre nach der Bildung der Granite des Dothrakischen Meeres formte die magmatische Aktivität die gleichen Felsen, auf denen sich der Stammsitz des Hauses Lennister befindet, Casterlystein. Man kann diese Formationen also auf

Danach erlebte „Planetos“ eine Klimaphase, in der er sich fast zu einer Art Wüste entwickelte, während das Land zu einem einzigen Superkontinent zusammengeschlossen wurde.

300 Millionen Jahre datieren und diese geologische Ebene als „Castralien“ bezeichnen.

Dies erklärt die riesigen Goldvorkommen, die den Reichtum der Lennisters begründen. Während der Entstehung von Gesteinsplaneten kann sich das wertvolle gelbe Metall in beträchtlichen Tiefen ablagern und bei bestimmten geologischen Bewegungen bis an die Oberfläche gelangen.

Dies war der Fall, als der Magmaaufstieg das Gold in greifbare Nähe brachte und dieser Region der bekannten Welt unermesslichen Reichtum bescherte.

Danach erlebte „Planetos“ eine sehr trockene Klimaphase, in der er fast zur Wüste wurde, während die Länder auf einem einzigen Superkontinent vereint waren. Die extrem harten Umweltbedingungen führten zu einer drastischen Erosion des Reliefs und zum Absterben der Vegetation. Über mehrere Millionen Jahre hinweg herrschten sehr hohe Temperaturen und das Phänomen der Thermoklastik (Aufspringen und Zerfall von Gestein aufgrund hoher Temperaturen) beschleunigte die Abnutzung des Reliefs. Am Fuß der Berge sammelte sich klastisches Sedimentgestein, das die Landschaften in riesige Wüstenebenen verwandelte.

Diese sandigen Flächen verfestigten sich und wurden zu rötlichem Sandstein. Das Fehlen einer sich zersetzenden Vegetation, wie man sie in gemäßigten Klimazonen findet, verhinderte die Sauerstoffmobilisation, wodurch die Eisenatome in den Gesteinen oxidierten und ihnen die besondere Farbe verliehen, die man in heißen und ariden Klimazonen findet. Hierbei handelt es sich um eine Klimafluktuation, die mehrere Millionen Jahre andauerte und höchstwahrscheinlich zu einem Massenaussterben der damaligen Tier- und Pflanzenwelt führte.

Die Spuren dieses besonderen Klimaeffekts lassen sich in Dorne finden. Diese geologische Stufe könnte als dornisch bezeichnet werden, da hier die Aufschlüsse am sichtbarsten sind und am besten untersucht werden können.

Im Anschluss an diese aride Kontinentalepisode kam es zu einer marinen Überschreitung der Erdoberfläche (auf dem Niveau des Meeres an den Küsten). Infolge der vorherigen globalen Erwärmung, die zu einer Trockenlegung des Landes geführt hatte, war der Meeresspiegel durch zwei Phänomene, die als

Nach dieser kontinentalen Trockenperiode wurden die Landmassen der bekannten Welt einer marinen Transgression unterzogen (Anstieg des Meeresspiegels, der die Küstengebiete überflutet).

„Gletschereustatismus" und „Thermoeustatismus" bezeichnet werden, bereits sehr hoch.

Der Gletschereustatismus bezeichnet den Anstieg des Wasserspiegels aufgrund des Abschmelzens von terrestrischem Eis, so wie es derzeit durch das Abschmelzen des Eises in Grönland geschieht, wobei dieses Phänomen weitaus bedeutender wird, wenn das Eis in der Antarktis ebenfalls abschmilzt (bei diesen beiden Beispielen von riesigen Eisansammlungen sprechen wir von Inlandeis). Da dieses gefrorene Süßwasser sich auf Hochebenen befindet, gelangt es in die Ozeane, wodurch der Meeresspiegel um Dutzende von Metern ansteigt, je nachdem, wie weit das Eis auf dem Festland geschmolzen ist. Der Glazioeustatismus bedeutet ein Absinken des weltweiten Meeresspiegels durch die Mobilisierung von flüssigem Wasser in Form von Eis auf den Gebirgsgletschern und den Landflächen der Polarregionen während der Eiszeiten.

Der Thermoeustatismus wird durch die Ausdehnung des Wassers aufgrund des Temperaturanstiegs verursacht. Im Durchschnitt dehnt sich der Ozean um einen Meter aus, wenn die Temperatur um 1 °C steigt.

Die hier beschriebene Transgression wurde also nicht durch diese Phänomene verursacht, die bereits seit mehreren Millionen Jahren im Gange waren, sondern vielmehr durch das Absinken (in der Fachsprache als „Subsidenz" bezeichnet) der Kontinentalplatte, deren Küstenränder nach und nach überflutet wurden.

Allerdings war diese Absenkung sehr gering, da das Gestein in Königsmund und Qarth (laut der Fernsehserie) aus Kalkstein und Dolomit besteht, die eher für eine Küsten- als für eine Meeresumgebung charakteristisch sind. Dies deutet darauf hin, dass die Absenkung des Kontinentalplateaus von geringer Größe war, da sich der Dolomit in den Küstenlagunen warmer Länder bildet. Dies sollte für die Gebiete von Königsmund und Qarth der Fall sein, die als Lagunen mit vorgelagerten Riffen, welche jeglichen Kontakt mit dem Meer verhinderten, angelegt worden waren.

In diesen ruhigen Gewässern lagerte sich kalkhaltiger Schlamm ab, der Mikroüberreste von Meeresorganismen enthielt, die zu sehr feinen und stark eingedrückten Kalksteinen führten (die von Geologen als „Biomikrite" bezeichnet werden). Dies deutet auf eine Ablagerung in einem sehr ruhigen und sauerstoffarmen Umfeld hin (man spricht dann von einer anoxischen Umgebung), die manchmal durch heftige und punktuelle Wetterereignisse wie Stürme gehemmt wurde, deren Wellen die Ruhe dieser Lagunen störte.

In einer zweiten Entwicklungsphase öffneten sich die Lagunen zum Ozean und wurden sauerstoffreicher, aber auch stärker beeinflusst, was sich in der Ablagerung von bioklastischem Kalkstein widerspiegelt. Weil das Wasser unruhiger und die Lagunen geöffnet sind, wird der Boden durch die Meeresdynamik mit Treibgut angereichert.

Die Ablagerung der extrem feinkörnigen Kalksteine (auch „sublithografisch" genannt) deutet auf eine Beruhigung der Lagunen hin, da der Zugang zum Meer eingeschränkt wurde, was zu einer ruhigen Umgebung führte, in der die Ablagerungen entstehen konnten. Zu diesem Zeitpunkt konnte sich der Dolomit durch die Wirkung von Bakterien wieder neu bilden.

Diese marine Phase der bekannten Welt dauerte mehrere Millionen Jahre und man kann davon ausgehen, dass die geologische Stufe, die man als Qarthien bezeichnen würde, 200 Millionen Jahre alt ist.

Als sich das Plateau absenkte, verursachten vulkanische Risse Eruptionen, die wiederum Basaltströme auslösten, wie man sie in Yunkai findet. Dies ist in der Fernsehserie zu sehen, in der sich die Stadt östlich der Sklavenbucht befindet (die Szenen wurden in Aït Ben Haddou in Marokko gedreht). Hierbei handelt es sich um eine effusive Vulkantätigkeit, wie wir sie von Hawaii mit sehr heißer und flüssiger Lava und von Island kennen, wobei es sich bei diesen Beispielen eher um einen Hotspot-Vulkanismus handelt und nicht um eine Absenkung und Rissbildung, wie es in Yunkai der Fall ist.

Geologisch setzt sich die Geschichte mit der Kontinuität der marinen Transgression fort, durch welche epikontinentale Meere entstanden (Meere, die einen Teil der Kontinentalplatte bedecken, im Gegensatz zu den Ozeanen, die die Ozeanplatte bedecken; der Ärmelkanal ist ein gutes Beispiel für diese Art von Meer, ebenso wie das riesige epikontinentale Meer, das in der Kreidezeit einen großen Teil der heutigen USA bedeckte).

Diese Meere waren sehr flach, maximal 200 Meter tief, hatten eine hohe Temperatur, standen unter kontinuierlicher Sonneneinstrahlung und leiteten eine lange marine Phase in der geologischen Geschichte von „Planetos" ein, die mehr als 100 Millionen Jahre dauerte.

Die Meeresorganismen, die diese Gewässer bevölkerten, sammelten sich während dieser sehr langen Zeit (geologische Stufe des Sturmkaps) und bildeten sehr

Als sich das Plateau absenkte, verursachten vulkanische Risse Eruptionen, die wiederum Basaltströme auslösten, wie man sie in Yunkai findet.

dicke Kalksteinschichten, die in Sturmkap, Meereen und auf den Eiseninseln zu finden sind (die Szenen wurden unter anderem in Irland, in der Grafschaft Antrim, gedreht).

Die Eiseninseln lagen im Gegensatz zu den anderen Inseln am Rand des Kontinentalschelfs in einem Gebiet, in dem die Meeresströmungen an den Seiten des Kontinentalhangs aufsteigen, was als Upwelling bezeichnet wird. (Hierbei handelt es sich um das Aufsteigen von kaltem Tiefseewasser entlang der Hänge des Kontinentalhangs bis zu den Flachwasserbereichen nahe der Oberfläche.)

Diese starken Meeresströmungen bewegten die Eisenatome, die von den hydrothermalen Quellen in der Tiefsee freigesetzt wurden. Diese Atome lagerten sich über Millionen von Jahren allmählich ab und sammelten sich zu den riesigen Eisenvorkommen an, die den Eiseninseln ihren Namen gaben.

Die geologische Geschichte der bekannten Welt von George R. R. Martin in Verbindung mit den Drehorten der Fernsehserie ist, wie wir gesehen haben, relativ vollständig, aber es gibt einen ganz besonderen Bereich, der es wert ist, etwas näher betrachtet zu werden: Drachenstein in der Schwarzwasserbucht.

Wir befinden uns hier in einem Gebiet, in dem die geologische Dynamik einige Millionen Jahre nach den oben erwähnten Kalksteinablagerungen wieder in Gang kam und die damalige Sedimentierung des Meeres umgestaltet wurde. Diese Gesteine werden als „Flysch“ bezeichnet und bestehen aus Turbiditen (Sedimentablagerungen durch Unterwasserlawinen) und pelagisches Sediment (das sich in ruhigeren Meeresumgebungen abgelagert hat).

Nimmt man die Geologie des Drehorts der Serie, Zumaïa im spanischen Baskenland, als Inspiration, zeigt das Vorhandensein von sogenannten „Megaslums“ (ein Abrutschen von Kalkstein- und Mergelschichten, die unmittelbar nach der Sedimentierung noch mit Wasser durchtränkt sind), dass dieses Gebiet vor etwa 60 Millionen Jahren alles andere als ruhig war.

Tatsächlich wurden diese gewaltigen unterseeischen Lawinen entweder durch den Absturz von Klippen eines alten Reliefs verursacht, das zur Zeit dieser Vorkommnisse aufragte, oder – was wahrscheinlicher ist – durch die oberen Teile des unterseeischen Hangs, der das Becken beherrschte, in dem sich sein Geröll ansammelte.

In diesem instabilen Umfeld kam es auch zu Minirutschen von weichen, kaum sedimentierten Schichten, die noch mit Wasser vollgesogen waren, wobei Letzteres als Schmiermittel diente, das die Bewegung des Bodens begünstigte.

Die geologischen Schichten zeigen einen Wechsel zwischen diesen gewaltigen Unterwassereinbrüchen und Momenten ruhigerer Sedimentierung in pelagischer Umgebung, was darauf hindeutet, dass die Sedimentdynamik zwischen den plötzlichen Einbrüchen dieser Lawinen und den Phasen klassischer Sedimentablagerungen, wie sie in der Meeresumwelt vorkommen, intermittierend stattfand. Diese Wechsel liefern auch interessante Informationen über die astronomischen Bewegungen des Planeten, auf dem die Geschichte spielt, worauf wir später noch zurückkommen werden.

Das Vorhandensein von Basalt, der an den Drehorten zu sehen ist, deutet ebenfalls auf eine starke vulkanische Aktivität hin, die durch diese Bewegungen der Kruste verursacht wurde. Wie erwähnt, war die tektonische Geschichte von „Planetos" relativ aktiv und wir haben es hier mit dem interessanten Fall zu tun, dass sich eine Platte löst und die Bildung dieses sehr tiefen Unterwasserbeckens verursacht, in dem sich die Sedimente ansammeln.

Nach einer Dehnungsphase von einigen Millionen Jahren kam es zu einer umgekehrten Rotation dieser Platte, wodurch sich das tief liegende Bassin zusammenzog und faltete, um dann an die Oberfläche zu steigen und die Schichten zu verformen, sodass sie das Aussehen erhielten, das wir auf den Karten erkennen können.

Es gibt jedoch eine Unstimmigkeit auf geologischer Ebene. In seinem Buch erwähnt George R. R. Martin große Obsidian-Adern (das berühmte Drachenglas) in Drachenstein. Obwohl Basalt und Obsidian vulkanische Gesteine sind, sind die Bedingungen ihrer Entstehung völlig unterschiedlich und sie können nicht am selben Ort vorgefunden werden …

Das Vorhandensein von sogenannten Megaslums (ein Abrutschen von Kalkstein- und Mergelschichten, die unmittelbar nach der Sedimentierung noch mit Wasser durchtränkt sind) zeigt, dass dieses Gebiet vor etwa 60 Millionen Jahren alles andere als ruhig war.

Die geologischen Schichten zeigen einen Wechsel zwischen diesen gewaltigen Unterwassereinbrüchen und Momenten ruhigerer Sedimentierung in pelagischer Umgebung, was darauf hindeutet, dass die Sedimentdynamik zwischen plötzlichen Einbrüchen und Phasen klassischer Sedimentablagerungen intermittierend stattgefunden hat.

Basalt entsteht aus (bis zu 1200° C) heißer, schwach viskoser, basischer Lava, die sich relativ schnell abkühlt. Allerdings können Glasstrukturen auftreten, jedoch nur sporadisch und in sehr geringer Dicke. Obsidian entsteht durch sauren Vulkanismus bei Temperaturen zwischen 700° C und 900° C und ist viel zähflüssiger als Basalt.

Die einzige Gemeinsamkeit zwischen diesen beiden Gesteinen ist, dass man sie in Gängen finden kann, obwohl Obsidiangänge viel seltener sind als Basaltgänge. Aufgrund ihrer Viskosität findet man ihn eher in kurzen, dicken Lavaströmen.

Auf der Erde gibt es die schönsten Obsidianfunde auf den Liparischen Inseln im Tyrrhenischen Meer, auf den Kanarischen Inseln und in einigen isländischen Gletschern wie dem Laugharaun in Landmannalaugar. Er kommt auch in Amerika vor, und die dortigen Zivilisationen verwendeten Obsidian häufig für ihre Waffen und Opfermesser.

In Anlehnung an den Drehort der Fernsehserie gibt der Wechsel von Mergel und Kalkstein in Drachenstein einen wichtigen astronomischen Hinweis: Der Planet unterliegt Schwankungen in seiner Bewegung aufgrund von Gravitationsstörungen, die von anderen benachbarten Planeten und der Nähe seines Wirtsterns verursacht werden, wie wir gleich sehen werden, bevor wir mit der geologischen Geschichte fortfahren.

Dies findet auch auf der Erde statt. Jene astronomischen Zyklen werden „Milanković-Zyklen“ genannt, benannt nach dem serbischen Mathematiker, der diese Theorie 1941 aufgestellt hat. Man muss wissen, dass die Umlaufbewegungen unseres Planeten durch den kombinierten Einfluss der Sonne und der Nachbarplaneten gestört werden, weshalb seine Umlaufbahn in zyklischen Perioden ihre Form ändert, seine Achse variiert und er sich um diese Achse dreht wie ein Kreisel am Ende seiner Rotation.

Der erste dieser Zyklen betrifft die Exzentrizität des Planeten mit seiner Umlaufbahn, die von elliptisch zu fast kreisförmig wird, wodurch sich sein Abstand zu unserem Stern ändert, was wiederum seine Temperatur erheblich beeinflusst. Diese Zyklen treten in Zeiträumen von 100 000 und 400 000 Jahren auf.

Der zweite Zyklus zeigt eine Veränderung der Erdachse auf ihrer Umlaufbahn um die Sonne (der sogenannten Ekliptik), die sich mehr oder weniger stark in Richtung Sonne neigt. Diese Abweichung, die alle 40 000 Jahre auftritt, bewirkt, dass die Sonneneinstrahlung auf den Hemisphären schwankt, je nachdem, ob die Hemisphären mehr der Sonne zugewandt sind (was dazu führt, dass die Strahlen direkter auf die Pole treffen und die Temperaturen steigen) oder weniger, was dazu führt, dass die Temperaturen an den Polen sinken, aber in den intertropischen Breiten deutlich ansteigen.

Der letzte Zyklus betrifft die Präzession der Äquinoktien und tritt im Durchschnitt alle 23 000 Jahre auf. Da die Erde sich um ihre Achse dreht, kommt es alle 11 500 Jahre zu einer Umkehrung der Jahreszeiten, doch dieser letzte Zyklus spielt für die Sedimente von Drachenstein in unserem Fall keine Rolle.

Natürlich ist es unmöglich, die Periodizität dieser Zyklen in Bezug auf „Planetos" anzugeben, aber der Beweis für ihre Existenz wird durch das Gestein von Drachenstein erbracht. Entsprechend den warmen und kalten klimatischen Unterschieden wechselt die Sedimentierung zwischen hellen Kalksteinen aus warmen Meeren und dunklen Mergeln aus kälteren Meeren.

Die Milanković-Zyklen werden durch die Störungen der Erdumlaufbahn verursacht, die durch die gravitativen Einflüsse der Sonne und der benachbarten Planeten hervorgerufen werden. Die Geologie liefert also den indirekten Beweis, dass „Planetos" nicht allein um seinen Stern kreist, sondern dass andere Planeten, die wahrscheinlich viel größer sind, seine Umlaufbahnbewegungen beeinflussen.

Wenn des Weiteren dieses Gestirn wie unsere Sonne ist, so ist es ein veränderlicher Stern, der eine sehr große Rolle für das Klima und die Sedimentierungsmuster von „Planetos" spielen wird. Tatsächlich durchläuft unser Stern mehrere Aktivitätszyklen, in denen er entweder mehr strahlt oder weniger aktiv ist, sodass er unseren Planeten weniger stark erwärmt. Der bekannteste unter ihnen ist der Schwabe-Zyklus, der alle elf Jahre stattfindet. Es gibt jedoch auch weniger bekannte, aber ebenso wichtige Zyklen wie den Gleißberg-Zyklus, der alle 80 oder 90 Jahre auftritt, den Süss-Zyklus mit einer Frequenz von 150 bis 200 Jahren und den Hallstattzeit-Zyklus, der alle 2300 Jahre stattfindet.

Diese Sonnenzyklen werden im Wesentlichen durch zwei Phänomene verursacht: die Kontraktion und Expansion unseres Sterns und die Gezeiten der Schwerkraft, die durch die Ausrichtung der Planeten verursacht werden und

Wenn dieses Gestirn wie unsere Sonne ist, so ist es ein veränderlicher Stern, der eine sehr große Rolle für das Klima und die Sedimentierungsmuster von „Planetos" spielen wird.

daher eine wichtige Rolle bei den oben erwähnten klimatischen Pulsationen und Oszillationen spielen. Es ist zu vermuten, dass der Stern, um den „Planetos" kreist, die gleichen Veränderungen in seiner Aktivität erfährt wie unser Stern, jedoch mit unterschiedlicher oder sogar ungleicher Rhythmik.

Nach dieser astronomischen Zwischenbemerkung, die dennoch mit der geologischen Geschichte verbunden ist, können wir zu der oben erwähnten marinen Episode der geologischen Geschichte zurückkehren. Sie setzte sich noch mehrere Millionen Jahre fort, wobei der Meeresboden durch die letzte tektonische Phase anstieg und die bekannte Welt das Aussehen erhielt, das wir auf der Karte von George R. R. Martin vorfinden.

Die Umweltbedingungen änderten sich erneut und aus einem relativ tiefen Meer mit kühleren Temperaturen wurde mit dem Trockenfallen des Meeresspiegels ein Kontinentalsockel, der unter einer viel kleineren Wasserfläche lag.

Wir müssen uns also ein sehr flaches Meer vorstellen, das höchstens ungefähr 100 Meter tief war, mit einer sehr starken Sonneneinstrahlung und tropischen Bedingungen, die seine Temperatur ansteigen ließen, sodass sich der Kalkstein bilden konnte, den wir in Braavos finden. Diese geologische Stufe kann als „braavinisch" bezeichnet werden.

In dieser Umgebung entwickelten sich mehrere Foraminiferen (Meeresorganismen mit einer mineralisierten Schale, deren Größe zwischen einigen Millimetern und einigen Zentimetern variieren kann).

Über einen Zeitraum von etwa 20 Millionen Jahren ernährten sie sich von Bakterien und Mikroplankton, die sich unter idealen Umweltbedingungen in einem warmen, sauerstoffreichen Meer in einer stabilen Klimazone vermehrten, wodurch es zu einem sehr sturmarmen Meer wurde. Nach ihrem Absterben sanken sie ab und akkumulierten sich auf dem Meeresboden in beträchtlichen Dicken und sedimentierten als sogenannter „biogener" Kalkstein.

Diese Felsen kommen im gesamten westlichen Teil von Essos vor, da wir sie in Volantis finden. Allerdings weisen sie einige Unterschiede in der Zusammensetzung auf, was zeigt, dass die Wassertiefe nicht überall gleich, sondern in der Gegend von Volantis etwas ausgeprägter war.

Ab diesem Zeitpunkt zeigte die bekannte Welt allmählich die Morphologie, die wir aus der literarischen Saga und der Fernsehserie *Game of Thrones* kennen.

Es kam zu zahlreichen Überschwemmungen, die von vulkanischen Aktivitäten begleitet wurden, welche durch das Aufreißen der verschiedenen Krusten des Ozeans und der Erde ausgelöst wurden.

Aufgrund der Form des Landes und der Karte sowie der Verteilung der verschiedenen geologischen Aufschlüsse können diese Ereignisse auf 25 Millionen Jahre datiert werden (Volantische Stufe).

Zeugen dieser Risse, die zu Eruptionen führten, finden sich in Altsass, das am südwestlichen Ende von Westeros liegt. Zahlreiche Basaltströme bilden die Landschaft von Girona, die als Drehort für die Szenen in Altsass gewählt wurde, und weil diese Eruptionen unter Wasser stattfanden, entstanden sogenannte „vulkanisch-sedimentäre Ablagerungen", das heißt, sie bestehen abwechselnd aus vulkanischem Material und Meeressediment.

Dies deutet darauf hin, dass sich die vulkanischen Phasen wiederholten und die Sedimentierung des Meeres zwischen den Eruptionen wieder einsetzte. Während die eruptive Ablagerung schnell erfolgt, ist dies bei der Sedimentierung im Meer nicht der Fall: Wir haben es hier mit einer aktiven Phase zu tun, die mehrere Hunderttausend Jahre andauerte, bevor das endgültige Trockenfallen nur noch Basalte ohne dazwischenliegende Sedimentablagerungen hervorbrachte.

Wir müssen uns ein sehr flaches Meer vorstellen, das höchstens ungefähr 100 Meter tief war, mit einer sehr starken Sonneneinstrahlung und tropischen Bedingungen, die seine Temperatur ansteigen ließen, sodass sich der Kalkstein bilden konnte, den wir in Braavos finden.

Nach einer Periode geologischer Ruhe von etwa fünf Millionen Jahren begann der Bruch zwischen Essos und Westeros mit der Entstehung eines Rifts, der Westeros dazu zwang, sich nach Westen zu bewegen und die sogenannte Meerenge zu bilden.

Das Sommermeer drang in die entstandene Spalte ein und nach und nach wurde der westliche Teil von Essos vom Meer überflutet, wodurch die Landmassen für einen kurzen Zeitraum von mehreren Millionen Jahren überschwemmt wurden.

Wie schon in Braavos war die Wasserschicht sehr dünn, aber relativ warm, sodass sich Kalkablagerungen in einer Dicke von mehreren Dutzend oder sogar Hundert Metern ansammeln konnten.

Die damaligen Bedingungen erinnern an die Bedingungen, die in Europa während des sogenannten Miozäns (vor 5 bis 23 Millionen Jahren) herrschten, als

Zahlreiche Basaltströme bilden die Landschaft von Girona, die als Drehort für die Szenen in Altsass gewählt wurde.

Meeresüberschwemmungen Kalkstein und Molasse mit sich brachten. Diese rührten aus der Ansammlung von Geröll her, das durch die Erosion von den Reliefs, die an Land blieben, abgerissen worden war. In Bezug auf „Planetos" deutet dies darauf hin, dass das Klima noch warm war und er sich noch in der Phase eines Treibhausplaneten befand.

Zur gleichen Zeit kam es auch zu einer marinen Transgression bei Astapor, die durch die Öffnung der Sklavenbucht verursacht wurde. Da die Umweltbedingungen die gleichen waren, wurde auch hier Kalkstein aus den Schalen von Algen und Foraminiferen abgelagert und sammelte sich im Laufe der fünf Millionen Jahre andauernden Meeresüberflutung an.

Jedoch setzte eine neue Klimafluktuation ein und das globale Klimagleichgewicht verschob sich immer mehr in Richtung eines Iglu-Planeten mit Gletschern auf den Bergspitzen und der Bildung von Polkappen, wodurch der Meeresspiegel durch das Phänomen des Glazioeustatismus sank. Da das flüssige Wasser in fester Form in den Berggletschern und den Polkappen zurückgehalten wurde, wurde der natürliche Kreislauf unterbrochen, was wiederum dazu führte, dass die Flüsse weniger Wasser führten, während die Meere auf dem Planeten weiter verdunsteten. Dies führte zu einem Absinken des Meeresspiegels, wodurch das Land von *Game of Thrones* trockenfiel und die Form annahm, die wir heute kennen.

Solche Ereignisse sind in der Geschichte unseres Planeten immer wieder aufgetreten. Das letzte dieser Ereignisse spielte sich in extremer Weise während der letzten großen quartären Eiszeit ab, die immer noch als „Würm-Kaltzeit" bezeichnet wird (obwohl der Name inzwischen als veraltet gilt, ist er unter Laien immer noch in Gebrauch).

Während des Höhepunkts dieser Eiszeit vor 25 000 Jahren sank der Meeresspiegel weltweit um 120 Meter, wodurch viele Kontinentalplatten trockenfielen und die Wanderung zwischen Frankreich und England möglich wurde.

Der letzte bekannte geologische Aufschluss der Welt, der von diesem Meeresrückgang zeugt, befindet sich im Gebiet von Rosengarten, das in Andalusien liegt und aus Calcarenit besteht. Diese Art von Gestein ist das Karbonatäquivalent von Sandstein, der sich durch die Verfestigung und Zementierung von Kalksand bildet und vorzugsweise in Küstengebieten warmer Regionen auftritt.

Dies deutet darauf hin, dass der Rückgang der Meere relativ langsam verlief und dass die Temperatur auf dem Planeten hoch genug blieb, um die Bildung von Korallenriffen zu ermöglichen, die die weichen Sedimente mit grobem Gestein füllten, welche wiederum im Laufe des Trockenfallens immer stärker zusammenwuchsen.

Diese letzte geologische Sedimentepisode (die als Rosengarten bezeichnet wird) fand vor etwa zehn Millionen Jahren statt und beendete die alte geologische Geschichte von „Planetos". Warum alt? Ganz einfach, weil die geologische Geschichte eines Planeten niemals endet und – obwohl sich die Platten für den Menschen unmerklich verschieben (zum Beispiel wächst der Nordatlantik, der Nordamerika und Europa trennt, jedes Jahr um vier Zentimeter) – uns einige bemerkenswerte und manchmal katastrophale Ereignisse (Erdbeben, Tsunamis und Vulkanausbrüche) daran erinnern, dass unser Planet weiterhin geologisch aktiv ist und in einigen Millionen Jahren völlig anders aussehen wird, als wir ihn heute kennen.

Die letzten bedeutenden Ereignisse in der bekannten Welt waren vulkanischen Ursprungs; vier Orte sind Zeugen dieser planetaren Aktivitäten.

Als sich Westeros nach Nordwesten bewegte, passierte die Platte vor 700 000 Jahren einen sogenannten „Hotspot". In der Geologie ist ein Hotspot ein Bereich, in dem die Erdkruste von flüssigem Gestein mit sehr hoher Temperatur durchdrungen wird, das aus dem Mantel aufsteigt und als „Plume" bezeichnet wird.

Die Kraft dieser Plume ist so groß, dass sie wie ein Schneidbrenner wirkt und die kontinentale Kruste schmilzt, wenn sie über sie hinweggeht. Dies führt zu Vulkanausbrüchen, die je nach Intensität zu globalen Katastrophen aufgrund von Klimaveränderungen oder zur Bildung neuer Länder wie Island, Hawaii, den Malediven in unserer Welt und vielen anderen führen können.

Zum Zeitpunkt des Beginns der Geschichte befindet sich die Schwarze Festung in dieser vulkanischen Zone im Sommer. Dieser Vulkanismus ist allerdings nicht endgültig vorbei, denn 700 000 Jahre sind in diesem geologischen Maßstab eine relativ kurze Zeit und er kann bei neuen Bewegungen der Erdkruste plötzlich wieder aufflammen.

Eine neue Klimafluktuation setzte ein und das globale Klimagleichgewicht verschob sich immer mehr in Richtung eines Iglu-Planeten mit Gletschern auf den Bergspitzen und der Bildung von Polkappen, wodurch der Meeresspiegel sank.

Die letzte geologische Sedimentepisode (der sogenannte Rosengarten) ereignete sich vor etwa zehn Millionen Jahren.

Der Vulkanismus dieser Periode, der zur Entstehung der Landschaften führte, in denen die Festung liegt, ähnelt dem Vulkanismus, der Island seit mehreren Hunderttausend Jahren prägt. Man muss sich daher gigantische Vulkankegel vorstellen, die aus dem Eis auftauchen und aufgrund der Dualität der heißen Elemente unter den Gletschern, die sie bedecken, verheerende Eruptionen verursachen.

Um mit diesen vulkanischen Episoden der bekannten Welt abzuschließen und dieses Kapitel über die tektonische und geologische Geschichte von „Planetos" zu beenden, dürfen wir den Untergang Valyrias nicht vergessen. Diese in der Saga beschriebene Naturkatastrophe erinnert an die Supervulkane, die wir auf der Erde haben: den Yellowstone in den USA und die Phlegräischen Felder in Italien, um nur einige zu nennen.

Supervulkane sind besondere Formationen mit kilometerlangen Magmakammern, die gigantische Reservoirs aus geschmolzenem Gestein und Gas bilden. Wenn die vulkanische Aktivität zunimmt, steigt auch der Druck der unter der Erde eingeschlossenen Gase bis zur Sättigung. Das gesamte Gebiet explodiert, pulverisiert das darüber liegende Gestein und verwüstet die Landschaft im Umkreis von mehreren Kilometern.

Durch die Explosion der Vierzehn Flammen wurde die Landschaft stark verändert und die Drachen wurden fast ausgerottet. Die Geschichte unseres Planeten ist geprägt von verheerenden Eruptionen, die zu einem lokalen oder allgemeinen Aussterben führten und die Landschaft nachhaltig veränderten. Einer der heftigsten in unserer jüngsten Geschichte ist der Vulkan Novarupta in Alaska, der im Jahr 1912 die umliegende Landschaft völlig veränderte und das Tal der zehntausend Rauchsäulen entstehen ließ.

Es ist sehr wahrscheinlich, dass George R. R. Martin sich bei der Beschreibung des berühmten Untergangs von Valyria von einem solchen Ereignis wie dem Ausbruch des Mount St. Helens im Jahr 1980 inspirieren ließ.

Das Ende einer Reise zwischen Wissenschaft und Fiktion

Was können wir von der Welt lernen, die George R. R. Martin erfunden hat und die durch die Drehorte der Fernsehserie, auf der der dritte Teil dieses Kapitels basiert, ein wenig verändert wurde?

Als sich Westeros nach Nordwesten bewegte, passierte die Platte vor 700 000 Jahren einen sogenannten „Hotspot".

Dass sie in vielerlei Hinsicht der unsrigen sehr ähnlich ist. Anstatt einen unwahrscheinlichen Planeten zu erfinden, ließ sich der Autor von unserer Erde inspirieren, um seinen Landschaften und Karten ein Maximum an Realismus zu verleihen, wodurch seine bekannte Welt mit der unsrigen verglichen werden kann und eine solide Grundlage erhält, indem er sie mithilfe der Geowissenschaften analysiert, deren Erkenntnisse zur Erforschung und Beschreibung unseres Planeten eingesetzt werden.

Dadurch wird es interessant, wissenschaftliche Konzepte anzusprechen, die den Zuschauern oft nicht bekannt sind, sodass sie bestimmte irdische und astronomische Phänomene besser verstehen können, wenn sie sich für diese imaginäre Welt interessieren, die letztendlich gar nicht so imaginär ist. Dies gilt zumindest für den Hintergrund und die Umgebung.

Und das ist die Stärke von George R. R. Martins Werk: Es macht die Welt des *Lieds von Eis und Feuer* wahrscheinlich und glaubwürdig und man bedauert, dass einige der fantastischen Kreaturen in unserer Welt fehlen (obwohl wir die Weißen Wanderer besser dort lassen sollten, wo sie sind …).

Anmerkungen

1. Interview im Entertainment weekly vom 12. Juli 2011.
2. Daenerys III, Le Trône de fer, intégrale 1.
3. Catelyn VI, Le Trône de fer, intégrale 1.
4. Siehe das Kapitel von Jean-Sébastien Steyer, S. 157.
5. In diesem Fantasy-Universum kann man eine magische Erklärung nicht ausschließen. Die Ambiguität zwischen Magie und Realismus ist eine der Triebfedern von George R. R. Martins Erzählung. Sie trägt wesentlich zur Lebendigkeit des Werks bei, indem sie Diskussionen und Theorien in den Fangemeinden anregt.
6. Siehe das Kapitel von Jean-Paul Demoule, S. 13.
7. https://www.lagardedenuit.com/george-rr-martin-londres-retour-patrouille/
8. Als Metamorphosen bezeichnet man die im Laufe ihrer geologischen Geschichte ausgehöhlten und durch starken Druck und hohe Temperaturen umgewandelten Gesteine.
9. Ein sehr ausführlicher Artikel zu diesem Thema ist auf der Website der Garde de Nuit zu finden: https://www.lagarde denuit.com/wiki/index.php?title=Saisons_et_climat
10. Siehe das Kapitel von Dan Lunt, S. 87.
11. Ein Inselberg ist ein isoliertes Flachlandrelief, das von relativ flachen Sedimenten umgeben ist. Diese Formationen zeugen von einem früheren ariden Klima mit rauen Umweltbedingungen, die wir später bei der Beschreibung anderer Orte der Serie wiederfinden werden, die in der geologischen Chronologie der bekannten Welt jünger sind.

Der Barral von
Winterfell, eine sehr
alte Baumart.

„WINTER IS COMING!"

DAS KLIMA IM LIED VON EIS UND FEUER

DAN LUNT

* Die Analysen in diesem Artikel basieren auf dem Inhalt der Literatursaga *Das Lied von Eis und Feuer.*

„Der Winter naht.“ Diese ständige Bedrohung, die jener unseres Klimawandels ähnelt, steht im Mittelpunkt des *Lieds von Eis und Feuer:* Ein großer Teil des Erzählbogens dreht sich um diese gravierende Veränderung des Klimas. Im ersten Band ist der heraufziehende Winter auf allen Ebenen zu spüren, vor allem in Westeros, dem Kontinent, der sich bis zum äußersten Breitengrad erstreckt und daher am stärksten betroffen ist. In seinem Bemühen um Realismus hat George R. R. Martin sorgfältig Informationen über das Thema eingestreut: alte Pergamentrollen in der Bibliothek der Zitadelle von Altsass, Aussagen der „Alten“ usw. All diese Daten sind sehr nützlich, um das Klima in der Welt von George R. R. Martin zu verstehen. Dies trifft auch auf die Jahreszeiten zu: Während der Winter zu Land die schlimmste Jahreszeit ist, ist auf See der Herbst sehr gefürchtet: Wenn das Schiff der Nachtwache an der Seehundsbucht vorbeifährt, warnt der Kapitän seine Mannschaft: „Wir haben schon einige Stürme erlebt [...] Die Winterstürme sind zwar schlimmer, aber die Herbststürme kommen häufiger vor.“[1] Im Hafen von Braavos erklärt der Mentor von Arya Stark, damals in der Rolle der „Katz aus den Kanälen“, ihr: „Die See ist gefährlich und ganz besonders im Herbst.“[2] Diese Aussagen sind wertvolle Informationen für die Analyse des Klimas. Dies gilt auch für die Angaben im Zusammenhang mit dem Temperaturzyklus: „In Volantis war die Nacht fast so schwül wie der Tag.“[3] Natürlich nicht zu vergessen die sehr genauen Messungen der Maester („nachdem wir alle Berichte und Messungen der Maester des gesamten Königreichs studiert hatten, [...] ging der große Sommer seinem Ende entgegen. Mit einer Dauer von zehn Jahren, zwei Monden und sechzehn Tagen war es das längste seit Menschengedenken bekannte Ereignis“[4]).

„Der Winter naht“ (Winter is coming) *ist auf allen Ebenen zu spüren, vor allem in Westeros, dem Kontinent, der sich bis zum äußersten Breitengrad erstreckt und daher am stärksten betroffen ist. In seinem Bemühen um Realismus hat George R. R. Martin sorgfältig Informationen über das Thema eingestreut.*

Vorherige Doppelseite:
Ankunft in Winterfell

Bevor wir uns auf eine neue Klimaanalyse stürzen, sollten wir einen Blick auf die bisherigen Untersuchungen zu diesem Thema werfen: Tatsächlich wurden bereits viele Theorien aufgestellt, um die Klimaveränderungen auf „Planetos" – der Welt von George R. R. Martin, wie sie von den Fans genannt wird – zu erklären. Wenn im *Lied von Eis und Feuer* „der Winter naht", kann dies entweder auf eine Verringerung der CO_2-Konzentration in der Atmosphäre[5], eine Zunahme der vulkanischen Aktivität[6], eine Abnahme der Sonnenfleckenaktivität[7] oder der Meeresströmungen[8], eine Änderung der Umlaufbahn von Planetos um seinen Stern[9] oder einfach auf Magie zurückzuführen sein – wie Septon Barth und Maester Nicol behaupten, um den zunehmend unregelmäßigen Rhythmus der Jahreszeiten zu erklären. Allerdings werden nur in wenigen Erklärungen alle Klimadaten berücksichtigt, die in das Werk eingebaut wurden. Darüber hinaus erklären Theorien über CO_2, Vulkane, Meeresströmungen und Sonnenflecken nicht, warum die Tage im Winter kürzer sind. Wir müssen also eine andere Erklärung finden, und das ist der Zweck dieser Analyse: ein Digitalmodell zu erstellen, um die Klimaschwankungen auf Planetos besser zu verstehen. Dazu beziehe ich mich auf unsere aktuellen Erkenntnisse über das Erdklima.[10] Folgende drei Ziele will ich damit erreichen:

- die Bedeutung von Klimamodellen in den Grundlagenwissenschaften aufzeigen,
- für ein besseres Verständnis der Klimaentwicklung auf Planetos in der Saga *Das Lied von Eis und Feuer* sorgen und
- nach der Erstellung des Klimamodells prüfen, wie die Welt von George R. R. Martin mit der doppelten Menge an CO_2 in der Atmosphäre aussehen würde, um das Modell zu verifizieren und ein mögliches Klimaszenario auszuprobieren.

Was ist ein Klimamodell?

Ein Klimamodell basiert auf einem Computerprogramm, mit dem Wetter und Klima simuliert werden. Hiervon gibt es verschiedene, die sich alle auf die grundlegenden Gleichungen der Strömungsmechanik stützen (also auf die Analyse der Bewegungen von Luft oder Wasser). Das Modell löst diese mathematischen Gleichungen, indem es die Atmosphäre und die Ozeane in kleine „Kästchen" unterteilt, die wie Ziegelsteine den gesamten Planeten vom oberen Rand der Atmosphäre bis zum Boden der Ozeane abdecken. Das Modell berechnet dann den Wärmefluss und die „Momente" (Geschwindigkeit und Masse) zwischen diesen Kästchen in Abhängigkeit von der Zeit. Die Größe der Kästchen entspricht der „Auflösung" des Modells, ähnlich wie die Pixel

auf einem Foto: je kleiner die Kästchen, desto besser das Modell (und seine Auflösung). Umgekehrt gilt: Je größer sie sind, desto geringer ist die Auflösung und damit die Zuverlässigkeit des Modells. Aber Achtung: Ein Modell mit sehr hoher Auflösung erfordert eine beträchtliche Rechenzeit! Daher bestimmt die Kapazität Ihres Rechners auch die Auflösung Ihres Modells. Einige klimatische Phänomene wie Wolkenbildung, Sturmwinde oder schwache Meeresströmungen treten jedoch in Größenordnungen auf, die kleiner als die klassische Kästchengröße sind. Daher müssen wir Näherungswerte verwenden, indem wir beispielsweise die Verhaltensweisen dieser „kleinen" Ströme auf Grundlage der Beobachtungen in der realen Welt mitteln. Diese Annäherungswerte oder „Parametrierungen" sind sehr wichtig, da man je nach Auswahl unterschiedliche Ergebnisse erhalten kann. Diese Parametrierungen enthalten jeweils eine Vielzahl von Konstanten, deren Werte unbestimmt sind. Ihre Auswahl kann mithilfe von Simulationen über einen kurzen Zeitraum (zum Beispiel die letzten 150 Jahre) erfolgen, in dem wir nachweisliche Klimaschwankungen beobachtet haben. Verschiedene Versionen eines Modells mit unterschiedlichen Parametern führen zu unterschiedlichen Variationen innerhalb eines gleichen Zeitraums. Wir können aber auch jene veränderliche Größe auswählen, die unsere Beobachtungen am besten wiedergibt. Dieser Prozess wird als „Justierung" bezeichnet und ist ein wesentlicher Bestandteil der Entwicklung eines neuen Modells.

Für mein Experiment verwendete ich das Modell „CitCM3" (Citadel Coupled Model Version 3[11]) mit einer Auflösung von 3,75° in der Länge und 2,5° in der Breite. Vereinfacht ausgedrückt, entspricht dies Kästchen von jeweils etwa 400 × 275 Kilometern auf Höhe des Äquators. Auf meinem Arbeitsrechner[12] kann das Modell CitCM3 zwei Jahrhunderte Klima pro realem Tag simulieren.

Da diese Klimamodelle auf grundlegenden wissenschaftlichen Prinzipien basieren, können sie zur Simulation des Klimas jedes beliebigen Planeten verwendet werden, sei er real oder imaginär – wie in diesem Fall Planetos! Zunächst müssen jedoch die Eigenschaften des betreffenden Planeten und seines Sonnensystems (oder Sternensystems) vollständig bekannt sein und festgelegt werden. Diese Eigenschaften, die als „Randbedingungen" bezeichnet werden, sind: die Position der Kontinente, die Tiefe der Ozeane, die Höhe und Position der Berge, die Konzentration von Treibhausgasen (wie CO_2), die Lichtintensität des Sterns und die Umlaufbahn des Planeten um den Stern.

Die Leichenkönigin

Für die hier durchgeführten Klimasimulationen habe ich diese „Randbedingungen" festgelegt, indem ich einerseits die Karten der bekannten Welt (The Lands of Ice and Fire)[13] und andererseits die Tatsache verwendet habe, dass die große Stadt Qarth offenbar „das Zentrum der Welt, das Tor zum Norden und zum

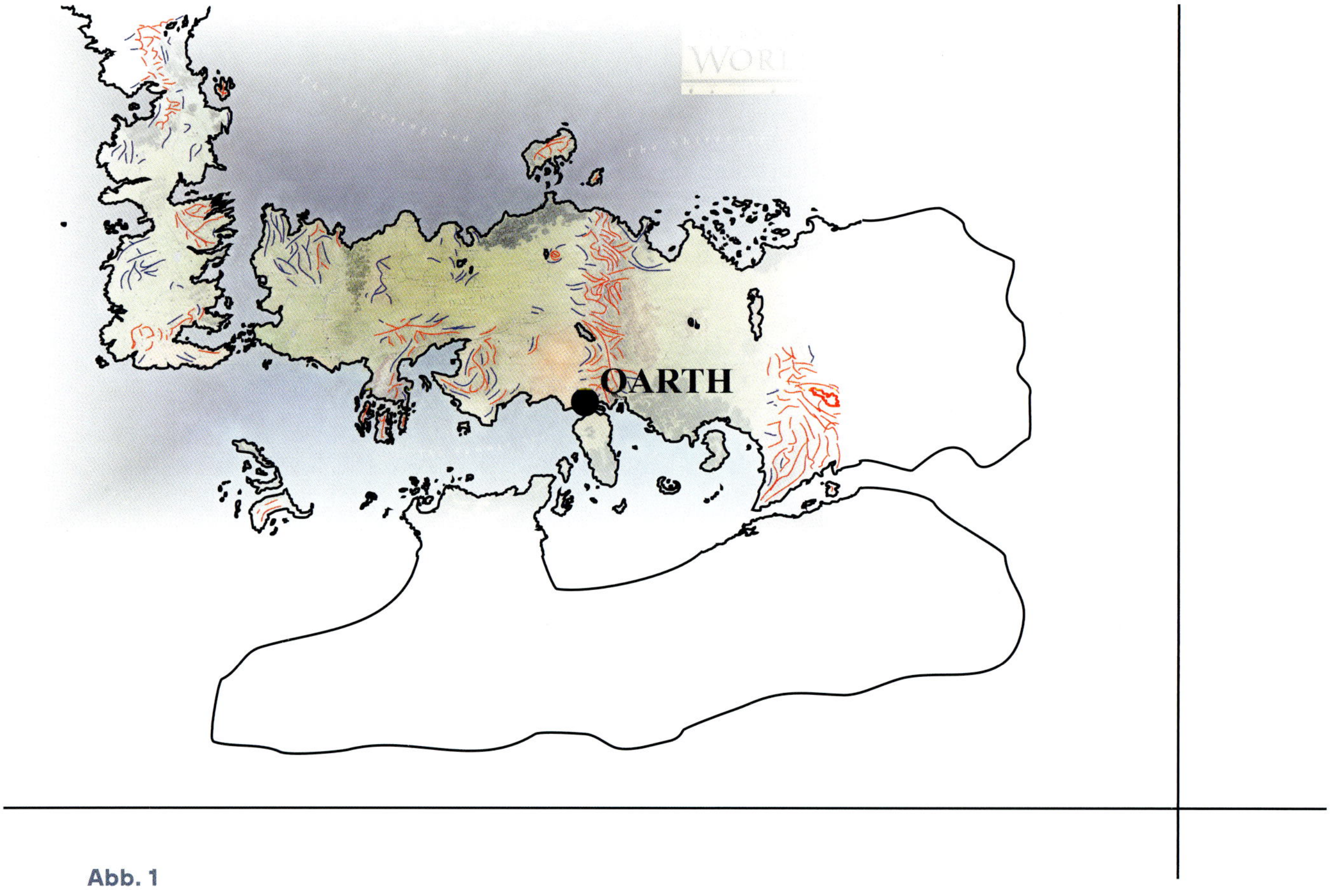

Abb. 1
Planetos, eine mögliche andere Welt. Die „bekannte Welt" von G. R. R. Martin mit der Stadt Qarth in ihrem Zentrum ist bunt. Die Grenzen der Kontinente sind schwarz, die Gebirge rot und die Hügel blau dargestellt. Der schwarze Rahmen (horizontale und vertikale Linien) steht für die Ausdehnung der Welt auf dem Globus. Die Konturen von Sothoryos und des orientalischen Teils von Essos sind reine Interpretation.

Süden, die Brücke zum Osten und zum Westen"[14] ist. Diese Position von Qarth im Zentrum der bewohnten Welt – auf die seine Bewohner sehr stolz sind – hat mir geholfen, die Grenzen der Gebiete hochzurechnen, die in der Saga vom *Lied von Eis und Feuer* (noch?) nicht bekannt sind (Abb. 1) – wie im Fall der mysteriösen nördlichen Kontinente von Sothoryos und Uthos, deren Umrisse nicht vollständig kartografiert sind. Dann habe ich diese Karte in eine digitale Version umgewandelt, die anschließend vom Klimamodell verarbeitet wurde, wobei ich „Kästchen" mit einer Länge und einer Breite von jeweils 0,5° erstellt habe. Ich gehe davon aus, dass die Berge der bekannten Welt eine durchschnittliche Höhe von etwa 2000 Metern, die Hügel von etwa 1000 Metern, die Küstenregionen von etwa 20 Metern und die anderen Gebiete etwa von 100 Metern haben. Außerdem setze ich voraus, dass die Meere und Ozeane mit zunehmender Entfernung von der Küste tiefer werden, bis zu 4000 Meter (was ausreicht, um sich dort Kraken und andere Ungeheuer vorzustellen, die sie bevölkern könnten). Die daraus resultierende Karte, die im Fachjargon der Klimaforscher als „digitales Höhenmodell" bezeichnet wird, ist in Abb. 2 A zu sehen. Es handelt sich hierbei um eine Planisphäre, die anschließend in einen Globus „umgewandelt" wird (siehe Abb. 2 B). Dieser Globus ist etwas größer als der unserer Erde[15] und hat die gleiche Umlaufbahn um seinen Stern (obwohl ich in einem späteren Stadium einige Parameter variiert habe, wie wir noch sehen werden). An dieser Stelle sei angemerkt, dass die Auflösung zwischen Planisphäre und Globus leicht abnimmt, aber dennoch wertvolle Informationen für die Simulation der „Gravitationswellen" der oberen Atmosphärenschichten erhalten bleiben. Diese treten auf, wenn sich die Atmosphäre über Bergregionen ausdehnt, und ohne sie würde das Modell nicht die richtigen atmosphärischen Strömungen darstellen.

Anschließend muss das Modell „initialisiert" werden, um es starten zu können: Während die Atmosphäre innerhalb weniger Monate in der Geschichte von Planetos „initialisiert" wird, also extrem schnell, dauert es bei den Ozeanen aufgrund ihrer Trägheit länger (Wassermassen sind langsamer und schwerer zu bewegen als Luftmassen). Für die Initialisierung der Ozeanmassen wählte ich die gleichen Bedingungen, die ich bereits in früheren Arbeiten verwendet hatte – über das Klima der echten Erde im Laufe ihrer geologischen Geschichte[16] und das Klima von Mittelerde, der Welt von Tolkien[17]: Ich ging also davon aus, dass die Ozeane auf Planetos eine Temperatur von etwa 32°C am Äquator und 11°C in Richtung der Pole haben. Anschließend wollte ich mein Modell 100 Jahre lang laufen lassen – natürlich in Planetos-Zeit.

Das Klima Schritt für Schritt

Leider stürzte das Modell nach drei Monaten Laufzeit (Planetos-Zeit) ab. Was war passiert? Nach einiger Zeit erzeugte das Modell tatsächlich „negative" Massen in der Atmosphäre, da die viel zu starken Winde buchstäblich die gesamte Luft aus einem Kästchen herausgeblasen hatten. Dies geschah, weil der Ozean am Südpol zu kochen (!) begann, weil die Strömung im Verhältnis zur Größe der Kästchen viel zu stark war und zu „digitaler Instabilität" und damit zu künstlicher Wärme führte. Das Problem wurde

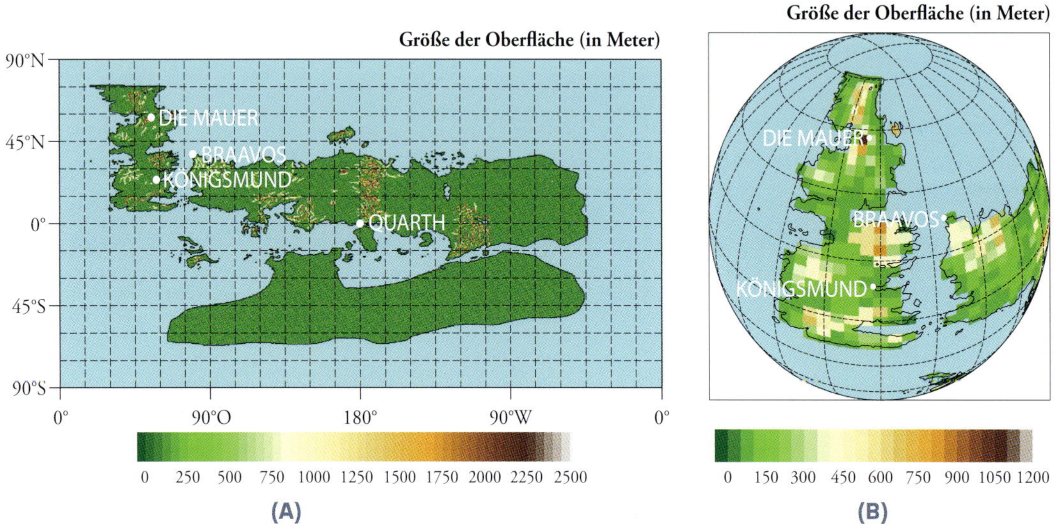

Abb. 2
Planetos in Kästchen (mit der Mauer, Königsmund und Quarth als Bezugspunkte). Der Planet in Form einer Planisphäre (A) mit Kästchen von 0,5° Länge x 0,5° Breite und in Form eines Globus (B) mit Kästchen von 3,75° Länge x 2,5° Breite. Beachten Sie, dass das Farbspektrum der Höhen zwischen A und B unterschiedlich ist.

gelöst, indem die Geschwindigkeit der Strömungen im südlichen Ozean begrenzt und das Modell neu gestartet wurde. Daraufhin erstellte es eine Simulation über 100 Jahre. Ich startete dann eine weitere Simulation über ein Jahrhundert, fügte aber einen Parameter hinzu, um die verschiedenen Vegetationstypen zu berücksichtigen (nicht nur die Grasvegetation wie im Dothrakischen Meer). Zu diesem Zeitpunkt schienen die erhaltenen Klimawerte noch vernünftig zu sein, aber sie berücksichtigten noch nicht die jahreszeitlichen Schwankungen, die für die Saga typisch sind: Tatsächlich war der Parameter „Jahreszeit" wie auf der Erde immer noch auf die vier Jahreszeiten eingestellt, die während eines Jahres auftreten (mit einer Rotationsachse oder Schräglage, die über das Jahr hinweg konstant ist). Zur Erinnerung: Die Drehung der Erde um sich selbst erzeugt den Tag-Nacht-Wechsel, die Ausrichtung der Rotationsachse (Schräglage) führt zu den Jahreszeiten und eine volle Umdrehung um die Sonne (Umlaufzeit) entspricht einem Jahr (Abb. 3 A). Auf der Erde ändern sich die Jahreszeiten im Laufe des Jahres. Um die Jahreszeiten auf Planetos ohne Magie zu verlängern, müsste man theoretisch die Schräglage des Planeten so verändern, dass er immer die gleiche Hemisphäre zu seinem

Stern hin hat: Er hätte dann einen konstanten Sommer (und einen konstanten Winter in der anderen Hemisphäre). Zudem müsste die Nordhalbkugel immer entgegengesetzt zu ihrem Stern stehen, damit es einen endlosen Winter in der nördlichen Hemisphäre gäbe (Abb. 3 B).

Also wandte ich diese neuen Parameter an (natürlich nach den ersten 200 Jahren, die bereits modelliert waren), sodass Planetos einen ständigen Winter in der nördlichen Hemisphäre und einen ständigen Sommer in der südlichen Hemisphäre haben würde. Dieses Mal lief das Modell drei Jahre lang (immer noch Planetos-Zeit), bevor es abstürzte. Warum? Weil es einen extrem kalten Winter (im Norden) und einen extrem heißen Sommer (im Süden) mit so starken Winden erzeugte, dass die Luft buchstäblich aus einigen Kästchen vertrieben wurde (immer noch das oben beschriebene Problem der „negativen" Massen) (Abb. 4). Um den Schaden zu begrenzen, habe ich den „Zeitschritt" (timestep im Englischen) des Modells reduziert, sodass es hyperstarke Winde „tolerieren" konnte. Dies verschaffte ihm einige Monate Aufschub …

Auf ähnliche Weise habe ich die extremen Temperaturen zwischen nördlicher und südlicher Hemisphäre begrenzt (um verheerende Winde zu vermeiden), indem ich die Schräglage von Planetos verringert habe: von 23,5° (der Wert der Erde, der ursprünglich für Planetos gewählt wurde) auf nur noch 10°. Dies führte zum gewünschten Effekt, da die Winter im Norden (und die Sommer im Süden) nicht mehr so extrem waren. Letztendlich habe ich zehn Jahre der Modellierung gewonnen (Abb. 5)!

Ich habe mein Modell erneut gestartet, um immer einen permanenten Winter in der nördlichen Hemisphäre zu haben. Diese beiden letzten Simulationen sind die überzeugendsten, da sie die bestmögliche Klimaeinschätzung für die Welt im *Land von Eis und Feuer* darstellen. Das Ergebnis ist in Abb. 6 in Abhängigkeit von den Jahreszeiten und den Temperaturen, den Wetterverhältnissen (Regen und Schnee) und dem Oberflächendruck (Winde) dargestellt.

„Winter is here!"

Während des von den Westmännern gefürchteten Winters herrscht im Norden Frost mit Temperaturen von bis zu -20° C jenseits der Mauer (Abb. 6 A). In Dorne, im äußersten Süden von Westeros, herrschen jedoch immer noch gemäßigte Temperaturen von bis zu 30° C. Der Westen von Westeros ist etwas kühler als der Osten: Das große Meer der

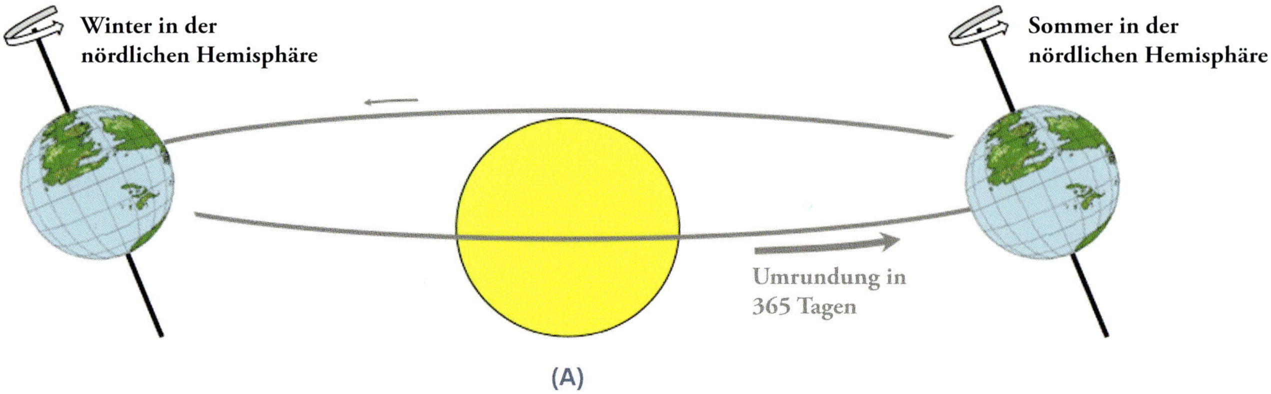

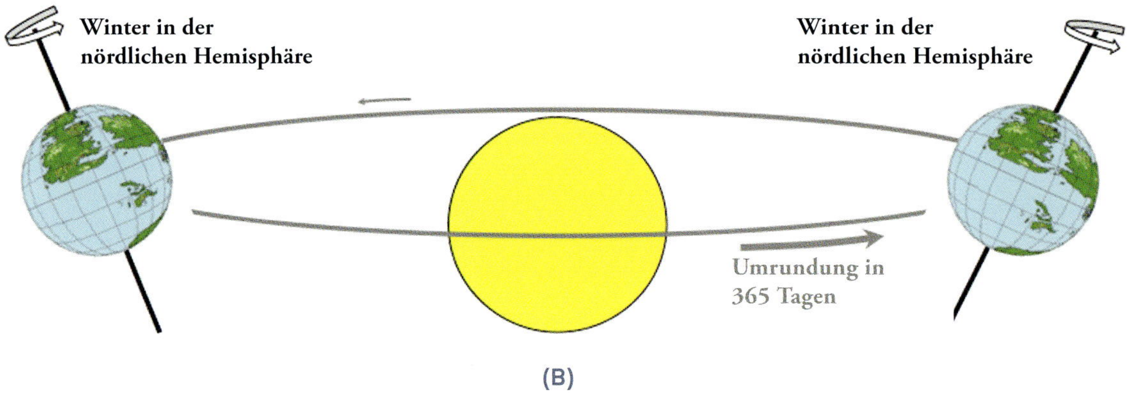

Abb. 3
Die Erde (A) dreht sich um die Sonne (Umlaufzeit) mit einer konstanten Drehachse (um sich selbst) über das ganze Jahr hinweg, die Jahreszeiten sind also kurz. Damit die Jahreszeiten länger andauern, hat Planetos (B) eine Rotationsachse, die sich im Laufe des Jahres ändert, weshalb sich die nördliche Hemisphäre immer in der entgegengesetzten Richtung des Sterns befindet.

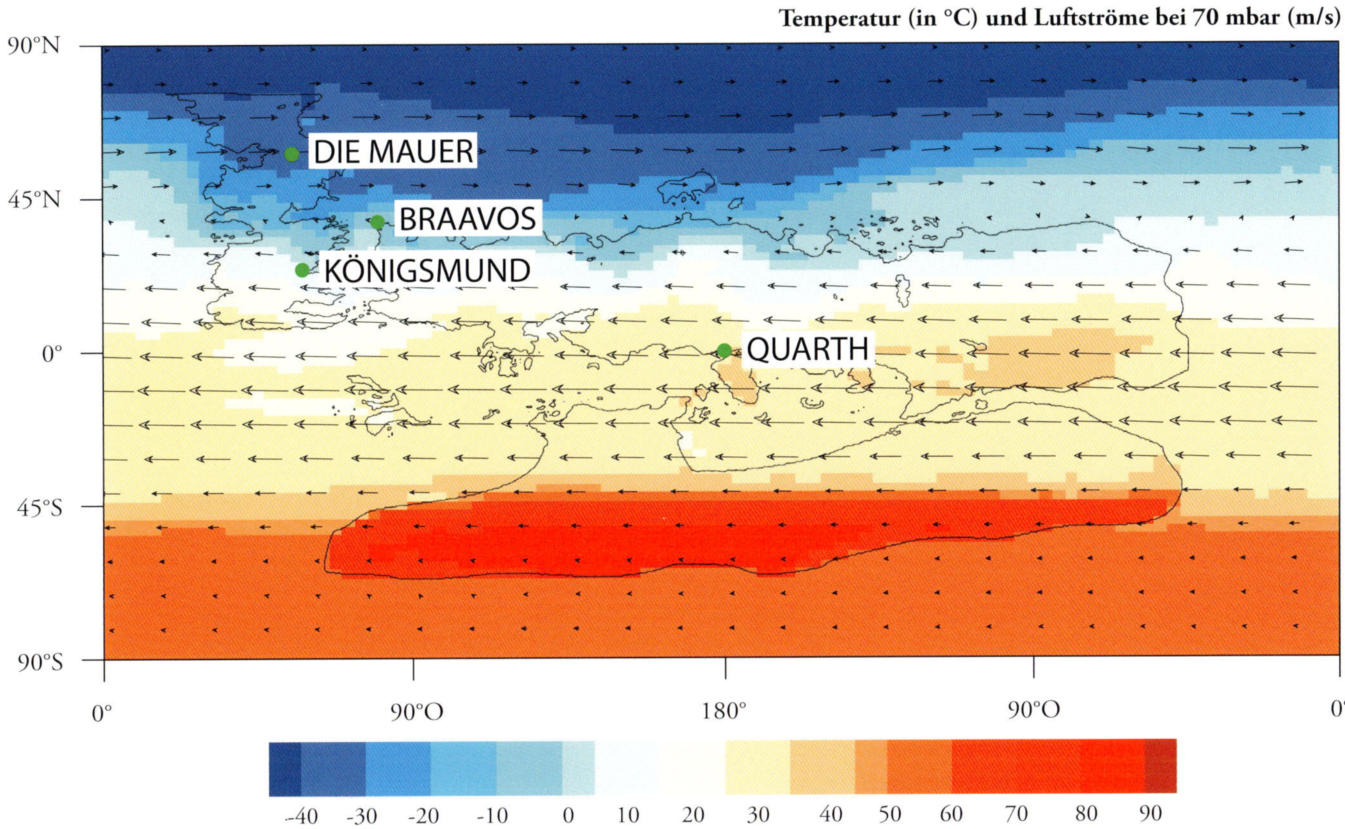

Abenddämmerung – auf dem Arya am Ende der Saga losfährt, ähnlich wie Bilbo und seine Freunde am Ende des *Herrn der Ringe* zu neuen Ufern aufbrechen – erwärmt die Westküste mit seinen Strömungen vom Äquator, ähnlich wie der Golfstrom bei uns. Vor der Küste von Westeros, immer noch westlich im Meer der Abenddämmerung, erzeugen ein Tiefdruckgebiet im Norden (grün, Abb. 6 C) und ein Hochdruckgebiet in der Mitte (dunkelviolett, Abb. 6 C) starke Winde, die auf die Küste und insbesondere auf die Eiseninseln treffen. Angesichts dieser Stürme ist es kein Wunder, dass die Eisenmänner ausgezeichnete Seefahrer sind. Die Ostküste in der Mitte von Westeros wird von starken Westwinden geprägt, die theoretisch sehr dabei helfen, Braavos über die Meerenge zu erreichen – in der Praxis ist der Hafen im Winter jedoch zugefroren. Südlich der Schwarzwasserbucht kehren sich diese Küstenwinde jedoch um.

Während des Winters ist die Südhälfte von Westeros ebenfalls sehr trocken (Abb. 6 B), mit

Abb. 4
In einem Zwischenmodell waren die Jahreszeiten so lang (drei Jahre), dass die extremen Temperaturen im Norden und Süden so starke Winde (über 50 m/s) erzeugten, dass das Modell zusammenbrach! Beachten Sie die Temperaturen von fast 100° C im Süden.

wenig Regen und Schnee – dieser fällt leicht und lokal auf die landwirtschaftlichen Anbauflächen von Weite und Flusslande. Aber im Norden der Sieben Königslande gibt es starke Schneefälle, besonders entlang der Steinigen Küste und in den Bergen von Bachlande. Diese Niederschläge werden von den feuchten Strömungen des Meeres der Abenddämmerung herbeigetragen, die anschließend einen großen Teil von Westeros überqueren, vor allem die Berge im Südosten von Winterfell.

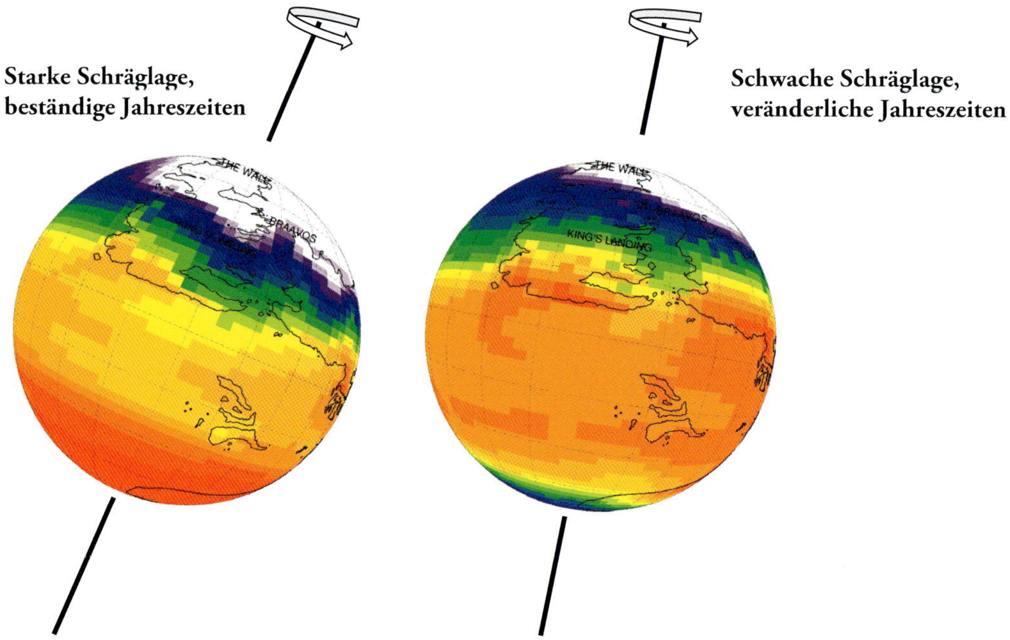

Abb. 5
Planetos ändert seine Schräglage (Neigung seiner Rotationsachse) von 23,5° (die ursprüngliche Schräglage, die mit der der Erde identisch war) auf nur 10°, sodass die Temperaturen weniger extrem sind (um verheerende Winde zu vermeiden), aber im Norden ein ständiger Winter herrscht. Die links angezeigten Temperaturen sind identisch mit denen in Abb. 4.

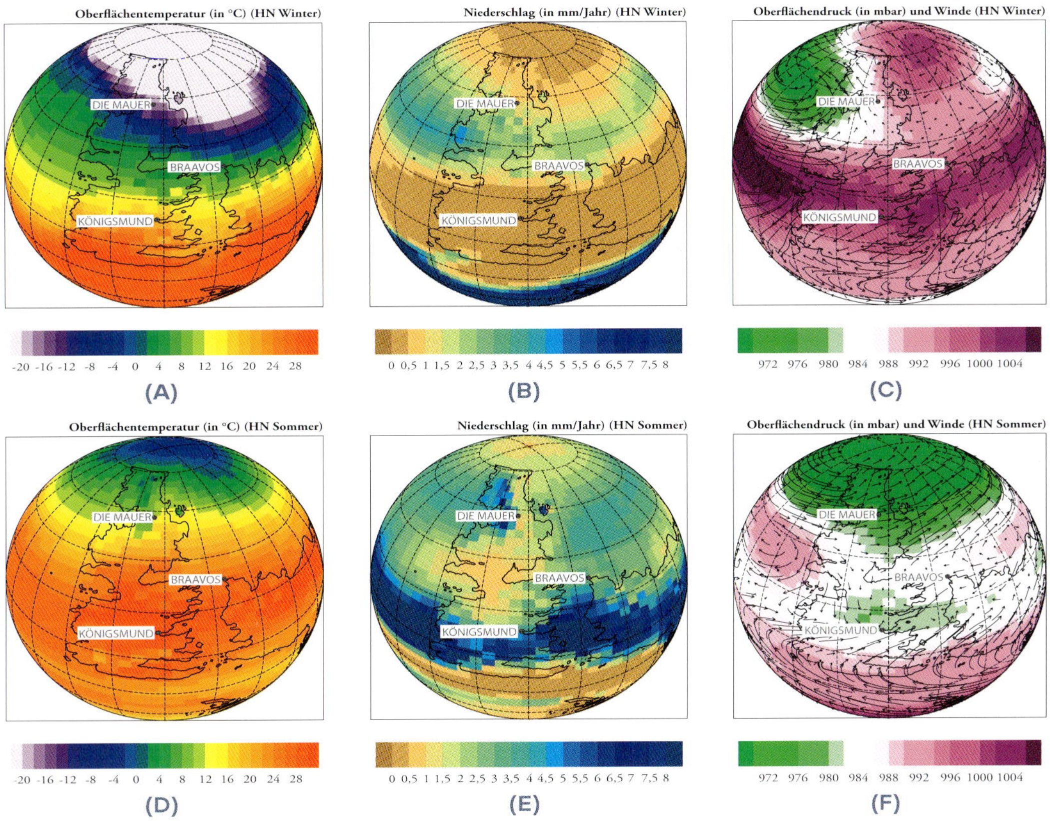

Der Kontinent Essos kennt hingegen praktisch keinen Winter: Die niedrigsten Temperaturen liegen bei ca. 8° C entlang der nördlichen Küsten – außer auf Braavos, wo die Kanäle im Winter zugefroren sind. Je weiter man Essos nach Süden erkundet, desto höher steigen diese Wintertemperaturen (für einen typischen Winter) bis auf maximal 30° C entlang der südlichen Küsten. Auf Essos ist der Winter ebenfalls sehr trocken, aber sehr stürmisch, besonders im Nordosten des Kontinents, von den Königreichen der Ifequevrons bis zu den Tausend Inseln.

Abb. 6
Modell der nördlichen Hemisphäre von Planetos während des Winters oben (A, B und C) und des Sommers unten (D, E und F) mit Temperaturen in °C, Niederschlag in mm/Tag, und Oberflächendruck (in mbar) und Winden.

Klimamodellierung zur Vorbeugung von Invasionen

Das Winterhalbjahr steht im Gegensatz zum Sommerhalbjahr, in dem die Karten von Planetos teilweise neu gemischt werden (Abb. 6 D, E und F). Im Sommer gibt es allerdings Gebiete wie das Gebirge der Frostfänge jenseits der Mauer, das seinen Namen zu Recht trägt und in dem die Temperaturen unter 0° C fallen. Dies ist ein ständig eisiges Gebiet, in dem die Anderen, die mit und durch die Kälte leben, im Sommer Zuflucht suchen können ... Ein Stratege, der die Anderen loswerden will, könnte hier eine Falle aufstellen. Südlich der Mauer ist der Rest des Kontinents warm (wie in Weite und Königsmund) und feucht. Regen fällt entlang eines nördlichen Streifens, wo die Luftmassen aufeinandertreffen – wie auf der Erde in der sogenannten „intertropischen Konvergenzzone", die Gewitter und Stürme begünstigt und von Seefahrern als „Kalmengürtel" gefürchtet wird. Obwohl es im Werk nie erwähnt wurde, muss in Weite, einer fruchtbaren Region im Südwesten der Sieben Königslande, ein monsunähnliches Klima geherrscht haben – ein atypisches Klima, das die „historische" Faszination der Maester von Altsass für das Studium atmosphärischer Phänomene erklären könnte. In Dorne bleibt es jedoch im Winter und Sommer warm und trocken. Während des Sommers ist das Gebiet jenseits der Mauer sehr regenreich und im Norden gibt es einige Niederschläge: Die hohen Berge der Frostfänge erzeugen Aufwinde, die Wassertröpfchen transportieren, welche wiederum in der kühlen Luft darüber kondensieren.

Die Winde zwischen Westeros und Essos, die sich im Winter im Uhrzeigersinn drehen, drehen im Sommer um, sodass es sehr einfach ist, von Braavos ins Tal von Arryn in der Meerenge oder von Dorne nach Pentos zu segeln. Diese drastischen „saisonalen" Schwankungen der Luftmassen über der Meerenge würden die stark saisonabhängigen Beziehungen zwischen den Städten von Westeros und den freien Städten von Essos erklären. Das bedeutet auch, dass Angriffe aus Westeros, vom Meer mit einem Schiff und/oder aus der Luft mit einem Drachen, im Winter auf Dorne oder Sturmkap und im Sommer auf das Tal von Arryn oder direkt auf Königsmund erfolgen könnten. Zudem sorgt im Sommer ein großes Tiefdruckgebiet um den Nordpol (grün, Abb. 6 F) für starke Westwinde.

Wie bereits erwähnt, kann eine Jahreszeit mehrere Jahre andauern, bis die Rotationsachse von Planetos wieder in die entgegengesetzte Richtung (siehe oben) zu seinem Stern zeigt. Der Antrieb für diese Rotation bleibt unklar: Komet oder Magie (insbesondere, wenn Sie Melisandre heißen)? Diese Frage bleibt weiterhin offen und die Maester der Zitadelle arbeiten mit Hochdruck daran.

Der Winter jenseits der Mauer ähnelt jenem in Alaska, Kanada, Westgrönland und Russland!

So wie ich das Klima in Mittelerde mit dem in unserer Welt verglichen habe[18], können wir dasselbe auch für Planetos und die Erde tun. Hierzu betrachte ich ein Klima als gleich, wenn in derselben Jahreszeit die Temperaturen mit einer Toleranz von 3,5° C und die Niederschläge mit einer Toleranz von 0,4 mm/Tag übereinstimmen.

So ähnelt der Winter jenseits der Mauer jenem in Alaska (insbesondere in Fairbanks), Kanada, Westgrönland und Russland! Der Winter direkt an der Mauer, wo die Nachtwache lebt, erinnert an jenen in einer kleinen Region zwischen Schweden und Finnland, die Lappland einschließt. Ebenso entspricht das Klima über Casterlystein, der Hochburg der Lennisters, jenem in der Sahelzone oder im Osten Chinas (einschließlich Changsha) oder in einer kleinen Region in der Nähe von Houston in Texas!

Gewisse Vergleiche sind überraschend. Aber wie bereits oben erwähnt, gilt das hier entwickelte Klimamodell, sofern man davon ausgeht, dass die Rotationsachse von Planetos im Raum variiert. Das bedeutet, dass sich der Nordstern von Planetos im Laufe der Zeit verändert (wie bei uns, aber in einer ganz anderen Zeitspanne: ein Jahr auf Planetos, aber 20 000 Jahre auf der Erde). In den Büchern von George R. R. Martin wird nicht erwähnt, ob sich der Nordstern im Laufe der Zeit verändert oder nicht. Falls mein Modell korrekt wäre, würde sich der Nordstern von Planetos im Laufe des Jahres verändern und wäre daher nicht immer derselbe Stern. Im Buch wird jedoch ein Fixstern angedeutet. Nachdem er Schiffbruch an den Spitzen des Meerlingskönigs erlitten hat, starrt Ser Davos, der nach Drachenstein geflüchtet war, in den Nachthimmel: „das Auge erkannte deutlich die eine oder andere vertraute Konstellation: hier die Galeere, die nach Westen segelte; die Laterne des Alten Weibes, dort vier funkelnde Sterne um einen goldenen Lichthof; die Wolken verdeckten den Eisdrachen fast vollständig, mit Ausnahme seiner blauen Pupillen, deren Glanz immer noch den Norden anzeigte."[19] Planetos hat seinen eigenen Nordstern und man kann davon ausgehen, dass der Seefahrer Davos ihn je nach Jahreszeit zu erkennen weiß. Auf der Erde dreht sich der Nordstern, der den Schnittpunkt der Rotationsachse unseres Planeten mit dem Himmelsgewölbe darstellt, etwa alle 20 000 Jahre um sich selbst. Diese Rotation ist teilweise verantwortlich für den Wechsel zwischen Eiszeiten und Zwischeneiszeiten auf der Erde.

Wir haben gesehen, dass dieses Klimamodell – wie jedes Modell – auch Unsicherheiten birgt: Seine Auswahl ist wichtig, da die Ergebnisse je nach seiner Auflösung (der Größe der verwendeten Kästchen) variieren können. Um solche Unsicherheiten zu messen, müsste dieses Modell mit anderen Modellen verglichen werden, zum Beispiel im

Rahmen des „Coupled Model Intercomparison Project“[20]. Das Prinzip ist recht einfach: Je mehr verschiedene Modelle ein ähnliches Ergebnis liefern, desto zuverlässiger ist dieses Ergebnis. Dies tun zum Beispiel die Klimaforscher des Intergovernmental Panel on Climate Change (IPCC), das 1988 gegründet wurde, um den Einfluss des Menschen auf die globale Erwärmung besser zu messen und zu bewerten.

In den Büchern wird nicht erwähnt, ob der Nordstern im Laufe der Zeit wechselt oder nicht. Der Nordstern von Planetos sollte im Laufe des Jahres wechseln und wäre daher nicht immer derselbe Stern.

Klima und Drachen

Apropos globale Erwärmung: Können die Drachen im *Lied von Eis und Feuer* das Klima mehr oder weniger stark beeinflussen? Die Antwort ist Ja. Wir könnten beispielsweise annehmen, dass geheime Berichte, die auf dem Archipel von Lys im Sommermeer verfasst wurden, einen Anstieg von Methan und CO_2 in der Atmosphäre von Planetos feststellen. Dieser Anstieg ist zum Teil auf die steigende Zahl der erwachenden Drachen zurückzuführen,[21] aber auch – und vor allem – auf die Abholzung vieler Gebiete für den Bau von Schiffen zwischen Essos und Westeros sowie die zahlreichen Brände, Explosionen und Massengräber, in denen während der Kriege und Schlachten die Leichen verbrannt werden. Bekanntlich sind Methan und CO_2 Treibhausgase, die das Klima erwärmen und sich auf Ökosysteme und Gesellschaften auswirken können.

Um diese hypothetische globale Erwärmung besser zu verstehen und ihre Auswirkungen zu begrenzen, habe ich eine neue Simulation mit der doppelten Menge an CO_2 in der Atmosphäre von Planetos durchgeführt (Abb. 7).

Es kann festgestellt werden, dass die größte Erwärmung an den Polen stattfindet, weil Packeis und Schneedecke das Reflexionsvermögen der Planetenoberfläche verringern und die Erwärmung verstärken. Ansonsten ist die Erwärmung nach dem neuen Modell auf den Kontinenten deutlicher sichtbar als auf den Ozeanen. Dies ist auf die langsamere Verdunstung und damit einhergehende schnellere Erwärmung der Landmassen zurückzuführen. In Klimastudien wird die Erwärmung (in Grad), die durch eine typische Verdoppelung des CO_2-Gehalts in der Luft verursacht wird, als „Klimasensitivität“ bezeichnet. Für die Welt vom *Lied von Eis und Feuer* beträgt diese Sensitivität 2,1° C, was ziemlich exakt mit dem für die Erde geschätzten Bereich von 1,5° C bis 4,5° C übereinstimmt.[22] Die Schnelligkeit (100 Jahre), mit der ich den CO_2-Gehalt auf Planetos verdoppelt habe, lässt mich jedoch vorsichtig sein, da eine längere Simulation zu einer stärkeren Erwärmung geführt hätte.

Eine globale Erwärmung, wie sie derzeit auf der Erde zu beobachten ist, hat katastrophale Auswirkungen auf die Eisschmelze und damit auf den Meeresspiegel. Auf Planetos könnte eine solche Erwärmung auch zum Schmelzen der Mauer führen! In Bezug auf den Meeresspiegel kann eine Simulation durchgeführt werden, die davon ausgeht, dass die Temperatur vor drei Millionen Jahren (im Pliozän) auf der Erde 3° C höher war als heute, was – infolge der Eisschmelze in Grönland und in der Antarktis – einem um 15 Meter höheren Meeresspiegel entspricht.[23] Im Vergleich dazu bedeutet eine Erwärmung um 2,1° C, die durch eine Verdoppelung des CO_2-Gehalts auf Planetos erreicht wird, einen Anstieg des Meeresspiegels um zehn Meter: Das reicht aus, um einen Großteil der Küsten und wichtige Städte wie Königsmund, aber auch andere Städte und Dörfer zu überfluten, was schon unter normalen Umständen zu sozialen Unruhen und sogar Kriegen führen kann … In George R. R. Martins Büchern schwankt der Meeresspiegel jedoch offensichtlich nicht, trotz der manchmal sehr langen und kontrastreichen Jahreszeiten. Wenn die langen Sommer den Meeresspiegel nicht ansteigen lassen, liegt dies daran, dass das Polareis auf Planetos eine dünne Eisdecke und keine dicken Eiskappen bildet: Dies bestätigen einige Reiseberichte aus dem Zitternden Meer, die von der Existenz der Weißen Wüste berichten, einer Art tödlichen Eisdecke, die sich nach Norden erstreckt.

Zurück zur theoretischen Erwärmung: Drachen zu kontrollieren ist unmöglich – es sei denn, man ist Targaryen. Aber wenn ich nur ein westlicher Klimaforscher wäre, würde ich die Machthaber der Sieben Königslande ermutigen, ihre CO_2-Emissionen zu reduzieren und gleichzeitig erneuerbare Energien wie Windmühlen zu entwickeln …

Abschließend lässt sich sagen, dass Klimamodelle wirklich nützlich sind. Sie beruhen auf physikalischen Gesetzen und können zur Simulation beliebiger realer oder fiktiver Planeten verwendet werden. Unter Berücksichtigung einer zeitlich variablen Neigung von 10° kann man sich sehr lange und raue Winter auf Planetos vorstellen und simulieren, wie es in der Sage beschrieben wird. Das Klima ist wichtig, weil es, wie wir gesehen haben, die Landkarten prägt und zum Beispiel die Verfügbarkeit von Ressourcen (insbesondere Süßwasser) oder die großen Wanderbewegungen bestimmt. Das verwendete Klimamodell kann dann helfen, mögliche Konflikte, Kriege oder Invasionen auf dem Rücken von Drachen oder per Schiff vorherzusagen. Außerdem ähneln einige Klimazonen auf Planetos sehr stark den Klimazonen realer Regionen. Die Klimasensitivität von Planetos liegt bei 2,1° C und kann zu einer Erhöhung des Meeresspiegels um sechs Meter führen, was wiederum neue Kriege provozieren könnte … Das Modell ist jedoch noch nicht ausgereift und bedarf der Verbesserung, vor allem auf der Ebene der Auflösung. Außerdem geht es davon aus, dass bestimmte

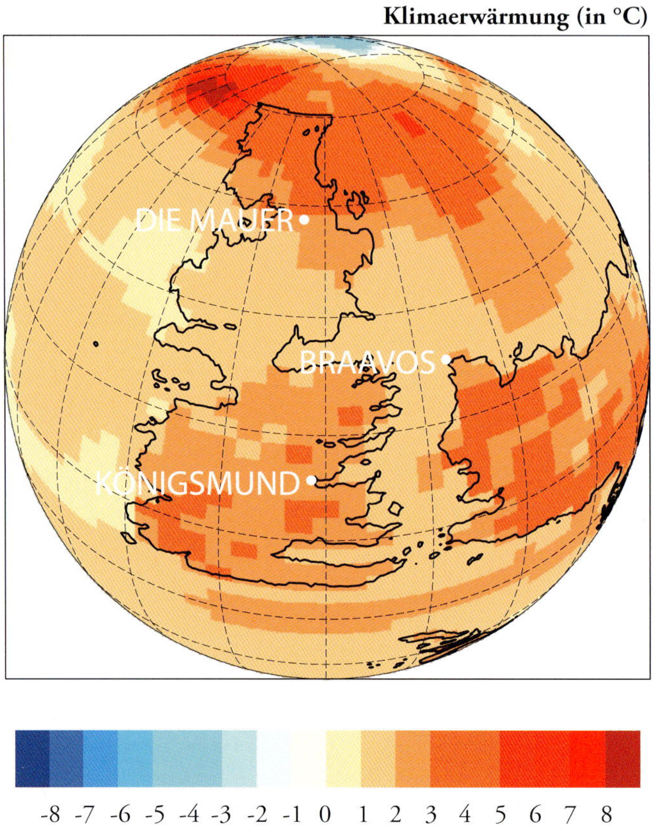

Parameter der Umlaufbahn von Planetos mit denen der Erde identisch sind, was ebenfalls diskussionswürdig ist. Hoffen wir, dass mir die Menschen in den Sieben Königslanden eine Pause gönnen, damit ich meine Ergebnisse verfeinern kann.

Abb. 7
Ein sehr empfindliches Klima. Eine Veränderung der Oberflächentemperatur (in °C) auf Planetos mit der doppelten Menge an CO_2 in der Atmosphäre: Die Mauer ist geschmolzen und die Geschichte von Planetos kann neu geschrieben werden …

Anmerkungen

1. Samwell II, Intégrale 4, S. 395.
2. Die Hässliche, Intégrale 5, S. 1028.
3. Der Diener des Kaufmanns, Intégrale 5, S. 116.
4. Vorspiel, Intégrale 2, S. 16.

5. Roberto Mera, „Theory of Carbon Dioxide for Seasons of *Game of Thrones*", www.blog.ucsusa.org/roberto-mera/climate-change-game-of-thrones-559/

6. @Semyorka: „Theory of igneous provinces for seasons of *Game of Thrones*", Twitter, 2017. Gesehen auf www.twitter.com/Semyorka_/status/935791177684660224

7. „Theory of Sunspots for Seasons of *Game of Thrones*«", New York Post, 29. Juni 2016. Gesehen auf www.nypost.com/2016/06/29/why-the-sun-going-blank-means-a-game-of-thrones-like-winter-is- coming/

8. Alex Farnsworth und Emma Stone, „Weathermen of Westeros: does the climate in *Game of Thrones* make sense?", *The Conversation,* 2015. Gesehen auf www.theconversation.com/weathermen-of- westeros-does-the-climate-in-game-of-thrones-make-sense-43076

9. Greg Laughlinn in Miriam Kramer, „Seasons on *Game of Thrones* Planet: How They Work", *Space,* 2013. Gesehen auf www.space.com/20433-game-of-thrones-seasons-science.html; Dan Selcke, „Game of Thrones Theorycraft: the Reasons for the (Weird) Seasons"", Fansided, 2015. Gesehen auf www.winteriscoming.net/2015/12/26/game-of-thrones-theorycraft-the-reasons-for-the-weird- seasons/

10. IPCC, *Climate Change 2013: The Physical Science Basis,* Abschlussbericht, Gland, IPCC, 2013.

11. In französischer Sprache: „Modèle couplé à la Citadelle, en référence bien sûr à la Citadelle des mestres de Villevieille, clin d'œil de l'auteur", Paul J. Valdes u. a., „The Bridge HadCM3 Family of Climate Models", *Geoscientific Model Development,* Bd. 10, 2017, S. 3715–3743.

12. www.bristol.ac.uk/acrc

13. George R. R. Martin, *The Lands of Ice and Fire,* New York, Harper Voyager, 2012.

14. *Ebd.,* p. 513.

15. Siehe das Kapitel von Stephen Giner, S. 51. Weitere Informationen finden Sie auf der Website und im Forum der Garde de Nuit: www.lagardedenuit.com/wiki/index.php?title=Données_concernant_les_dimensions_du_monde; www.lagardedenuit.com/forums/sujets/geographie/#post-65908

16. Dan Lunt u. a., „Palaeogeographic Controls on Climate and Proxy Interpretation", *Climate of the Past,* Bd. 12, Nr. 5, S. 1181–1198, 2016.

17. Dan Lunt „*Summer is coming.* Das Klima in Mittelerde", in: Roland Lehoucq, Loïc Mangin und Jean-Sébastien Steyer (Hg.), Die Wissenschaft von Mittelerde, Darmstadt, wbg Theiss, 2022.

18. *Ebd.*

19. Davos V, Intégrale 3, S. 936.

20. In englischer Sprache. *Coupled Model Intercomparison Project.* Veronika Eyring u. a. „Overview of the Coupled Model Intercomparison Project Phase 6 (CMIP6) Experimental Design and Organization", *Geoscientific Model Development,* Bd. 9, Nr. 5, 2016, S. 1937–1958.

21. Siehe das Kapitel von Jean-Sébastien Steyer, S. 157.

22. IPCC, *Climate Change 2013: The Physical Science Basis,* Abschlussbericht, Gland, IPCC, 2013.

23. *Ebd.*

„DO YOU SPEAK DOTHRAKI?"

DIE SPRACHE IM LIED *VON EIS UND FEUER*

FRÉDÉRIC LANDRAGIN

* Die Analysen in diesem Artikel basieren auf dem Inhalt der Literatursaga *Das Lied von Eis und Feuer.*

Wer wird den
Eisernen Thron erben?

Wie immer beginnt alles mit Worten. Als Leser tauchen wir in eine Welt der Worte ein, dank der wir uns Stimmungen, Musik, Klänge und Gerüche vorstellen können, von den Delikatessen der Festbankette bis hin zum Gestank der von den Raben zerfressenen Leichen. Um seine extremsten Szenen zu beschreiben, wählt George R. R. Martin präzise, direkte und eindringliche Begriffe.

Einige Wörter sind in Vergessenheit geraten wie die der Kinder des Waldes, deren Sprache als tot gilt. Andere werden sorgfältig in Büchern bewahrt, in die so gegensätzliche Charaktere wie Tyrion Lennister und Samwell Tarly eintauchen. Alle diese Wörter (*word* auf Englisch – das ist wichtig) bilden die Bausteine für mehrere Sprachen: die Gemeine Zunge, aber auch das Dothrakische, das Hochvalyrische oder die Dialekte, die sich daraus ableiten, und nicht zu vergessen die Wortmischungen, die beim Handeln verwendet werden. Je nach Ort und Gesellschaftsschicht werden die Wörter auf unterschiedliche Art und Weise ausgesprochen und spiegeln eine reiche Vielfalt an Völkern und Kulturen wider.

Manchmal bilden sie auch einen Sinnspruch (ebenfalls *word* im Englischen) wie „Der Winter naht für die Starks von Winterfell" oder „Hört mich brüllen" für die Lennisters. Manchmal beschreiben sie Charaktereigenschaften oder Gewohnheiten, die jeder kennt, wie „Ein Lennister zahlt immer seine Schulden" – ein Satz, den alle Lennisters im Munde führen, auch Tyrion, der eigentlich nicht viel für seine Familie übrig hat.

Sie bilden Sprichwörter, wie etwa „Worte sind Wind", eine Redewendung, die die Charaktere verwenden, wenn ihnen ein Versprechen, das man ihnen gibt, wertlos erscheint. Denn sein Wort zu geben (*word* auf Englisch, immer noch!) ist einfach, während das Wort zu halten in dieser Welt der Intrigen, Wendungen und Rückschläge eher unwahrscheinlich ist.

Selbst Raben sprechen, angefangen mit dem Wort „Korn!", das jedes Mal mit Nachdruck geäußert wird, wenn das Tier Hunger verspürt. Diese Raben sind die wichtigsten Boten, die Nachrichten (*word* auf Englisch, Sie ahnen es schon) von Nord nach Süd, von Hohenehr nach Winterfell, von Königsmund nach Casterlystein tragen.

Je nach Sprechern und Umständen werden die Worte als Wind wahrgenommen oder als Pfeile, wenn sie verletzend sind, oder als Kakerlaken, die sich auf Pergamentblättern tummeln, wenn jemand sie nicht beherrscht und nicht gut lesen kann. Wind, Pfeile, Kakerlaken: Wörter haben viele Funktionen und Bedeutungen, und dieses Kapitel will einige Schlüssel zu ihrem besseren Verständnis liefern.

Je nach Umständen und Spannungen werden Worte als Wind wahrgenommen oder als Pfeile, wenn sie verletzend sind.

Bergfriede, Drachen und der Sense of Wonder

Das Vokabular im *Lied von Eis und Feuer* ist mittelalterlich, mit seinen Burgen, dem roten Bergfried, den gewappneten Rittern und einigen klassischen Fantasy-Figuren wie den Drachen. Es gibt keine Elfen, aber es ist die Rede von den Kindern des Waldes. Es gibt keine Menschenfresser, aber Gregor Clegane, „den Berg". Viele Zutaten der mittelalterlichen Fantasy sind vorhanden und alle zeichnen sich durch eine starke suggestive Kraft und die Fähigkeit aus, den *sense of wonder* auszulösen, die „Magie des Staunens", der für die Literatur des Fantastischen typisch ist und der uns in die Tiefen der von George R. R. Martin erdachten Welt führt.

Die Bedeutung von Wörtern wird schon bei der Lektüre des ersten Bandes deutlich: Der Sinnspruch der Starks von Winterfell, der (auf Englisch) mit dem Namen „Winterfell" übereinstimmt, wird gleich auf den ersten Seiten des Buches vorgestellt.[1] „Der Sinnspruch der Starks. Jedes Adelsgeschlecht hatte einen. Familienmottos, Prüfsteine, allerlei Gebete, die mit Ehre und Ruhm prahlten, Loyalität und Wahrheitsliebe versprachen, Treue und Mut schworen. Nicht so die Starks. Der Winter naht, lauteten die Worte der Starks." Damit ist der Grundstein gelegt. Zahlreiche Ortsnamen präzisieren Schritt für Schritt einen komplexen geografischen Rahmen und zahlreiche Familiennamen bevölkern diesen Rahmen mit einer Vielzahl von Personen (laut Thierry Soulard[2] 2400). Die Zahl der Eigennamen im Lied von Eis und Feuer geht in die Tausende.

Dann kommen noch Begriffe, die sich der Autor wieder zu eigen macht wie „direwolf", das mit „loup-garou" („Werwolf") ins Französische übersetzt wurde – ein unpassender Begriff („in Ermangelung eines besseren", so der Übersetzer Jean Sola[3]), da er an einen Lykanthropen denken lässt, also an einen Menschen, der sich in einen Wolf verwandeln kann [Anm. der Übers.: In der deutschen Fassung wurde er mit „Schattenwolf" übersetzt]. Obwohl es in der Welt des *Lieds von Eis und Feuer* keine Lykanthropen gibt, gibt es dort Menschen, die sich in den Geist eines Wolfs hineinversetzen können. In diesem Fall wird [in der französischen Übersetzung; Anm. d. Übers.] ein erfundenes Substantiv (oder „fiktives Wort") verwendet: „zoman" (wahrscheinlich die Kurzform von „zoo" und „man", um das englische Wort „warg" zu übersetzen) oder „change-peau" [In der deutschen Übersetzung wurde der Begriff „Warg" übernommen; Anm. d. Übers.]. Letzteres wird durch die Verkettung zweier bekannter Wörter gebildet und hat somit, im Gegensatz zum vorhergehenden, eine offensichtliche Bedeutung, die bereits bei seinem Auftreten im französischen Text – dem fünften, um genau zu sein – einer Erklärung bedarf: „Zoman. Homme-bête. Mutant. Tels sont les noms que l'on vous donnera, si l'on n'entend jamais parler de vos rêves de loup."[4] („Zoman. Menschliche Bestie. Mutant. Das sind die Namen, die man Ihnen geben wird, falls man überhaupt jemals von Ihren Wolfsträumen hört.")

Der Leser wird auf weitere Beispiele für Wortschöpfungen und ihre Definitionen stoßen, die manchmal nützlich, manchmal überflüssig sind. Zum Beispiel wird die weite Kleidung, die „tokar" genannt wird (Jean Sola hat dieses Mal den englischen Begriff beibehalten), ausführlich beschrieben und in einen Kontext gesetzt [Anm. d. Übers.: Auch in der deutschen Übersetzung wird der Begriff beibehalten]. „Vêtement exclusivement réservé aux hommes d'Astapor nés libres" („Ein Kleidungsstück, das ausschließlich nur den frei geborenen Männern von Astapor erlaubt war"), so der Text[5], und das nicht zum Reiten benutzt werden durfte[6]. Obsidian wird manchmal als „Drachenglas" bezeichnet, eine Verknüpfung von zwei Begriffen, die auf den ersten Blick nichts miteinander zu tun haben, und ist sogar Gegenstand eines Dialogs zwischen Samwell Tarly, Melisandre von Asshai und Stannis Baratheon: „‚You slew this creature with an obsidian dagger, I am told', he sad to Sam. – Y-yes, Your Grace. Jon Snow gave it to me. – Dragonglass.' The red woman's laugh was music. ‚Frozen fire, in the tounge of old Valyria. Small wonder it is anathema to these cold children of the Others.'"[7] („‚Ihr habt diese Kreatur mit einem Obsidiandolch getötet, wie mir berichtet wurde', sagte er zu Sam. ‚J-ja, Sire. Jon Schnee hat ihn mir gegeben.' ‚Drachenglas.' Das Lachen der roten Frau war Musik. ‚Gefrorenes Feuer in der Sprache des alten Valyria. Kein Wunder, dass es diesen kalten Ausgeburten der Anderswelt ein Gräuel ist.'")

Viele dieser Wortschöpfungen sind durch kulturelle und gesellschaftliche Mechanismen motiviert, die sich George R. R. Martin ausgedacht hat. Die Bewohner der Eiseninseln, einer großen Insel an der Ostküste von Westeros, werden [in der französischen Übersetzung] auch als „Fer-nés" bezeichnet. Der Begriff taucht immer wieder in den Romanen auf und wird auch dekliniert, zum Beispiel mit dem Ausdruck „payée au fer-prix"[8], was so viel wie „mit Gewalt und mit dem Eisen der eigenen Waffe genommen" (anstatt gekauft oder getauscht) bedeutet. Die fiktiven Wörter bereichern nicht nur den Text, sondern tragen auch zum Aufbau eines in sich geschlossenen Systems bei.

Bei den aus dem Mittelalter entlehnten Wörtern handelt es sich in erster Linie um Begriffe, die sich auf das Rittertum beziehen, etwa auf die Rüstungen, zum Beispiel „plates" (Metallplatten), die stark und schwer sind und von denen einige Teile spezielle Namen haben wie die „spalières", die die Schultern schützen – ein Begriff, der vom altfranzösischen *spallereau* abgeleitet ist, das wiederum vom italienischen *spalla* („Schulter") abstammt. Die Ausrüstung besteht oft aus einem oder mehreren „Andouiller(s)". Dieser Begriff stammt vom altfranzösischen *andoillee, antoillier* oder *ante-oillier,* was „über dem Auge liegend" bedeutet und ein Horn bezeichnet, das beispielsweise am Helm befestigt ist. Es kann auch das Ende eines Hirschgeweihs bezeichnen wie in Asha Graufreuds Traum, in dem sie „einen schwarzen Hirsch in einem goldenen Wald mit Flammenbannern an seinen Enden"[9] sieht. Wenn von Ritterlichkeit und Rüstung die Rede ist, ist es nur logisch, dass auch Begriffe aus der Fechtkunst auftauchen. Der Kampf zwischen Brienne von Tarth und Jaime Lennister, der versucht, ihr zu entkommen, während seine Hände gefesselt sind, ist ein Beispiel dafür: „Von oben, von unten und auf Schulterhöhe ließ er den Stahl auf sie niederprasseln. Links, rechts, rückhändig holte er aus und drosch so hart auf sie ein, dass die Funken flogen, wenn die Schwerter sich kreuzten, aufwärts, seitlich, abwärts, stets griff er an und drang auf sie ein, schritt und glitt vor, schlug zu und schritt nach, schritt nach und schlug zu, hackte, hämmerte auf sie ein, schneller, schneller, schneller [...]."[10] Es klingt beinahe so, als wäre es real! Ein Stoß ist ein Schlag mit der Spitze des Schwerts, ein Hieb ein Schlag mit der Schneide. Genauer gesagt, wurde früher mit einem langen und spitzen Schwert gekämpft. Aufgrund der Synekdoche (das Teil für das Ganze halten) bezeichnete das Wort auch nur die Spitze des Schwerts. Jeder Begriff hat also seine eigene Geschichte, die von einer langen praktischen Erfahrung zeugt. Glücklicherweise ist es nicht notwendig, ihn zu kennen, um den Text zu genießen, aber wir möchten auch hier betonen, dass das Ganze ein in sich geschlossenes System darstellt.

Der französische Leser begegnet auch den Ausdrücken „que nenni", „itou", „d'autress" oder dem veralteten Pronomen „icelui", wie in der folgenden Beschreibung – durch Arya Stark – von Ser Addam Marbrand, der sich auf Befehl von Tywin Lennister darauf vorbereitet, gegen Robb Stark in den Krieg zu ziehen: „teint du même bronze que le manteau de son cavalier, le caparaçon d'icelui s'adornait itou de l'emblème à l'arbre ardent."[11] („In der gleichen Bronze gefärbt wie der Mantel des Reiters war sein Kapaun mit dem Emblem des brennenden Baumes verziert.") Einige Konstruktionen spiegeln auf fast karikaturistische Weise einen mittelalterlichen Stil wider: „La gente dame de Lancel y goûta, approuva puis donna l'ordre de servir Jaime en premier."[12] Die meisten dieser Konstruktionen finden sich in den ersten vier Gesamtausgaben, die von Jean Sola übersetzt wurden, und ihre Häufigkeit hat einige Fans dazu veranlasst, seine Arbeit zu kritisieren. Dazu muss ich an dieser Stelle auf den Originaltext zurückkommen: „Lancel's lady tasted it, approved, and commanded that the first portion be served to Jaime." „Dame" hätte offensichtlich ausgereicht und „gente" macht den Stil, der anfangs recht direkt, klar und sogar modern ist, nur noch schwerfälliger. George R. R. Martin – wir kommen noch auf die Dialoge zurück – hat seinen Stil nicht an den eines mittelalterlichen Schriftstellers oder an lexikalische Klischees angelehnt, wozu Jean Sola jedoch neigt: Man kann seine Wahl vielleicht nicht gutheißen, aber man kann sie auch respektieren, da sie für manche Leser zum *sense of wonder* beitragen kann.

Es bedarf jedoch keiner fiktionalen Wörter oder mittelalterlicher Ausdrücke, um diesen berühmten *sense of wonder* auszulösen. Dies belegen zwei Beispiele. Das erste spielt in Westeros, das zweite in der Stadt Astapor (also auf Essos), in einer unterhaltsamen Passage, in der Daenerys so tut, als würde sie die Sprache des Sklavenhändlers nicht verstehen, der ihr seine Armee der Unbefleckten für einen Drachen verkaufen will, und in der Missandei, die hier zum ersten Mal auftritt, als Dolmetscherin fungiert.

Beginnen wir in Westeros mit einer Szene, in der Meera Brandon Stark in Anwesenheit von Hodor und Jojen eine Geschichte erzählt, während diese vier Personen auf ihrer langen Reise zum dreiäugigen Raben sind: „He rowed and rowed, and finally saw the distant towers of a castle rising beside the lake. The towers reached ever higher as he neared shore, until he realized that this must be the greatest castle in the world. [...] Beneath its walls he saw tents of many colors, bright banners cracking in the wind, and knights in mail and plate on boarded horses. He smelled roasting meats, and heard the sound of laughter and the blare of the heralds' trumpets. A great turney was about to commence, and champions from all over the land hat come to contest it. The king himself was there, with his son the dragon prince." (Er ruderte und ruderte, und endlich entdeckte er in der Ferne die Türme einer Burg, die am Rand des Sees aufragte. Die Türme wurden immer höher, während er sich dem Ufer näherte, bis er begriff, dass es die größte Burg der Welt sein musste. [...] Vor den Mauern sah er Zelte in vielen Farben, leuchtende Banner, die im Winde knatterten, Ritter in Kettenhemd und Rüstung auf Pferden mit Schabracken. Er roch gebratenes Fleisch, hörte Gelächter und die Trompeten der Herolde. Ein großes Turnier nahm gerade seinen Anfang, und die Recken aus dem ganzen Lande hatten sich versammelt, um gegeneinander anzutreten. Der König selbst war anwesend, und mit ihm sein Sohn, der Drachenprinz." Die Sprache ist direkt, ohne mittelalterliche Schnörkel ... aber der Leser taucht trotzdem in die Atmosphäre ein!

Nun geht es weiter nach Essos: „Astapor is most beautiful at dusk, Your Grace", said the slave girl. „The Good Masters light silk laterns on every terrace, so all the pyramids glow with colored lights. Pleasure barges ply the Worm, playing soft music and calling at the little islands for food and wine and other delights." („Astapor entfaltet seine größte Schönheit in der Abenddämmerung, Euer Gnaden", übersetzte das Sklavenmädchen. „Die Guten Herren lassen auf jeder Terrasse Seidenlampen anzünden, und so leuchten alle Pyramiden bunt. Vergnügungsbarken fahren auf dem Fluss, leise Musik wird auf ihnen gespielt, und sie halten zum Essen und Trinken und für andere Freuden an den kleinen Inseln.")

In diesen beiden Auszügen, die nur wenige Zeilen lang sind, finden wir etwas, das unsere fünf Sinne befriedigt: das Sehen mit den Lichtern und Farben, das Hören mit den Geräuschen und der Musik, den Geruchssinn, den Geschmackssinn (nicht umsonst erschien ein von der Saga inspiriertes Kochbuch[13]) und vor allem den Tastsinn, der indirekt durch die durchsichtige Seide und die „anderen Freuden" vermittelt wird. Es genügt, die Fantasie durch die Beschreibung von Stimmungen anzuregen. Man könnte fast behaupten, dass die bloße Erwähnung eines riesigen Schlosses und einer Reihe von beleuchteten Terrassen ausreichen würde.

Um diesen Abschnitt über die Bedeutung von Worten abzuschließen, greifen wir die Geschichte auf, die Meera erzählt: „He could breathe the mud and run on leaves, and change earth to water and water to earth with no more than a whispered word. He could talk to trees and weave words and make castles appear and disappear." („Er konnte Schlamm atmen und auf Blättern laufen und Erde in Wasser und Wasser in Erde verwandeln, und das mit nur einem einzigen geflüsterten Wort. Er konnte mit Bäumen sprechen, Worte weben und Burgen verschwinden und wieder auftauchen lassen.") Dieser Auszug bestätigt das Mitwirken der Sinne und hebt die Macht des Wortes als Zauberformel hervor: Es genügt, „ein Wort zu flüstern", um ein wunderbares Phänomen auszulösen. Dies ist ebenfalls eine Zutat, die von Fantasy- und Science-Fiction-Autoren oft verwendet wurde (man denke beispielsweise an *Terremer* von Ursula Le Guin und allgemein an Märchen). Der Grundgedanke ist die performative Funktion der Sprache, also ihre Fähigkeit, Handlungen zu bewirken. Wenn man ein Versprechen gibt, wird der Akt des Versprechens in dem Moment vollzogen, in dem man die Worte „Ich verspreche es" oder „Ich gebe Ihnen mein Wort" ausspricht. Dasselbe gilt für „Ich erkläre Sie zu Mann und Frau", „Ich erlaube Ihnen zu gehen" oder „Die Sitzung ist geschlossen". Die Handlung ist mit der Sprache verbunden, die als „performativ" bezeichnet wird.

Eine Ausweitung dieses Prinzips führt zu einer Erweiterung des Spektrums möglicher Handlungen und deren Verbindung mit der Sprache durch Worte oder magische Formeln. Wie Mirri Maz Duur sagt, ist die *Maegi* ein fiktives Wort, das wörtlich übersetzt „weise" bedeutet und in Wirklichkeit eine Art bösartige Heilerin bezeichnet, die sich der Sprache bedient: „It's not enough to kill a horse", she told Dany. „By itself, the blood is nothing. You do not have the words to make a spell, nor the wisdom to find them. Do you think bloodmagic is a game for children?"[14] („Es reicht nicht, ein Pferd zu töten", sagte sie zu Daenerys. „Blut an sich ist nichts. Dir fehlt die Formel, um es zu benutzen, und die Weisheit, um sie zu erfinden. Du hältst Blutzauberei für ein Kinderspiel.") Das ist nicht jedermanns Sache und in der Tat ist dieses Phänomen im Lied von Eis und Feuer alles andere als allgegenwärtig. Es tritt vor allem mit Melisandre auf, der unheimlichen rothaarigen Frau, die durchaus in der Lage ist, magische Formeln anzuwenden: „Melisandre touched the ruby at her neck and spoke a word. The sound echoed queerly from the corners of the room and twisted like a worm inside her ears. The wildling heard one word, the crow another. Neither was the word that left her lips."[15] („Melisandre berührte den Rubin an ihrem Hals und sprach ein Wort. Der Ton hallte auf seltsame Weise in den Ecken des Raumes wider und schlängelte sich wie ein Wurm in ihren Ohren. Der Wildling hörte ein Wort und der Rabe ein anderes. Keines davon war das Wort, das die Lippen der roten Priesterin verlassen hatte.") Es handelt sich hierbei um einen Zauber, der mit denjenigen vergleichbar ist, mit deren Hilfe die Mauer die Welt der Sieben Königslande schützt. Mit einem besonders performativen Wort gelang es Melisandre, den Wildling Rasselhemd, den Herrn der Knochen, in das Aussehen von Manke Rayder zu verwandeln und umgekehrt: So wurde Rasselhemd – und nicht Manke Rayder – auf dem Scheiterhaufen gefoltert und von Jon Schnees Pfeilen getötet. Als Manke Rayder nach der Hinrichtung nicht mehr in Gefahr ist, enthüllt Melisandre die Täuschung.

Halten wir fest, dass Worte mächtige Werkzeuge sind. Die vielen Redewendungen, Vergleiche und Metaphern, die sich durch die Handlung des *Lieds von Eis und Feuer* ziehen, belegen dies Kapitel für Kapitel.

Worte und Schwerter: Die Macht der Sprache

Wir haben gesehen, dass das Wort *word* mehrere Bedeutungen hat. Das gilt auch für andere Begriffe, die immer wieder in der Geschichte auftauchen. Zum Beispiel kann *hand* den Regierenden bezeichnen und nicht nur den äußerst praktischen Teil unseres Körpers. Oder der Begriff *sword* (dt.: Schwert) kann sich, wie Thierry Soulard feststellt, auf die Waffe beziehen, auf die Person, die ein Schwert auf ihrem Wappen trägt (wie die Zweitgeborenen oder das Haus Willum), auf einen braavischen Ehrentitel oder auf ein Mitglied des religiösen Kriegerordens der Söhne des Kriegers.[16] Aber man kann sogar noch einen Schritt über die Polysemie hinausgehen ... Bleiben wir einen Moment bei dem englischen *sword.* Wie Sie bemerkt haben, unterscheidet sich dieses Wort nur in einem Buchstaben von *word!*

Diese Ähnlichkeiten sind manchmal nur in der Originalversion sichtbar. Wenn Catelyn Stark ihrem Sohn Robb eine Lektion über das Leben – um nicht zu sagen über das Regieren – erteilt, formuliert sie das so: „A lord must learn that sometimes words can accomplish what swords cannot." Die französische Übersetzung kann diese Parallele zwischen *word* und *sword* nicht ziehen: „[...] un seigneur, lui, doit apprendre à obtenir parfois de la diplomatie ce que ne garantit la force."[17] Dasselbe gilt für die nächste Tirade von Ser Cleos: „C'est assurément de Catelyn Stark que lady Brienne tient ces calomnies. Les Stark ne pouvant espérer vous vaincre par les armes, ser, voilà qu'ils font la guerre avec des mots empoisonnés."[18] („Lady Brienne hat diese Verleumdungen zweifellos von Catelyn Stark. Da die Starks nicht hoffen können, Sie mit Waffengewalt zu besiegen, Ser, führen sie den Krieg mit vergifteten Worten.") Die Originalversion spielt mit den Worten auf subtilere, rhythmischere Weise: „The Starks cannot hope to defeat you with swords, ser, so now they make war with poisoned words."

Vergiftete Worte: So werden Worte mit einer großen schädlichen Wirkung bezeichnet. Als Tyrion mit seinem Vater spricht und ihm sagt, er wolle kein ständig verschmähter Abkömmling sein, sondern als sein Sohn und rechtmäßiger Erbe anerkannt werden, antwortet Tywin Lennister trocken: „Never." („Niemals.") Und der Erzähler ergänzt: „The word hung between them, huge, sharp, poisoned."[19] („Das Wort hing zwischen ihnen, riesig, scharf, vergiftet.")

Weniger heimtückisch als Gift können Worte wie Klingen verletzen. Als Brandon Stark, der gerade aus dem Koma erwacht ist, noch nicht akzeptiert hat, dass er nie wieder gehen wird, ist er mehr als empfindlich, wenn es um den Begriff „Krüppel" geht: „Der Ausdruck verletzte Bran wie ein Dolch und gegen seinen Willen füllten sich seine Augen mit Tränen."[20] Ähnlich verhält es sich, als Jon Schnee die naheliegende Vermutung hört, dass sein Onkel Benjen getötet wurde: „Wie ein Messerstich, diese Worte, immer und immer wieder."[21] Und wenn er später Ygritte zuhört, wie sie über das „Danach" spricht: „Das Wort traf ihn wie ein Stich ins Herz. Nach dem Krieg. Nach der Eroberung. Nach dem Fall der Mauer durch die Wildlinge."[22] Und weiter unten: „Die Worte waren wie Messer."[23] Auch für Daenerys ist es ein Dolchstoß, als sie die Nachricht von Drogos bevorstehendem Tod hört: „Diese Worte bohrten sich wie ein Dolch in Daenerys."[24] Auch für Brienne von Tarth war es ein Dolchstoß, als ihr der wahrscheinliche Tod von Arya Stark mitgeteilt wurde: „Das war wie ein Dolchstoß in den Bauch"[25] – ein Vergleich, der die direktere Metapher der Originalversion wiedergibt: „The words were a knife in her belly."

Worte sind verletzend, scharf und schneidend wie Messer: „his words had cut her too deeply", „Seine Worte hatten sie zu tief verletzt."[26]

Mit Sansa Stark kommt man fast schon einem Sprichwort nahe: „Aber die Worte schossen dennoch wie Pfeile, um sie in der Dunkelheit zu durchbohren"[27], wobei die Konstruktion im Originaltext „The words rose like arrows" lautet und in „Words are like arrows" mit einer doppelten Bedeutung noch deutlicher wird – einerseits Worte, die verletzen, und andererseits Worte, die nicht rückgängig gemacht werden können: „Worte sind wie Pfeile, Arianne. Wenn man sie einmal losgelassen hat, kann man sie nicht mehr zurückholen."[28]

Auch wenn der Vergleich erst spät in den Romanen gezogen wird, tauchen verletzende Worte von Anfang an auf, insbesondere im Dialog zwischen Jon Schnee und Tyrion Lennister, zwischen einem „Bastard" – der dieses Wort nicht ausstehen kann – und einem „Zwerg", der sich daran gewöhnt hat und den folgenden Rat gibt: „Lass die Narren sehen, dass die Worte dich verletzen, und ihre Sticheleien werden dich nicht mehr loslassen. Wenn es ihnen gefällt, dir einen Spitznamen zu geben, nimm ihn an, mach ihn dir zu eigen. Dann sind sie entwaffnet."[29] Jon Schnee wird genau das tun und sogar zu Ser Alliser sagen: „Der Bastard schickt euch auf Streifzug."[30]

Beinamen können verletzen, aber auch Salz in die Wunde streuen und sogar alte Wunden wieder aufreißen, wie Eddard Stark meint: „Es gibt alte Wunden, die, weit davon entfernt, jemals zu heilen, immer wieder aufbrechen und bluten, wenn sie das geringste Wort hören."[31]

Aber während ein Pfeil nur einmal abgeschossen wird, können Worte immer wieder gesagt und eingehämmert werden: „Seine Worte klangen in Catelyns Ohren mit der unnachgiebigen Schärfe einer Kriegstrommel."[32] Oder: „Seine Worte schlugen auf Aryas Trommelfell wie Paukenschläge und plötzlich war es mehr, als sie ertragen konnte."[33]

George R. R. Martin ist nicht zimperlich mit Vergleichen, wenn es darum geht, zu zeigen, dass Worte wie Waffen verletzen können. Ein Schwert muss gepflegt werden. Es muss vor Rost geschützt und geschärft werden. Dies ist der Grund für Tyrions Antwort, als Jon ihn fragt, warum er so viel liest: „Mein Bruder hat sein Schwert, König Robert seine Rüstung, ich meinen Geist …, und der Geist braucht ebenso Bücher wie ein Schwert aus Stein, das geschliffen werden muss, um seine Schärfe zu behalten."[34] Die Schwerter werden in Scheiden aufbewahrt, die Wörter auf Seiten. Daher die Bedeutung der Bücher im *Lied von Eis und Feuer,* die sich nicht nur in den großen Lesern Tyrion und Samwell zeigt, sondern auch gleich zu Beginn der Geschichte in einem bestimmten Buch, das die Hand von König Robert, Jon Arryn, kurz vor seiner Ermordung konsultierte – einem Tod, der die bekannten Ereignisse auslösen wird: „Eines Tages kam er und erkundigte sich nach einem bestimmten Buch. Ich hatte nur den Eindruck, dass ihn etwas quälte, ein ernstes Problem. Am nächsten Morgen krümmte er sich vor Schmerzen und war zu krank, um das Bett zu verlassen."[35] Ein Buch mit vergifteten Seiten, wie in *Der Name der Rose* von Umberto Eco – einem Spezialisten für mittelalterliche Wörter und Welten –, oder ein Buch mit vergifteten Wörtern? Das betreffende Buch wurde vom Großmaester Malleon verfasst. Sein Titel ist etwas lang – *Stammbaum und Historie der Großen Geschlechter aus den Sieben Königslanden. Mit Beschreibungen zahlreicher Hohen Lords und Edler Ladys samt deren Kindern*[36]. Tatsächlich ist es ein Buch der Namen … und enthält die körperlichen Merkmale der Mitglieder von König Roberts Familie, die Eddard Stark dazu veranlassen, eine Aussage zu treffen, die Arryn Stark nicht gefällt. Er kam zur gleichen Schlussfolgerung wie Jon Arryn und zu ihrem beiderseitigen Unglück stießen ihre Worte nicht auf taube Ohren …

Die Bedeutung von Worten liegt jedoch nicht nur in ihrer Fähigkeit, als Waffe eingesetzt zu werden. Wie wir bei der performativen Funktion der Sprache gesehen haben, ist sie auch auf den Wert zurückzuführen, der Versprechungen beigemessen wird. Wenn ein Lennister ein Versprechen gibt, dann sind das nicht nur Worte, die gesagt werden. Der Leser kann sich davon überzeugen, dass „ein Lennister immer seine Schulden bezahlt", wobei es vielleicht – da wir das Ende noch nicht kennen – eine Ausnahme gibt, als Tyrion sich in Kapitel 66 von „Ein Tanz mit Drachen" den Zweitgeborenen anschließt und reihenweise Schuldscheine unterschreibt. Andere Charaktere zeichnen sich durch den Wert der Worte aus, die sie sprechen. Brienne von Tarth erinnert daran, dass sie „ihre Versprechen hält", insbesondere als sie sich gegenüber Hyle Hunt dafür rechtfertigt, zwei goldene Drachen ins Grab zu legen, das gerade für Dick Krabb ausgehoben wurde.[37] Tormund Riesentod rühmt sich eines „eisenharten Wortes“[38], Vickon Graufreud ebenfalls: „Mein Wort ist aus Eisen.“[39] Seine Versprechen zu halten, ist auch ein Motto, wie Arys Eichenherz gegenüber Arianne behauptet, als sie ihm sagt, dass die Söldner ihre Zeit mit dem Aushandeln von Verträgen verbringen: „Nicht das der Goldenen Gesellschaft. Unser Wort ist Gold wert, das ist das Motto, mit dem sie sich seit den Tagen von Aigor Strom unaufhörlich brüsten.“[40] Während einige Versprechen eingehalten werden, bleiben andere oftmals nur gut (oder schlecht) gemeinte Worte. In dieser von Lügen bevölkerten Welt werden viele Versprechen vergessen oder gebrochen, und Hoffnungen auf ihre Erfüllung sind in den Wind geschrieben. Dies führt zu einem Sprichwort, das eine der bekanntesten Metaphern des Werks darstellt: „Worte sind Wind.“

„Worte sind Wind“: Der Einfluss der Sprache

Ein nicht eingehaltenes Versprechen macht die Worte unglaubwürdig, mit denen es gegeben wurde. Worte, die kaum länger Bestand haben als der Wind, leere Worte, wie jene, die man sagt, ohne an sie zu glauben oder wirklich über sie nachzudenken. Als Sansa Stark die wahre Natur ihres Verlobten Joffrey entdeckt, ist sie gezwungen, höflich und vor allem wohlwollend zu bleiben: „Ihre Majestät ist zu gut“[41], sagt sie, wobei dieser Satz sofort mit „Leere Worte [hollow words], die jedoch ein Nicken und ein Lächeln auslösten“ kommentiert wird. Der Ausdruck wird auch von Jon Schnee benutzt, als er seinen Brüdern von der Nachtwache versichert, die Mauer verteidige sich selbst: „Leere Worte, aber er musste sie aussprechen, er musste sie fast so laut wie seine Brüder hören.“[42] Worte sind hohl und keine Taten wert. Jon weiß das, weil Ygritte es ihm einige Seiten zuvor gesagt hat: „Wahrer als Worte sind Taten“, mit einer noch sprichwörtlicheren Form im Englischen: „Deeds is truer than words.“[43] Das erklärte ihm auch Tyrion, kurz bevor er die Mauer verließ. Jon hatte ihm für die Hilfe gedankt, die er ihm in der Not gewährt hatte. „Nichts gegeben, nur Worte“[44], hatte Tyrion daraufhin erwidert. Ein anderer Ort, ein anderer Kontext, aber derselbe Gedanke in der Frage eines der Überlebenden vom Maidengraben an Theon Graufreud: „Glaubst du, du kannst Eisenmänner mit Worten erschrecken?“[45] Nur Worte …

Daher die Parallele zwischen Worten und Wind. Noch vor dem berühmten Ausspruch, den Thierry Soulard zum Untertitel seines Buches über die Geheimnisse des *Lieds von Eis und Feuer*[46] gemacht hat, findet die allererste Annäherung in einer Szene zwischen Eddard Stark und Robert Baratheon statt, kurz bevor dieser ihm einen Bericht von Jorah Mormont über die Machenschaften von Daenerys, insbesondere in ihrer Ehe mit einem Dothraki, vorlegt. König Robert wollte „mit dem Wind in den Haaren“ reiten und eine ruhige Ecke zum Reden finden: „Robert legte das Tempo vor, indem er sein imposantes schwarzes Ross so heftig antrieb, dass Ned Mühe hatte, auf seiner Höhe zu bleiben. Aber nachdem der Wind ihres wütenden Galopps eine Frage weggeweht hatte, die der König nicht hören konnte, zog er es vor, zu schweigen"[47] – ausdrücklich mit *words* im Englischen: „[...]the wind blew his words away."

Der Wind zerstreut also die Worte. Dieses Element besitzt eine wichtige Symbolik im *Lied von Eis und Feuer.* Einer der beeindruckendsten Schattenwölfe, jener von Robb Stark, heißt Grauwind. Khal Drogo erregt Daenerys' Aufmerksamkeit, als er ihr sein Hochzeitsgeschenk präsentiert, ein Pferd von derselben silbernen Farbe wie ihr Targaryenhaar: „Sagt Khal Drogo, dass er mir den Wind gegeben hat"[48], antwortet sie. Das Schiff der Mutter von Theon Graufreud, Asha, heißt Schwarzer Wind. George R. R. Martin erinnert sich immer wieder gern daran: „Es war nicht nötig, Theon zu sagen, dass die Schwarze Wind Ashas persönliche Dhau war. Trotz ihrer langen Trennung war ihm diese Tatsache bekannt. Es war jedoch seltsam, dass sie das Schiff so getauft hatte, wo Robb Stark doch seinen Grauwind hatte."[49] Außerdem werden wir sehen, dass sich hinter dem Wind, der in den Blättern eines Wehrholzbaumes raschelt, manchmal eine Botschaft verbirgt.

Die Verbindung zwischen Worten und Wind wird jedoch erst in einem wichtigen Dialog zwischen Jon Schnee und Maester Aemon hergestellt, der sich kurz darauf als Aemon Targaryen entpuppt: „Dann ist Lord Eddard einer von zehntausend. Die meisten von uns sind nicht so stark. Was ist die Ehre gegen die Liebe einer Frau? Was ist Pflicht gegen das Gefühl, einen neugeborenen Sohn in seinen Armen zu halten ... oder gegen die Erinnerung an das Lächeln eines Bruders? Wind und Worte. Worte und Wind. Wir sind nur Menschen, und die Götter haben uns für die Liebe gemacht."[50] Die gleiche Formulierung findet sich bei Davos im Prolog im 2. Sammelband der französischen Ausgabe: „Manche haben sich herausgeredet, andere waren ganz offen, einige haben sich entschuldigt, und ein paar haben schlicht gelogen. [...] Am Ende sind Worte doch nur Wind." Die gleiche Formulierung noch einmal, diesmal von Sansa Stark, als sie Cersei gegenüber ihre Überzeugung äußert, dass Ritter niemals Frauen und Kinder angreifen würden: „Worte, Wind, stellte sie fest, als sie fortfuhr."[51] Die Formulierung „Worte sind Wind" taucht danach mehr als 20-mal in dieser Form auf, die dem englischen Satz *words are wind* entspricht und die man in den meisten Fällen mit der Interpretation „Das sind alles nur leere Versprechungen", also „Worte, (nichts als) Worte!" zusammenfassen kann. Der Ausspruch ist im ganzen Königreich bekannt, da er von vielen Personen benutzt wird: vor allem von den Leuten am Hof, die zumindest eine Zeit lang in Königsmund gelebt haben wie Cersei Lennister, Stannis Baratheon, aber auch von Mitgliedern der Adelsfamilien aus allen Teilen des Landes – Catelyn Stark, Brienne von Tarth, Victarion Graufreud, Arianne und Doran Martell – sowie von Persönlichkeiten, die noch nicht lange in Erscheinung getreten sind, wie Godric Borrell oder Leona Wollfeld. Aus dem Munde der Adligen wird der Ausspruch auf die einfachen Leute übertragen, zum

Beispiel auf Eiserner Emmett von der Nachtwache: „Männer sind Männer, Wünsche sind Worte, und Worte sind Wind."[52] Eine der Personen, die den Spruch am häufigsten verwendet, ist Daenerys Targaryen, was nur dazu beitragen kann, ihn in der ganzen Welt bekannt zu machen. Hizdahr zo Loraq beweist dies durch seine Wiederholung: „Worte sind Wind, wie Ihr selbst immer gesagt habt."[53]

Einige spielen mit Worten wie Victarion Graufreud bei den Eisenmännern, einem Volk, dessen Stärke vor allem auf seinen Segelschiffen beruht: „‚Worte sind Wind', erwiderte Victarion, ‚und es gibt keinen anderen guten Wind als den, der unsere Segel bläht.'"[54] Oder Godric Borrell, der eine wenig edle Assoziation wagt: „So viel zu seinen Schwüren. Worte sind Wind und der Wind aus Manderlys Mund hat nicht mehr Bedeutung als der Wind aus seinem Hinterteil."[55] Arianne Martell verwendet darüber hinaus eine andere, kürzere Formulierung: „Lieder"[56], was ebenfalls als „Worte, nichts als Worte!" zu verstehen ist. Und nicht zu vergessen Daenerys, die bereit ist, Hizdahr zo Loraq zu heiraten, wenn dann das Töten der Söhne der Harpyie 90 Tage lang eingestellt wird: „Worte sind Wind, selbst Worte wie Liebe und Frieden. Ich vertraue mehr auf Taten. In meinen Sieben Königslanden brechen die Ritter zu großen Fahrten auf, um sich ihrer Angebeteten würdig zu erweisen. Sie suchen magische Schwerter, Truhen voller Gold, Kronen, die aus Drachenhorten gestohlen wurden."[57]

Zum ersten Mal wird der Ausspruch allerdings von Maester Pylos verwendet, als er Davos Seewert von den Aufgaben der Hand des Königs berichtet. Davos fühlt sich nicht berechtigt, diesen Hand-Status zu erhalten: „Ein Königreich ist kein Schiff … und das ist auch besser so, denn sonst wäre dieses Königreich längst gesunken. Ich kenne mich mit Holz und Tauwerk und Wasser aus, ja, doch was hilft mir das jetzt? Wo finde ich den Wind, der König Stannis auf seinen Thron weht?" Darauf antwortet Maester Pylos: „Und da habt ihr es, Mylord! Worte sind Wind, wisst Ihr, und Ihr habt meine mit Eurem scharfen Verstand fortgeblasen."[58] Dieses Ereignis wird von mehreren Deutungen begleitet, was dem Spruch eine gewisse Mehrdeutigkeit verleiht, die ihn aber gleichzeitig auch interessant macht. Zunächst einmal: Worte werden ebenso zerstreut, wie sie sich verbreiten. Oder: Indem er sie zerstreut, besiegt der gesunde Menschenverstand die Worte, ob sie nun gut oder schlecht sind, ob sie aufrichtige oder leere Versprechungen darstellen. Aber auch: Zusammengenommen können Worte so viel bewirken wie ein starker Windstoß, sie können Menschen und Schiffe lenken, können Stürme, Tornados und Tsunamis im menschlichen Verhalten auslösen. Diese letzte Interpretation steht im vollkommenen Gegensatz zu den vorherigen: Diesmal kehren wir zur Macht der Sprache zurück und damit zum Gegenteil der Idee der „leeren Worte".

Ist das ein Paradoxon? Sagen wir lieber, es gibt eine Ambivalenz, die mit einer notwendigen Komplexität einhergeht: Die Worte im *Lied von Eis und Feuer* sind niemals

„‚Worte sind Wind‘, erwiderte Victarion, ‚und es gibt keinen anderen guten Wind als den, der unsere Segel bläht.‘“

schwarz oder weiß, sie befinden sich irgendwo auf Messers Schneide oder auf Schwertes Schneide, wie man vielleicht besser sagen sollte.

Weiter oben haben wir eine Parallele zwischen *word* und *sword* gezogen und sind auf das Sprichwort „Sometimes words can accomplish what swords cannot" gestoßen. Auch diese Ambivalenz lässt sich illustrieren: „Words are not swords", und auch „Honor the steel with deeds, not words." Der erste Satz taucht auf, als Jon Schnee zwischen einer Drohung („Die Nachtwache ergreift keine Partei") und seinem Wunsch, sich zu engagieren, hin- und hergerissen ist: „Aber eine andere Stimme aus seinem Innern antwortet: Worte sind keine Schwerter."[59] Der zweite Satz stammt von Jeor Mormont, als er Jon Schnee dafür belohnt, dass er ihm mit Geists Hilfe das Leben gerettet hat. Mormont bietet Jon sein Schwert Langklaue an: „Spar mir deinen Dank. Ehre den Stahl mit Taten, nicht mit Worten."[60] Die englische Formulierung ist wirkungsvoller, doch das Wesentliche ist auch hier enthalten: Es sind die Taten, die zählen, nicht die Worte. Das ist auch in einem Dialog zwischen Daenerys und Barristan Selmy zu erkennen, der sich hinter der Identität von Arstan Weißbart versteckt: „Ein Krieger ohnegleichen ... das sind hübsche Worte, Euer Gnaden, doch mit Worten gewinnt man keine Schlachten", sagt er in Bezug auf Rhaegar Targaryen, den Daenerys gerade als „Krieger ohnegleichen" bezeichnet hatte. Dann mischt sich Jorah Mormont ein und vervollständigt Barristan Selmys Satz: „‚Schlachten gewinnt man mit Schwertern‘, antwortete Ser Jorah unverblümt. ‚Und Prinz Rhaegar wusste seines zu führen.‘" Es sind nicht die Worte, die die Schlachten gewinnen, es sind die Schwerter ... Trotzdem haben die großen Familien und die Kulturen des *Lieds von Eis und Feuer* viele Begriffe, viele Weisheiten („Manche Schlachten werden mit Schwertern und Speeren gewonnen, andere mit Federn und Raben", sagt Tywin Lannister zu Tyrion[61]) in vielen Sprachen geschaffen. Warum diese Vielfalt? Warum diese Fülle an Worten?

Die Sprachen von Essos und Westeros

Genauso wie J. R. R. Tolkien eine fiktive Welt konstruiert hat, in der man das Sindarin, das Quenya – Sprachen der Elfen – sowie das Khuzdul, die Schwarze Sprache und weitere Sprachen spricht, hat George R. R. Martin mehrere Sprachen in seinem Universum eingeführt. Dies trifft zwar auf eine ganze Reihe von Fantasy- und Science-Fiction-Werken zu, der Vergleich mit Tolkien gewinnt jedoch an Bedeutung, da beide Autoren die Entwicklung ihrer Sprachen begrifflich erfasst haben. Tolkien erwähnt das Ur-Quenya und das Spät-Quenya, George R. R. Martin das Urvalyrisch, das Hochvalyrisch und ein ganzes

Ensemble von Sprachen, die von diesen abgeleitet sind. In der Sprachwissenschaft werden Studien, die die Entwicklung von Sprachen im Laufe der Zeit berücksichtigen, als „diachronisch" bezeichnet – im Gegensatz zu Studien, die nur einen bestimmten Zeitpunkt betrachten und als „synchronisch" bezeichnet werden. Tolkiens Werke und *Das Lied von Eis und Feuer* enthalten trotz der äußerst unterschiedlichen Herangehensweisen der beiden Autoren (darauf werden wir noch zurückkommen) eine diachrone Dimension, die zu ihrem Reichtum und ihrer sprachlichen Plausibilität beiträgt. Und genau darin liegt der Reiz, eine große Vielfalt an Sprachen in die fiktive Welt zu integrieren.

Gehen wir also zunächst in der Zeit zurück und erstellen eine Liste der Sprachen, die vor den Ereignissen der Geschichte gesprochen wurden. Die Kinder des Waldes bewohnten die Gebiete, die später zum Schauplatz der Kämpfe um den Thron werden sollten. Diese Wesen werden zuerst als Mythen beschrieben: Man glaubt kaum daran, selbst wenn die Alte Nan, die sich um die Kinder von Eddard und Catelyn Stark kümmert, erzählt, dass die Kinder des Waldes den Gesang der Bäume verstehen, wie die Vögel fliegen, wie die Fische schwimmen und mit den Tieren sprechen können.[62] Diese außergewöhnlichen Fähigkeiten, insbesondere die Kommunikation mit Tieren, auf die wir noch zu sprechen kommen werden, tragen zu diesem Mythos bei.

Als Samwell Tarly einmal in der Bibliothek nach Karten des Gebiets nördlich der Mauer sucht, stößt er auf ein Buch, das die Sprache der Kinder des Waldes beschreibt.[63] Man fragt sich allerdings, ob der Mythos wirklich ein Mythos ist. Kurz darauf behauptet Jeor Mormont auch noch, dass die Kinder des Waldes mit den Toten sprechen können.[64]

Sehr viel später folgen wir dann der Reise von Brandon Stark und seinen Gefährten und ihrer Begegnung mit einem echten Kind des Waldes, das sie zunächst für eine kleinwüchsige Frau halten: „‚Die ersten Menschen haben uns Kinder genannt', sagt die kleine Frau. ‚Die Riesen nannten uns woh dak nag gran, das Eichhörnchenvolk, weil wir so klein und so schnell sind und Bäume lieben, aber wir sind keine Eichhörnchen und keine Kinder. Unser Name in der Wahren Sprache bedeutet: Jene, die das Lied der Erde singen. Bevor Eure Alte Sprache überhaupt gesprochen wurde, hatten wir unsere Lieder schon zehntausend Jahre gesungen."[65]

Dieser Abschnitt hilft uns, die Chronologie besser zu verstehen: Zuerst verwendeten die Kinder des Waldes, die die Wahre Sprache sprachen, eine Sprache, die anfangs nur gesprochen und nicht geschrieben wurde – was sie jedoch nicht daran hindert, sie (unter Verwendung des Schriftsystems einer anderen Sprache) in einem Buch wie dem von Samwell gefundenen zu beschreiben. Als Brandon und seine Gefährten auf ein Kind des Waldes treffen, können sie es verstehen, weil es ihre Sprache gelernt hat: Wie die Frau sagt, ist sie 300 Jahre alt und hat die Aktivitäten der Menschen aus der Ferne verfolgt, weshalb es notwendig war, deren Sprache zu verstehen und zu lernen.

Später tauchen die Riesen und die Ersten Menschen auf. Sie sprechen die Alte Sprache, von der in der zitierten Passage ein Auszug zu lesen ist: „wo dak nag gran". Die Kürze dieses Textes erlaubt es nicht, die Begriffe zu identifizieren, aus denen er sich zusammensetzt, wie etwa „Volk" oder „Eichhörnchen". Mit derartigen Abschnitten kann man kein Vokabular der Alten Sprache erstellen, geschweige denn eine Grammatik. Sie dienen vor allem dazu, die Dialoge in einen konkreten Kontext einzubetten und sie wahrheitsgetreuer zu gestalten. Dies ist auch ein Merkmal der fiktiven Sprachen. Wie bei der echten Sprache bedeutet das Ablesen dieser Wörter nicht, dass die Alte Sprache mit einer Schrift versehen ist: Wenn das Zitat in einem Dialog vorkommt, handelt es sich um eine phonetische Übertragung. Bisher gibt es also nur eine Gewissheit: Die Alte Sprache ist eine mündliche Sprache, die von den Riesen und den Ersten Menschen gesprochen wurde.

Doch das wusste der Leser bereits. Ygritte hatte Jon Schnee, dessen Gefangene sie war, eine Geschichte erzählt: „Als Baël dies hörte, schwor er, dem Lord eine Lektion zu erteilen. Also stieg er die Mauer hinauf, eilte den Königsweg hinunter und trat an einem Winterabend mit einer Harfe in der Hand als Sygerrik von Skagos in Winterfell ein. Sygerrik bedeutet ‚Schurke' in der Sprache, die die ersten Menschen sprachen und die die Riesen noch immer sprechen."[66] Die letzte Behauptung wird später bestätigt, als sich die Gruppe von Wildlingen, zu der er inzwischen gehört, beeindruckenden Riesen anschließt, die auf Mammuts reiten: „Einer der Riesen, die vorbeizogen, sah älter aus als die anderen. Sein Haar war grau und von weißen Strähnen durchzogen, und das Mammut, auf dem er saß, überragte die übrigen und war ebenfalls grau und weiß. Tormund rief ihm etwas zu, als er vorbeiritt, rau klingende Wörter in einer Sprache, die Jon nicht verstand. Die Lippen des Riesen öffneten sich und enthüllten enorme eckige Zähne, und aus seinem Mund löste sich ein Laut, der halb Bellen und halb Grollen war. Einen Moment später begriff Jon, dass er lachte. Das Mammut wandte ihnen den massigen Kopf zu und betrachtete die zwei Menschen kurz, wobei ein Stoßzahn über Jons Kopf hinwegglitt. Das Tier hinterließ riesige Fußabdrücke in dem weichen Schlamm und frischen Schnee entlang des Flusses. Der Riese schrie etwas in derselben rauen Sprache, in der Tormund gesprochen hatte."[67]

Diese „raue" Sprache ist die Alte Sprache, was Tormund gegenüber Jon Snow bestätigt. Viele Wildlinge sprechen die Alte Sprache und Manke Rayder war der Erste: „Manke Rayder sprach die alte Sprache und sang sie sogar, wobei er sich auf seiner Harfe begleitete ..."[68] Der Leser erfährt erst später, dass die Alte Sprache ein aus Runen zusammengesetztes Schriftsystem besitzt: „Die Ersten Menschen haben uns nur Runen in Steinen hinterlassen."[69] Und tatsächlich begegnet der Leser von Zeit zu Zeit kleinen Steinen oder Gegenständen, die diese Runen tragen. Im Gegensatz zur Wahren Sprache handelt es sich hier also um eine mündliche Sprache mit entsprechender Schrift.

In dieser Zeit werden in Essos auch andere Sprachen gesprochen und offenbar gab es dort eine Vielzahl von ihnen, wie ein Dialog zwischen Arya Stark, die inzwischen in Braavos lebt, und dem „Mann voller Freundlichkeit" zeigt, der sie bei ihrer Initiation in den Tempel des Vielgesichtigen Gottes führt: „Menschen aus hundert verschiedenen Nationen arbeiteten in den Minen und jeder betete zu seinem eigenen Gott in seiner eigenen Sprache, aber sie beteten alle für dasselbe. Sie baten um ihre Befreiung, um ein Ende ihres Leidens. Eine kleine und einfache Sache. Aber ihre Götter antworteten nicht und ihr Leiden ging weiter."[70] Der „Mann voller Freundlichkeit" beschreibt, wie ein Mann als Erster die Existenz des Vielgesichtigen Gottes erkannte, der alle Gebete in allen Sprachen verstehen konnte. Dieser Mythos erinnert an jenen vom Turmbau zu Babel mit der Einführung der Sprachenvielfalt durch den Gott der Bibel. Hier wird von einer einzigen Sprache ausgegangen, die in eine große sprachliche Vielfalt zerfällt, bei den Männern ohne Gesicht ist es dagegen umgekehrt: Mehrere Sprachen werden zu einer einzigen Botschaft an den Vielgesichtigen Gott zusammengefasst. In allen Fällen zeigt sich, wie sehr das mythologische System von George R. R. Martin auf den Sprachen beruht. Wir befinden uns hier in Essos und das Valyrische Reich erlebt gerade eine Blütezeit. Die gesprochenen Sprachen sind Altvalyrisch (oder klassisches Hochvalyrisch), Ghiscari oder auch Altyitianisch, die Sprache der Yitianer (siehe Sprachkarte der alten Sprachen).

Die Alte Sprache ist die von Riesen und den Ersten Menschen gesprochene Sprache.

Über diese alten Sprachen liegen nur wenige Informationen vor. Als Cersei Lennister einen Abenteurer empfängt, der behauptet, den Kopf von Tyrion mitgebracht zu haben, fällt ein wichtiger Begriff: „Valonqar". „Ich bringe Euch Gerechtigkeit. Ich bringe Euch den Kopf Eures Valonqar", sagt der Kopfgeldjäger. Und der Erzähler kommentiert: „Das alte valyrische Wort löste Angstschweiß bei der Königin aus und weckte gleichzeitig ihre Hoffnung." Warum „Hoffnung"? Weil das Wort „kleiner Bruder" bedeutet und damit der unauffindbare Tyrion gemeint ist. Der Angstschweiß rührt von einer schlechten Erinnerung Cerseis her, als eine Hexe dem Mädchen die Zukunft seiner Kinder voraussagte: „‚Und wenn deine Tränen dich ertränkt haben, werden sich die Hände des Valonqar um deine weiße Kehle schließen und dich den letzten Atemzug deines Lebens aushauchen lassen.'" Die Vorhersage erwähnte also diesen „kleinen Bruder" durch ein Wort, das die junge Cersei damals nicht kannte und das sie unweigerlich mit der Dramatik der Weissagung in Verbindung bringt. Wie bei der Alten Sprache werden auch in den Romanen nur einige wenige Begriffe verwendet, die nicht ausreichen, um die Sprachen als solche zu verstehen.

Ein Volk namens Andalen entkam dem etwas aufdringlichen Valyrischen Reich, zog nach Westen und erreichte Westeros, das es in Besitz nahm. Als sie auf die Ersten Menschen trafen, unterwarfen sie diese oder vermischten sich in einigen Regionen mit ihnen, wobei es sich eher um eine natürliche Vermischung als um eine Eroberung handelte. Tatsächlich stammen viele der großen Adelsfamilien, die in den Romanen erwähnt werden, von den Andalen ab. Der Titel des Königs der Sieben Königslande lautet wörtlich „König der Andalen, der Rhoynar und der Ersten Menschen, Herr und Meister der Sieben Königslande", wobei die Rhoynar ein anderes Volk sind, das von Essos stammt.

In Essos erlebte Valyria die berühmte Katastrophe, die ihren Namen „Die Geißel von Valyria" erhielt und Valyrias Autorität über die Bewohner ihrer Kolonien und freien Städte zu Fall brachte. Die Überlebenden siedelten sich in anderen Dörfern an und nahmen die dort gesprochenen Sprachen an. In gewisser Weise verschwand das klassische Hochvalyrisch und wurde zu einer sogenannten toten Sprache, ähnlich wie das Ghiscari. Hochvalyrisch und Ghiscari haben eine wichtige Gemeinsamkeit: Sie haben eine Schriftform und in beiden Fällen ist die Schrift nicht alphabetisch wie die Runen in der Alten Sprache, sondern vermutlich ideografisch, das heißt, dass jedem Wort ein Zeichen zugeordnet wird. In der gesprochenen Sprache sind aus dem Hochvalyrischen nur einige Begriffe oder Formulierungen erhalten geblieben: der berühmte Valonqar, aber vor allem das Sprichwort „Valar morghulis" („Alle Menschen müssen sterben") und die Antwort darauf, „Valar dohaerys" („Alle Menschen müssen dienen").

Überall in der Welt des *Lieds von Eis und Feuer* haben sich die Sprachen bis zu dem in der Sprachkarte der modernen Sprachen angegebenen Stand weiterentwickelt.

In Westeros entwickelt sich die Sprache zur Gemeinen Zunge, der Hauptsprache der Geschichte. Sie wird auch „Westrische Sprache" genannt – die Sprache, die im Westen, also in Westeros, gesprochen wird. Sie wird außerdem die Sprache der Sieben Königslande oder die Volkssprache genannt, also die gewöhnliche Sprache, die täglich in jedem Winkel von Westeros zu hören ist. Im Gegensatz dazu wird die klassische oder Hochsprache von Adligen und Meistern verwendet und ist in den wertvollsten Büchern enthalten – Chroniken und Lieder der Sieben Königslande, die in der klassischen Sprache aus Übersee veröffentlicht wurden und die Jorah Mormont zum Beispiel Daenerys bei ihrer Hochzeit mit Drogo schenkt.[71] Die Gemeine Zunge wird sowohl gesprochen als auch geschrieben: Nachrichten oder Drohungen, die die verschiedenen Häuser über die Raben austauschen, werden meistens in der Gemeinen Zunge verfasst.

In Essos hat das Hochvalyrische viele verschiedene Dialekte hervorgebracht. Sie wurden nach den Städten benannt, in denen sie gesprochen wurden – Braavos, Meereen, Myr, Tyrosh, Volantis … – und entwickelten sich zu eigenständigen Sprachen, so wie Französisch, Italienisch, Spanisch, Katalanisch oder Portugiesisch, die alle vom Lateinischen abstammen, zu getrennten, also nicht gegenseitig verständlichen, Sprachen geworden sind. Aufgrund seines Status und seiner Entwicklung nimmt sich das Hochvalyrische in gewisser Weise das Lateinische zum Vorbild. Man unterscheidet zwischen dem klassischen Latein, der Sprache

Sprachkarte der alten Sprachen

der Elite und der Literatur, und dem Vulgärlatein, der tatsächlich gesprochenen Sprache, die sich zu den oben erwähnten romanischen Sprachen entwickelt hat.

Die Wanderungen mehrerer Personen, insbesondere Daenerys, bringen dem Leser jeden dieser Dialekte näher, ebenso wie das Überleben des Hochvalyrischen in bestimmten Kreisen wie bei den Sklavenhändlern von Astapor mit der berühmten Textstelle, in der Daenerys jedes Mal vorgibt, den beleidigenden Kraznys mo Nakloz nicht zu verstehen, wenn er sich an seine Sklavin und Dolmetscherin Missandei wendet: „Sag der Hure von Westeros, sie soll ihren Blick senken."[72]

Alle diese Dialekte hatten höchstwahrscheinlich eine eigene Schrift, und sei es nur, um die Schiffe in den Häfen zu identifizieren. So sehen wir Arya, die aus dem Roten Bergfried geflohen ist, wie sie versucht, die Herkunft von Schiffen zu identifizieren, indem sie einfach

Sprachkarte der modernen Sprachen

nur ihre Namen liest: „Sie hatte Tränen in den Augen. Hinter ihnen tanzte eine prächtige Handelsgaleere mit drei Ruderbänken auf dem Wasser, deren Name sie nicht entziffern konnte, da er in fremden Schriftzeichen geschrieben war. Myrotisch, braavisch oder vielleicht sogar hochvalyrisch."[73]

Vor allem aber überschneiden sich diese Dialekte teilweise, ebenso wie sie sich teilweise dem Hochvalyrischen annähern können. Daher ist Valar morghulis nach wie vor in Braavos zu finden, wie Arya Stark mit eigenen Augen beobachtet: „Arya verstand nur die wenigen braavischen Wörter, die im Hochvalyrischen identisch waren."[74] Als Samwell Tarly mit dem blinden alten Maester Aemon Targaryen in Braavos ist, bemerkt er das gleiche Phänomen: „Meine Kenntnisse des Hochvalyrischen sind dürftig, und wenn man mit mir auf Braavisch spricht, verstehe ich nicht einmal die Hälfte von dem, was man mir sagt."[75] Selbst Daenerys fragt Missandei, als sie die Yunkai anspricht, ob sie einen neuen Dialekt sprechen, was diese bestätigt: „‚Ja, Euer Gnaden', antwortet das Kind. ‚Ein Dialekt, der sich von dem in Astapor unterscheidet, aber ähnlich genug ist, um verstanden zu werden.'"[76]

Tyrion kann man sogar dabei beobachten, wie er verschiedene Dialekte lernt! Nachdem er in Königsmund verhaftet wurde, findet er in Essos Zuflucht auf einem Schiff, das den Fluss Rhoyne hinunterfährt, wo er seine freie Zeit damit verbringt, mit Greif – auch Jon Connington genannt – und seinem Sohn Junger Greif zusammenzuarbeiten, einer geheimnisvollen Person, die in Wirklichkeit Aegon, der Sohn des Prinzen Rhaegar Targaryen ist: „Der Unterricht begann mit Sprachen. Der Junge Greif sprach die Gemeine Zunge wie seine Muttersprache, und Hochvalyrisch beherrschte er ebenfalls flüssig, dazu die einfachen Dialekte von Pentos, Tyrosh, Myr und Lys sowie die Handelssprache der Seeleute. Der volantische Dialekt war ihm genauso neu wie Tyrion, und so lernten sie jeden Tag ein paar Wörter mehr, wobei Haldon sie ständig verbesserte. Meereenisch war schwerer; zwar hatte es seine Wurzeln ebenfalls im Valyrischen, doch der Baum hatte in der harten, hässlichen Sprache von Alt-Ghis Wurzeln geschlagen."[77]

Ein Sprachenbaum! Tatsächlich handelt es sich hierbei um ein praktisches Instrument zur Darstellung der verschiedenen Sprachfamilien, wobei jede Verzweigung eine Entwicklung anzeigt, ähnlich wie bei einem Stammbaum. Während der Auszug etwa ein Dutzend Sprachen enthält, scheinen in Essos viel mehr Sprachen zu existieren: „Im Gasthaus Zum Verbannten sangen die Gäste selbst mit betrunkenen Stimmen und in einem halben Hundert Sprachen."[78]

Zusätzlich zu den bereits erwähnten Sprachen wird im obigen Zitat auch die „Handelssprache der Seeleute" erwähnt. Hierbei handelt es sich weniger um eine richtige Sprache als vielmehr um ein Kommunikationsmittel, das Wörter aus verschiedenen Dialekten entlehnt und hauptsächlich von Gesten begleitet wird, die die Absichten der Gesprächspartner verdeutlichen, wenn sie beispielsweise über den Preis einer Ware verhandeln. Diese Art der Kommunikation dient als Ergänzung einer Sprache und nicht als deren Ersatz. Die einzige Ausnahme scheint jedoch einer der „Schätze" (Sklaven einer bestimmten Art) des Händlers Yezzan zo Qaggaz zu sein, ein „Junge mit Ziegenbeinen", der nur auf diese Weise kommunizieren soll.[79] Diese Handelssprache entspricht der Lingua Franca des Mittelalters, also nicht der Volkssprache, sondern einer Verkehrssprache, die zur Kommunikation dient, wenn man nicht dieselbe Muttersprache spricht. Der Vollständigkeit halber sollte auch die Sprache der Inseln erwähnt werden, die jedoch nur eine Nebenrolle spielt. Anders als Dothraki, die Sprache der gefürchteten Reiternomaden, die ein wenig den Mongolen ähneln – der Titel Khal erinnert an Dschingis Khan. Dothrakisch ist die erste Sprache, die Daenerys lernen muss, und damit das erste Beispiel für das Erlernen einer

„Im Wirtshaus sangen die Gäste selbst mit betrunkenen Stimmen und in einem halben Hundert Sprachen."

Fremdsprache, das dem Leser in der Saga begegnet. Es handelt sich hierbei um eine gesprochene Sprache ohne Schrift. Wie bei allen von George R. R. Martin erfundenen Sprachen tauchen in den Romanen nur einige wenige Begriffe und Phrasen auf, was eine interessante linguistische Analyse unmöglich macht. Diese wenigen Beispiele zeigen jedoch den großen Unterschied zwischen der Gemeinen Zunge und dem Dothrakischen und reichen aus, um den Zusammenprall der Kulturen zwischen den edlen und stolzen Targaryens auf der einen Seite und den furchterregenden Dothraki, den hemmungslosen Rüpeln, auf der anderen Seite noch eindringlicher zu machen.

Bei der Einführung all dieser Sprachen gibt sich George R. R. Martin nicht damit zufrieden, die Prinzipien der Volks- und Verkehrssprachen oder der romanischen Sprachen, die aus dem Vulgärlatein hervorgegangen sind, zu kopieren, sondern setzt sie tatsächlich in Szene. So haben seine Charaktere manchmal Schwierigkeiten, zu kommunizieren, wirken oft etwas verloren in einer Stadt, deren Sprache sie nicht beherrschen, und tun sich schwer damit, eine fremde Sprache zu lernen. So wie wir alle! Diese Schwierigkeiten sehen wir bei Goghor, einem Kämpfer in der Arena von Meereen, der zusammen mit Hizdahr zo Loraq Daenerys davon überzeugen will, die Arena wieder zu eröffnen: „‚Ich übe seit ich drei Jahre', antwortet Goghor der Riese. ‚Und ich töte seit ich sechs. Die Mutter der Drachen sagt, ich ist frei. Warum nicht frei, um mein kämpfen?'"[80] Ein paar falsche Konjugationen, vergessene Pronomen und Grammatikfehler: Dies sind typische Fehler, die jeder Anfänger beim Erlernen einer Fremdsprache macht.

Einige Charaktere kennen einige Wörter in mehreren Sprachen, können diese aber nicht zur Kommunikation nutzen. Und wenn sie eine zweite Sprache sprechen, haben sie einen Akzent, der ihre Muttersprache widerspiegelt. Das kann man feststellen, wenn die Figuren Gemeine Zunge oder Hochvalyrisch reden, wie zum Beispiel der Kapitän Moreo Tumitis, der Catelyn Stark in Königsmund empfängt: „Er sprach die Gemeine Zunge fließend, mit dem kaum erkennbaren Akzent eines Tyroshi."[81] Oder der vornehme Syrio Forel, der Waffenmeister von Arya Stark: „Er hatte einen melodischen Akzent wie die Menschen der Freien Städte. Aus Braavos vielleicht oder aus Myr."[82] Oder auch Daenerys, als sie über den Markt des Ostens in der Stadt Vaes Dothrak wandert: „Wie schön ist es, wieder Valyrisch sprechen zu hören, wenn auch auf die Art der freien Städte!"[83] Und schließlich die Gedanken Tyrions: „Zumindest sprechen sie in Dorne die Gemeine Zunge. Wie das dornische Essen und das dornische Recht war auch die dornische Sprache mit den Aromen der Rhoyne gewürzt, aber man konnte sie verstehen."[84] In der Serie *Game of Thrones* könnte man an Shae denken, der das „R" rollt, oder an Tyrions unbeholfene Bemühungen, wenn er Hochvalyrisch spricht, und nicht zu vergessen Syrio Forel, dessen singende Intonation einem italienischen Akzent ähnelt. Kein Zweifel, die Welt des *Lieds von Eis und Feuer* ist in erster Linie eine Welt der Vielfalt der Sprachen und Kulturen.

Aber es gibt einige Personen, für die Fremdsprachen eine besondere Bedeutung haben. Das gilt vor allem für Daenerys' Bruder, den mächtigen Viserys, der das Zusammenleben mit den Dothrakis nicht unterstützt: „Der Khal kannte nur wenige Worte des verfälschten Valyrisch der Freien Städte und rein gar nichts von der Gemeinen Zunge der Sieben Königslande."[85] „... Wilde! Nicht einmal in der Lage, die Sprache der zivilisierten Wesen zu verstehen."[86] Man erkennt es auch in den Dialogen zwischen verschiedenen Personen: „er beherrschte kein einziges Wort dieser feuchten, weibischen Sprache"[87]; „‚Euer Gnaden', sagte er in schwerfälligem Valyrisch, das stark von dem Akzent geprägt war, den sie aus Pentos kannte."[88]

Das Prinzip gilt auch für Sprachmischungen wie das Sabir[89], das von Figuren wie Vargo Hoat, genannt „die Ziege", verwendet wird: „Dann fügte er etwas in seinem klebrigen Ziegensabir hinzu."[90] Eine Stelle, an der Arya Stark in der Stadt Braavos versucht, unter dem Namen Katz Miesmuscheln und Venusmuscheln zu verkaufen, fasst diese Meinung über Sabir gut zusammen: „She cried her wares in the trade tongue, the language of the wharves and docks and sailors taverns, a coarse jumble of words and phrases from a dozen languages, accompanied by hand signs and gestures, most of them insulting."[91] („Sie rief ihre Waren in der Handelssprache aus, der Sprache der Kais und Anleger und Seemannsschenken, einem derben Mischmasch aus Wörtern und Sätzen aus einem Dutzend Sprachen, das von zumeist beleidigenden Handzeichen und Gesten begleitet wurde.") Hier findet man den „Handelsjargon der Seeleute" und die dazugehörigen Gesten. Der Begriff „immonde" in der französischen Übersetzung erweist sich als etwas zu stark: Das „coarse" im Originaltext bedeutet eher „grob, derb".

Auch wenn die Bewertung meist negativ ausfällt, gibt es doch einige positive Beurteilungen, zum Beispiel als eine riesige Menschenmenge Daenerys als „Mhysa!" bezeichnet. Als die Angesprochene Missandei nach der Bedeutung dieses Wortes fragt, antwortet diese: „Das ist Ghiscari, die reine alte Sprache. Es bedeutet ‚Mutter'."[92] Es gibt auch den Ausdruck „anständige Sprache", zumindest für Victarion Graufreud.[93]

Um es deutlich zu sagen: Eine Sprache kann alt oder tot sein, aber man kann keinesfalls davon ausgehen, dass eine Sprache „reiner" als eine andere ist, sie ist nicht „zivilisierter", „klebriger", „schmutziger" oder „gröber". Sprachen sind, was sie sind: Jede hat ihren eigenen Wortschatz, ihre eigenen Grammatikregeln, ihre eigene allgemeine Struktur. Ein Linguist beschreibt sie, aber er beurteilt sie nicht. Als Sprecher kann man sich genau an diese Regeln halten und korrekte Sätze produzieren, oder man kann sich nicht an diese Regeln halten und fehlerhafte Sätze bilden – darauf werden wir im Abschnitt über Dialoge zurückkommen. In jedem Fall zielen die zitierten Bezeichnungen eher auf Völker und Personen als auf deren Sprachen ab, was als Beleidigung, manchmal als Rassismus (einige Figuren scheinen sich darauf berufen zu können[94]), aber niemals als Linguistik zu bezeichnen ist.

Die Gemeine Zunge

Im Allgemeinen sprechen die Hauptfiguren die Gemeine Zunge, und die meisten Übersetzungen – insbesondere in der Serie *Game of Thrones* – folgen der Vorlage. Tatsächlich ist sie die Sprache der Dialoge und der Erzählungen. Einige Figuren können weder lesen noch schreiben, wie etwa die Schwarzkessel oder Davos Seewert, dessen Lernversuche wir miterleben. Noch besser – und das ist das schönste Kompliment, das man einer Sprache machen kann (anstatt sie als „rein" zu bezeichnen) – ist, wenn man sieht, wie Davos das Beherrschen von Sprachen in den Vordergrund stellt, als er in seinem Gefängnis auf sein Leben zurückblickt: „‚Ich habe mich gar nicht so schlecht geschlagen', versuchte er sich zu überzeugen. ‚Ich habe es von Flohloch aus bis zur Hand des Königs geschafft und ich habe lesen und schreiben gelernt.'"[95]

Als Davos lesen und schreiben lernt, geht der Text nicht auf sprachliche Details ein. Der Leser erhält so gut wie keine Hinweise auf die Merkmale der Gemeinen Zunge. Man weiß nichts über die Wortarten (Substantive, Verben, Adjektive, Adverbien, Artikel), man weiß nicht, wie Verben konjugiert werden, man weiß nicht, ob die Reihenfolge der Wörter strengen Regeln unterliegt oder frei ist. Man weiß nichts! Um einige Beispiele zu nennen: Latein (und Deutsch) haben Fälle wie den Nominativ oder den Akkusativ. Gilt dies auch für die Gemeine Zunge? Wir werden es nie erfahren. Ein anderes Beispiel: Das Französische hat zwei Geschlechter – weiblich und männlich –, während das Deutsche drei Geschlechter hat: weiblich, männlich und neutral. Was ist mit der Gemeinen Zunge? Ein Mysterium …

An dieser Stelle gibt es eine Größenangabe, die von dem alten Maestre Aemon Targaryen in den letzten Augenblicken seines Lebens gemacht wurde. Ein kleines Problem bleibt aber noch: Die Angabe kann sich auf die Gemeine Zunge oder auf das Hochvalyrisch beziehen und vielleicht sogar auf beide Sprachen. Sie verweist auf die Prophezeiung, wonach „der versprochene Prinz" zwischen Salz und Rauch wiedergeboren wird, um die Steindrachen aufzuwecken.[96] Diese Voraussage war Gegenstand verschiedener Interpretationen, wobei einige Targaryen glaubten, der Prinz gehöre zu ihrer Familie (unter Bevorzugung der Männer). Maester Aemon erkennt, dass das Männliche das Weibliche dominiert: „Was für Narren wir doch waren, die wir uns für so weise hielten! Der Fehler hat sich durch die Übersetzung eingeschlichen. Drachen sind weder männlich noch weiblich, das hat Barth richtig erkannt, sondern mal das eine und mal das andere, so wechselhaft wie die Flamme. Die Sprache hat uns tausend Jahre lang in die Irre geführt."[97] Die Schlussfolgerung ist von zwingender Logik: Genau wie der „Drache" kann auch der „Prinz" in der Prophezeiung eine Frau sein: Daenerys ist die wahre Auserwählte."

Der Mechanismus, mit dem der Mann die Frau beherrscht, kann verschiedene Formen annehmen. Auf Deutsch heißt es „der Drache", wobei der Artikel männlich ist. Tatsächlich sollte das Sprachgenus nicht mit dem Geschlecht verwechselt werden: „Drache" ist männlich; das Geschlecht des Drachen, von dem die Rede ist, wird entweder durch einen zusätzlichen Begriff („weiblich") angegeben oder als männlich impliziert. Es ist dieser „Unterton", der eine Präferenz für das Männliche gegenüber dem Weiblichen einführt. In englischer Sprache präsentiert „the dragon" ein etwas anderes Phänomen, da der Artikel „the" weder weiblich noch männlich ist. Nehmen wir an, dass sich mehrere Sätze auf diesen berühmten Drachen beziehen. Da der Text nicht jedes Mal „the dragon" wiederholen wird, kann auch ein Pronomen wie „he" – oder „it", aber in diesem Fall bleibt es bei diesen beiden Möglichkeiten – vorkommen. Das Englische und das Deutsche verlangen die Verwendung eines geschlechtsspezifischen Pronomens und das männliche Pronomen wird – sprachlich gesehen – dem weiblichen vorgezogen. Obwohl es sowohl im Englischen als auch im Deutschen eine weibliche Form des Wortes „prince" gibt („die Prinzessin"), wird der Mechanismus, durch den das Männliche dem Weiblichen vorgezogen wird, wenn das Geschlecht der Person nicht bekannt ist, in der Wahl der Nominalform „der Prinz" zum Ausdruck gebracht. Daher der Hinweis von Maester Aemon. Wenn die von George R. R. Martin erfundenen Sprachen ein geschlechtsneutrales Pronomen gehabt hätten wie „iel", das sowohl für „er" (he) als auch für „sie" (she) gilt, dann hätte der Autor der Prophezeiung wahrscheinlich dieses Pronomen verwendet. In diesem Fall hätte jeder Leser annehmen können, dass „der Prinz" sowohl einen Mann als auch eine Frau bezeichnen kann, und die Umdeutungen wären unterschiedlich ausgefallen.

Dieses Beispiel zeigt, wie schwierig es ist, die charakteristischen Merkmale der Sprachen im *Lied von Eis und Feuer* zu erkennen. Es gibt zu wenige Hinweise (Wörter, Sätze usw.) und nichts, was darauf schließen lässt, dass George R. R. Martin mehr als nur ein Dutzend Wörter für jede Sprache erdacht hat. Tatsächlich hat der Autor selbst in mehreren Interviews erklärt, dass sein Werk nichts mit dem von Tolkien zu tun hat und dass er nie besondere morphologische oder syntaktische Merkmale ins Auge gefasst hat. George R. R. Martin ist kein „conlanger," kein Erschaffer konstruierter Sprachen (CONstructed LANGuages).[98] Sein Fokus liegt woanders, zum Beispiel auf dem *sense of wonder,* das durch das gelegentliche Auftauchen exotischer Wörter hervorgerufen wird.

Abschließend stellt sich die Frage, wie der Leser die Gemeine Zunge wahrnimmt. Die Antwort mag vereinfacht und reduziert erscheinen: Er setzt sie mit der Sprache gleich, in der er sie liest, also Französisch für den Leser der Übersetzungen von Jean Sola und Patrick Marcel, Englisch für den Leser, der das Werk in seiner Originalversion liest, und so weiter.

Das Französische hat zwei Geschlechter – weiblich und männlich –, während das Deutsche drei Geschlechter hat: weiblich, männlich und neutral. Was ist mit der Gemeinen Zunge? Ein Mysterium …

Unter dieser Voraussetzung kann man sich für die Eigennamen interessieren, zum Beispiel für die Namen der Bastarde wie Snow („Schnee"), und damit für die Wortspiele und Doppeldeutigkeiten, die die Geschichte durchziehen („Ich glaube eher, dass er sich unter dem Schnee versteckt hat … Und was für ein Schnee, bei Gott!"; „Die Wunden, die Schnee hinterlässt, werden vom Schnee verdeckt"). Diese Wortspiele und Zweideutigkeiten tauchen in den Dialogen auf und werden in der Gemeinen Zunge wiedergegeben. Sie besitzt daher die gleichen Merkmale wie die natürlichen Sprachen: Vielschichtigkeit, Mehrdeutigkeit und die Möglichkeit, mit Wortspielen zu arbeiten. Auch dies ist ein wesentlicher Punkt.

Einige Beispiele sind einen kleinen Kommentar wert. Zunächst einmal der Charakter, der im Originaltext [und in der deutschen Übersetzung; Anm. d. Übers.] „Vargo Hoat" genannt wird, was das Wortspiel „Var-goat" ermöglicht, wobei „goat" „Ziege" bedeutet, was erklärt, warum er „die Ziege" genannt wird. Jean Sola, der Übersetzer der ersten französischen Fassung, verwendete den Namen Vargo Hoat wie der Originaltext. Doch dann kommt – nach dem ersten Band – das Wortspiel, das bis dahin nicht erkennbar gewesen war und auch nicht gänzlich ins Französische übertragen werden konnte. Also benennt Jean Sola Vargo in Varshé um, also Varshé Hèvre, woraus sich „Var-chèvre" ergibt: Das kommt zwar etwas spät, aber es wird akzeptiert! Dann folgen die Namen der Bastarde: „Dans le Val, Stone était un sobriquet de bâtard, tout comme Snow, dans le Nord, ou Flowers, à Hautjardin; dans chacune des Sept Couronnes, la coutume en avait façonné un pour désigner les enfants nés de pères anonymes."[99] („Im Tal war Stone ein Spitzname für einen Bastard, ebenso wie Snow im Norden oder Flowers in Rosengarten. In allen Sieben Königslanden wurde ein solcher Name für Kinder mit unbekanntem Vater verwendet." – „Flowers, Hill, Rivers, Snow … nous donnons ces noms aux enfants de vile naissance afin de marquer leur nature, mais ils sont prompts à s'en dépouiller."[100] („Flowers, Hill, Rivers, Snow … wir geben diese Namen den Kindern von niedriger Geburt, um ihre Herkunft zu bezeichnen, aber sie entledigen sich ihrer sehr schnell.") Vielleicht mit dem Hinweis auf ein bevorstehendes Wortspiel – man denke an Loras Tyrell, den Ritter der Blumen – übersetzte Jean Sola „Flowers" mit „Fleurs" und kehrte dann wieder zu „Flowers" zurück. Es ist schwierig, die subtilen Zwischentöne des Originaltextes angemessen wiederzugeben!

Wenn wir schon bei den Familiennamen sind, dürfen wir die Originalität der Namen der Unbefleckten nicht unerwähnt lassen. Während die Bastarde Namen haben, die sich auf die Flora, die Mineralwelt oder die Elemente beziehen, dient das Tierreich als Inspiration für die Unbefleckten: Roter Floh, Brauner Floh, Schwarze Ratte, Blaue Kröte usw. Die Texte wurden von dem Sklavenhändler Kraznys mo Nakloz verfasst: „Sag ihnen, dass alle ihre Namen so lauten [...], um ihnen klarzumachen, dass sie selbst nur Ungeziefer sind. Nach Dienstende werden die Namensscheiben in einen leeren Korb geworfen, und bei Sonnenaufgang nimmt sich jeder blind eine heraus."[101] Eigennamen, die jeden Tag wechseln? Zum Glück stellt Daenerys die Unbefleckten ein und befreit sie von diesen Zwängen. Wir folgen vor allem Grauer Wurm, der sich entschieden hat, diesen Namen zu behalten, auch wenn er seinen Geburtsnamen wieder hätte annehmen können. Er selbst erklärt die Gründe für diese Entscheidung (indem er von sich selbst in der dritten Person spricht): „Der Name bringt Glück. Jener hingegen, den dieser hier bei seiner Geburt erhielt, war verflucht, denn mit ihm wurde er zum Sklaven gemacht. Den Namen Grauer Wurm hingegen trug dieser hier an dem Tag, an dem Daenerys Sturmtochter ihn in die Freiheit entließ."[102] Ein schönes Bekenntnis der Verehrung für die Mutter der Drachen!

Obwohl wir kaum etwas über die Gemeine Zunge wissen, spielt sie in der gesamten Geschichte eine wichtige Rolle. Wie bereits erwähnt, werden viele Übersetzungen in die Gemeine Zunge vorgenommen. Mehr noch, sie dient als Kontaktsprache, also als Sprache, die zwischen zwei Sprechern unterschiedlicher Muttersprachen verwendet wird, wenn sie versuchen, die Sprache des anderen zu lernen. Als Arya Stark in den Tempel des Vielgesichtigen Gottes in Braavos kommt, versteht sie die dortige Sprache nicht. Der „Mann voller Freundlichkeit" stellt ihr eine alleinstehende Frau vor und sagt: „Sie wird dich unterrichten [...] Zunächst in der Sprache von Braavos. Was nützt es dir, wenn du weder reden noch verstehen kannst? Und du wirst sie deine Sprache lehren. Ihr beiden werdet gemeinsam lernen, eine von der anderen."[103] Arya akzeptierte das „und danach verbrachten sie und die Heimatlose viel Zeit damit, auf Dinge zu zeigen und sie zu berühren, um sich so gegenseitig die entsprechenden Wörter der jeweils anderen Sprache beizubringen. Zunächst waren es einfache Begriffe, Becher, Kerze und Schuh; dann schwierigere, am Ende Sätze. Syrio Forel hatte Arya oft auf einem Bein stehen lassen, bis sie zitterte. Später hatte er sie auf Katzenjagd geschickt. Sie hatte den Wassertanz auf den Ästen der Bäume getanzt, mit einem Stock als Schwert. Das alles war schwer gewesen, dies hier war jedoch noch schwerer."

Diese exemplarische Textpassage veranschaulicht die schwierigen Schritte beim Erlernen einer Fremdsprache mithilfe einer Kontaktsprache. Sie zeigt, dass die ersten Schritte darin bestehen, die üblichen Gegenstände zu benennen (indem man auf sie zeigt oder sie mithilfe von Gesten berührt, was ein wesentlicher Aspekt des Lernprozesses ist), das heißt, die Gegenstände, die sich im unmittelbaren Blickfeld der beiden Sprecher befinden. Um die Sprache eines Gesprächspartners zu lernen, muss man sich austauschen und einen Dialog führen.

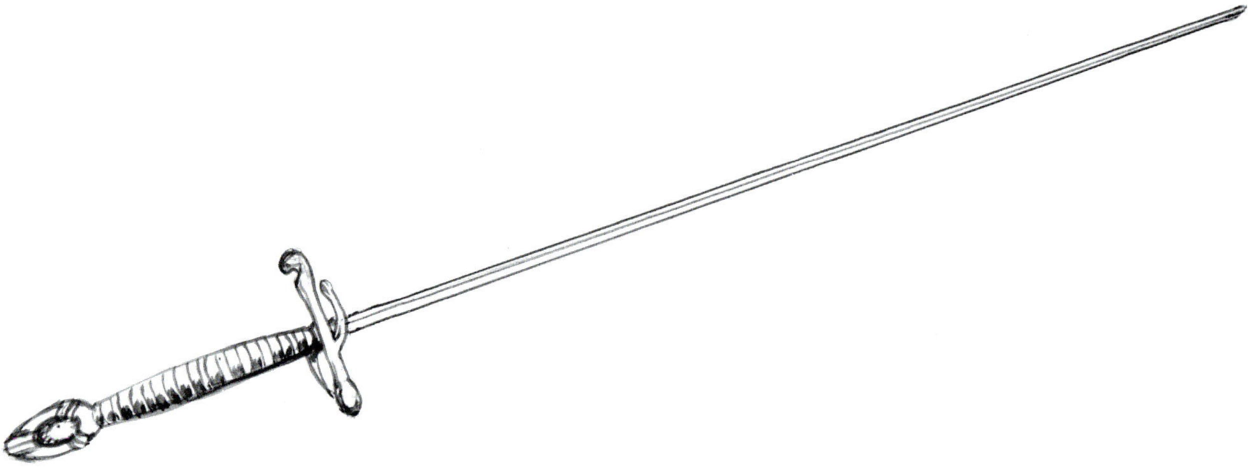

Nadel, das Schwert von Arya Stark

Dialoge voller Farbe, vor allem in der französischen Übersetzung

Man lernt die Figuren durch ihre Äußerungen in den Dialogen kennen. Im Allgemeinen sprechen Adlige und Maester sehr gut, bilden grammatikalisch korrekte Sätze und finden manchmal sogar wirkungsvolle Formulierungen, die einen Gedanken, ein Problem oder eine Situation in wenigen Worten zusammenfassen – man denke an die oben zitierte Lebensweisheit, die Catelyn Stark ihrem Sohn Robb mit auf den Weg gibt: „Ein Herr muss lernen, manchmal durch Diplomatie zu erreichen, was durch Gewalt nicht möglich ist." Im Gegensatz dazu sprechen die einfachen Leute, die Diener, Bauern, Wildlinge und die Halunken, die von der Nachtwache aufgegriffen werden, auf eine ganz andere Art und Weise: Sie lassen bestimmte Vokale weg, sprechen bestimmte Laute oder sogar einzelne Wörter nicht aus. Als Samwell Tarly nach einer anstrengenden Reise im Gericht des Seneschalls ankommt, wird er sofort als ein Neuling von adeliger Herkunft identifiziert. Samwell zeigt sich überrascht: „Wie konnten Sie wissen, dass ich adliger Abstammung bin?", und die Antwort lautete: „Auf dieselbe Weise, wie Sie erkennen konnten, dass ich zur Hälfte Dornier bin."[104]

Diese Antwort ist nicht ganz richtig. Die Sprache von Dorne ist ein Akzent, die aristokratische Sprache hingegen nicht. Es handelt sich vielmehr um ein Sprachregister, in diesem

Fall um ein gehobenes oder elegantes Register. Dieses charakterisiert jemanden, der wie ein Buch spricht, im Gegensatz zum allgemeinen Register, in dem die Sätze zwar korrekt sind, aber nicht unbedingt eine hohe Komplexität aufweisen (und weder bei der Formulierung noch beim Verständnis eine hohe Aufmerksamkeit erfordern).

Dem gegenüber steht das umgangssprachliche Register, in dem sich grammatikalische Fehler mit umgangssprachlichen Begriffen und falsch ausgesprochenen Wörtern abwechseln, wie „m'lord“ im Dialog zwischen Roose Bolton und Theon Graufreud, alias Stinker, der von Ramsay Bolton an seinen Vater „ausgeliehen“ wurde und dessen Sprachregister das seiner adligen Herkunft bleibt: „mylord, when you should have said m'lord. Your tongue betrays your birth with every word you say. If you want to sound a proper peasant, say it as if you had mud in your mouth, or were too stupid to realize it was two words, not just one.“[105] („Mylord, aber Ihr hättet M'lord sagen sollen. Eure Sprache verrät Eure Herkunft mit jedem Wort. Wenn Ihr wie ein richtiger Bauer klingen wollt, sprecht es aus, als hättet Ihr eine Kartoffel im Mund, oder wusstet Ihr nicht, dass es eigentlich aus zwei Wörtern besteht, nicht nur aus einem.“) Tatsächlich sind Apostrophe, die auf nicht ausgesprochene Vokale hinweisen, in den Dialogen der einfachen Leute sehr häufig, sowohl im Originaltext („my lord, when you should have said m'lord“) als auch in der Übersetzung.

Das Phänomen lässt sich besonders gut bei den Wildlingen beobachten: „J'ai ordre de ram'ner l'corbac r'tourné, pas personne d'aut'“.[106] Hier findet man alle Elemente, die das umgangssprachliche Register ausmachen. In der Übersetzung von Jean Sola sind diese Bestandteile oft zu präsent, um die Aufmerksamkeit des Lesers auf die Form und nicht auf den Inhalt zu lenken: „Si tu prends la torche, l'gros tas, j'm'en charge, moi [...] Des fois qu'j'ai porté un veau qu'était plus lourd qu'ça. À sa mère qu'j'l'am'nais, des fois qu'y s'aye sa pint' de lait.“[107] Apostrophierungen, umgangssprachliche Konstruktionen wie „des fois que“ usw. machen den Text fast unleserlich. Dies ist im Originaltext nicht der Fall, zumindest nicht in diesem Ausmaß: „I was sent for the crow-come-down, none other“ für das erste Beispiel; „If you take the torch, I can take the fat boy [...] I carried a calf once was heavier than him. I carried him down to his mother so he could get a drink of milk“ für das Zweite. In beiden Fällen enthält das Englische keinen der Apostrophe, die bei „m'lord“ zu beobachten waren, und die grammatikalischen Fehler sind minimal. Jean Solas kritikwürdige Entscheidungen wurden bereits im Zusammenhang mit „gente dame“ erwähnt. Diesmal müssen wir feststellen: Die Übersetzung der Dialoge respektiert nicht das ursprüngliche Sprachregister und verwandelt ein gewöhnliches Register, das an der Grenze zur Umgangssprache liegt, in ein sehr oder sogar zu umgangssprachliches Register.

Und bei den Eisenmännern wird es beispielsweise während der königlichen Generalversammlungen noch schlimmer: Jeder versucht, die anderen davon zu überzeugen, dass er ein besserer König oder eine bessere Königin wäre. Während des gesamten Kapitels spricht Asha Graufreud – die immerhin Anspruch auf den Titel der Königin erhebt – mit ihrem Onkel und nennt ihn „nononc", „mon nononc' à moi" oder sogar „m'n nononc' chéri". Der englische Originaltext enthält nur ein einziges Wort, „nuncle", das zwar umgangssprachlich, aber nicht übertrieben karikierend ist. Die Tirade von Erik Eisenmacher, einem 88-jährigen Kandidaten, ist eindeutig eine Karikatur: „Je peux pas compter combien que j'ai 'crabouillé de mains, 'vec euç' marteau que v'là, reprit Erik, mais ça se pourrait des fois qu'y a quèqu' voleur qui pourrait vous dire. Je peux pas compter combien que j'ai 'crabouillé de crânes cont'e m'n enclume, ça non p'us, mais ça, y a des veuves qui pourraient. Je pourrais ben vous dire, ça, tous les essploits que j'm'ai faits au combat, mais j'ai quatre-vingt-huit ans, et je s'rai déjà mort que, ça, j'aurais pas 'cor fini. Si vieux, ça veut dire sage, alors, ça, y a pas d'quinqu'un p'us sage qu'mézigue. Si mahous, ça veut dire balèze, alors y a pas d'quinqu'un p'us balèze qu'mézigue. C'est-y un roi 'vec d's héritiers que v's avez envie? J'en ai p'us que je peux compter. Roi Erik, ouais, j'aim' ben l'son qu'ç'a, ça, moi."[108] („Ich kann nicht mehr zählen, wie viele Hände ich mit diesem Hammer schon in Brei verwandelt habe", sagte Erik, „aber mancher Dieb könnte euch davon berichten. Ich weiß auch nicht, wie viele Köpfe ich auf meinem Amboss zermalmt habe, einige der Witwen kennen die Zahl vielleicht. Ich könnte euch von meinen Heldentaten in der Schlacht berichten, aber ich bin 88 und würde wohl nicht lange genug leben, um die Geschichte zu Ende zu erzählen. Wenn Alter Weisheit bedeutet, ist niemand so weise wie ich. Wenn Größe Stärke bedeutet, bin ich der Stärkste. Wollt ihr einen König mit Erben? Ich habe mehr, als ich zählen könnte. König Erik, ja, es gefällt mir, wie das klingt.")

Es ist nicht nötig, Apostrophe, umgangssprachliche Begriffe oder die falsche Verwendung der Verneinung zu zählen: Diesmal ähnelt das Sprachregister der Sprache der Pariser Ganoven der 1910er-Jahre. Dies ist nicht nur karikaturistisch, sondern hat auch Konsequenzen, die weit über die Absicht des Originaltextes hinausgehen.[109]

Erstens ist sie furchtbar veraltet: Niemand spricht heute noch so, und Wörter wie „mézigue" verankern Eriks Worte in einem Kontext, der nichts mit dem des *Lieds von Eis und Feuer* zu tun hat. Eine solche Übersetzung fügt dem Text sehr genaue französische Referenzen hinzu. Vielmehr besteht die Aufgabe des Übersetzers darin, solche Referenzen, die unweigerlich mit denen der fiktiven Welt kollidieren, zu vermeiden – was nicht immer einfach ist.

Zweitens handelt es sich um Klischees. Man kann sie wohl sparsam einsetzen, aber jede Übertreibung macht sie letztendlich unübersehbar. In diesem Fall wird der Leser schnell von diesen Mechanismen gelangweilt und hält die sprechende Person für einen Dummkopf. Selbst der alte Erik Eisenmacher verdient diese Bezeichnung nicht. So hat er zum Beweis seine Argumentation so aufgebaut, dass er die Eigenschaften, die einen König ausmachen, nacheinander aufgreift und sie sich selbst zuschreibt.

Drittens handelt es sich hier um Phonem für Phonem transkribierte Lautsprache. Das Verfahren mag für Dialoge – also gesprochene Texte – geeignet erscheinen, ist für das Lesen aber ungeeignet. Wenn man einen Roman liest, tut man das leise und stellt sich die Dialogsituation vor, mit ihrem Zögern, Stottern und Intonationen, die nicht extra betont werden müssen. Dialoge sind dazu da, gelesen zu werden, nicht, um ausgesprochen zu werden. Der Einsatz der transkribierten Lautsprache verfolgt einen anderen Zweck: Sie soll die Aussprache wiedergeben und daher eher ausgesprochen als gelesen werden.

Schließlich können solche Abweichungen zu einem schlechten Eindruck der Dialoge beitragen, bis hin zu dem Verdacht, dass dem Übersetzer der Text nicht gefallen und er ihn so schnell übersetzt hat, wie es ihm möglich war. Bisher hatten wir eine Kritik an Jean Solas Arbeit vermieden, aber die Auswirkungen der Dialoge lassen keine Kompromisse mehr zu – wohlgemerkt nur für die Dialoge.

Die fünfte Gesamtausgabe wurde von Patrick Marcel übersetzt, der bereits an anderen Romanen und Novellen von George R. R. Martin mitgearbeitet hat. In der Tat sind hier die Dialoge weniger karikaturistisch, wobei ein wichtiger Aspekt zu berücksichtigen ist: die Kontinuität. Da diese fünfte Gesamtausgabe auf bereits 4000 Seiten folgt, konnte man nicht direkt einen neuen Stil einführen. Patrick Marcel hat daher die oben genannten Elemente beibehalten. So finden wir folgende Beispiele: „C'est pas aujourd'hui que je mourrai, ma sœur", wo Jojen sich an Meera wendet und dabei die Verneinung malträtiert – wie wir es alle regelmäßig beim Sprechen tun.[110] Oder: „T'es esclave? Viens chez nous, tu s'ras ton propre maître."[111] Eines der extremsten Beispiele ist das folgende, in dem alle Zutaten enthalten sind, mit Ausnahme von altmodischen Wörtern wie „mézigue": „Ceux qui-z-ont pas d'aut' endroit où vivre. Des pauv' gens v'nus par la Blanchedague, presque tous. Des de Corbois, aussi. Avec c'bâtard d'Bolton qui court, y'veulent tous se r'trouver derrière les remparts. Chsais pas c'que Sa Seigneurie a l'intention d'faire, d'eux tous. Pour la plupart, y' sont arrivés rien qu'avec les affaires qu'y'-z-ont sur l'dos."[112] In der englischen Originalfassung enthält diese Passage mehrere Apostrophe: „Them as have no other place to live. Smallfolk from up the White Knife, most o' them. Hornwood's people too. With that Bastard o' Bolton running loose, they all want to be inside the walls. I don't know what his lordship means to do with all o' them. Most turned up with no more'n the rags on their backs." Es ist schwierig, einen Kompromiss zu finden zwischen einem Originaltext, der ein umgangssprachliches Sprachregister betont, und einer Übersetzung, deren Stil an den der vorherigen Bände anknüpfen muss, ohne zur Karikatur zu werden …

Die Arbeit des Übersetzers besteht darin, keine Referenzen einzuführen, die mit denen der fiktiven Welt in Konflikt stehen könnten.

Wenn man einen Roman liest, tut man das leise und stellt sich die Dialogsituation vor, mit ihrem Zögern, Stottern und Intonationen, die nicht extra betont werden müssen.

Erwähnenswert sind einige Aussprachefehler, wie „essploits“ in der Tirade von Erik Eisenmacher, aber auch und vor allem bei Vargo Hoat, als er zum Beispiel nach einem Vorschlag von Jaime Lennister seine Männer daran hindert, Brienne de Tarth zu vergewaltigen: „‚Pas touçe à elle!‘, glapissait la chèvre, en tapissant Zollo de postillons. Faut la laiçer vierze, bougres d'idiots! Elle vaut çon pezant de çaphirs.“ Diesmal wird das umgangssprachliche Register von einem Fehler bei der Aussprache von „s“ und „ch“ begleitet, ein klassisches Sprachproblem kleiner Kinder. In der Originalfassung gibt es die gleichen Sprachprobleme: „‚Thee'th not to be touched', the goat screamed, spraying spittle all over Zollo. ‚Thee hath to be a maid, you foolth! Thee'th worth a bag of thap-phireth!‘“ Solche Merkmale machen es leicht, die sprechende Person zu identifizieren. In diesem Zusammenhang fällt auch auf, dass Walder Frey [in der französischen Übersetzung] fast jeden Satz mit einem „hé“ versieht, („heh“ auf Englisch), was nach einigen Seiten etwas störend wirkt, beispielsweise im Kapitel über die berühmte purpurne Hochzeit.

In der Tat handelt es sich hier um spezifische Dialekte, die bestimmte Personen ebenso wie ihre Größe oder Augenfarbe charakterisieren. Aus sprachwissenschaftlicher Sicht gibt es keine besonders interessanten Beobachtungen zu machen. Abgesehen vielleicht von Jaqen H'ghar.

Jaqen H'ghar, auch bekannt als der Mensch, der wie ein Mensch spricht

Jaqen H'ghar ist eine faszinierende Figur, die so furchterregend ist, dass man Angst um Arya Stark hat, die leichtsinnigerweise ein Komplott mit ihm schmiedet. Er zeichnet sich durch eine eigenwillige Sprache aus, die nur er besitzt, seine Stimme ist ruhig, seine Sätze sind leicht verständlich und seine Absichten klar. Was überrascht, ist seine Angewohnheit, von sich selbst in der dritten Person zu sprechen (ähnlich wie Syrio Forel oder der Starke Belwas), ein Phänomen, das manchmal als „Illeismus“ bezeichnet wird. Es ist vor allem seine sehr persönliche Art, die unbestimmten Artikel zu verwenden, denn sie spiegelt nicht von vornherein eine schlechte Kenntnis der Gemeinen Zunge wider (sonst würde man sie auch an anderer Stelle beobachten), sondern vielmehr eine originelle Art, die Dinge zu sehen, eine Art Denkstil, in dem jeder „unbestimmt“ ist. „Ein Junge wird zu einem Mädchen“ („A boy becomes a girl“), sagt er zu Arya, die sich in einen Jungen verwandelt. „Ich war immer schon ein Mädchen. Aber das hast du nie gesehen“, antwortet Arya. –„Ein

Mann sieht. Ein Mann weiß. [...] Ein Mann bezahlt seine Schulden. Ein Mann schuldet drei" („A man sees. A man knows. [...] A man pays his debts. A man owes three"), wiederholt Jaqen H'ghar.[113]

Dieses erste Beispiel zeigt, dass Jaqen die unbestimmte Nominalgruppe – „ein Junge", „ein Mann" – verwendet, um sowohl sich selbst als auch seinen Gesprächspartner oder eine andere Person zu bezeichnen, wer auch immer das sein mag. Obwohl dies zur Rätselhaftigkeit der Figur beiträgt (eigentlich ist er ein Bewohner von Lorath, wo der Boash-Kult seine Verehrer zu extremer Selbstaufgabe und zum Verzicht auf Eigennamen veranlasst), kann es sich als gefährlich erweisen, da es zu Mehrdeutigkeiten führen kann: Ohne Kontext ist es unmöglich zu erraten, auf wen sich „ein Mann" bezieht! Wie so oft bei Sprachen ist es der situationsbedingte Kontext, der die Unklarheiten beseitigt. In allen Dialogen zwischen Arya und Jaqen ist dieser Kontext offensichtlich und es gibt keine Fehlinterpretationen.

Das Beispiel zeigt auch, dass Jaqen es vorzieht, Wiederholungen anstelle von Anaphern zu verwenden. Wenn wir „der Prinz" erwähnt haben, der dann durch ein Personalpronomen wie „er" wieder aufgegriffen wird, bezeichnet man dies als anaphorisch: Es verweist auf die vorangehende Nominalgruppe „der Prinz", die ihrerseits keinen Vorgänger braucht, um verstanden zu werden (und daher nicht anaphorisch ist). Jaqen hätte sagen können: „Ein Mann sieht. Er weiß. [...] Er bezahlt seine Schulden. Er schuldet drei", das heißt mit kürzeren, natürlicheren und ebenso klaren Sätzen. Stattdessen entscheidet er sich für die Wiederholung von „ein Mann", vielleicht um das Geheimnis um seine Identität zu verstärken.

Ist das wirklich eine bewusste Wahl? Ja, denn Jaqen weiß durchaus, wie man Personalpronomen verwendet: „Der Rote Gott muss das bekommen, was ihm zusteht, Kleine, und nur der Tod bezahlt das Leben. Dieses Mädchen hat dem Roten Gott drei Tote gestohlen. Dieses Mädchen muss ihm dafür drei geben. Sag die Namen, und ein Mann erledigt den Rest." Und dann: „Ich werde dir drei Leben geben. Nicht mehr, nicht weniger. Und wir sind quitt."[114] Indem Jaqen das Pronomen der ersten Person im Plural – „wir" – verwendet, verweist er auf Arya und auf sich selbst. Ein weiteres interessantes Phänomen ist, dass er hier vom unbestimmten Artikel „ein" zum Demonstrativartikel „dieses Mädchen" („this girl") wechselt und sich damit Variationen erlaubt. Anstelle von „ich" hätte er jedoch logischerweise sagen müssen: „Drei Leben sollst du von einem Mann bekommen." Es stimmt jedoch, dass der Mechanismus mit der Funktion des Subjekts am Satzanfang besser funktioniert als mit der Funktion des Objekts.

Nebenbei bemerkt, fehlt immer noch das persönliche Subjektpronomen „ich", das letztendlich auftaucht, als seine Mission beendet ist und er sich verwandelt. In diesem entscheidenden Moment verliert Jaqen seine besondere Ausdrucksweise, was beweist, dass es seine freie Entscheidung ist: „My time is done", sagt er und verwendet das Possessivwort

„my" am Anfang des Satzes.[115] „‚Dann müssen wir Abschied nehmen', sagte er, ‚denn auch ich habe Pflichten.'" („‚Then we must part', he said, ‚for I have duties too.'") Hier ist also das berühmte „Ich", das das Ende von Jaqen H'ghar und seiner Sprache wirksamer als jede Abschiedsformel markiert …

Dothraki: Wer ist sein Erfinder?

Bisher haben wir die Serie *Game of Thrones* fast gar nicht erwähnt. Entweder, weil sie die Prinzipien der Romane genau übernimmt, wie die Sprache von Jaqen H'ghar, oder weil die Romane wesentlich reicher an sprachlichen Elementen sind, insbesondere wenn es um die verschiedenen Sprachen geht, die in Essos und Westeros gesprochen werden. Anders verhält es sich mit dem Dothraki, der Sprache der Reiternomaden, mit denen Daenerys ihre lange Reise beginnt.

Jeder Zuschauer der Serie hat Daenerys' Unbehagen und ihre Bemühungen, Dothraki zu lernen, miterlebt. Diese Bemühungen führen zu einem gewissen Mitgefühl für die Mutter der Drachen und es ist erfreulich zu sehen, wie sie immer besser kommunizieren und sich integrieren kann. Dabei fällt auf, dass die dothrakische Sprache sehr ausgefeilt zu sein scheint, über einen reichen Wortschatz verfügt und ihre eigenen Merkmale aufweist. Da sie für Außenstehende unverständlich ist, sind natürlich Untertitel erforderlich. Dem Leser stehen nicht so viele Informationen zur Verfügung. Zunächst einmal und im Gegensatz zur Serie ist die erste Fremdsprache, die in den Romanen vorkommt, die Sprache, die von den Anderen (den Weißen Wanderern aus der Serie) gesprochen wird: „Dann sprach der Andere in einer Will unbekannten Sprache einige Worte. Aber während das Timbre seiner Stimme an das dumpfe Knacken eines eisbedeckten Sees erinnerte, war der Tonfall eindeutig spöttisch."[116] Etwas später wird die Sprache erwähnt, in der die Dothraki sprechen: „Nachdem Meister Illyrio ihm etwas in seinem rauen Dialekt zugerufen hatte, antwortete er in demselben Ton und winkte sie durch."[117] Bisher wurde die Sprache der Dothraki, wie auch die der Anderen, durch einen Klang erfasst. Dann begegnen wir den Begriffen „khal" und „khaleesi", aber erst in einem Kapitel, in dem Viserys gewalttätig wird, wird eine Übersetzung angegeben: „Der mit der Peitsche, der junge Jhogo, schnarrte eine Frage hervor. Daenerys verstand seine Worte nicht, doch inzwischen war Irri da und auch Ser Jorah mit dem Rest ihres Khas. ‚Jhogo fragt, ob Ihr seinen Tod wünscht, Khaleesi.'"[118] Die Dialoge zwischen Drogo und Daenerys beschränken sich zu Beginn auf die Erwähnung eines einfachen „Neins", ein Wort, das Khal Drogo schnell lernt – auch weil er seine Wut zähmen will. Echte Sätze in Dothraki erscheinen erst später, als Daenerys

Jaquen H'ghar

sich nicht nur integriert hat, sondern sogar bereit ist, die ekelhaftesten Traditionen zu befolgen, wie das rohe Herz eines Hengstes zu essen: „‚Khalakka dothrae mr'anha!‘, verkündete sie in ihrem besten Dothrakisch. Ein Prinz reitet in mir! Tagelang hatte sie diesen Satz mit ihrer Magd Jhiqui geübt. Die Älteste, eine gebückte, verschrumpelte, spindeldürre Frau, hob die Arme in die Höhe. ‚Khalakka dothrae!‘, schrie sie mit schriller Stimme. ‚Er reitet!‘, wiederholten die anderen Frauen. ‚Rakh! Rahk! Rakh haj!‘, verkündeten sie. Ein Junge! Ein Junge! Ein kräftiger Junge!“

Durch die aufeinanderfolgende Wiederholung der Begriffe verrät uns dieser letzte Satz zweifelsfrei die Dothraki-Wörter für „Junge“ und „kräftig“. Wenn man annimmt, dass „dothrae“ aufgrund seiner Nähe zum Namen der Dothraki selbst „reiten“ bedeutet, lernt man auch die Wörter für „Prinz“ und „reiten“. Folglich kann „mr'anha“ nur „in mir“ bedeuten. So bringt George R. R. Martin uns Dothraki bei. Später wird der Leser noch auf weitere Wörter stoßen, die jedoch niemals zahlreich sind: „die alten Frauen von dosh khaleen“[119], und dann der Begriff für den typisch dothrakisch gebogenen Dolch: „Er zieht seinen arakh“[120], und dann die Worte für „ja“ oder „gut“: „Ai, Khaleesi“ oder auch „Ich nenne dich ko“[121] und „Die Dothraki nannten den Kometen shierak qiya, den Blutstern.“[122] Und das ist dann auch schon alles!

Zumindest was die dothrakischen Wörter betrifft. Denn der Text enthält auch einige sogenannte Glossen, also – morphologische – Erklärungen zur Wortbildung: „Fliegen, die so groß wie Bienen und fett, violett und glänzend waren. Blutfliegen, wie sie in Dothrak [sic] genannt wurden.“[123] Wenn man die dothrakischen Begriffe für „Fliege“ und „Blut“ kennen würde, könnte man diese Art von großer Fliege als solche bezeichnen dasselbe gilt für die „Blutreiter“. Aber diese Wörter bleiben uns unbekannt, und das ist auch nicht wichtig: Was für den Leser zählt, ist zu verstehen, dass die dothrakischen Wörter auf ihre eigene Art und Weise zusammengesetzt sind und dass die dothrakische Sprache die Merkmale einer natürlichen Sprache aufweist. Mehr braucht es nicht, um zu zeigen, dass Daenerys in eine andere Welt gezogen wird und einen Kulturschock erleidet.

Als HBO die erfolgreiche Serie *Game of Thrones* produzierte, stellte sich schnell die Frage, wie die Dialoge mit den Dothraki inszeniert werden sollten. Um „echt“ zu wirken, konnten sie nicht in englischer Sprache wiedergegeben werden oder sich auf die zehn dothrakischen Wörter beschränken, die in den Romanen auftauchen – andernfalls müssten die Schauspieler sie ständig wiederholen, was die Zuschauer irgendwann bemerken würden. Andere Worte werden also gebraucht. Aber wie sollten sie erfunden werden? Wie sollten sie ausgesprochen werden? Und wie konnte man sicherstellen, dass die Schauspieler sie während ihres gesamten Auftritts in der Serie korrekt und einheitlich aussprechen?

Nun ist der Rückgriff auf einen Spracherschaffer, einen Conlanger, notwendig, und die Produzenten der Serie schrieben 2009 einen Wettbewerb für Sprachwissenschaftler aus.

Der Gewinner war David J. Peterson: Er entwickelte Dothraki, aber auch Hochvalyrisch und sogar Skroth. Was ist Skroth? Skroth ist die Sprache der berühmten Weißen Wanderer, die erste fiktive Sprache, die (sehr kurz) in den Romanen auftaucht. Peterson griff die von George R. R. Martin gelieferten Elemente auf und verallgemeinerte sie, um diese Sprachen für die Zwecke der Serie zu konstruieren. Die ursprüngliche Idee stammt noch von Martin, aber die eigentliche „Erfindung" dieser Sprachen ist Peterson zuzuschreiben. Das Skroth wurde von den Produzenten der Serie jedoch nicht berücksichtigt.

Je mehr die Konstruktion auf plausiblen Prinzipien beruht, desto stärker ist die Illusion der Sprache, desto ähnlicher ist sie einer Sprache, die in unserer eigenen Welt hätte existieren können. David J. Peterson führte mehrere Hundert Begriffe ein, darunter Substantive, Adjektive und Verben, und erstellte so ein Wörterbuch mit fast 3000 Einträgen. Die Sätze sind relativ einfach: Sie folgen dem Subjekt-Verb-Objekt-Schema, aber es gibt Wortkombinationen, um „Blutfliege", „Blutreiter" oder „Wasserwagen" zu beschreiben. Der Aussprache wird besondere Aufmerksamkeit zuteil. Auch hier wird versucht, eine relative Einfachheit zu erreichen, indem das Dothraki aus nur vier Vokalen besteht. Peterson räumt ein, dass er sich vom Arabischen und Spanischen inspirieren ließ, sodass das Dothraki als eine Art Chimäre betrachtet werden kann, die Merkmale aus mehreren existierenden Sprachen übernimmt und diese dann miteinander vermischt.

So kommt es in der ersten Staffel bereits in der dritten Episode zu einem Dialog – mit Untertiteln – zwischen Jorah Mormont und einem Dothraki. Daenerys lernt allmählich zu sprechen, bis sie ihrem Mann auf Dothraki mitteilen kann, dass sie schwanger ist. Die Verwendung von Untertiteln wird streng gehandhabt: entweder aus der Sicht von Daenerys, die lernt und noch nicht versteht – in diesem Fall werden die Dialoge nicht untertitelt (und der Zuschauer versteht nur durch die Gesten und die Situation, genau wie Daenerys) – oder aus der Sicht eines Dothraki-Sprechers, zum Beispiel von Jorah Mormont. In diesem Fall werden die Dialoge untertitelt, sodass die Zuschauer sie verstehen können.

Nach der Ausstrahlung der ersten Staffeln der Serie erfreute sich die dothrakische Sprache eines ungewöhnlichen Erfolgs, sodass der Beruf des Conlangers und sogar der des Phonetikers bekannt wurde, da die Schauspieler nicht von David J. Peterson, sondern von Phonetikern begleitet – um nicht zu sagen gecoacht – wurden, die darauf achteten, dass die Schauspieler von einer Folge zur nächsten die gleiche Aussprache hatten und gut verständlich und einheitlich sprachen.

Dieser Erfolg hat einige Fans dazu veranlasst, die Arbeit von David J. Peterson fortzusetzen und zum Beispiel Wörterbücher, Grammatiken, Methoden zur Anwendung des Dothrakischen usw. zu veröffentlichen. Einige haben auch Alphabete für die Schreibweise vorgeschlagen. Inzwischen findet man also ein Alphabet für das alte Dothrakisch und ein anderes für das moderne Dothrakisch. Dies führt zu übertriebenen Verhaltensweisen,

Für den Leser ist es wichtig zu verstehen, dass die dothrakischen Wörter auf ihre eigene Art und Weise zusammengesetzt sind, um zu zeigen, dass die dothrakische Sprache die Merkmale einer natürlichen Sprache aufweist.

da Dothraki eine hauptsächlich mündliche Sprache ist und jeder Vorschlag für ein alphabetisches System über die ursprünglichen Erfindungen von George R. R. Martin hinausgeht …

Mit Fauna und Flora kommunizieren

In der Welt des *Lieds von Eis und Feuer* werden Sprachen nicht nur für den Austausch zwischen den Völkern von Essos und Westeros verwendet. An mehreren Stellen wird auch die Kommunikation mit Tieren oder Pflanzen erwähnt wie etwa mit dem berühmten Wehrholzbaum. Doch beginnen wir mit den Tieren, die uns wahrscheinlich näher stehen als Pflanzen, denn es ist einfacher, mit seinem Hund zu kommunizieren als mit einer Tulpe oder einer Fichte …

Die Schattenwölfe sind die ersten Tiere, denen der Leser begegnet. Jedes Stark-Kind hat einen Wolf (nicht zu vergessen Jon Schnee) und sowohl Arya als auch Bran sagen, dass sie mit ihrem Tier kommunizieren können. Natürlich sind sie Kinder und könnten daher übertreiben und die Realität beschönigen, aber Arya ist sehr förmlich, als sie sich von ihrer Wölfin Nymeria trennt: „Ich befahl ihr zu fliehen, ihre Freiheit zurückzugewinnen, ich schrie, dass ich sie nicht mehr sehen wolle. Sie würde andere Wölfe zum Spielen finden und man würde sie heulen hören“[124], ebenso wie Bran, der „Wolfsträume“ hat. In einer Szene sehen wir, wie er zusammen mit Struppel und Sommer übt, „ooooooooo“ zu brüllen, und er geht dann so weit, zu behaupten: „Ich rede mit den Wölfen.“[125] Rickon steht seinem Wolf ebenfalls sehr nahe. Was Robb betrifft, so sieht man ihn nie bewusst mit Grauwind kommunizieren, aber es ist der Wolf, der einen Jagdweg findet, über den Robbs Armee den Goldzahn passieren kann: Vielleicht gibt es eine Art unbewusste Kommunikation. Tatsächlich sind die Stark-Kinder und Jon Schnee Tierlinge, wie wir nach und nach herausfinden werden …

Man trifft auch auf Pferde, wahrscheinlich das Tier, das am häufigsten in der Geschichte vorkommt (Raben stehen ihnen nicht viel nach, mehr dazu später). In einer Szene scheint Hodor mit einem Pferd zu sprechen, was zu einem Witz führt, als ihm gesagt wird, dass sein Name in der Pferdesprache „Ich liebe dich“ bedeutet. Der Witz endet an dieser Stelle und die Zuschauer der Serie *Game of Thrones* wissen, dass dies nicht die Bedeutung des Wortes „Hodor“ ist. Diese Bedeutung wurde von George R. R. Martin selbst festgelegt und schließt jegliche Verständigungssprache mit Pferden aus.

Auf der anderen Seite kann Daenerys ihren Drachen tatsächlich Befehle erteilen, indem sie das Wort „dracarys“ benutzt, woraufhin diese Feuer speien. Wie Daenerys sagt, muss sie nun nicht mehr „das Fleisch auf einer Feuerstelle zubereiten!"[126] Sie verweist vor allem auf die Bedeutung des Wortes: „Es bedeutet auf hochvalyrisch ‚Feuer-Drache'. Ich habe es absichtlich als Stichwort gewählt, damit niemand Gefahr läuft, es zufällig auszusprechen." Es handelt sich hierbei um eine Erziehung durch Kommandos, wie wir sie bei einem Hund mit den Befehlen „Sitz" und „Platz" praktizieren. Der letzte Ausdruck erscheint explizit in dem Moment, als Drogon verwundet wird und Daenerys versucht, auf ihm zu reiten, um beide aus der Arena von Meereen zu bringen: „Daenerys sprang unter den Flammen hinweg, schwang die Peitsche und schrie: ‚Nein, nein, nein. Platz!'"[127]

All dies reicht nicht aus, um von einer Sprache zu sprechen: Es gibt vielleicht eine gewisse Kommunikation, aber kein Vokabular, das umfangreich genug ist, um eine gewisse Anzahl an Botschaften zu übermitteln. Das ist die Aufgabe der Raben. Der Leser, der Seite für Seite die von diesen Tieren gesprochenen Worte verfolgt, stellt fest, dass ihr Vokabular umfangreich ist und weit über das einfache „Korn" hinausgeht, das Jeor Mormonts Rabe immer wieder von sich gibt, sogar noch nach dessen Tod. Die folgenden Wörter sind in der Reihenfolge ihres Auftretens (in der französischen Übersetzung) zu finden: Korn, leben, Duell, verrückt, sitzen, schwarz, Kerl, brennt, geht, Vater, Junge, nehmen, kilfra („wer wird es tun"), freux, Strom, Tod, Ben Jen, Krieg, was, Lady, Sire, Snow, ich, datieren, stark, Tier, alt, Mur, Leibeigener, König, Schuss, alle, Männer, platt, wütend, gut, Sohn, fertig, Weizen, Fortsetzung, Gelübde, schnell, sie, nur, Angst, weit, gehen, Kessel, Abendessen, Blut, du, nein, sterben, kommen, essen, Schnee, töten, Schnitt ... Die Liste ist sehr vielseitig! In den meisten Fällen wird das Wort nachgeahmt, nachdem es von einem Menschen – meist am Ende eines Satzes – gesagt wurde. Dies führt zu der Beobachtung, die Sandor Clegane gegenüber Sansa Stark anspricht: „Du bist wie einer von diesen Vögeln von den Sommerinseln, was? Ein hübscher, kleiner sprechender Vogel, der all die hübschen kleinen Worte wiederholt, die man ihm beigebracht hat."[128] Es handelt sich jedoch nicht immer um eine Wiederholung. So ist es beispielsweise der Rabe, der „vorschlägt", die Toten zu verbrennen, damit sie nicht wiederkommen: „‚Brenne!', krächzte der Rabe. ‚Brenne! Brenne! Brenne! Brenne!'"[129] Und der Rabe schafft es fast, Sätze zu bilden wie: „Richtig, Angst, weg."[130]

Natürlich stellen sich die Leute Fragen. Angefangen mit Arya: „‚Erinnern sie sich an Maester Tothmure?', wollte sie wissen. ‚Sind sie traurig wegen ihm? Wundern sie sich, warum er nicht antwortet, wenn sie nach ihm rufen?' Vielleicht konnten die Toten in einer geheimen Sprache mit ihnen sprechen, welche die Lebenden nicht hörten."[131] Maester Luwin erwähnt Bran gegenüber eine solche Sprache: „Ich kann dich in der Historie unterrichten, in der Heilkunst, in der Pflanzenkunde. Ich kann dich die Sprache der Raben lehren."[132] Und Maester Aemon lobt die Raben: „‚Möwen und Tauben lassen sich ebenfalls darauf abrichten, Botschaften zu überbringen', fuhr er fort, ‚obwohl der Rabe ein kräftigerer Flieger ist, größer, kühner, erheblich schlauer, besser in der Lage, sich der Falken zu erwehren … doch sind Raben schwarz und fressen die Toten, und daher verabscheut sie mancher Gottesmann. Baelor, der Gesegnete, hat versucht, alle Raben durch Möwen zu ersetzen, wusstest du das?'"[133]

Besser noch: Samwell kann die Raben sogar zum Sprechen bringen: „‚Ist der Vogel unterwegs?', wollte er wissen. ‚Ja, Mylord. Sam bringt ihnen das Sprechen bei.' Der Alte Bär schnaubte. ‚Das wird er noch bereuen. Die verdammten Viecher machen viel Lärm, aber sie sagen nie das, was man hören möchte.'"[134] Es gibt also eine Sprache, die von Raben gesprochen wird? Ja, und die Offenbarung kommt spät, aus dem Mund von Lord Brynden Rivers, der dreiäugigen Krähe: „Es waren die Sänger, die den Ersten Menschen beigebracht haben, wie man Nachrichten mit Raben verschickt … aber in jenen Tagen sprachen die Vögel die Worte. Die Bäume erinnern sich, doch die Menschen vergessen, und deshalb schreiben sie ihre Nachrichten heute auf Pergament und binden sie Vögeln an die Füße, mit denen sie sich nie den Leib geteilt haben."[135] Raben waren schon immer Boten gewesen. Lange vor den geschilderten Ereignissen haben sie die Nachrichten mündlich vorgetragen, bevor sie ihre Sprachfähigkeit verloren. Der Text gibt nicht wirklich Aufschluss über die Gründe für diesen Verlust, aber man kann eine Hypothese aufstellen, nämlich das Erscheinen der Schrift. Mit schriftlichen Nachrichten, die zudem unterzeichnet oder sogar versiegelt sind, kann der Empfänger die Identität des Absenders leichter feststellen, als wenn ein Rabe sie ihm vorträgt …

Kann man von einem Austausch mit der Flora sprechen? In der Tat sind Situationen, in denen eine Kommunikation mit Pflanzen stattfindet, selten. Meist sind es die Wehrholzbäume, deren Blätter Geräusche erzeugen, die wie Flüstern klingen. Bran und Osha unterhalten sich darüber: „‚Sag mir, was du damit gemeint hast, dass du die Götter hörst.' Sie musterte ihn. ‚Du hast sie gefragt, und sie antworten. Sperr deine Ohren auf, lausch ihnen, und du wirst es vernehmen.' Er lauschte. ‚Das ist nur der Wind', sagte er nach einem Augenblick. ‚Die Blätter rascheln.' ‚Und was glaubst du, wer den Wind schickt, wenn nicht die Götter?' […] Sie sehen dich, Junge. Sie hören dich reden. Dieses Rascheln, das ist ihre Antwort.' ‚Was sagen sie?' ‚Sie sind traurig.'"[136]

Es ist schwierig, über Sprache zu sprechen, wenn nur ein Wildling etwas verstehen kann. Jede Figur, die versucht, einen Wehrholzbaum zu verstehen, scheint nur das zu hören, was sie hören will. Als Arya Stark sich einem Wehrholzbaum anvertraut, antwortet ihr die Stimme ihres Vaters: „Du bist Arya von Winterfell, Tochter des Nordens. Du hast mir gesagt, du seist stark. In dir fließt das Blut des Wolfes."[137] Später macht Samwell eine überwältigende Erfahrung: „Sam hörte das Rascheln des dunkelroten Wehrholzbaumlaubs, das in einer Sprache wisperte, die er nicht verstand. Das Sternenlicht selbst schien sich zu bewegen, und um sie herum ächzten und knarrten die Bäume. Sams Gesicht nahm die Farbe von

Daenerys kann ihren Drachen tatsächlich Befehle erteilen, indem sie das Wort „dracarys" benutzt, woraufhin diese Feuer speien.

geronnener Milch an, und seine Augen wurden groß wie Teller. Raben! Sie saßen zu Hunderten im Wehrholzbaum, zu Tausenden, hockten auf den knochenweißen Ästen zwischen den Blättern. Er sah, wie sich ihre Schnäbel öffneten, als sie schrien."[138]

Und noch weiter entfernt ist es Theon, der den Wehrholzbaum „Bran" flüstern hört.[139] Vielleicht ist es aber auch die dreiäugige Krähe, die nach ihm greift, wer weiß …

Was verraten uns die Worte des Eisernen Throns letztendlich?

„Do you speak Dothraki?" Einige Fans der Serie zweifellos. Die Fans, die sich in erster Linie für die Romane interessieren, wahrscheinlich nicht. Und ihr Autor? Nicht mehr, wie er selbst in seinem Blog zugibt.[140] George R. R. Martin ist kein Conlanger, im Gegensatz zu Tolkien, der lange über die linguistischen Merkmale der Sprachen seiner Fiktionen nachgedacht hat. Andererseits ist Martin ein Erzähler, der den Gebrauch von Sprachen brillant in Szene setzen kann. Im *Lied von Eis und Feuer* sprechen und lesen die Charaktere nicht nur mehrere Sprachen, sondern wir können auch beobachten, wie sie versuchen, zu kommunizieren oder sich bemühen, eine Fremdsprache zu lernen, oder mit einem Akzent sprechen, der ihre Muttersprache oder ihre geografische Herkunft verrät. Wir beobachten, wie sie Äußerungen formulieren und sich in verschiedenen Sprachregistern ausdrücken, möglicherweise mit Sprachproblemen. Wir folgen ihnen bei ihren Beobachtungen von Sprachen, Akzenten, Aussprachen und Sprechweisen.

Mehr noch, wir sehen, wie die Charaktere Fehlinterpretationen leisten und sich von Polysemie und Mehrdeutigkeit täuschen lassen, die zwei wesentliche Merkmale natürlicher Sprachen sind. Wir erleben, wie sie sich die verschiedenen Interpretationen von Sprichwörtern aneignen und mit ihnen spielen. In der Welt des Eisernen Throns wird nichts vereinfacht. Die Sprachen, Dialekte und ihre Entwicklung sind von realen Mechanismen inspiriert. Das Lateinische und die Lingua Franca, die im Mittelmeerraum verwendete Handelssprache, dienen, wenn nicht als Modell, so doch als Anhaltspunkte, die es uns ermöglichen, über Linguistik zu sprechen. In diesem Kapitel ging es um Linguistik: vielleicht nicht um die morphologischen oder syntaktischen Dimensionen, die für Grammatiker von Interesse sind, aber um die vielen Facetten des Sprachgebrauchs, die uns alle als Sprecher betreffen. Diese Facetten sind vielfältig und George R. R. Martin hat sie in ihrer ganzen Komplexität dargestellt. Mehr als nur die Zahl von 2400 Eigennamen sind es diese Elemente, die zur Kohärenz und Tiefe der Charaktere und letztendlich auch der Welt des Eisernen Throns beitragen.

Anmerkungen

1. Catelyn I, Intégrale 1, S. 39.
2. Thierry Soulard, Les Mystères du Trône de fer, Bd. I, Les mots sont du vent, Paris, Pygmalion, 2019, S. 25.
3. Siehe www.lagardedenuit.com/wiki/index.php?title=Interview_de_Jean_Sola,_traducteur_du_TDF,_par_la_Garde_de_Nuit
4. Bran V, Intégrale 2, S. 633.
5. Daenerys III, Intégrale 3, S. 398.
6. Daenerys VII, Intégrale 5, S. 709.
7. Samwell V, Intégrale 3, S. 1169.
8. Theon III, Intégrale 2, S. 658.
9. „L'épouse rebelle", intégrale 5, S. 435.
10. Jaime III, Intégrale 3, S. 314.
11. Arya VIII, Intégrale 2, S. 663.
12. Samwell II, Intégrale 4, S. 393.
13. Chelsea Monroe-Cassel und Sariann Lehrer: Game of Thrones. Paris, Huginn & Muninn, 2015.
14. Daenerys X, Intégrale 1, S. 1035.
15. Mélisandre I, Intégrale 5, S. 518.
16. Thierry Soulard, „Les mots sont du vent", Les Mystères du Trône de fer, a. a. O., Bd. I, S. 40.
17. Catelyn VIII, Intégrale 1, S. 827.
18. Jaime I, Intégrale 3, S. 35.
19. Tyrion I, Intégrale 3, S. 79.
20. Bran IV, Intégrale 1, S. 313.
21. Jon VI, Intégrale 1, S. 721.
22. Jon V, Intégrale 3, S. 599.
23. Jon VI, Intégrale 5, S. 471.
24. Daenerys VIII, Intégrale 1, S. 919.
25. Brienne V, Intégrale 4, S. 828.
26. Die Prinzessin im Turm, Intégrale 4, S. 1049.
27. Sansa I, Intégrale 4, S. 274.
28. Der Hauptmann der Wachen, Intégrale 4, S. 70.
29. Jon III, Intégrale 1, S. 242.
30. Jon VI, Intégrale 5, S. 462.
31. Eddard I, Intégrale 1, S. 67.
32. Daenerys III, Intégrale 1, S. 300.
33. Daenerys V, Intégrale 1, S. 647.
34. Tyrion II, Intégrale 1, S. 164.
35. Eddard V, Intégrale 1, S. 323.
36. Eddard VI, Intégrale 1, S. 353.
37. Brienne IV, Intégrale 4, S. 535.
38. Jon V, Intégrale 5, S. 950.

39. Victarion I, Intégrale 5, S. 1019.
40. Der schmutzige Ritter, Intégrale 4, S. 360.
41. Sansa VI, Intégrale 1, S. 968.
42. Jon VIII, Intégrale 3, S. 949.
43. Jon II, Intégrale 3, S. 241.
44. Tyrion III, Intégrale 1, S. 276.
45. Schlingue II, Intégrale 5, S. 326.
46. Ebd.
47. Eddard II, Intégrale 1, S. 145.
48. Daenerys II, Intégrale 1, S. 141.
49. Theon I, Intégrale 2, S. 215.
50. Jon VIII, Intégrale 1, S. 854.
51. Sansa V, Intégrale 2, S. 994.
52. Jon VIII, Intégrale 5, S. 573.
53. Daenerys VI, Intégrale 5, S. 593.
54. Der eiserne Kapitän, Intégrale 4, S. 462.
55. Davos I, Intégrale 5, S. 167.
56. Der schmutzige Ritter, Intégrale 4, S. 355.
57. Daenerys III, Intégrale 5, S. 372.
58. Davos V, Intégrale 3, S. 792.
59. Jon IV, Intégrale 5, S. 280.
60. Jon VIII, Intégrale 1, S. 847.
61. Tyrion I, Intégrale 3, S. 76.
62. Bran VII, Intégrale 1, S. 954.
63. Jon I, Intégrale 2, S. 119.
64. Jon II, Intégrale 2, S. 250.
65. Bran II, Intégrale 5, S. 221.
66. Davos II, Intégrale 2, S. 734.
67. Jon II, Intégrale 3, S. 224.
68. Jon II, Intégrale 3, S. 230.
69. Samwell I, Intégrale 4, S. 153. Runen sind ein Buchstabensystem, das vor vielen Jahrhunderten in unserer Welt verwendet wurde, um die keltischen und germanischen Sprachen zu schreiben.
70. Arya II, Intégrale 4, S. 578.
71. Daenerys II, Intégrale 1, S. 138. Die Originalversion unterscheidet nicht zwischen volkstümlicher und klassischer Sprache (wir werden später auf die Sprachregister zurückkommen).
72. Daenerys II, Intégrale 3, S. 338.
73. Arya IV, Intégrale 1, S. 935.
74. Arya II, Intégrale 4, S. 564.
75. Samuel III, Intégrale 4, S. 681.
76. Daenerys IV, Intégrale 3, S. 618.
77. Tyrion IV, Intégrale 5, S. 236.
78. Das blinde Mädchen, Intégrale 5, S. 740.
79. Tyrion X, Intégrale 5, S. 771.
80. Daenerys II, Intégrale 5, S. 197. Es ist zu betonen, dass die französische Übersetzung Goghors Schwierigkeiten etwas übertreibt.
81. Catelyn IV, Intégrale 1, S. 217.
82. Arya II, Intégrale 1, S. 289.
83. Daenerys VI, Intégrale 1, S. 768.

84. Tyrion I, Intégrale 5, S. 28.
85. Daenerys II, Intégrale 1, S. 136.
86. Daenerys IV, Intégrale 1, S. 500.
87. „Prélude“, Intégrale 3, S. 18.
88. Daenerys I, Intégrale 3, S. 121.

89. Der Begriff „Sabir“ bezeichnet eine Verkehrssprache, die keine Muttersprache ist, sondern auf der Grundlage mehrerer Sprachen, die am selben Ort gesprochen werden, konstruiert wurde.
90. Jaime III, Intégrale 3, S. 322.
91. Katz aus den Kanälen, Intégrale 4, S. 894.
92. Daenerys IV, Intégrale 3, S. 633.
93. Victarion I, Intégrale 5, S. 1014.
94. Vergessen wir nicht, dass George R. R. Martin jedes seiner Kapitel aus der Sicht einer Person erzählt, die in den meisten Fällen explizit genannt wird (der Name der Person wird zum Titel des Kapitels), aber manchmal durch eine Beschreibung wie „Die Prinzessin im Turm“, „Der Königinnenmacher“ oder „Ein Geist in Winterfell“ angedeutet wird, wodurch vorübergehend Zweifel an der Person aufkommen. Wir befinden uns jedes Mal im Kopf eines anderen Charakters, und deshalb erleben wir Werturteile, Vorurteile und unterschiedliche Sichtweisen.
95. Davos IV, Intégrale 5, S. 479.
96. Davos III, Intégrale 3, S. 378.
97. Samwell IV, Intégrale 4, S. 915.
98. Siehe „So spake Martin“, Austausch mit George R. R. Martin,https://www.westeros.org/Citadel/SSM/ Entry/1250/ ainsi que son propre blog, https://georgerrmartin.com/notablog/2010/04/12/klaatu- barada-nicto/
99. Catelyn VI, Intégrale 1, S. 477.
100. Der Prinz von Winterfell, Intégrale 5, S. 612.
101. Daenerys II, Intégrale 3, S. 344.
102. Daenerys IV, Intégrale 3, S. 616.
103. Arya II, Intégrale 4, S. 579.
104. Samwell V, Intégrale 4, S. 1184.
105. Bran IV, Intégrale 2, S. 530.
106. Jon II, Intégrale 3, S. 236.
107. Samwell I, Intégrale 3, S. 270.
108. Der Ertrunkene, Intégrale 4, S. 490.
109. „‚I can't count how many hands I've smashed to pulp with that hammer‘, Erik said, ‚but might be some thief could tell you. I can't say how many heads I've crushed against my anvil neither, but there's some widows could. I could tell you all the deeds I've done in battle, but I'm eight-and-eighty and won't live long enough to finish. If old is wise, no one is wiser than me. If big is strong, no one's stronger. You want a king with heirs? I've more'n I can count. King Erik, aye, I like the sound o' that.‘“
110. Bran I, Intégrale 5, S. 88.
111. Der Diener des Kaufmanns, Intégrale 5, S. 121.
112. Davos II, Intégrale 5, S. 247.
113. Arya VII, Intégrale 2, S. 564.
114. Ebd.
115. Arya IX, Intégrale 2, S. 834.
116. Vorspiel, Intégrale 1, S. 23.
117. Daenerys I, Intégrale 1, S. 54.
118. Daenerys III, Intégrale 1, S. 297.

119. Daenerys VI, Intégrale 1, S. 757.
120. Daenerys VII, Intégrale 1, S. 863.
121. Daenerys XI, Intégrale 1, S. 1038.
122. Daenerys I, Intégrale 2, S. 229.
123. Daenerys X, Intégrale 1, S. 909. „dothrak" erscheint anstelle von „dothraki".
124. Arya II, Intégrale 1, S. 287.
125. Bran I, Intégrale 2, S. 93.
126. Daenerys I, Intégrale 3, S. 130.
127. Daenerys IX, Intégrale 5, S. 856.
128. Sansa II, Intégrale 1, S. 388.
129. Jon VII, Intégrale 1, S. 736.
130. Samwell III, Intégrale 3, S. 697.
131. Arya X, Intégrale 2, S. 1077.
132. Bran VI, Intégrale 1, S. 752.
133. Jon VIII, Intégrale 1, S. 853.
134. Jon II, Intégrale 2, S. 255.
135. Bran III, Intégrale 5, S. 557.
136. Bran VI, Intégrale 1, S. 748.
137. Arya X, Intégrale 2, S. 1092.
138. Samwell III, Intégrale 3, S. 697.
139. Ein Geist in Winterfell, Intégrale 5, S. 757.
140. https://georgerrmartin.com/notablog/2010/04/12/klaatu-barada-nicto/

EINE FAST NATÜRLICHE GESCHICHTE

JEAN-SÉBASTIEN STEYER

* Die Analysen in diesem Artikel basieren auf dem Inhalt der Literatursaga *Das Lied von Eis und Feuer*.

Die Drachen sind fantastische Kreaturen. Indem er ihnen Fledermausflügel verleiht, macht George R. R. Martin sie zu einer anatomisch plausiblen Spezies.

George R. R. Martin legt besonderen Wert darauf, seinem Fantasy-Epos Plausibilität zu verleihen. Neben der Vielzahl historischer Referenzen (George R. R. Martin ist ein Geschichtsfanatiker[1]) hat ihn seine Liebe zum Detail dazu gebracht, die Geografie seiner Welt, ihre Geologie[2], ihre Klimatologie[3], aber auch ihre Biologie, ihre Ökologie, ihre Anthropologie, ihre Paläontologie, kurzum alles zu verfeinern, was zur Naturgeschichte gehört. Diese fast wissenschaftliche Strenge und das Bemühen, sich an die Realität zu halten, fördern eindeutig die Fiktion – man spricht dann von *„realistischer Fantasy"* (oder *Hard Fantasy*) – und das war das erklärte Ziel von George R. R. Martin: „Ich wollte eine Welt schaffen, die für meine Leser genauso lebendig und ‚real' ist wie die von Tolkien oder Howard."[4] Als würdiger Nachfolger der größten Fantasy-Autoren entwickelt George R. R. Martin seine eigenen Landschaften mit ihrer Fauna und Flora, ihren Völkern und deren Geschichte. Letztere bilden eine komplexe Welt, die aus mehreren Hauptkontinenten besteht, darunter natürlich Westeros und Essos, aber auch die weniger bekannten Sothoryos und Ulthos im Süden. Wie Tolkiens Mittelerde ist auch diese konstruierte Welt nicht einfach nur ein Schauplatz von Ereignissen: Wer sie zu begreifen versucht, dem offenbart sie ihre eigene Zeitrechnung, die in Tausenden oder gar Millionen von Jahren gemessen wird, wie ihre Überreste, Ruinen und Fossilien bezeugen ... Versetzen wir uns in einen Naturforscher wie Erzmaester Fomas oder Septon Barth oder in einen wissenschaftlich interessierten Sam Tarly, um Planetos zu erforschen und seine Völker, sein Bestiarium und deren Entwicklungen besser zu verstehen. Ziel ist es, den Reichtum des Werks und seine vielen Facetten wissenschaftlich zu ergründen: Wir begeben uns auf eine fantastische Reise, um die Naturgeschichte der Welt von George R. R. Martin im Licht des heutigen Wissens nachzuzeichnen.

G. R. R. Martin ist ein Geschichtsfanatiker und seine Liebe zum Detail hat ihn dazu gebracht, die Geografie seiner Welt, ihre Geologie, ihre Klimatologie, aber auch ihre Biologie, ihre Ökologie, ihre Anthropologie, ihre Paläontologie, kurzum alles zu verfeinern, was zur Naturgeschichte gehört.

Die Geheimnisse der Evolution

„Während die Jahre zu Hunderten und Tausenden vergehen, was sieht der Mensch vom Leben? Einige Sommer, einige Winter ... Wir betrachten die Berge und nennen sie ewig, und sie scheinen es auch zu sein ... aber die Berge wachsen und zerfallen im Laufe der Zeit, die Flüsse verlassen ihr Bett, die Sterne fallen vom Himmel und das Meer verschlingt riesige Städte. [...] Alles ist dem Wandel unterworfen." So spricht Luwin, der alte Maester von Winterfell, zu dem jungen Bran Stark, der nach seinem Sturz im Bett liegt.[5] Glücklicherweise gelingt es ihm, seinen Zustand zu stabilisieren. Zur Erinnerung: Die Maester unterrichten nicht nur junge Menschen und beraten die Anführer der adligen Familien (und der Nachtwache), sondern sind auch ein Verbund von Wissenschaftlern, Ärzten, Meteorologen, Kartografen, Botanikern, Astronomen und anderen Fachgebieten, denen sie ihr Leben widmen. Diese Fachrichtungen sind an der Art des Metalls erkennbar, aus dem ihre Halskette besteht – ein Zeichen der Anerkennung und der Zugehörigkeit zu diesem Verbund. Im Laufe der Erzählung geben diese Wissenschaftler in Mönchsgewändern wertvolle Informationen weiter: Obwohl der Gelehrte Luwin Magie studiert hat – wie das Kettenglied aus valyrischem Stahl beweist – lehnt sein rationaler Geist den Aberglauben ab und interessiert sich für Magie nur aus rein historischen Gründen. Das oben angeführte Zitat bezieht sich auf einen der wichtigsten Grundsätze, die es gibt: „Es gibt nichts Beständigeres als den Wandel." Diese Welt, die sich verändert und bewegt, mit ihren Wandervölkern, mutierten Spezies und wechselnden Klimazonen, prägt das Werk von George R. R. Martin tiefgreifend: Sie ist ständig in Veränderung begriffen. Obwohl der Begriff in der Erzählung nicht vorkommt, ist diese Entwicklung in der Saga allgegenwärtig: Der Winter naht *(„Winter is coming")*, Familien zerbrechen, die politische Schlinge zieht sich zu und ausgestorbene Arten werden wiedergeboren: Drachen tauchen wieder auf und in diesem Tanz der Spezies, die geboren werden, wachsen und sterben, entwickelt sich ein labiles, ja sogar geologisches Zeitgefühl: Jahre vergehen, Jahrhunderte folgen und Jahrtausende erwachen wieder zum Leben. Eine konstante Entwicklung, die das *Lied von Eis und Feuer* zu einem zeitlosen Werk macht.

George R. R. Martins Welt besteht aus tiefen Schichten, die in der Unendlichkeit der Zeit vergraben sind. So gibt es viele Bezüge zur Paläontologie: Verschiedene Arten von Knochen, Artefakten und Fossilien von uralten Spezies werden in allen Teilen von Planetos gefunden. Überreste von Riesen (siehe unten) wurden angeblich südlich der Mauer und auf Essos entdeckt, während die letzten Vertreter dieser

Schattenwölfe gab es wirklich! Dieses Fossil war jedoch kein Riesenwolf, sondern vielmehr dem Wolf nur ähnlich.

Spezies noch im Norden existieren. Dies behauptet zumindest Bran Stark, als er die wilde Osha wiedersieht: „Maester Luwin sagt, dass es keine Riesen mehr gibt. Er sagt, sie seien alle tot. [...] Von denen sind nur alte Knochen in der Erde übrig, die die Menschen hin und wieder beim Pflügen ausgraben." Auf ähnliche Weise wurden Drachenknochen auf Ibben, einer Insel nördlich von Essos, oder in den Dschungeln von Sothoryos gefunden, einem mysteriösen Kontinent im Süden, der an das Afrika der Forschungsreisenden des 18. und 19. Jahrhunderts erinnert. Der Tempel des Vielgesichtigen Gottes in Braavos, dem Arya Stark die Treue hält, verbirgt in seiner unterirdischen Krypta ein Beinhaus, das den Katakomben von Neapel oder Paris in nichts nachsteht: „Er [Aryas Führer] geleitete sie zum anderen Ende der Kammer, entlang einer Reihe von Galerien, die zu Nebengängen führten [...]. Ein Tunnel war mit menschlichen Knochen ausgekleidet und sein Dach wurde von Säulen aus Schädeln getragen."[6] Die Tiefen von Martins Welt sind voller Geheimnisse und seine Figuren werden zu Paläontologen und Archäologen. So auch Manke Rayder. Nachdem er von der Nachtwache desertiert ist, um mit dem „Freien Volk" jenseits der Mauer zu leben, beschließt er, in einem abgelegenen Gletschertal alte Gräber zu durchsuchen. Sein Ziel ist es, das berühmte Horn des Winters zu finden, ein mächtiges Relikt, das in der Lage sein soll, „die Riesen aus dem Schlaf der Erde zu wecken".[7] All dies sind Relikte und Artefakte, die alte Verbindungen aufzeigen, wahre Gedächtnisschichten, die sowohl eine alte Vergangenheit als auch eine laufende Entwicklung markieren. Denn Martins Welt ist auch eine Welt der Skelette. So seltsam es auch klingen mag, „die Knochen" ist der Name einer Bergkette, die in nord-südlicher Richtung verläuft und Essos in einen westlichen und einen östlichen Teil trennt: In diesen unüberwindbaren Bergen befinden sich viele Knochen von Spezies, die versucht haben, die Berge zu überqueren, Relikte von Menschen, Tieren und anderen Kreaturen. Alle diese fossilreichen Gebiete illustrieren auf ihre eigene Weise die immensen geologischen Zeiträume der Welt von George R. R. Martin. Sie verleihen der Saga, in der die Entwicklung eine zentrale Rolle spielt, eine besondere Tiefe. Indem er Informationen über die Ursprünge von Charakteren, Völkern, Tieren und Pflanzen liefert, öffnet Martin die Tür zur Evolution der Spezies und verwandelt uns in wahre Entdecker verlorener Welten. Dies gilt insbesondere für Sothoryos, einen mysteriösen Kontinent südlich von Essos, der von allen gefürchtet wird: „Es war besser, die toten Städte zu meiden, die an dieser Küste in Fieber und Feuchtigkeit verrotteten, das wussten alle Seeleute."[8] Dieses feindselige Land wirkt nicht gerade anziehend auf die Gefährten von Victarion Graufreud, die in Richtung der Stadt Meereen segeln. Allerdings muss erwähnt werden, dass das warme und feuchte Klima die Entwicklung vieler Virenstämme begünstigt. Die Fauna von Sothoryos ist ebenfalls sehr gefährlich und der tiefe Dschungel bleibt unerforscht: eine endlose „Grüne Hölle“, denn laut Maester Yandel würde ein dreijähriger Drachenflug nicht ausreichen, um ihn zu kartografieren.

In der *Welt von Eis und Feuer (The World of Ice and Fire)* gibt es Legenden über Sothoryos, die von „fünfzig Fuß langen“ (15 Meter) Schlangen, Eidechsen mit klauenartigen Hinterbeinen und seltsamen Höhlenbewohnern berichten. Dieses Bestiarium stammt direkt aus Arthur Conan Doyles „Die vergessene Welt“, dem Roman aus dem Jahr 1912, in dem der Vater von Sherlock Holmes eine Expedition zu einem Tepui beschreibt, einem Hochplateau, das von steilen Klippen umgeben und vom Rest der Welt abgeschnitten ist und wo noch Dinosaurier leben. In der Tradition von Conan Doyle entwirft auch George R. R. Martin eine vergessene Welt mit einer prähistorischen Fauna. Seine Riesenschlangen sind insofern interessant, als es auf der Erde vor etwa 60 Millionen Jahren (im so genannten Paläozän) tatsächlich 15 Meter lange Boas gab. Dies belegen Fossilien, die im Kohletagebau von Cerrejón in Kolumbien gefunden wurden: Dabei handelt es sich um Wirbel, Rippen und Schädelknochen, die als *Titanoboa cerrejonensis,* die „Titanboa von Cerrejón“, bezeichnet wird. Mit dieser Länge und einem geschätzten Gewicht von zwei Tonnen ist diese Schlange die größte bekannte Schlange der Welt. Die schrecklichen Echsen von Sothoryos sind eine direkte Anspielung auf die Dinosaurier, genauer gesagt auf die berühmten „Raubsaurier“ aus *Jurassic Park*: Hierbei handelt es sich um zweibeinige Fleischfresser aus der Gruppe der Dromeosaurier („Laufechsen“), die sich durch ein graziles Skelett und einen zweiten Zeh mit einer großen, einziehbaren Kralle in Form einer Schere auszeichnen. Diese Raubtiere, die je nach Art zwischen 60 Zentimeter und zwei Meter groß werden konnten, existierten über Millionen von Jahren, vom mittleren Jura bis zum Ende der Kreidezeit, also vor etwa 66 bis 167 Millionen Jahren. Phylogenetisch sind sie eng mit den Vögeln verwandt. Die seltsamen Bewohner der Sothoryos-Höhlen werden schließlich als blasse, augenlose Wesen dargestellt: Obwohl ihre Morphologie rätselhaft bleibt, legt George R. R. Martin großen Wert darauf, sie an die Höhlenwelt anzupassen. In der Realität ist dies auch beim *Proteus anguinus,* dem „Grottenolm“ der Fall, dessen sehr blasse Haut keine Pigmentierung mehr aufweist und dessen Augen sich zurückgebildet haben. Um sich in der Dunkelheit des unterirdischen Netzes zurechtzufinden, hat das Tier andere Sinne entwickelt, nämlich den Tast- und den Geruchssinn. Dieser Wassersalamander hat außerdem externe Kiemen, ein Larvenmerkmal, das er auch als erwachsenes Tier beibehält – die Biologen sprechen hier von *Neotenie*. Zudem erfreut er sich einer hohen Lebenserwartung von über 100 Jahren. Die Spezies ist in den riesigen Karstgebieten Mitteleuropas – insbesondere in Slowenien – allgemein bekannt, wo sie unter Artenschutz steht. Nach schweren

Überschwemmungen sind einige der aus den Höhlen vertriebenen Individuen auch im offenen Wasser zu sehen. Im 17. Jahrhundert hielt man diese seltsamen blinden, rosafarbenen und etwa 25 Zentimeter langen Tiere für Drachenlarven, die in der Erdkruste herumspukten! Die Höhlenwelt inspiriert die Autoren schon seit Langem: In Herbert G. Wells' *Zeitmaschine* aus dem Jahr 1895 kommen die grässlichen Morlocks, Höhlenbewohner aus der Zukunft, die in ihren bestialischen Zustand zurückgekehrt sind, nachts an die Oberfläche, um Angst und Schrecken zu verbreiten. An dieser Stelle ist auch der berühmte Gollum von J. R. R. Tolkien zu nennen, dessen helle Haut, relativ großer und kahler Kopf und Schwimmhäute an neotenische Merkmale erinnern, die typisch für eine Anpassung an Wasser und Höhlen sind. Die Höhlenbewohner von Sothoryos zeigen also, dass George R. R. Martin nicht unempfänglich für den „Charme" versunkener Welten ist, die die Morphologie ihrer Bewohner nachhaltig verändern.

Das zeigt sich bereits in zwei Kurzgeschichten, die er vor dem *Lied von Eis und Feuer* geschrieben hatte: *Dunkel, dunkel waren die Tunnel* (1971) und *Im Haus des Wurms* (1976).

Bei George R. R. Martin sind Schwimmhäute an Füßen und Händen auch das Privileg der Angehörigen des Hauses Borrell, deren Lehen die Inselgruppe der Drei Schwestern ist, eine Hochburg für Schmuggler und Piraten im Biss an der Ostküste von Westeros: „Davos hatte gehört, dass einige Herren der Drei Schwestern Schwimmhäute an Händen und Füßen besaßen, aber er hatte diese Geschichte immer als Seemannsgarn abgetan."[9] Dieses Erbgut, das die Borrells angeblich seit 5000 Jahren von Generation zu Generation weitergeben, ist in mehrfacher Hinsicht von Interesse: In der realen Welt haben wir im Embryonalstadium Schwimmhäute an Händen und Füßen. Während der Entwicklung werden diese interdigitalen Schwimmhäute jedoch schnell durch einen programmierten Zelltod, die sogenannte Apoptose, abgebaut. Aus evolutionärer Sicht belegen sie unsere Zugehörigkeit zur Gruppe der Wirbeltiere („Fische"[10], Amphibien, Reptilien, Vögel und Säugetiere, insgesamt etwa 70 000 Arten) und unseren weit zurückliegenden gemeinsamen Ursprung mit einigen „Fischen". Bei den Borrells scheint dieses embryonale Merkmal während der Entwicklung systematisch beibehalten zu werden, was zu neotenischen Händen und Füßen führt. Aber das ist nichts im Vergleich zu den Bewohnern der Kröteninsel südlich von Essos: In der *Welt von Eis und Feuer* erfahren wir, dass diese Insel im Sommermeer vor Sothoryos von hässlichen Menschen bewohnt wird, die nicht nur Schwimmhäute, sondern auch keinen Hals und einen Fischkopf haben. Diese endemische und uralte Bevölkerung erinnert an die Bewohner von Innsmouth,

In Gesteinen wird die natürliche Radioaktivität oft durch Flüssigkeiten verursacht, die langsam in der Erdkruste aufsteigen und in Form von Mineralien kristallisieren.

der fiktiven und düsteren Stadt des Meisters des Horrors und der Phantastik Howard P. Lovecraft (1890–1937): In seinem Kurzroman *Schatten über Innsmouth,* der ein Jahr vor seinem Tod veröffentlicht wurde, beschreibt Lovecraft Hybridwesen – halb Kröte, halb Fisch –, die den Cthulhu-Kult praktizieren und den Teufelsfelsen vor der Stadt anbeten, der die Heimat von Wasserkreaturen ist, mit denen sie sich im Austausch gegen Schmuck und Fische vermehren. George R. R. Martin, ein großer Fan von Lovecraft, erzählt die Geschichte auf seine Weise: Die Vorfahren der Bewohner seiner Kröteninsel sollen den Krötenstein geformt haben, eine monumentale, zwölf Meter hohe Statue, die eine bösartige Amphibie darstellt und aus einem seltsamen „schwarzen, öligen" oder „schmierigen" Stein gemeißelt wurde. Werfen wir einen Blick auf den mysteriösen schwarzen Stein, der in der Saga mehrmals auftaucht: Er bildet den krakenförmigen Thron des Hauses Graufreud, das die Eiseninseln vor der Westküste der Sieben Königslande regiert. Er ist auch der Baustoff der alten Stadt Yeen, von der nur noch Ruinen übrig sind, die auf dem Kontinent Sothoryos verloren gegangen sind und wo trotz des umliegenden Dschungels und des tropischen Klimas nichts mehr wächst. Und schließlich wurde dieses Gestein auch für den Bau von Asshai-bei-den-Schatten verwendet, der Hauptstadt der schwarzen Magie, in der die mächtige rote Priesterin Melisandre ausgebildet wurde. Sie ist auch die Heimatstadt der Zauberin Quaithe, die Daenerys mehrmals begegnet und ihr von der wachsenden Macht der Magie in der Welt seit dem Ausbruch der Drachen berichtet. Dieser schwarze Stein, der Asshai zu einer düsteren Stadt macht, gibt den Experten des *Lieds von Eis und Feuer* Rätsel auf: Handelt es sich um vulkanisches Gestein wie Obsidian (in der Saga auch Drachenglas genannt) oder stammt er von Meteoriten oder Ähnlichem? Tatsächlich sind diese „öligen schwarzen Felsen" in der Sedimentologie bitumenhaltiges Tongestein, das sehr reich an organischen Stoffen ist, welche wiederum dem Gestein eine dunkle, fettige und glänzende Patina verleihen. Diese Sedimentgesteine sind uralte Ablagerungen aus Seen oder Sümpfen und enthalten oft Kohle und Fossilien (Pflanzenreste, Skelette von alten „Fischen", Amphibien und Reptilien). Ein typisches Beispiel hierfür ist der schwarze Tonstein des Zentralmassivs, der etwa 300 Millionen Jahre alt ist (also aus dem Karbon-Perm-Zeitalter stammt) und wegen seiner Ähnlichkeit mit Schiefer als „Ölschiefer" bezeichnet wird. In der Region um Autun im Département Saône-et-Loire ist dieses Gestein so „fett", also reich an organischen Stoffen, dass es im 19. Jahrhundert gemahlen und destilliert wurde, um es in „Schieferöl" umzuwandeln und als Treibstoff oder Beleuchtungsquelle für die damaligen Industrieanlagen zu verwenden. Manchmal enthält dieser „bituminöse Schiefer" auch radioaktive Mineralien. Der berühmte „schwarze Stein" von Asshai ist also ein radioaktiver bituminöser Ton, der diese schmutzige Stadt zu einem verfluchten Ort macht, an dem keine Menschenansammlungen stattfinden und wo die seltsam ruhigen Bewohner sich verschleiert und maskiert bewegen ... In Gesteinen wird die natürliche Radioaktivität oft durch Flüssigkeiten verursacht, die langsam in der Erdkruste aufsteigen und in Form von Mineralien kristallisieren: Dies ist auch bei den berühmten „schwarzen Amethysten von Asshai" der Fall, mit denen Joffrey Baratheon vergiftet wird. Als Sansa dies bemerkt, fragt sie den Ritter und Diener Dontos nach dem Grund für die Täuschung: „‚Was sind das für Steine? [...] Das sind keine Amethysten, nicht wahr? [...] Ihr habt gelogen.' ‚Schwarze Amethyste, ich schwöre es Euch', beteuerte er. ‚Sie besaßen magische Kräfte.' ‚Sie besaßen tödliche Kräfte, ja!'"[11]

Die hohe natürliche Radioaktivität in Asshai wird auch durch den Fluss Asch angedeutet, der durch die Stadt fließt und nachts eine phosphoreszierende grüne Farbe annimmt. Dies würde auch die Vermutung erklären, dass die Drachen etwas unruhig und verwirrt sind, wenn sie über die riesige Stadt fliegen. Schließlich soll die Nähe oder der regelmäßige Kontakt mit diesem Gestein zu seltsamen Mutationen führen, wie es bei den Bewohnern der Kröteninsel der Fall ist.

Im *Lied von Eis und Feuer* ist deutlich zu erkennen, dass sich die Arten je nach Umständen, Orten und Zeiten verändern: Martins *Schöpfungen* sind in Wirklichkeit evolutionäre Weiterentwicklungen ...

Jenseits der Mauer, die Vorgeschichte

Wenn die Dschungel von Sothoryos im äußersten Süden an die Welt von *Jurassic Park* (und *Jurassic World*) erinnern, dann ist der äußerste Norden die Urgeschichte! Die eisige und gefürchtete Kälte des nahenden Winters rührt von einer riesigen Region her, die von den Menschen der Sieben Königslande Jenseits der Mauer genannt wird. Diese teilweise unerforschte und unzugängliche Region umfasst mehrere Gebiete: den Verfluchten Wald am Fuße der Mauer im Norden (wo der morbide Prolog der Saga spielt[12]), die Berge der Frostfänge, die Eisige Küste, eine große Eisfläche im Nordwesten, die Storroldsspitze im Osten und das Land des Ewigen Winters im äußersten Norden und am Rand der bekannten Welt. Jenseits der Mauer herrscht also ein Eisklima, die Vegetation ist, wenn überhaupt, taigaartig und die Landschaften sind vereist (in der Serie wurden die Szenen jenseits der Mauer in Island gedreht). Die gesamte Saga basiert auf der ständigen Bedrohung durch den Klimawechsel und den

Versuchen, diesen einzudämmen. Der Vergleich mit unserer realen Welt liegt nahe, auch wenn wir uns heute in einem Kontext der globalen Erwärmung befinden. In der Saga wird der gefürchtete Blizzard durch seltsame Wesen, die Anderen, symbolisiert. Laut den Bewohnern von Westeros wollen sie in Westeros einfallen und sich wie eine tödliche Kältewelle ausbreiten. Aber wer sind die Anderen?

„Sie waren kalte Dinger, tote Dinger […]. Sie fielen über Burgen und Städte und Königreiche her, erschlugen zahllose Helden und Armeen, ritten ihre bleichen toten Pferde und führten Heerscharen von Erschlagenen an […] und selbst mit Jungfern und Säuglingen hatten sie kein Mitleid. Sie jagten die Jungfern durch erfrorene Wälder und fütterten ihre toten Diener mit dem Fleisch toter Kinder.“[13] Die Anderen, von den Einwohnern der Sieben Königslande „Weiße Wanderer“ oder von den Wildlingen „Weiße Schatten“ genannt, sind grausame und geisterhafte Wesen, die durch ihre frühere Invasion Westeros geprägt haben. Dies ist der Fall bei der „Langen Nacht“, über die oft berichtet und die von allen gefürchtet wird. Die Herkunft der Anderen, die fast als legendäre Wesen gelten, ist noch immer umstritten: Laut Erzmaester Fomas stammen sie von den Ersten Menschen ab, was durch die folgende Analyse bestätigt wird. Die Bücher der Saga halten das Geheimnis am Leben, während wir in der Serie erfahren, dass sie von einer anderen symbolträchtigen Spezies, den Kindern des Waldes (siehe unten), erschaffen wurden, um die Invasion der Ersten Menschen vor Tausenden von Jahren zu bekämpfen. Woher auch immer sie stammen, die Anderen kommen aus dem Land des Ewigen Winters und bringen Kälte – es sei denn, es ist die Kälte, die sie kommen lässt –, Schrecken und Tod mit sich. Morphologisch gesehen sind diese bösen Wesen groß, dünn und hager, mit milchiger Haut und schillernden blauen Augen – ähnlich wie die Fremen, die aufmüpfigen Bewohner des Planeten *Dune* aus Frank Herberts gleichnamigem Roman (1965), nur mit einem eisigen, „unmenschlichen“ Blick. In der Serie wirken sie durch ihre sehr faltige Haut und die manchmal hervorstehenden Knochen fast wie Zombies. Diese übermenschlich starken Krieger, die sich untereinander in einer seltsamen Sprache unterhalten, die an das Knacken von Eis erinnert, haben keine Angst und fürchten weder Kälte noch Tod. Sie bewegen sich nachts lautlos wie ein eisiger Blizzard und metzeln alles nieder, was

Die Weißen Wanderer bewegen sich lautlos wie ein eisiger Blizzard und metzeln alles nieder, was ihnen in den Weg kommt. Nach ihrer Ermordung stehen ihre Opfer wie lebende Tote wieder auf und schließen sich der Schattenarmee an.

ihnen in den Weg kommt. Nach ihrer Ermordung stehen ihre Opfer wie lebende Tote wieder auf und schließen sich der Schattenarmee an. Ursprünglich hatten die Bewohner von Westeros die Mauer vor fast 8000 Jahren errichtet, um diese wachsende Bedrohung zu bekämpfen. Inspiriert vom Hadrianswall, den George R. R. Martin selbst besuchte, und von der Chinesischen Mauer, ist diese Eismauer „hoch zehn“[14] 210 Meter hoch und am Fuß 50 Meter dick. Theoretisch erlaubt sie, die nächste drohende Eiszeit einzudämmen, die durch die Armee der Anderen symbolisiert wird. In der Welt des *Lieds von Eis und Feuer* ist es nicht so einfach, die kalte Jahreszeit („Winter“) und die warme Jahreszeit („Sommer“) genau zu bestimmen, da beide in der Regel mehrere Jahre dauern. Je länger und wärmer ein Sommer ausfällt, desto härter und länger scheint auch der Winter zu werden.[15] In der Saga führen einige Gelehrte astronomische Parameter wie die Drehung von Planetos um seinen Stern an, um den Wechsel der Jahreszeiten zu erklären, der auf Westeros, dem Kontinent mit dem größten Breitengrad, sehr ausgeprägt ist. Diese Hypothese ist durchaus der Realität nachempfunden, denn heute weiß man, dass der Wechsel zwischen Eiszeiten und Zwischeneiszeiten auf der Erde größtenteils auf drei astronomische Parameter zurückzuführen ist, die nach dem serbischen Astronomen als „Milanković-Parameter“ bezeichnet werden. Hierbei handelt es sich um die Exzentrizität, also die Umlaufbahn der Erde um die Sonne, die alle 413 000 Jahre von halbkreisförmig zu elliptisch wechselt, die Schräglage, also die Neigung der Rotationsachse der Erde, die sich alle 41 000 Jahre von 22,1° auf 24,5° verschiebt, und schließlich die Präzession, also der Zeitraum (25 760 Jahre), in dem die Rotationsachse der Erde eine vollständige Umdrehung macht, wie ein kosmischer Kreisel, der sowohl von der Sonne als auch vom Mond angezogen wird.[16] Wie die Erde hat auch Planetos im Laufe seiner Geschichte mehrere Eiszeiten erlebt. Wie alt ist die Eiszeit hinter der Mauer? Um diese Frage zu beantworten, müssen wir alle Wesen analysieren, die jenseits von ihr leben.

Neben den Anderen bewohnen auch die Wildlinge oder das „Freie Volk“ diese große Polarregion und werden je nach Tal von verschiedenen Gruppen oder Klans repräsentiert. Bekleidet mit Pelzen oder Robbenfellen und bewaffnet mit Hölzern, Knochen und geschliffenen Steinen, sind diese „sesshaften Menschen mit Nomadenwissen“[17] gleichzeitig Jäger, Sammler und Viehzüchter – sie besitzen einige Herden. Sie bewegen sich mit Schlitten fort, die von Hunden und riesigen Wölfen gezogen werden. Einige leben in Zelten aus Leder, Filz oder Fellen. Diese Menschen haben eine mündliche Tradition und betreiben Tauschhandel. Sie werden in einigen Analysen des Werkes mit den Neandertalern *(Homo neanderthalensis)*

„Ein Hügel bewegte sich plötzlich. Keine leblose Materie, […] sondern etwas Lebendiges, ein plumpes, zotteliges Tier mit einer Schlange als Nase und Rüsseln, die unendlich länger waren als die des größten Wildschweins, das die Erde je hervorgebracht hat."

verglichen, obwohl sie nicht mit deren Merkmalen beschrieben werden, also einem relativ kleinen Schädel mit einem Höcker am Hinterkopf (Hinterhauptsknoten), relativ großen Augenhöhlen im Verhältnis zur Größe des Gesichts und prominenten Augenbrauenbögen (Überaugenwulst). Die Wilden sind also eher *Homo sapiens,* die an die Kälte angepasst sind. In der Realität erschienen die ersten Sapiens vor 300 000 Jahren: Dies ist das Alter der ältesten bekannten Fossilien, die in Marokko gefunden wurden. Ist dies auch das Alter der Eiszeit hinter der Mauer? Nein, denn um dieses Alter eingrenzen zu können, müssen auch die anderen Spezies jenseits der Mauer berücksichtigt werden. Diese Tierwelt besteht aus Luchsen, Mammuts, Schattenwölfen, Auerochsen, Bären (darunter große weiße Bären wie jener, der von Varamyr Sechsleib geritten wurde und „dreizehn Fuß [vier Meter] hoch war, wenn er sich aufrichtete"[18]) und riesigen Elchen (mit einer Schulterhöhe von drei Metern und einem Geweih mit einer Spannweite von drei Metern). Letztere erinnern an den berühmten *Megaloceros giganteus,* ein großer Hirsch, der von vor 500 000 bis vor 5000 Jahren lebte. Die „Schattenwölfe" (im Original *direwolves*), von denen ein verwaister Wurf von den Starks südlich der Mauer adoptiert wird, sind von einer fossilen Hundespezies namens *Aenocyon* (oder *Canis*) *dirus* inspiriert. Diese Spezies, die kein echter Wolf ist, da sie feine anatomische Unterschiede aufweist (Abb. 1), lebte vor 4000 bis 100 000 Jahren in Nordamerika und Sibirien. Der Auerochse *(Bos primigenius)* entstand vor ca. 2 Millionen Jahren und verschwand im 17. oder 18. Jahrhundert infolge der Jägerei und der Zerstörung seines Lebensraums. Eisbären *(Ursus maritimus)* und Braunbären *(Ursus arctos)* haben sich laut DNA-Analyse vor etwa 600 000 Jahren auseinanderentwickelt. Jon Schnee, ein ausgezeichneter Beobachter, erklärt uns schließlich, welche Mammutart jenseits der Mauer lebt (in der realen Welt gab es etwa ein Dutzend davon): „Am gegenüberliegenden Ufer des Sees bewegte sich plötzlich ein Hügel. Keine leblose Materie, stellte er fest […], sondern etwas Lebendiges, ein plumpes, zotteliges Tier mit einer Schlange als Nase und Rüsseln, die unendlich länger waren als die des größten Wildschweins, das die Erde je hervorgebracht hat."[19] Das „zottelige" Fell des Tieres verrät das Wollmammut und damit die Spezies *Mammuthus primigenius,* die vor 4000 bis 600 000 Jahren lebte und uns hilft, das Alter der Eiszeit jenseits der Mauer besser einzugrenzen. Hierzu werden die Zonen der zeitlichen Verbreitung jeder Art auf einer Zeitleiste dargestellt (Abb. 2). Der Schnittpunkt dieser Zonen

Abb. 1
Der Schattenwolf ist kein echter Wolf! Neben kürzeren Beinen hat er auch einen anderen Schädel als sein naher Verwandter, der Wolf.

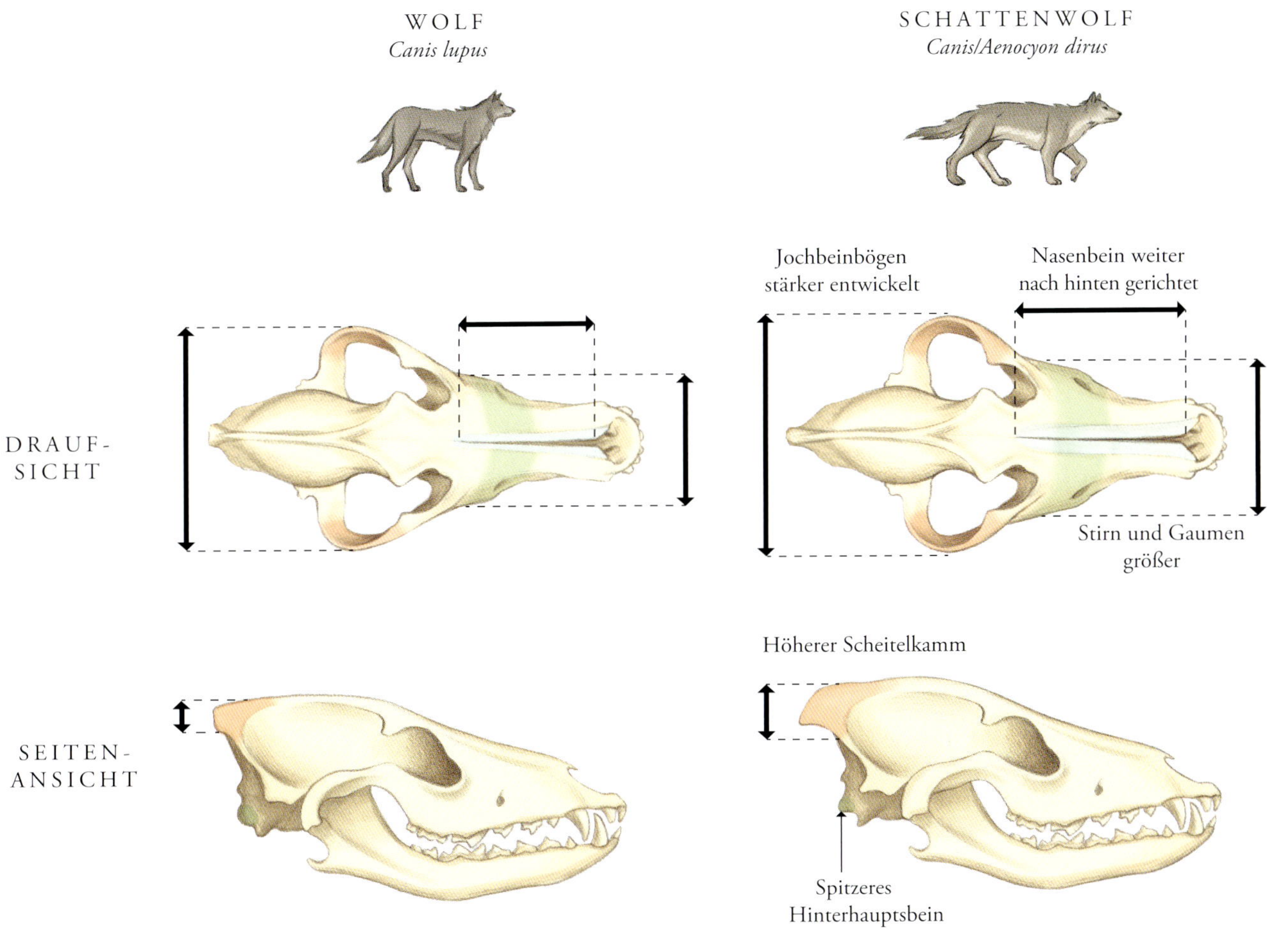

Abb. 2
Wie datiert man den nahenden Winter? Durch eine Zeitleiste der Spezies jenseits der Mauer.

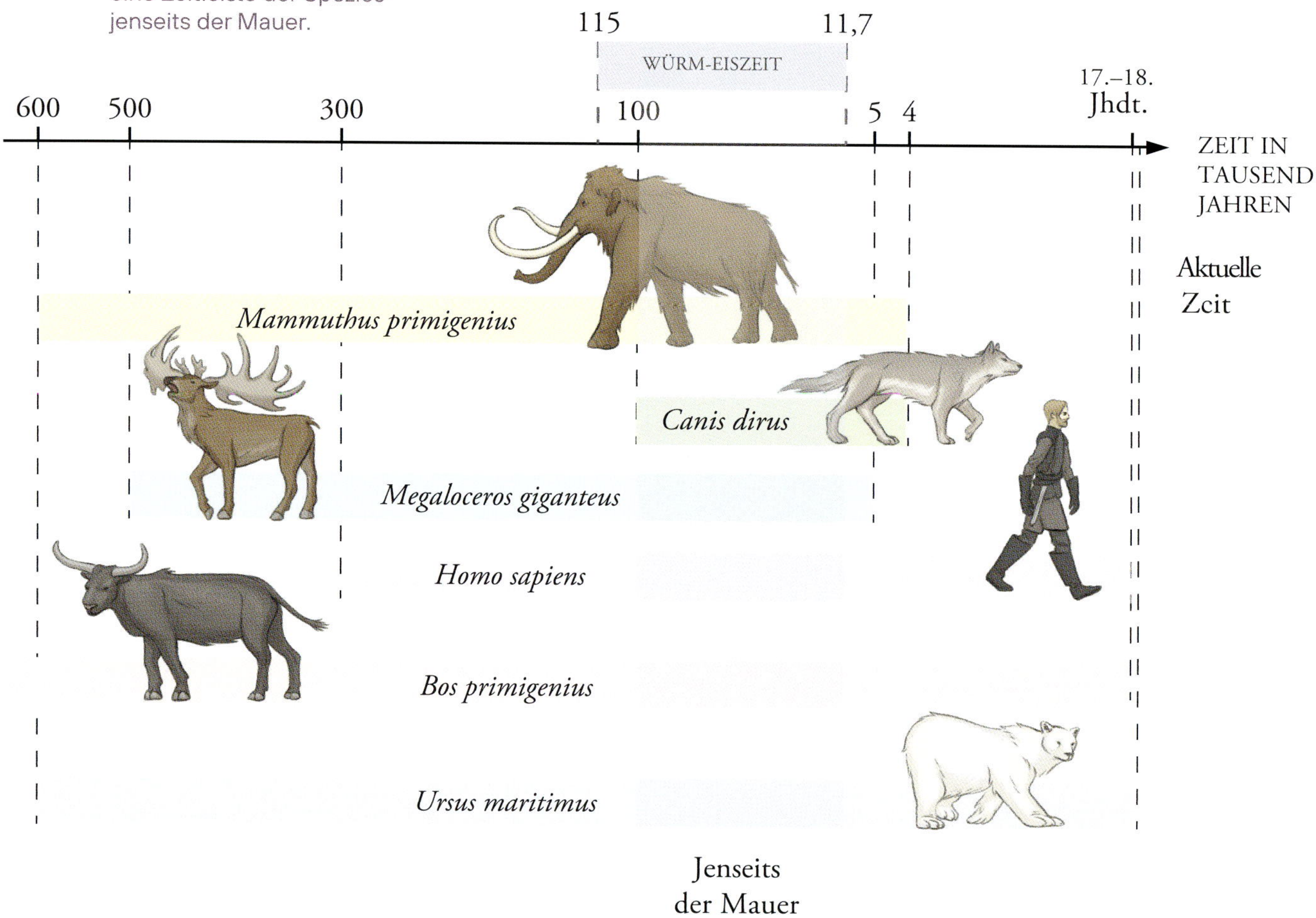

entspricht dann einem Zeitintervall zwischen -100 000 und -5000 Jahren: Dies fällt mit der allerletzten Eiszeit in unserer Geschichte zusammen, kurz vor dem Holozän der Geologen – oder dem Anthropozän einiger Soziologen. Die sogenannte „Würm-Eiszeit“ (benannt nach einem Nebenfluss der Donau) herrschte zwischen -115 000 und -11 700 Jahren: Das ist das geschätzte Alter der berühmten Kältewelle, *„winter is coming“*. Dies ist zwar nur ein ungefähres Alter, aber es zeigt deutlich, wie Paläontologen vorgehen, um eine Fossiliensammlung zu datieren. Wenn möglich, werden andere Datierungsmethoden verwendet. Hat sich alte Lava unmittelbar vor oder nach der Fossilschicht abgelagert, wird sie mithilfe der *Radiochronologie* datiert: Die radioaktiven Elemente (wie Uran), die natürlicherweise in ihren Mineralien (Zirkonen) enthalten sind, werden dabei sorgfältig ermittelt. Die Zerfallszeit dieser Elemente ermöglicht es dann, das Alter der

Gesteinsbildung zu bestimmen. Durch die Kombination verschiedener Methoden erhalten die Paläontologen zuverlässigere Ergebnisse.

Verwandte Humanoiden?

Nachdem das Alter der Mammuts und anderer fossiler Spezies geklärt ist, konzentrieren wir uns nun auf die Humanoiden im *Lied von Eis und Feuer*. Abgesehen von den Anderen haben wir uns überwiegend mit Spezies befasst, die tatsächlich existierten. George R. R. Martin bevölkert seine Welt aber auch mit imaginären Arten: Riesen, Kinder des Waldes oder die weniger bekannten Haarigen Menschen und Gestreiften Menschen, also andere Humanoide, die Planetos bevölkern – oder bevölkerten. Wer sind sie wirklich und wie sind sie miteinander verwandt?

„Ihre Größe […] war schwer zu schätzen. Zehn Fuß (drei Meter) […], vielleicht vierzehn (größer als vier Meter) […]. Ihre Brustkörbe wären vielleicht noch als die von Menschen durchgegangen, doch die Arme hingen viel zu tief herab, und ihre Unterkörper schienen um die Hälfte breiter zu sein als ihre Oberkörper. Ihre Beine waren kürzer als die Arme, dafür sehr dick […], ihre Füße waren breit gespreizte Gebilde, hart, verhornt. Der halslose Kopf war riesig und zwischen den Schulterblättern zeigte sich das Gesicht eines brutalen Rohlings. […] ‚*Sie tragen keine Pelze*', erkannte Jon. Das sind ihre eigenen Haare. Zottelige Haare, die ihren Körper bedeckten."[20]

Das ist eine sehr affenähnliche Beschreibung der Riesen, die sich von der sehr (zu) menschlichen Darstellung in der Serie abhebt. In der Tat sind ein kräftiger Beckengürtel, Vordergliedmaßen, die länger als die Hinterbeine sind, und eine gekrümmte Wirbelsäule typische Merkmale nichtmenschlicher Primaten („Affen"). Jon Schnees Beschreibung geht sogar noch weiter: Affen mit kräftigen Hinterbeinen, einem kurzen Hals, einem flachen Gesicht und einem dichten Fell gehören zur Familie der Pongidae, also der Orang-Utans: Die Riesen aus dem *Lied von Eis und Feuer* gehören also zur Gattung *Gigantopithecus,* einem fossilen Orang-Utan, der über zwei Meter groß wurde und vor etwa 300 000 Jahren in Asien gelebt hat. Die ersten Fossilien der Gattung – Zähne – wurden 1935 in traditionellen chinesischen Apotheken entdeckt. Später wurden Hunderte von Zähnen und mehrere Unterkiefer ausgegraben. Diese Funde gehören alle zu einer einzigen Art, *Gigantopithecus blacki,* benannt nach dem kanadischen Paläoanthropologen Davidson Black (1884–1934), der viel in China gearbeitet hatte. Nach Ansicht einiger Kryptozoologen (Biologen, die sich auf das Studium nicht registrierter oder sagenhafter Tiere spezialisiert haben) haben diese Fossilien großer Primaten die Legende vom „Yeti" begründet. Aber für die Überzeugtesten gibt es immer noch einige vereinzelte Exemplare im Himalaya, von denen manche sogar die Beringstraße überquert haben und versteckt in den Wäldern der Westküste der Vereinigten Staaten leben. Die Rede ist vom berühmten „Bigfoot". Natürlich gibt es keine seriösen Beweise, die diese Annahmen bestätigen. Wie dem auch sei, George R. R. Martins Riesen sind also eine Art Yetis, die man zu Ehren des Autors *Gigantopithecus martini* nennen könnte! In der Kultur der Fantasiewelten sind solche Monster recht häufig anzutreffen: In *Star Wars* zum Beispiel erinnern wir uns an den Wampa, der dem jungen Luke Skywalker auf dem Planeten Hoth das Leben schwer macht. Im *Lied von Eis und Feuer* sind die Riesen eine uralte Spezies unbekannter Herkunft: Sie sind zusammen mit den Kindern des Waldes die ersten Bewohner von Westeros.

Die Kinder des Waldes leben zum Zeitpunkt der Saga in den Höhlen, am Fuße der Wälder und Seen. Als Tiermenschen haben sie eine mystische Verbindung mit der Natur entwickelt: Vor Jahrtausenden, vor der Invasion der ersten Menschen, hatten ihre Weisen, die Seher, Gesichter in Tausende von Stämmen von besonderen Bäumen, den Wehrholzbäumen, geritzt, um zu kommunizieren und die Welt zu beobachten. Sie benutzten auch Steine und kommunizierten mit Pflanzen, Tieren und den Toten. Mit einer Lebenserwartung von über 200 Jahren erinnern sie ein wenig an die Waldelfen oder die Kobolde aus den keltischen Legenden. Körperlich sind sie klein, dynamisch, mit buschigem Haar: „Die Menschen [...] nannten sie Kinder des Waldes [...], doch der Ausdruck kleine Weisen des Waldes wäre passender gewesen. Sie waren klein im Vergleich zu den Menschen [...]. Sie hatten haselnussbraune Haut mit helleren Flecken, wie ein Hirsch, mit riesigen Ohren, die Geräusche wahrnehmen konnten, die sich dem menschlichen Gehör entzogen. Sie hatten auch große Augen, riesige goldene Katzenaugen, die in Gedärme sehen konnten, wo die Pupillen eines kleinen Jungen nur Dunkelheit wahrnehmen konnten. Ihre Hände hatten nur vier Finger, mit scharfen schwarzen Krallen anstelle von Fingernägeln."[21]

Morphologisch betrachtet weisen die Waldkinder also ein Mosaik aus kindlichen (relativ große Augen im Verhältnis zum Körper) und urtümlichen (Krallen, große Ohren) Merkmalen auf. Da sie ihre Geschlechtsreife bereits erreichen, während sie noch von kindlicher Größe sind, hätten sie eine *Progenese* durchgemacht, also einen Prozess der verzögerten Entwicklung, der sich von der oben erwähnten Neotenie unterscheidet. Diese Kinder des Waldes gehören daher zu einer eigenen Spezies, die hier *Homo sylvestris* genannt wird. Wie kann man ihre geheimnisvolle Herkunft aufklären? Um diese Frage zu beantworten, muss eine phylogenetische Analyse durchgeführt werden, also eine Untersuchung der Verwandtschaftsbeziehungen unter Berücksichtigung anderer Spezies, insbesondere des Menschen.

Die Menschen *(Homo sapiens)* in der Saga sind äußerst zahlreich, vielfältig und über ganz Planetos verstreut – ähnlich wie auf der Erde. In der Saga gibt es viele verschiedene Völker,

Sie ritten bis zum friedlichen, schilfbewachsenen See, den die Dothraki als den Schoß der Welt bezeichneten. Jhiqui erzählte, dass der erste Mensch aus den Tiefen des Sees aufgetaucht sei und das erste Pferd geritten habe.

die sich nach ihrem Zeitalter unterscheiden, wie die Andalen, die an mittelalterliche Ritter erinnern, die Dothraki, die Reiter in den weiten Ebenen von Essos, die den Hunnen oder Mongolen ähneln, oder die weniger bekannten Jogos Nhai im Osten von Essos, die ein wenig an tibetische Mönche erinnern. Alle diese Völker könnten von den Ersten Menschen abstammen, die vor 12 000 Jahren von Essos aus sowohl nach Westen (Westeros) als auch nach Osten und Süden (Sothoryos) zogen. Der Legende der Dothraki zufolge stammen diese Ersten Menschen selbst aus dem Dothrakischen Meer, der großen Ebene von Essos, in der sich Kultstätten wie der Schoß der Welt befinden („*The Womb of the World*", was wörtlich übersetzt „Gebärmutter der Welt" bedeutet): „Sie ritten bis zum friedlichen, schilfbewachsenen See, den die Dothraki als den Schoß der Welt bezeichneten. Jhiqui erzählte, dass der erste Mensch aus den Tiefen des Sees aufgetaucht sei und das erste Pferd geritten habe."[22]

Neben den Riesen (*Gigantopithecus martini,* wie man sie auch nennen könnte), den „klassischen" Menschen *(Homo sapiens)* und den Kindern des Waldes *(Homo sylvestris)* hat sich George R. R. Martin auch andere humanoide Spezies ausgedacht:

- Die Ibbenesen sind die kleinen Bewohner der kalten, bergigen Insel von Ibben, nördlich von Essos. Sie sind haarig, kräftig, gedrungen, haben einen starken Kiefer und können sich mit Menschen fortpflanzen, ihre Kinder sind jedoch unfruchtbar, sodass wir eine andere Spezies namens *Homo ibbenensis* daraus machen.
- Die Haarigen Menschen (man könnte sie *Homo hirsutus* nennen) sind zwar ausgestorben, waren aber gemäß dem Ursprung der Saga eng mit den Ibbenesen verwandt. Größer als ihre Vettern und stark behaart, bevölkerten diese wilden Krieger das Zentrum von Essos, bevor sie nach Osten bis an den Rand der Meerenge wanderten. Sie wurden von den Menschen verdrängt.
- Die Gestreiften Menschen stammen von Sothoryos, dem südlichen Kontinent, und können daher als *Homo sothoryosensis* bezeichnet werden. Sie sind groß und stark, bisweilen kannibalisch, können sich nicht mit Menschen fortpflanzen und haben eine Schweinsnase, wodurch sie ein wenig an die Orks erinnern, die man häufig in der Heroic Fantasy findet.
- Weniger bekannt sind die Labyrinthbauer, die ebenfalls ausgestorben sind, aber riesige labyrinthartige Bauten in der Tiefe hinterlassen haben, die überall auf Essos und einigen der umliegenden Inseln zu finden sind. Die Individuen dieser Spezies, die wir als *Mesopithecus constructor* bezeichnen könnten, waren groß und kräftig, „zwischen

Mensch und Riese"[23], wie es in *Die Welt von Eis und Feuer* heißt. Ihr Verschwinden wie auch ihre Entstehung sind ein Geheimnis.

Diese verschiedenen Spezies sind im Laufe der Zeit migriert und einige ihrer Geschichten werden mehr oder weniger von den Maestern überliefert. Um jedoch Verwandtschaftsbeziehungen auf eine neutrale oder „agnostische" Art herzustellen, muss die phylogenetische Analyse ausschließlich auf morpho-anatomischen Merkmalen basieren.

Dazu wurden alle physischen Beschreibungen im Text der Saga ausgewertet: morphoanatomische Merkmale, die allen acht untersuchten Spezies gemeinsam sind („homolog"), wurden in Abb. 3 aufgelistet. Diese Merkmale wurden in Merkmalszustände umgewandelt und dann kodiert. Beispielsweise hat das Merkmal „Behaarung" mehrere Zustände: Der Zustand „keine" (keine Haare, kodiert mit „0") bei den Kindern des Waldes *(Homo sylvestris);* der Zustand „schwach" (wenig Haare, kodiert mit „1") bei den Menschen (*Homo sapiens);* der Zustand „stark" (viele Haare, kodiert mit „2") bei den Haarigen Menschen *(Homo hirsutus)*; und schließlich der Zustand „sehr stark" (viele lange Haare, kodiert mit „3") bei den Riesen *(Gigantopithecus martini).* Einige Merkmalsausprägungen werden leider nicht in den Texten erwähnt wie die Augenfarbe der ausgestorbenen Labyrinthbauer *(Mesopithecus constructor).* Sie werden daher in der Tabelle mit „?" codiert.

Anschließend müssen die Merkmalsausprägungen polarisiert werden, das heißt, es muss zwischen archaischen („plesiomorphen") und abgeleiteten („apomorphen") Ausprägungen unterschieden werden. Hierfür gibt es verschiedene Kriterien wie das sogenannte „Extragruppenkriterium": Eine Art wird als eine Art mit angestammten Merkmalszuständen betrachtet. Dies ist bei den Riesen der Fall, da sie von allen hier untersuchten Arten die affenähnlichste ist.

Nachdem diese Arbeitshypothese aufgestellt wurde, wird eine sogenannte „Parsimonie-Software"[24] verwendet, um die Arten nach der Mindestanzahl (daher der Begriff Parsimonie, „Sparsamkeit") von Transformationen ihrer Merkmalszustände zu gruppieren. So werden beispielsweise behaarte Menschen und Ibbenesen auf der Grundlage eines gemeinsamen abgeleiteten Merkmalszustands („Synapomorphie") gruppiert, der der Zustand 2 des Merkmals „Behaarung" ist – mit anderen Worten, sie teilen beide eine starke Behaarung! Das Ergebnis ist ein Baumdiagramm zur Verteilung der Merkmalszustände (Abb. 4). Dieses Baumdiagramm, in dem die einzelnen Arten nebeneinander liegen, ist der Ausgangspunkt für die Erklärung der Evolutionsgeschichte der Gruppe.

Es bestätigt die Verwandtschaft zwischen den Riesen und den Labyrinthbauern, die einen gemeinsamen Vorfahren mit den Ersten Menschen – und damit mit allen Arten der Gattung Homo – teilen. Die Haarigen Menschen sind eng mit den Ibbenesen verwandt, die wiederum mit den „modernen" Menschen (Homo sapiens) verwandt sind.

Abb. 3 Die morpho-anatomischen Merkmale der Humanoiden in der Saga

	Größe (Erwachsene)	Muskulatur	Augengröße	Augenfarbe	Behaarung	Hautbeschaffenheit	Kiefer	Armlänge
Menschen	Variabel	Variiert	Durchschnittlich	Variabel	Schwach	Nackt	Stark	Klassisch
Kinder des Waldes	Klein	Schwach	Groß	Grün und Gold	Keine	Gemustert	Fein	Klassisch
Riesen	Riesig	Sehr stark	Klein	Variabel	Sehr stark	Nackt	Kräftig	Lang
Ibbenesen	Klein	Stark			Stark	Nackt	Kräftig	Klassisch
„Die Anderen“	Groß			Strahlend blau	Keine		Fein	Klassisch
Gestreifte Menschen	Groß	Stark			Keine	Gemustert	Kräftig	Lang
Haarige Menschen	Groß	Stark			Stark	Nackt		Klassisch
Labyrinthbauer	Sehr groß	Sehr Stark	Klein			Nackt	Kräftig	Klassisch

0 1 2 3 ?

Abb. 4 Die Verwandtschaftsbeziehungen (Phylogenie) der Humanoiden in der Saga

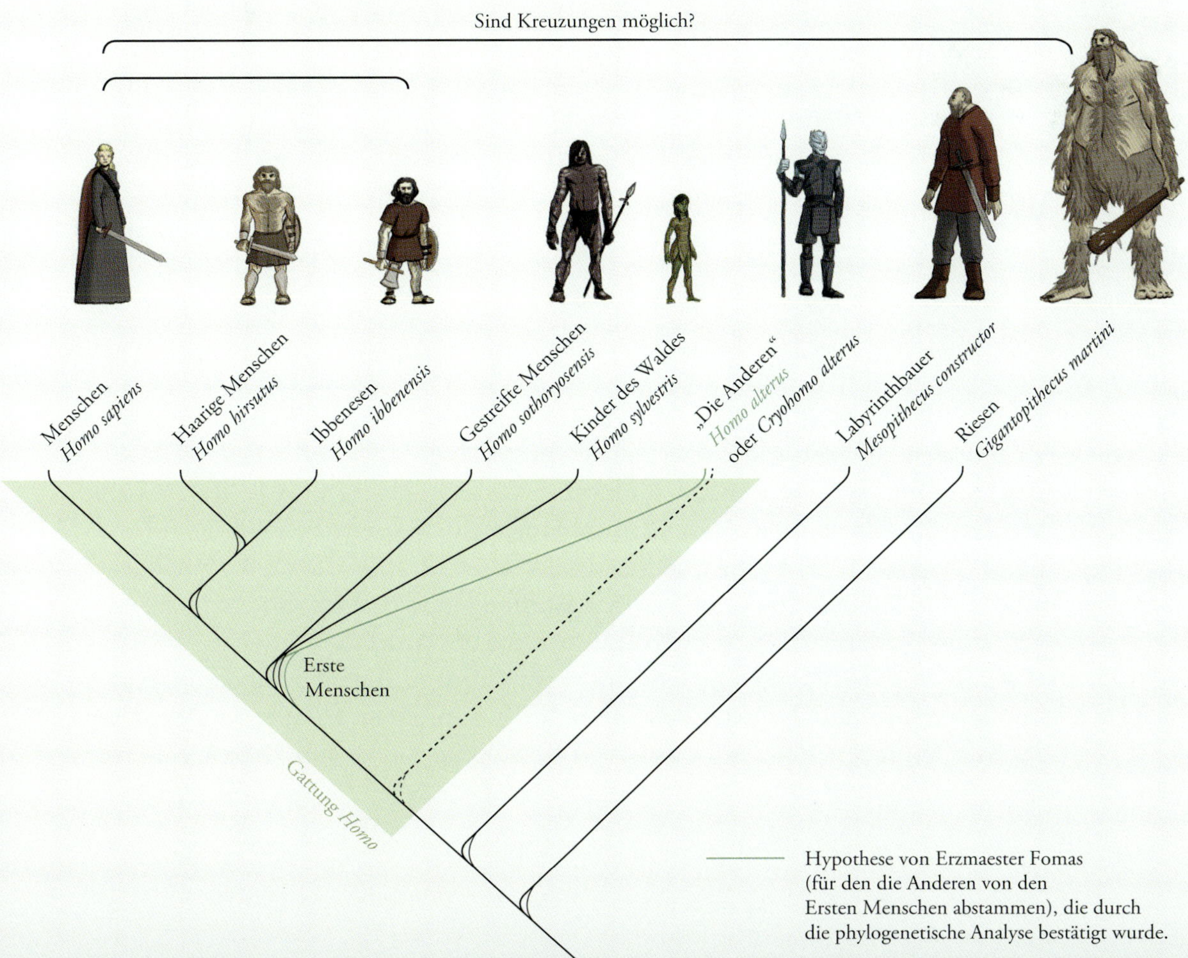

Die Verwandtschaftsverhältnisse innerhalb der Gattung Homo sind nach wie vor unbestimmt. So wissen wir zum Beispiel nicht, ob die Gestreiften Menschen näher mit dem Homo sapiens verwandt sind als die Kinder des Waldes: Phylogenetiker sprechen von „Polytomie", wenn Beziehungen ungelöst sind. Diese Polytomie könnte auf die Fragezeichen in der Matrix und bzw. oder auf die Tatsache zurückzuführen sein, dass die Anzahl der Merkmale im Verhältnis zur Anzahl der verglichenen Arten recht gering ist. Wie dem auch sei, die Anderen gehören zur Gattung Homo: Erzmaester Fomas hatte recht, die Weißen Wanderer stammen von den Ersten Menschen ab! Ich schlage daher vor, die Anderen *Homo alterus* zu nennen. Dieses Ergebnis rechtfertigt auch die Aussagen der alten Nan, die dem jungen Bran von zweifelhaften Fällen von Hybridisierung zwischen den Wildlingen *(Homo sapiens)* und den Anderen *(Homo alterus)* berichtet: „Während ihre Frauen [der Wildlinge] mit den Anderen dort draußen in der ewigen Dunkelheit Unzucht trieben und halbmenschliche Monster zeugten."[25]

Wie wir sehen, ist die Phylogenie deshalb eine interessante Methode, weil sie überprüfbar ist. Die kommenden Bücher von George R. R. Martin werden zweifellos neue Beschreibungen enthalten, die immer reicher und spannender werden: Sie werden die Anzahl der Merkmale erhöhen, einige Verwandtschaftsbeziehungen präzisieren und neue knüpfen. In der Zwischenzeit gibt es noch ein weiteres Geheimnis, nämlich das der Targaryens und der Drachen. Laut der *Welt von Eis und Feuer* soll die Zauberkraft der Targaryen aus ihrer Vermischung mit den Drachen stammen: „Sie stammen von Drachen ab." Aber woher kommen die Letztgenannten? Hier ist eine wissenschaftliche Untersuchung erforderlich.

Drachen aus Fleisch und Blut

„Tyrion blieb so lange in der Gruft, wie es seine Fackel zuließ, und betrachtete den riesigen, blinden Schädel von Balerion, versuchte die Dimensionen des lebenden Tieres abzuschätzen und stellte sich vor, wie er ausgesehen haben könnte, als er mit ausgebreiteten schwarzen Flügeln und Feuer speiend durch den Himmel schoss."[26] Bei George R. R. Martin, wie auch bei J. R. R. Tolkien, sind Drachen sowohl majestätische, feuerspeiende Reptilien als auch echte Charaktere. Als typische Saurier der *Fantasy* – und vielleicht noch mehr der *Heroic Fantasy* – sind diese schuppigen Riesen seit Jahrhunderten Bestandteil verschiedener mythologischer Bestiarien: Von Österreich (Lindwurm) bis Japan (Ryuu), über Mexiko (Quetzalcóatl), China (Lóng), Mesopotamien (Mušhuššu) und Ägypten (Apophis) sind Drachen ein fester Bestandteil unserer kollektiven Vorstellungskraft. In ihrer Analyse des Prologs der Serie vergleicht Barbara Le Maître beispielsweise die Verstümmelungen, die

die Wildlinge erleiden, mit denen, die dem heiligen Georg zugefügt wurden, der sowohl Märtyrer als auch Drachentöter gewesen war.[27] In seinem Werk macht George R. R. Martin die Drachen zunächst zu sagenumwobenen Kreaturen: „‚Habt Ihr jemals einen Drachen gesehen?‘, fragte Daenerys […]. ‚Es gibt keine Drachen mehr, Khaleesi‘, sagte eine [der Dienerinnen]. ‚Sie sind gestorben‘, bestätigte die andere. ‚Und das schon vor einer Ewigkeit.‘“[28] Die prächtigen Schädel in der Krypta des Roten Bergfrieds in Königsmund, die Tyrion Lennister so tief beeindrucken, zeugen von ihrem Status als ausgestorbene Spezies. Diese subfossilen (fast versteinerten) Schädel zeugen von einer scheinbar vergangenen Zeit: Das älteste Exemplar dieser prächtigen Sammlung, das Paläontologen vor Neid erblassen lässt, ist mindestens 3000 Jahre und das jüngste anderthalb Jahrhunderte alt. Der Legende nach wurden die letzten Drachen während des großen „Drachentanz“-Krieges in gegenseitigen Kämpfen getötet und die überlebenden Tiere wurden von Aegon III alias „Geißel der Drachen“ getötet: Traumatisiert durch den Tod seiner Mutter, die dem Drachen seines Feindes – und Halbbruders Aegon II – zum Fraß vorgeworfen worden war, vergiftete er die letzten Drachen …

> *Der symbolische Wechsel von einer legendären zu einer „realen“ Spezies im Laufe der Geschichte entspricht ziemlich genau der historischen Realität.*

Zu Beginn der Saga sind Drachen also eine kryptozoologische Spezies, genauso wie Kraken, Greife, Sphinxe, Meerjungfrauen, Ghule, Dämonen, Snarks (eine lustige Anspielung auf Lewis Carroll), Gestaltwandler, Unholde, Tarasken und andere Kreaturen, die in den Märchen und Legenden der Völker von Planetos – insbesondere von Westeros – herumspuken. Die Leviathanbucht, eine tiefe Bucht nördlich von Essos, die Basiliskeninseln, ein zerklüftetes Archipel im Süden desselben Kontinents, oder Drachenberg, der Vulkan, an dessen Fuß die Festung Peyredragon erbaut wurde, sind nach diesen Arten benannt, die tief in der fiktiven Kultur und Geografie verankert sind. Dieser symbolische Wechsel von einer sagenhaften zu einer „realen“ Spezies im Laufe der Geschichte entspricht ziemlich genau der historischen Realität: Im 5. Jahrhundert v. Chr. hielten die Chinesen fossile Säugetierzähne (Nashorn, Bär, Hirsch und andere) für Drachenknochen – damals gab es noch keine Paläontologie. Diese Fossilien wurden dann in einigen Heilmitteln verwendet: Drei Prisen *Lung-ku* (wörtlich „pulverisierte Drachenknochen“) in einer Bohnensuppe eigneten sich zum Beispiel sehr gut gegen blutigen Durchfall! Die „Drachenknochen“ von gestern sind also heute die Fossilien realer Spezies.

„Dracheneier […] stammen aus Schattenlande, jenseits von Asshai. Obwohl sie von den Äonen versteinert wurden, behalten sie ihre funkelnde Pracht.“[29] Als die 13-jährige

Daenerys vom Händler Illyrio Mopatis drei wunderschöne fossile Dracheneier als (erzwungenes) Hochzeitsgeschenk erhält, beginnt sie an deren mineralischer Natur zu zweifeln: „[...] während sie einen verwirrten Blick auf die Dracheneier von Illyrio warf. Sie ließ einen Finger über die Schale des größten Eis gleiten. Scharlachrot und schwarz, wie der Drache in meinem Traum. [...] Der Stein schien eine seltsame Wärme auszustrahlen ... Hastig zog sie die Hand zurück."[30] Dieser Traum deutet darauf hin, dass die bekannte mentale Verbindung zwischen Targaryen und ihrem Drachen bereits hergestellt ist – früher legten die Targaryier sogar ein schlüpfbereites Drachenei in die Wiege ihres Nachwuchses, um das Tier nach den Begriffen und Methoden der Domestikation zu „prägen". Betrachten wir die seltsame „fast brennende"[31] Hitze, die von den Eiern ausging: Sie deutet auf eine exotherme Aktivität biochemischen Ursprungs hin – eine Reaktion, die zu einer Explosion führen kann, wie wir noch sehen werden. Die Embryonen würden dann ihre eigene Wärme produzieren und die Eier wären seit mindestens 150 Jahren in der Brutphase – also seit dem Zeitpunkt, an dem die letzten bekannten Drachen geboren wurden. Im wirklichen Leben variiert die Brutdauer je nach Art. Im Allgemeinen gilt: Je größer die erwachsenen Tiere werden, desto länger dauert das Ausbrüten der Eier. Bei den heutigen Reptilien liegt der Rekord bei 120 Tagen, also mehr als vier Monaten: Er wird von der Spornschildkröte alias *Centrochelys sulcata* gehalten. Aber einige Dinosaurier hatten eine Brutzeit von sechs Monaten – berechnet anhand der Anzahl der Wachstumslinien, die manchmal in den Zähnen einiger fossiler Embryonen zu sehen sind. Wir sind also weit entfernt von den (mindestens) 150 Jahren, die George R. R. Martins Eier ausgebrütet wurden! Um eine solche lange Dauer zu erklären, muss man daher die *Kryptobiose* oder den vorübergehenden Stillstand der Lebensfunktionen heranziehen. Dies ist bei Tieren oder Pflanzen (dann in Form von Samen) zu beobachten, die in der Lage sind, sich für eine gewisse, manchmal lange Zeit in die Stase, einen Ruhezustand, zu versetzen, bis wieder mildere Lebensbedingungen eintreten. Während dieser Zeit sind die Organismen vollständig unbeweglich und inaktiv. Dies ist beispielsweise bei den berühmten Tarigraden der Fall, diesen kleinen „Wasserbären" (die eigentlich mit den Arthropoden verwandt sind), die für ihre Widerstandsfähigkeit bekannt sind, oder auch bei den Artemien, kleine Krustentiere, die sich fast 30 Jahre lang einnisten können: Wir sind immer noch weit von den anderthalb Jahrhunderten der Eier aus Martins Erzählung entfernt ...

Man stelle sich vor, diese Tiere würden mindestens ein Jahrhundert lang ausgebrütet (oder in der Kryptobiose verharren) und dann auf spektakuläre Weise wieder auftauchen! Dies ist der Fall bei den Dracheneiern von Daenerys: Sie schlüpfen in den Flammen von Drogos Scheiterhaufen, dem verstorbenen Ehemann der *Khaleesi,* als dieser gerade eingeäschert wird. Die Frau, die nun völlig verhext ist, geht in das Feuer hinein und im Herzen des Feuerofens ertönen drei Explosionen. Wenig später taucht die Targaryenierin gesund und munter wieder auf, mit einem Drachentier auf jeder Seite und dem dritten um den Hals. Mit dieser „Feuerprobe" wird Daenerys zur „Mutter der Drachen"[32].

Die Eier schlüpfen also bei Kontakt mit einer starken Wärmequelle – einige magische Rituale könnten ebenfalls hilfreich sein. Man kann also davon ausgehen, dass Martins Drachen im Normalfall Feuer auf ihre Eier werfen, um ihre Nachkommen zu erwecken. Dies steht im Einklang mit der realen Welt, in der die Bruttemperatur bei Reptilien entscheidend ist: Jede Spezies hat ihren eigenen Toleranzbereich. Krokodilweibchen vergraben ihre Eier im Sand, um eine möglichst konstante Bruttemperatur zu gewährleisten – und um sie vor den hungrigen Blicken der Männchen zu verbergen. Bei der australischen Bartagame (Pogona sp.) führt eine leicht überdurchschnittliche Bruttemperatur zu „abenteuerlustigeren" Jungtieren, die ihre Umgebung intensiver erkunden. Bei der Grünen Meeresschildkröte *(Chelonia mydas)* führt eine Bruttemperatur unter 27° C eher zu Männchen und über 31° C eher zu Weibchen. Ist das Geschlecht von Martins Drachen auch von der Temperatur abhängig? Auf den ersten Blick ja, denn laut Septon Barth (dem Autor von *Drachen, Würme und Feuerwürme: Ihre unnatürliche Geschichte*) oder Maester Aemon ist das Geschlecht der Drachen „bald das eine, bald das andere, so wechselhaft wie die Flamme". Diese Metapher ist eher als Einfluss der Bruttemperatur denn als Hermaphroditismus zu verstehen, denn männliche und weibliche Drachen kommen in dem Werk tatsächlich vor – auch wenn sie erst relativ spät geschlechtsspezifisch werden. Martin zufolge brauchen Drachen nicht nur Feuer, um zu schlüpfen, sondern „sie sind das Feuer": Ihr Blut qualmt, wenn sie verletzt sind, und ihre Knochen, „schwarz und poliert wie Obsidian"[33], sind reich an Eisen (Schmelztemperatur 1538° C), wahrscheinlich um die Selbstverbrennung zu begrenzen. Auf der Erde gibt es Organismen, deren Entwicklung ebenfalls durch Hitze positiv beeinflusst wird. Sie benötigen eine Temperatur von über 80° C, um zu wachsen, und werden als hyperthermophil bezeichnet. Gegenwärtig wird der Weltrekord von einer Mikrobe (ganz poetisch „Bakterienstamm 121" genannt) gehalten, die im Druckkocher bei 121° C über einen Zeitraum von sechs Stunden durchhält, bevor sie bei 130° C stirbt. Das ist ein bisschen mehr als das *Pyrolobus fumarii,* ein Archaeon (ein Verwandter der Bakterien), der aus einer einzigen Zelle ohne Zellkern besteht, sich bei 90 bis 113° C vermehrt und in der Nähe von hydrothermalen Tiefseequellen lebt. In sehr großer Tiefe, am Mittelatlantischen Rücken, wo ein enormer Druck herrscht, synthetisiert dieser Archaeus sein organisches Material ausschließlich aus chemischen Elementen des Gesteins und wird als *chemolithoautotroph* bezeichnet. Kein Eukaryot (ein DNA-tragender Organismus) kann lange bei Temperaturen über 75° C leben, weil bei dieser Temperatur die Wasserstoffbrücken, die die Doppelhelix zusammenhalten, aufbrechen und die DNA-Moleküle sich auflösen. Bei 95° C wird die DNA vollständig zerstört … Es stellt sich also die Frage, ob Drachen eine hyperresistente DNA besitzen oder ob sie eine andere genetische Struktur aufweisen. Diese genetische Information muss ohnehin von Spezies zu Spezies weitergegeben werden, da die Drachen im *Lied von Eis und Feuer* zu einer größeren und genetisch homogenen Gruppe von Reptilien gehören. Diese natürliche Gruppe – oder *Klade* im Jargon der Phylogenetiker – schließt auch die Feuerwürmer und die Wyver ein. Bei den Erstgenannten handelt es sich um unterirdische Reptilien, die zwar flugunfähig sind, aber Feuer spucken. Im Gegensatz dazu können Wyver fliegen, aber kein Feuer spucken. Wem stehen die Drachen am nächsten? Die Feuerwürmer waren in der Vulkankette der Vierzehn Flammen südlich von Essos bekannt, wo die antike Stadt Valyria errichtet wurde. Die Wyver hingegen sind weiter südlich auf dem großen Kontinent Sothoryos zu finden. Laut Septon Barth waren Drachen früher Wyvern, die von Zauberern mithilfe von Magie zur Mutation gebracht wurden. Andere Wissenschaftler sind der Meinung, dass die ersten Drachen von den Valyrianern in den Vulkanen der Vierzehn Flammen entdeckt wurden, noch bevor sie ihre große Stadt bauten. Nach dieser Hypothese war der Vorfahre der Drachen eine unterirdische, flügellose und hyperthermophile Spezies, also eine Art Feuervogel. Sobald die Drachen „aus der Erde kamen“, entwickelten sie sich sehr schnell.

Wie viele heutige (Krokodile) oder fossile (Dinosaurier) Reptilien wachsen auch die Drachen im Lied von Eis und Feuer *stetig weiter und ihre Größe nimmt im Laufe ihres Lebens zu.*

Während Drogon weiter wächst, wundert sich Daenerys über die rasante Entwicklung ihres zukünftigen Reittiers: „Hungrig und wächst von Tag zu Tag. Noch ein Jahr, vielleicht zwei, und er wird so groß sein, dass er geritten werden kann. Dann werde ich keine Boote mehr benötigen, um das große Salzmeer zu überqueren.“[34] Wie viele heutige (Krokodile) oder fossile (Dinosaurier) Reptilien wachsen auch die Drachen im *Lied von Eis und Feuer* stetig weiter und ihre Größe nimmt im Laufe ihres Lebens zu. Ihre Entwicklung ist in den ersten acht Jahren besonders schnell (Abb. 5): Wenn sie aus dem Ei schlüpfen, sind die Neugeborenen bereits so groß wie eine Katze, spucken noch kein Feuer, können aber etwa sechs Meter weit fliegen. Mit vier oder fünf Monaten werden sie zu Drachenjungen (drake im Englischen), die dann so groß wie ein Hund sind und mit anderthalb Jahren eine Flügelspannweite von fast zwei Metern erreichen. Sie sind dann sehr gefräßig: „Solange das Fleisch nicht blutete, verzehrten sie mehrmals am Tag ihr eigenes Körpergewicht.“[35] Mit zweieinhalb Jahren haben sie die Größe eines Pferdes erreicht. Dieses starke und kontinuierliche Wachstum ist auch in der Serie deutlich zu erkennen, wo beispielsweise in Staffel 7 Drogon zu einem Riesen herangewachsen ist. Seine Größe wird an manchen Stellen mit der einer Boeing 747 verglichen, also mit einem Flugzeug mit einer Spannweite von 70 Metern. Doch der größte Drache, den George R. R. Martin erwähnt, lebte vor

Abb. 5 Balerion und die anderen Drachen von George R. R. Martin wachsen rasant!

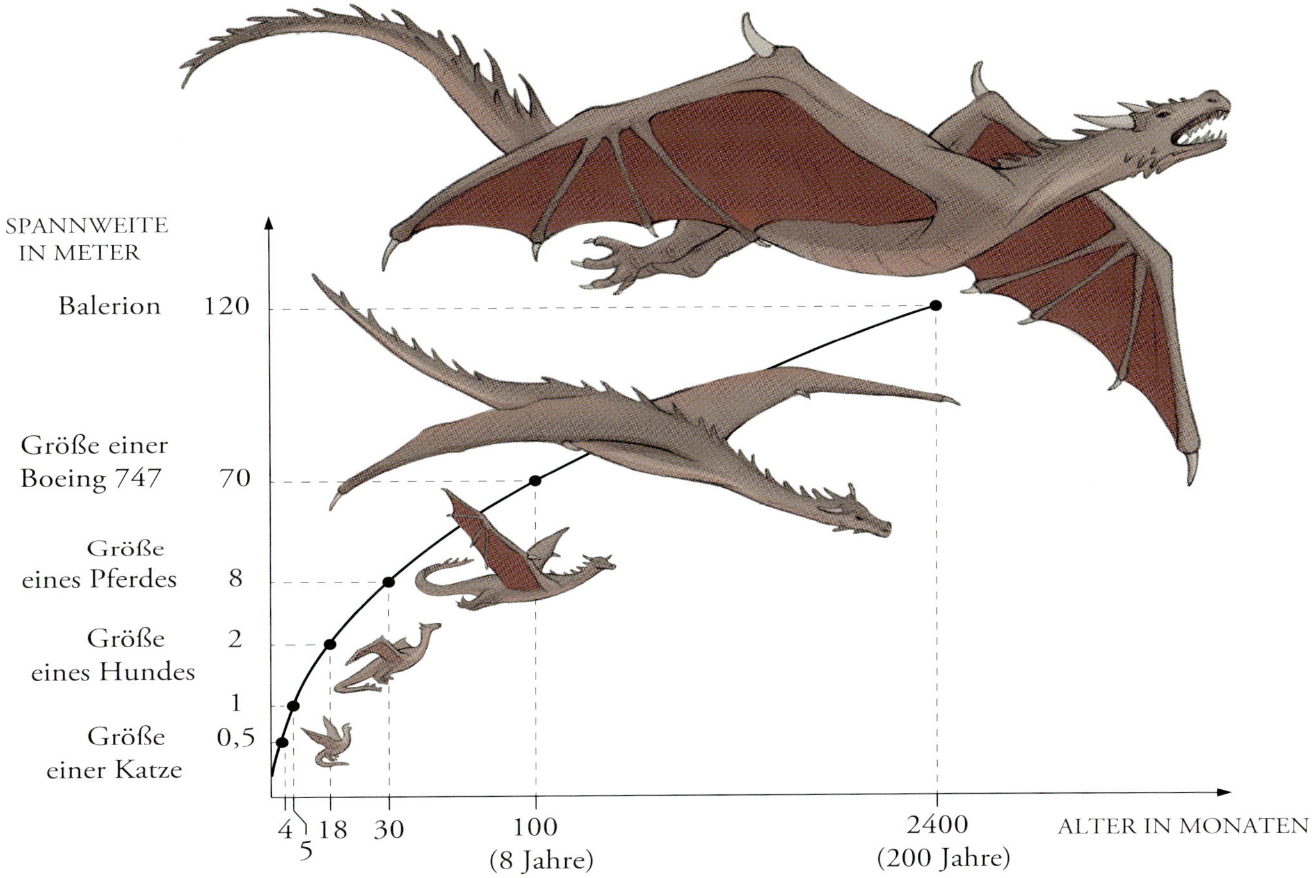

der Saga des *Lieds von Eis und Feuer:* Balerion alias der „Schwarze Schrecken", der angeblich in der Lage war, einen ganzen Auerochsen oder sogar ein Mammut zu verschlingen. Dies lässt auf eine Maulöffnung von mindestens zwei Metern, eine Körperlänge von ca. 40 Metern und eine Flügelspannweite von fast 120 Metern schließen – Letztere wächst schneller als die Körperlänge, um den für den Flug erforderlichen Auftrieb zu gewährleisten: „Die Spannweite […] war dreimal so groß wie die Gesamtkörperlänge."[36] Dies wird als Wachstumsallometrie bezeichnet. Martin überrascht uns jedoch noch weiter: „In den Sieben Königslanden gibt es Geschichten von Drachen, die so groß wurden, dass sie Riesenkraken aus dem Meer ziehen konnten."[37] Wie dem auch sei, Balerion starb im Alter von mindestens 200 Jahren einen schönen Tod. Bei den heutigen Reptilien hält die

Aldabra-Riesenschildkröte *(Geochelone gigantea)*[38] mit 152 Jahren den Rekord für die längste Lebensdauer. Doch auch hier gibt es eine alte Legende in der Saga, die von tausendjährigen Drachen spricht … In der Tat stellt nicht das Alter, sondern die Größe ein Problem dar: Wenn sich die Größe verdoppelt (die Größe ist Dimension eins), vervierfacht sich die Fläche (Dimension zwei) und die Masse (Dimension drei) wird mit 2 × 2 × 2, also 8, multipliziert. Die großen Drachen werden schnell schwerfällig. In der realen Welt wird der Masserekord für einen Landorganismus von den großen pflanzenfressenden Dinosauriern mit langem Hals und Schwanz (Sauropoden) wie dem *Argentinosaurus* gehalten. Dieser Riese wurde in ca. 95 Mio. Jahre altem Gestein (Oberkreide) in Argentinien entdeckt und erreichte eine Länge von ca. 40 m bei einem geschätzten Gewicht von ca. 100 Tonnen. Nach biomechanischen Modellen, die die physische Belastung insbesondere der Knochenstruktur analysieren, ist ein Organismus mit einem Gewicht von mehr als 110 oder 120 Tonnen, der aus einem Skelett besteht und sich auf festem Boden bewegt (also ein Tetrapode), kaum möglich: Bei einer solchen Masse ist der Druck auf die Gliedmaßen zu groß und die Knochen der Fuß- und Handgelenke erreichen die Grenze ihrer Belastbarkeit. Im Wasser wirkt die Kraft des Auftriebs dem Gewicht entgegen, sodass die Möglichkeiten weitaus größer sind: Der Blauwal *(Balaenoptera musculus)* kann bis zu 30 Meter lang werden und 170 Tonnen wiegen. Wie kann ein Drache mit einer Flügelspannweite von 70 oder sogar 120 Metern fliegen?

Ein Organismus mit einem Gewicht von mehr als 110 oder 120 Tonnen, der aus einem Skelett besteht und sich auf festem Boden bewegt, ist kaum möglich: Bei einer solchen Masse ist der Druck auf die Gliedmaßen zu groß und die Knochen der Fuß- und Handgelenke erreichen die Grenze ihrer Belastbarkeit.

Die Großtrappe *(Otis tarda)* ist mit einem Gewicht von bis zu 21 Kilogramm das schwerste fliegende Tier der heutigen Zeit; der Wanderalbatros *(Diomedea exulans)* hat eine maximale Flügelspannweite von 3,5 Metern, wiegt aber nur 12 Kilogramm. Vor etwa 70 Millionen Jahren (in der Oberkreidezeit) erreichten Flugsaurier wie der *Quetzalcoatlus* (benannt nach dem Aztekengott) eine Flügelspannweite von 11 Metern und ein geschätztes Gewicht von über 200 Kilogramm. Um mit den Flügeln schlagen, abheben und in einem Medium wie Luft fliegen zu können, müssen große Tetrapoden (Flugsaurier, Vögel und Fledermäuse) idealerweise eine starke Muskulatur (die allerdings auch ihr Eigengewicht hat!), hohle Knochen, überentwickelte Lungen mit, wenn möglich, weiteren Luftsäcken, einen fenestrierten Schädel (was bei den massiven Schädeln in der Serie nicht der Fall ist) und große Flügel besitzen. Welche Methoden wendet George R. R. Martin an, um sich vorzustellen, wie seine Drachen fliegen? „Die […] Drachen in der *Fantasy* haben vier

„Die [...] Drachen in der Fantasy haben vier Beine und Flügel. Meine haben zwei Beine und zwei Flügel [...]. Das ist wissenschaftlich präziser.“

Beine und Flügel. Meine haben zwei Beine und zwei Flügel [...]. Das ist wissenschaftlich präziser. Es gibt kein Tier auf der Erde, das vier Beine und Flügel hat“[39], erinnert Martin und hat damit vollkommen recht: Es ist viel realistischer, einen Drachen mit nur zwei Hinterbeinen und zwei Flügeln zu entwerfen – tatsächlich sind die Vorderbeine zum Fliegen umgebaut wie bei Flugsauriern, Vögeln oder Fledermäusen (Tetrapoden). Fliegende Insekten haben Flügel und sechs Beine (die Gruppe der Hexapoden) ... aber Martins Kreaturen sind weit davon entfernt, Insekten zu sein! Martins Drachen gehören daher zur Gruppe der Tetrapoden. Der Autor vergleicht sie mit Flugsauriern oder Fledermäusen: „Die Vorderbeine müssen die Flügel sein wie bei Fledermäusen und Flugsauriern.“[40] Er erwähnt jedoch nicht, wie viele Finger der flügelförmigen Membran zugrunde liegen. Gibt es vier (wie bei den Fledermäusen), drei (wie bei dem seltsamen Dinosaurier Yi qi) oder nur einen (wie bei den Flugsauriern)? Die Antwort wird im Text allerdings angedeutet: „[...] jeder [seiner Flügel] war wie ein exquisiter Fächer aus durchscheinender Haut in prächtigen Farben, die auf einem dünnen Knochengerüst gespannt war.“[41] Das Bild des Fächers, der von zahlreichen Rippen unterspannt wird, lässt auf fledermausähnliche Flügel schließen, eine Hypothese, die später bestätigt wird: „Viserion [...] hing an der Decke der Grube wie eine riesige weiße Fledermaus, seine Krallen tief in die krümmenden Ziegel gebohrt.“[42] Martins Drachen sind also Reptilien mit Fledermausflügeln *(Chiroptera)*. Diese Flügel müssen riesig sein, denn je größer ihre Fläche ist, desto größer ist ihr Auftrieb. Allerdings nimmt dieser Auftrieb mit dem Verhältnis der Geschwindigkeit zum Quadrat zu: Damit Schwergewichte fliegen können, müssen sie sich also auch sehr schnell bewegen. Um den Aufstieg zu fördern, könnten sie in einer Art Nebentasche Gase speichern, die leichter als Luft sind, wie Dihydrogen (H_2). Dieses kann entweder direkt von Darmbakterien (in der realen Welt im Dickdarm) oder aus Methan (CH_4)produziert werden, das ebenfalls bei der Verdauung entsteht. Für diese Transformation werden Wasserdampf (aus der Luft) und Wärme (aus dem Drachen) benötigt.

Sobald die Drachen in den Himmel gestiegen sind, können sie also angreifen: „[Daenerys] hatte erkannt, dass Drachen eine ausgeprägte Vorliebe für den Angriff im Sturzflug haben.“[43] In der Realität kann der Wanderfalke 389 km/h erreichen, was ihn zum schnellsten Lebewesen der Welt macht. Aber Vorsicht beim Bremsen! Diese Art der Jagd setzt sehr bewegliche Flügel voraus. Bei unseren Drachen wird diese Beweglichkeit durch die Zusammensetzung der Flügel gewährleistet, die aus mehrschichtigen elastischen Membranen bestehen, also aus faserigem Gewebe, Muskeln und einem Gefäßnetz, wie es bei den Flugsauriern der Fall war.

Wie wir gesehen haben, ist die Saga des *Lieds von Eis und Feuer* äußerst reichhaltig: Dinosaurier, Mammuts, Yetis, Drachen … Die Fauna von Planetos besteht aus einer geschickten Mischung aus realen – lebenden oder fossilen – und imaginären Arten. Diese Spezies und die fantastischen Umgebungen, in denen sie sich bewegen, ermöglichen es, eine Vielzahl von naturwissenschaftlichen Themen zu behandeln – von der Analyse verlorener Welten über Phylogenie und paläontologische Datierung bis hin zur Biomechanik des Fliegens. Die Welt von George R. R. Martin ist so komplex und konstruiert, dass sie eine hervorragende Grundlage für eine spielerische Beschäftigung mit den Naturwissenschaften bietet. Und die Saga vom *Lied von Eis und Feuer* ist erst der Anfang: Eine alte Legende über Westeros besagt, dass es in einem Versteck in Drachenstein noch Dracheneier gibt …

Anmerkungen

1. Siehe das Kapitel von Jean-Paul Demoule, S. 13.
2. Siehe das Kapitel von Stephen Giner, S. 51.
3. Siehe das Kapitel von Dan Lunt, S. 87.
4. Der Begriff „real", der hier in Anführungszeichen gesetzt wurde, ist im Sinne von „greifbar" zu verstehen. https://awoiaf.westeros.org/index.php/Main_Page
5. Bran IV, Intégrale 2, S. 537.
6. Die Hässliche, Intégrale 5, S. 1031.
7. Jon IX, Intégrale 3, S. 1106.
8. Der eiserne Freier, Intégrale 5, S. 914.
9. Davos I, Intégrale 5, S. 159.
10. Der Begriff wird hier in Anführungszeichen gesetzt, da er eine heterogene Gruppe von Wasserwirbeltieren bezeichnet, die tatsächlich keinen direkten gemeinsamen Vorfahren hat.
11. Sansa V, Intégrale 3, S. 904.
12. Siehe das Kapitel von Barbara Le Maître, S. 227.
13. Bran IV, Intégrale 1, S. 309.
14. „I model things on history and turn it up to 11", YouTube-Kanal HarperCollins Publishers UK, „In Conversation: George R. R. Martin mit Dan Jones, Waterstone Event", https://www.youtube.com/watch?v=ysRorXaGbG0&ab_channel=HarperCollinsPublishersUK
15. Siehe das Kapitel von Dan Lunt, S. 87.
16. Siehe die Kapitel von Stephen Giner und Dan Lunt, jeweils auf den Seiten 51 und 87.
17. Aurélie Paci und Thierry Soulard, *„La Clarté de l'histoire, la brume des légendes", Les Mystères du Trône de fer*, Bd. II, Paris, Pygmalion, 2020.

18. Jon II, Intégrale 3, S. 230.
19. Jon VII, Intégrale 2, S. 931.
20. Jon II, Intégrale 3, S. 223-224.
21. Bran III, Intégrale 5, S. 559.
22. Daenerys V, Intégrale 1, S. 638.
23. George R. R. Martin, Elio M. García Jr. und Linda Antonsson, *Game of Thrones. Les origines de la saga*, Paris, Huginn & Muninn, 2015.
24. Hier steht PAUP für Phylogenetical Analysis Using Parsimony.
25. Bran I, Intégrale 1, S. 25.
26. Tyrion II, Intégrale 1, S. 162.
27. Siehe das Kapitel von Barbara Le Maître, S. 227.
28. Daenerys III, Intégrale 1, S. 301.
29. Daenerys II, Intégrale 1, S. 139.
30. Daenerys III, Intégrale 1, S. 294.
31. Daenerys III, Intégrale 1, S. 301
32. Daenerys X, Intégrale 1, S. 1044.
33. Tyrion II, Intégrale 1, S. 161.
34. Daenerys I, Intégrale 3, S. 122.
35. Daenerys I, Intégrale 2, S. 233.
36. Ebd.
37. Daenerys I, Intégrale 3, S. 122.
38. www.demogr.mpg.de/longevityrecords/0403.htm
39. www.westeros.org
40. https://grrm.livejournal.com/493818.html?thread=24775162#t24775162
41. Daenerys I, Intégrale 2, S. 233.
42. Daenerys VIII, Intégrale 5, S. 819.
43. Daenerys I, Intégrale 3, S. 122.

Die Welt von George R. R. Martin ist so komplex und konstruiert, dass sie eine hervorragende Grundlage für eine spielerische Beschäftigung mit den Naturwissenschaften bietet.

EIN PSYCHOLOGE IM REICH DER SIEBEN KÖNIGSLANDE

YANN LEROUX

* Sofern nicht anders angegeben, stützen sich die Analysen dieses Artikels hauptsächlich auf den Inhalt der Fernsehserie *Game of Thrones*.

Die Serie *Game of Thrones* beschreibt die komplexe Geschichte einer alten Familie, die im Reich der Sieben Königslande lebt. Die Erzählung, die zu einem großen Klassiker der Populärkultur geworden ist, entspricht dem Kanon der Fantasy, in der die Psychologie der Figuren stark ausgeprägt ist: Die zahlreichen Konflikte, Kriege und Auseinandersetzungen in Westeros und Essos dienen als Blaupause für die Darstellung der Komplexität der menschlichen Natur. In *Game of Thrones* verfolgt der Zuschauer zudem die oftmals verschlungenen Lebenswege der verschiedenen Protagonisten. Selbst wenn sie durch Meere oder Ozeane getrennt sind, scheinen ihre Geschichten eng miteinander verbunden zu sein, und schon eine kleine Änderung im Verhalten kann die Geschichte eines ganzen Kontinents verändern.

Während sich manche Serien damit begnügen, eine Kulisse zu zeigen, in der sich die Figuren gegenseitig angreifen, geht *Game of Thrones* einen Schritt weiter: Auch wenn die Charaktere überzogen gut oder schlecht erscheinen, verändern sie sich, und am Ende der Episoden entdeckt das Publikum ihre Schwächen und Qualitäten. Viele der Figuren weisen zwar Charakterzüge auf, die sie unbeliebt machen – sie sind grausam, selbstsüchtig oder zutiefst pervers –, doch die Veränderungen in der Welt von Essos und Westeros bringen sie dazu, sich den Konsequenzen ihrer Handlungen zu stellen. Zum Beispiel wird Cersei Lennister immer härter und bösartiger; sie stiftet Chaos und Zerstörung. Andere Figuren erleben weniger unheilvolle Entwicklungen: Cerseis Zwillingsbruder Jaime zeigt einen unerwartet ritterlichen Charakter, während Theon Graufreud nach einer mühsamen Reise voller Entführungen und Folter endlich das Licht erblickt.

Die Charaktere mögen karikiert gut oder schlecht erscheinen, aber ihre Prüfungen verändern sie, und das Publikum lernt ihre Fehler und Qualitäten im Laufe der Episoden kennen.

Vorherige Doppelseite
Cersei Lennister in Königsmund

Einige Charaktere strahlen von Anfang an: Jon Schnee, Daenerys Targaryen oder Tyrion Lennister gewinnen schnell unsere Sympathie. Jon, der uneheliche Sohn von Ned Stark, wird von der Mauer angeworben, um der Nachtwache zu dienen. Daenerys, die Nachfahrin eines großen, untergegangenen Geschlechts, wird von ihrem Bruder Viserys, der von der Rückeroberung des Throns träumt, als Druckmittel benutzt. Tyrion, das dritte Kind des mächtigen Tywin Lennister, wird fast von seiner gesamten Familie (ausgenommen Jaime, sein Onkel Kevan, sein Neffe Tommen und Myrcella) abgelehnt, weil er ein Zwerg ist und seine Mutter Joanna bei seiner Geburt ihr Leben verloren hat. Diese drei Protagonisten werden in das Getümmel von Westeros geworfen, in dem sie versuchen, ein wenig mehr als nur zu überleben, und – manchmal unter Schwierigkeiten – nach einer gewissen Moral streben, um ihren Mitmenschen nicht zu schaden. Andere Charaktere treten aus dem Schatten, um an ihren Prüfungen zu wachsen: Sansa Stark entwickelt sich nach vielen Demütigungen und Vergewaltigungen von einem stummen, klugen Mädchen zu einer mächtigen Königin, die sich des Wertes ihrer Existenz voll bewusst ist. Ihre willensstarke Schwester Arya wird zu einer gefürchteten Kämpferin. Die Figuren, ob gut oder schlecht, entwickeln sich durch die Katastrophen, die durch die Kriege und den Machtmissbrauch der Mächtigen ausgelöst werden. Doch ihr Werdegang hängt auch von ihrem eigenen Talent ab.

Was auch immer man ist, man ist es aufgrund der äußeren Umstände und durch das, was man daraus macht. Das ist die psychologische Botschaft von *Game of Thrones.* Jeder Charakter stammt aus einer Familie mit eigenen Geschichten, Geheimnissen und Verbindungen. Alle erleben traumatische Dinge, wobei jeder diese Erfahrungen auf seine ganz persönliche Art und Weise verarbeitet. In dieser Hinsicht ist *Game of Thrones* ein hervorragendes Lehrbuch über die Erfolge und Misserfolge der Resilienz.

Eine Frage der Macht

Der Saga und der Serie wurden seitens akademischer Kreise viel Aufmerksamkeit geschenkt, da die Untersuchung der Welten von Essos und Westeros zu einem besseren Verständnis beitragen kann, wie Macht und Geschlecht miteinander verknüpft sind. Die Politologen William Clapton und Laura Shepherd haben aufgezeigt, dass Frauen in Essos kaum Macht besitzen: Sie werden ignoriert, als Sexualobjekte missbraucht oder dazu benutzt, Botschaften an andere Männer zu übermitteln.[1] Die Macht bleibt in den Händen der Männer und der Kampf um den Thron wird von Männern für Männer geführt. Selbst eine Symbolfigur wie Daenerys Targaryen

Die Geschichte beschreibt die Strategien, mit denen Frauen gegen die Gewalt ankämpfen, der sie ausgesetzt sind. Catelyn Stark setzt auf die Macht der Mutter, Cersei Lennister auf die Macht der Schönheit und Daenerys auf die Macht der Liebe, um ihre Ziele zu erreichen. Keine von ihnen stellt die Macht der Männer direkt infrage – und alle tun dennoch genau das.

ist von dieser Regel nicht ausgenommen: Ohne die Drachen hätte sie die Welt nicht erobern können. William Clapton und Laura Sheperd behaupten, dass sich die Art und Weise, wie sie ihre Autorität gewinnt und aufrechterhält, nicht von der eines Mannes unterscheidet. Ihr Selbstvertrauen, ihre Aggressivität und sogar ihre Grausamkeit deuten darauf hin, dass sie die Macht in ihren männlichsten Aspekten perfekt verinnerlicht hat. Meine Betrachtungsweise ist differenzierter: Mir scheint, dass Daenerys auch die beiden Aspekte der mütterlichen Macht verkörpert. Sie kann als Mutter der Drachen brennend und verzehrend und gleichzeitig voller Mitgefühl und Fürsorge sein.

Nach Ansicht der Politologin Charli Carpenter schenkt die Serie den Ausgestoßenen besondere Aufmerksamkeit, da sie ihnen eine Stimme verleiht.[2] Die Geschichte zerstört den Mythos des weißen Ritters und beschreibt die Strategien, mit denen Frauen gegen die Gewalt protestieren, der sie ausgesetzt sind. So setzen Catelyn Stark auf die Macht der Mutter, Cersei Lennister auf die Macht der Schönheit und Daenerys auf die Macht der Liebe, um ihre Ziele zu erreichen. Keine von ihnen stellt die Macht der Männer direkt infrage – und alle tun dennoch genau das. Die Wissenschaftlerin Katie Ellis verweist auf die Tatsache, dass die Ausgeschlossenen das Herzstück von *Game of Thrones* bilden:[3] Die Serie räumt denjenigen einen Platz ein, die normalerweise zurückgewiesen werden. In diesem Universum werden die Charaktere nicht mit ihrer Behinderung gleichgesetzt, wie Tyrion Lennister Bran Stark erklärt: „Mit dem richtigen Sattel und einem guten Pferd kann sogar ein Krüppel reiten."[4] Tyrion weiß, wovon er spricht, denn er wird wegen seines Zwergenwuchses gemieden und leidet unter dieser Ausgrenzung, was dazu führt, dass er „eine Schwäche für Krüppel, Bastarde und zerbrochene Dinge" hat. Tatsächlich finden sich in *Game of Thrones* viele Beispiele: Neben Bran und Tyrion leidet auch Sharin Baratheon, die einzige Tochter des Lords Stannis Baratheon, an Grauschuppen. Jaime Lennister verliert die rechte Hand und damit das Ansehen, das er aufgrund seines Könnens mit dem Schwert genossen hatte. Der Prinz von Dorne, Doran Martell, leidet an Bewegungsproblemen. Im Gegensatz zu manch anderen populären Geschichten ist eine Behinderung hier nicht das Zeichen einer Superkraft. So wird Tyrion tagtäglich mit der Brutalität anderer konfrontiert und überlebt nur dank seiner Intelligenz, die er mithilfe von Büchern schärft. Als Hedonist, der die Macht und ihre Annehmlichkeiten liebt, bewegt er sich in einer Welt, die aufgrund des negativen Urteils über seine Behinderung sehr kompliziert ist.[5] Im Gegensatz zu anderen Fantasy-Geschichten, die eine Situation aus der Sicht der Protagonisten beschreiben, gibt das *Lied von Eis und Feuer* auch die Sichtweise der Antagonisten wieder, was zu einer komplexen Geschichte führt, in der gute Dinge schlechte Folgen haben können und ein Missgeschick eine Gelegenheit für psychologisches Wachstum bieten kann.

„Ich liebe es, meine Figuren zu töten." (G. R. R. Martin)

Game of Thrones ist zudem ein kriegerisches Universum, in dem die Lebensspanne der Charaktere recht begrenzt ist. Die Forscher Benjamin Brown und Reidar Lystad haben die ersten 67 Episoden der Serie untersucht, um vor dem Ende vorherzusagen, welche Figuren überleben würden.[6] Dazu wählten sie 330 Charaktere nach verschiedenen Kriterien aus (Status, Beruf, Religion, Loyalität usw.) und notierten sorgfältig den Zeitpunkt ihres Todes. Wie zu erwarten, spiegeln die Zahlen die Brutalität der Welt von *Game of Thrones* wider: 63 % der Todesfälle sind auf Aggressionen zurückzuführen, 24,4 % auf Kriegsgeschehen und 12,6 % auf natürliche Ursachen. Die durchschnittliche Lebensdauer auf dem Bildschirm beträgt 28 Stunden und 44 Minuten. Am Ende der siebten Staffel sind 56,4 % der Charaktere tot. Diese Zahlen belegen weiterhin, dass die Reichen – wie in der realen Welt – im Durchschnitt länger leben als die Armen. Die Forscher konnten auch bestimmte Schutzfaktoren ermitteln: Ein Charakter, der für die Geschichte wichtig ist, lebt tendenziell länger. Auch ein Wechsel der Loyalität wie bei Jon Schnee, der vom Haus Stark zur Nachtwache wechselt, erhöht die Lebenserwartung. In geringerem Maße gilt dies auch für die beiden Stark-Schwestern, die aus einer großen Familie stammen und Allianzen mit anderen Häusern oder Personen eingehen.

Aber warum sollte man ein fiktives Universum wie *Game of Thrones* überhaupt studieren? Laut William Clapton und Laura Shepherd ist „die Populärkultur die reale Welt". Trotz der Drachen, der Mauer und der Riesen ist die Welt von *Game of Thrones* der unseren gar nicht so unähnlich: Sie ist tief in einer Kultur, nämlich in unserer, verwurzelt und hält uns einen eindrucksvollen Spiegel unserer eigenen Welt vor Augen.

Die Elemente von Game of Thrones verdichten die Ängste auf individueller und gesellschaftlicher Ebene, indem sie die Gefahren der inneren und äußeren Realität geschickt miteinander verbinden.

Warum wir *Game of Thrones* lieben

Die Serie erreichte ein breites Publikum, weil sie Situationen widerspiegelt, in denen sich jeder selbst (wieder-)erkennen kann. Die Welt von *Game of Thrones* scheint weit von unserer entfernt zu sein, und doch erkennen wir in ihr banale menschliche Leidenschaften und Geschichten wieder: Die Figuren sind in ihrem Streben nach Macht, dem Bedürfnis nach Sicherheit und der Intensität ihrer sexuellen Wünsche gar nicht so anders als wir. *Game of Thrones* rückt unsere alltägliche psychische Realität in weite Ferne und verändert sie, sodass wir sie uns leichter aneignen können. Wir erkennen uns in etwas, das uns fremd ist, was uns wiederum hilft, uns selbst besser zu verstehen. Dieser Spiegel trägt zu unserer persönlichen Entwicklung bei, weil er die Grenzen unseres Selbst erweitert: Durch die Fiktion wird uns das bisher Unbekannte in uns selbst vertrauter.

Wie viele andere Universen der Heroic Fantasy enthält auch *Game of Thrones* mehrere Archetypen, also Symbolfiguren, deren Verhaltensmuster bewusst oder unbewusst unser Handeln beeinflussen. Archetypen wie Daenerys Targaryen und Cersei Lennister repräsentieren jeweils die gute und die schlechte Mutter: Die Erstgenannte ist fürsorglich, einfühlsam und weise, während die Zweite geheimnisvoll und kalt ist. Beide führen eine Vereinigung der Gegensätze herbei: Daenerys weiß ihre Grausamkeit manchmal zu übertreiben und Cersei leidet unter dem Tod ihres ersten Sohnes oder Myrcellas Schicksal.[7]

Aber nicht nur die Charaktere weisen archetypische Eigenschaften auf: Der Winter in Westeros ist zum Beispiel nicht nur eine Jahreszeit, er kann auch als eine Darstellung der nuklearen Kälte und der Klimakatastrophen interpretiert werden. Die Mauer könnte die psychischen Dämme darstellen, die man bewusst oder unbewusst aufbaut, um ein normales Leben führen zu können. Die Elemente von *Game of Thrones* verdichten die Ängste auf individueller und gesellschaftlicher Ebene, indem sie die Gefahren der inneren und äußeren Realität geschickt miteinander verbinden.

Der Zuschauer kommt mit diesen verschiedenen archetypischen Figuren in Kontakt. Zur Erinnerung: Archetypen sind Figuren aus unserer kollektiven Vergangenheit, die die unbewusste Erinnerung an die Ereignisse enthalten, die die Menschheit in der Vergangenheit erlebt hat. Für Carl Gustav Jung, der dieses Konzept entwickelt hat, verhalten sich die Menschen in der Welt gemäß dem Einfluss eines Archetyps in ihrer Psyche. Archetypen prägen die Erfahrung, die ein Mensch in der Welt macht. Daher neigen wir dazu, die Außenwelt auf der Grundlage von Archetypen, die uns wichtig erscheinen, wahrzunehmen und zu verstehen. So projizieren wir die Elemente des mütterlichen Archetyps auf die Menschen, mit denen wir interagieren, und insbesondere auf unsere Mutter. Das Auftreten von Archetypen in der Populärkultur wie *Game of Thrones* gibt uns die Möglichkeit, bestimmte Archetypen zu erkennen, die einen besonderen Einfluss auf uns ausüben. Dabei sind die Archetypen in *Game of Thrones* komplexer als die der Märchen, in denen die Hexe klassischerweise böse ist und der Held ein reines Herz hat: Ned Stark könnte mit seinen hohen moralischen Werten den Archetyp eines Ritters verkörpern – ohne selbst einer zu sein. Aber indem er so tut, als ob er all diese Qualitäten in sich vereinen würde, wird er leichtgläubig und bringt sich und seine Familie in Gefahr. Da die Dinge nie absolut gut oder schlecht sind, kann sich jeder in einem bestimmten Archetyp wiedererkennen, ihn in sich aufleben fühlen, indem er seine Abenteuer verfolgt und seine eigenen Sehnsüchte, Widersprüche und Sackgassen besser versteht.

Es würde ein ganzes Wörterbuch erfordern, um alle Archetypen von *Game of Thrones* zu beschreiben, aber es lohnt sich, einige von ihnen näher zu betrachten.

Jeder kann sich in einem bestimmten Archetyp wiedererkennen, ihn in sich aufleben fühlen, indem er seine Abenteuer verfolgt und seine eigenen Sehnsüchte, Widersprüche und Sackgassen besser versteht.

Die Mauer

Die Mauer, eine wichtige Erscheinung in *Game of Thrones,* trennt die „zivilisierte" Welt von der „Barbarei". Sie soll vor Invasionen aus dem Norden schützen und ist gleichzeitig eine Darstellung der Mechanismen, mit denen psychische Inhalte isoliert und bewältigt werden, die Ängste auslösen würden, wenn sie bewusst würden. Diese Isolierung ist jedoch nur für eine gewisse Zeit wirksam und möglich: Unerwünschte Elemente können nicht über mehrere Generationen hinweg ausgeblendet werden. Sie prägen sich dann in Form der bekannten „Familiengeheimnisse" in das psychische Leben der Menschen ein. *Game of Thrones* zeigt, was passieren kann, wenn die Mauern plötzlich zusammenbrechen. Der seelische Winter durchdringt die gesamte Funktionsfähigkeit der Person, die Gefahr läuft, innerlich zu erfrieren.

Der Ritter

Die Ritterfigur taucht in *Game of Thrones* immer wieder auf.

Als Symbol der absoluten Loyalität gegenüber einem Ideal und der Ablehnung jeder Form von Bestechlichkeit ist der Ritter der Herr über sein Pferd und damit sowohl über seine Instinkte als auch über sein Schicksal. In seiner positiven Bewertung ähnelt er dem frommen Mann, der seine Ideale verfolgt, ohne sich in der Suche nach Macht und anderen vergeblichen Bemühungen zu verlieren. Er ist derjenige, auf den man sich verlassen kann oder der man zu werden versucht. Wenn der Ritter seine moralischen Werte verliert, degradiert er sich zum Söldner oder Handlanger und wird zum Sadisten, der seine Macht, Stärke und Geschicklichkeit nur zum eigenen Vergnügen oder Nutzen einsetzt. Die beiden Clegane-Brüder zeigen jeweils eine andere Facette dieses Archetyps und tragen zu dessen Demontage bei. Gregor, der den Status eines Ritters hat, wird in Wirklichkeit als blutrünstiger Schläger ohne Moral dargestellt, während Sandor, der diesen Status nicht hat, Integrität beweist, indem er es wagt, Sansa Stark vor Joffrey Lennister zu beschützen. Ritterliche Qualitäten werden also nicht durch den Ritterschlag definiert. Dies beweist auch Eddard Stark, der einen positiven und tugendhaften Charakter besitzt, aber kein Ritter ist.

Der Thron

Kulturell gesehen ist der Thron die glorreiche Manifestation der göttlichen oder menschlichen Macht. Er ist das Objekt, in dem die Kräfte des Kosmos zusammenfließen, da derjenige, der auf ihm sitzt, seine Kraft und Autorität oft von seinem eigenen Gott (oder seinen eigenen Göttern) erhält. In *Game of Thrones* erinnert der eiserne Thron an die Brutalität der Macht. Er ist weder reich verziert noch weist er Edelsteine oder Edelmetalle auf: Er besteht aus dem Stahl der Waffen der Besiegten, der durch das Feuer des großen Drachen Balerion geschmiedet wurde. In den Romanen ist der Thron ein riesiges Konstrukt mit einer Höhe von drei Metern. In der Serie ist er viel kleiner, steht aber auf einem Podest, um die Erhabenheit der Person zu verdeutlichen, die ihn einnimmt. Diese Brücke zwischen Himmel und Erde, die über dem Gewöhnlichen steht, ruft denjenigen, der sie besetzt, dazu auf, die Gegensätze zu vereinen.

Der Held

Obwohl *Game of Thrones* einige Merkmale klassischer Märchen aufweist, handelt es sich gleichzeitig um eine typische postmoderne Geschichte. Wie bereits erwähnt, gibt es keinen Haupthelden, sondern eine ganze Reihe von Charakteren, die verschiedene

Aspekte unseres Selbst widerspiegeln, sodass es schwierig ist, eine klare Linie zwischen Gut und Böse zu ziehen. Daenerys verkörpert mit ihrem Mut und ihrer Willenskraft den weiblichen Helden. Sie begibt sich fast unfreiwillig auf eine Reise voller Prüfungen und Veränderungen. Der Bestattungsritus ihres Mannes ermöglicht es ihr, als Verbrannte wiedergeboren zu werden. Sie betritt eine Welt voller Ungewissheit und Gefahren und erlangt Macht durch Kraft oder Einfühlungsvermögen, wodurch sie die Herzen und Seelen der Menschen gewinnen kann. Sie schützt die besiegten Frauen vor der Gewalt ihrer Dothraki. In Astapor überlässt sie den gefürchteten und verachteten Unbefleckten die Wahl, ihr zu folgen oder sie zu verlassen. Sie startet eine Offensive zur Befreiung der Städte in der Sklavenbucht der Leibeigenen, aber ihr Idealismus wird durch Gewalt getrübt, als sie ihrem Drachen Drogon befiehlt, die Stadt anzugreifen. In der Folge zeigt sie sich oft fürsorglich gegenüber den Schwachen und Ausgestoßenen, aber unbarmherzig und sogar grausam gegenüber den Mächtigen.

Die enorme Bandbreite an Charakteren in Game of Thrones *ist auch eine Richtschnur für die Gewalt und ihre Auswirkungen.*

Die enorme Bandbreite an Charakteren in *Game of Thrones* ist auch eine Richtschnur für die Gewalt und ihre Auswirkungen. Die Helden verfügen zwar über ausgeprägte Fähigkeiten zur Problemlösung, ihre Entscheidungen haben jedoch manchmal äußerst dramatische Folgen.[8] So bezahlt Eddard Stark seine Fehleinschätzung der politischen Situation in Königsmund mit dem Leben und stürzt seine Familie in einen Strudel der Gewalt, der sie in alle Winkel von Westeros zerstreut. Blinder Gehorsam gegenüber den Normen bietet keinen Schutz, wie Sansa Starks Lebenslauf zeigt: Indem sie dem klassischen Weg einer Frau ihres Standes folgt und einen Prinzen heiratet, bringt sie sich selbst in große Gefahr. Sie ist eine Geisel der paternalistischen Vorstellungen und der geltenden patriarchalischen Ordnung und es dauert viele Jahre, bis sie sich aus dieser Situation befreien kann.

Während der Analyse der zwischenmenschlichen Beziehungen und der Gewalt in *Game of Thrones* stellt die Psychologin Wind Goodfriend fest, dass der Erfolg einiger Figuren in ihrer Fähigkeit liegt, sich selbst zu kontrollieren, also ihre Emotionen zu beherrschen sowie ihr Verhalten dem Denken zu unterwerfen und es zielorientiert zu steuern. Aerys II Targaryen wird wegen seiner plötzlichen Gewaltausbrüche

Ramsay Bolton erinnert an einen noch schlimmeren Aspekt des Spektrums der Impulskontrollstörung. Bei ihm ist Gewalt kein Mangel an Kontrolle. Sie wird bewusst gesucht, weil sie ihm Freude bereitet.

„der irre König" genannt. Die Unfähigkeit, das eigene Verhalten bei Stress oder Frustration zu kontrollieren und die Neigung, darauf mit Gewalt zu reagieren, deutet auf pathologischen Jähzorn (Intermittent Explosive Disorder) hin. Ramsay Bolton wiederum lässt an einen noch schwerwiegenderen Aspekt des Spektrums der Impulskontrollstörungen denken. Bei ihm ist Gewalt kein Mangel an Kontrolle, sie wird bewusst gesucht, weil sie ihm Freude bereitet. Seine Menschenfeindlichkeit, seine Missachtung der Rechte und Interessen anderer, seine Manipulationen und Täuschungen machen ihn zu einem guten Kandidaten für die Diagnose einer antisozialen Persönlichkeitsstörung.

In der dunklen Welt von *Game of Thrones* gibt es einige Lichtblicke, die von Figuren ausgehen, die überleben und dabei bemerkenswerte menschliche Eigenschaften an den Tag legen: Jon Schnee, der archetypische Held der Saga, ist äußerst charismatisch, zuverlässig und inspirierend.[9] Er weiß, wann man gehorchen muss, aber auch, wann die Autorität hinterfragt werden muss. Er schließt sich der Nachtwache an und weigert sich eine Weile, vor Daenerys Targaryen niederzuknien, weil seiner Meinung nach der Norden seine Freiheit behalten sollte.

Eines der Hauptanliegen der Serie ist die Erforschung des Heldenhaften, das selbst in den Antagonisten enthalten sein kann. Der zynische Sandor Clegane litt als Kind unter den psychischen und physischen Misshandlungen durch seinen älteren Bruder Gregor. Als Leibwächter des jungen Königs Joffrey verachtet er die Ritter und ihre Pflichten. Nach einer komplizierten Beziehung mit Arya Stark überwindet er seine Phobie vor Feuer und setzt sich persönlich für eine Sache ein, die er für richtig hält.

Trotz ihrer Prüfungen und sogar ihrer Traumata besitzen einige Figuren die nötige Charakterstärke, um ihre Ängste zu überwinden und anderen zu helfen. Ihr Heldentum und ihr Mut können sich positiv auf die Zuschauer auswirken, da sie als Vorbilder dienen und denjenigen, die in Schwierigkeiten sind, neue Hoffnung geben.

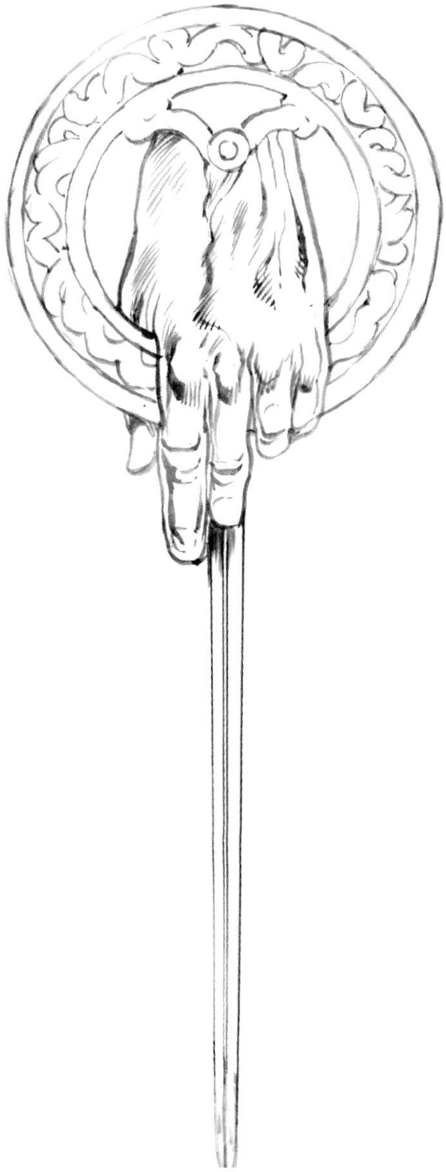

Das Abzeichen der Hand des Königs

Eine allgegenwärtige Gewalt

Wie wir gesehen haben, bewegen sich alle diese archetypischen Figuren in einer gewalttätigen Welt: Arya führt eine Liste von Personen, die sie töten muss, Daenerys befreit die Welt von der Sklaverei, indem sie immer gewalttätiger wird, und Ramsay möchte seinen Opfern so viel Leid wie möglich zufügen. Gewalt ist eines der Hauptthemen von *Game of Thrones,* ob sie nun mit der angekündigten Klimakatastrophe zusammenhängt, mit der Gier nach Macht oder ob sie an Frauen und Kindern ausgeübt wird. Der Zuschauer kann mitverfolgen, wie die Figuren mit der Gewalt umgehen, die sie erfahren: Einige bewahren ihre Integrität, während andere sich von der Brutalität verführen lassen und langsam in die Hölle hinabsteigen.

> *Der Wunsch nach einem authentischen Leben steht im Konflikt mit dem Wunsch nach Sicherheit, wobei Letzterer zu einer Suche nach Konformität oder Autoritarismus führen kann. In diesem Fall kann die betreffende Person nach einem anderen Menschen suchen, dem sie sich unterordnen kann.*

In den 1940er- und 1950er-Jahren setzten sich einige Wissenschaftler mit der Frage auseinander, wie ein Phänomen wie der Nationalsozialismus ent- und bestehen konnte. Erich Fromms Buch *Die Furcht vor der Freiheit (Escape from Freedom,* 1941) trägt zu diesen Überlegungen bei, indem es eine Übersicht über die Faktoren liefert, die ein Individuum dazu bringen, sich einer Person, einer Gruppe, einem Ideal oder einem Regime zu unterwerfen.

Nach Erich Fromm ist der Wunsch nach Freiheit in jedem Menschen verankert, weil sie ihm die Möglichkeit bietet, nach den eigenen Wünschen zu leben und zu wachsen. Auch wenn diese Wahl folgenschwer sein kann, ziehen manche Menschen die Freiheit dem Gefühl der Sicherheit vor, welches durch sämtliche Formen der Unterwerfung vermittelt wird. Sie stellen sich ihren inneren Konflikten und Ängsten, um ein Leben zu führen, das ihrem authentischen Selbst so nahe wie möglich kommt.

Der Wunsch nach einem authentischen Leben steht jedoch im Konflikt mit einem mindestens ebenso wichtigen Wunsch. Der Wunsch nach Sicherheit kann zum Streben nach Konformität oder Autoritarismus führen. In diesem Fall kann die betreffende Person nach einem anderen Menschen suchen, dem sie sich unterwirft. Sie stellt dann ihre eigenen Ideen und Wünsche zurück, um demjenigen den Vorzug zu geben, dem sie sich unterworfen hat, und kann entweder den dominanten Pol der Beziehung oder die masochistischen und sadistischen Extreme der Beziehung einnehmen, um das Gefühl der Ohnmacht oder der Ungebundenheit zu vermeiden.

Ein dritter Weg ist die Destruktivität. In diesem Fall versucht das Individuum, jede Person zu eliminieren, die als potenzielle Bedrohung angesehen wird. Auch wenn sie ein gewisses Maß an Aggressivität beinhaltet, unterscheidet sich diese Destruktivität vom Sadismus, bei dem eine Beziehung zwischen dem Sadisten und der attackierten Person besteht.

Da *Game of Thrones* eine Welt ist, in der Fragen der Dominanz und Unterwerfung von zentraler Bedeutung sind, fällt es Erin Currie nicht schwer, zahlreiche Beispiele für Fromms Theorie zu finden: Die Welt von Westeros ist ein „ausgezeichnetes fiktionales Modell, in dem man Fromms Theorie in Aktion sehen kann“. Theon Graufreud und Ramsay Bolton sind perfekte Beispiele dafür, wie Menschen sadomasochistische Extreme anwenden können, um die Bindung an ihr wahres Selbst zu vermeiden. Für Theon ist die Unterwerfung unter Ramsay die unmittelbarste Möglichkeit, ein Sicherheitsgefühl zu entwickeln. Obwohl Ramsay in seiner Beziehung zu den Menschen, die er foltert, eine allmächtige Position einnimmt, ist er auch ein „Bastard“: Da er ein unehelicher Sohn ist, kann seine Position jederzeit infrage gestellt werden, und laut Erin Currie ist es möglich, dass sein Sadismus mit diesem Gefühl der Unsicherheit zusammenhängt. Die Charaktere in *Game of Thrones* kämpfen also um ihre Freiheit. Einige geben sie zugunsten eines Gefühls von Sicherheit auf, während andere wie Jon Schnee mit ihren eigenen Unsicherheiten zu kämpfen haben.

Ramsay Bolton, ein Serienmörder?

Ramsay Bolton wurde als Sohn einer Bauersfrau geboren, die von seinem Vater während der Jagd vergewaltigt wurde, nachdem er ihren Ehemann aufgehängt hatte. Er ist gerissen, heimtückisch und liebt es zu foltern – besonders gern zieht er seinen Opfern die Haut ab.

Der Psychologe Colt Blunt schreibt in seiner Analyse, dass Ramsay die Merkmale der „dunklen Triade“[10] aufweist: Psychopathie, Narzissmus und Machiavellismus. Die Psychopathie besteht aus einer Reihe von Verhaltensweisen und Merkmalen, die sich auf Großartigkeit, Mangel an Empathie, Impulsivität, Manipulation und eine geringe Fähigkeit zur Schuldzuweisung beziehen. Der Machiavellismus steht im Zusammenhang mit Manipulation und Gefühllosigkeit sowie dem Glauben, dass der Erfolg eines Unterfangens in der Manipulation anderer liegt. Der Narzissmus schließlich bezieht sich auf Eigenschaften wie Großspurigkeit, Manipulation und Egoismus. Diese Eigenschaften finden sich in unterschiedlich stark ausgeprägtem Maße bei mehreren Charakteren in *Game of Thrones:* Schuld und Empathie scheinen Tywin Lennister unbekannt zu sein, während Cersei Lennister genauso machiavellistisch wie der Hohe Spatz oder Lord Baelish ist. Darüber weist sie aber auch ausgeprägte narzisstische Züge auf.

Game of Thrones *ist eine Welt, in der die Fragen von Herrschaft und Unterwerfung von entscheidender Bedeutung sind.*

Ist Ramsay Bolton ein Serienmörder? Er ist eindeutig ein Krimineller, der die Sicherheit nutzt, die ihm der Adelsstand seines Vaters bietet, um seine sadistischen Neigungen zu befriedigen. Er genießt die Macht, die ihm Gewalt über andere verleiht, und das Leid seiner Opfer. Er tötet immer ohne Zögern, Schuld oder Reue. Doch im Gegensatz zu Serienmördern ist der Tod nicht sein primäres Ziel. Er zieht es vor, seine Opfer weitgehend zu kontrollieren, was ihn eher zu einem Sadisten macht. So zwingt er beispielsweise Theon, sich an Sansas Vergewaltigung zu beteiligen. Während ein Serienmörder den Mord als Höhepunkt sieht, bedeutet der Tod für Ramsay einen Misserfolg. Er muss seine Opfer am Leben erhalten, weil er sich begierig von ihren Emotionen nährt. Er muss ihre Angst und Verzweiflung spüren und vor allem muss er spüren, wie ihre Persönlichkeit zerbricht und sich auflöst. Je größer die Verzweiflung des Opfers ist, desto stärker fühlt sich Ramsay in der Lage, die Kontrolle zu übernehmen, und desto größer ist sein Genuss.

Es gibt jedoch auch andere Aspekte, die Ramsay in die Nähe eines Serienmörders rücken, dessen Morde sich stets wiederholen und in der Regel an Einzelpersonen begangen werden, die nicht mit dem Täter in Verbindung stehen. Die Häufigkeit der Verbrechen kann mit der Zeit zunehmen. Die Gewalt ist vollkommen willkürlich und steht im Zusammenhang mit dem Männlichkeitsgefühl. Es gibt vier Typen von Serienmördern: Der „Visionär" tötet aufgrund eines veränderten Verhältnisses zur Realität, der „Missionar" glaubt, dass seine Taten die Gesellschaft von unerwünschten Elementen „säubern", der „Hedonist" tötet aus Vergnügen und der „Machthungrige" tötet, um Dominanz auszuüben. Ramsays Handlungen lassen sowohl auf Hedonismus als auch auf Machtstreben schließen. Die extremen Schmerzen, die er Theon zufügt, sind für ihn eine Quelle der Freude – eine Freude, die mit der Kontrolle über andere und der Zerstörung verbunden ist. Sein Ziel ist es, Theon auszulöschen, indem er ihn durch ein menschenähnliches Ding ersetzt, das er nach Belieben manipulieren kann.

In der gewalttätigen Welt von *Game of Thrones* kommt es relativ häufig zu sexistischen Übergriffen und Vergewaltigungen. Frauen werden als Objekte dargestellt, manchmal auch als Sexualobjekte, die Männer untereinander in der Hoffnung austauschen, dadurch an Macht zu gewinnen. Dies löste eine heftige Debatte aus, da einige Kritiker darauf hinwiesen, dass einige Vergewaltigungsszenen für die Handlung nicht notwendig seien und dass die Vergewaltigung oft aus der Sicht des Täters dargestellt werde. Hierdurch erhalte die Serie sexistische Stereotype aufrecht. Die Häufigkeit solcher Szenen wurde zwar kritisiert, liegt jedoch unter dem Niveau der realen Vergewaltigungen. In einer französischen Umfrage – „Contexte de la sexualité en France" („Hintergründe der Sexualität in Frankreich") – gaben 16 % der Befragten an, Opfer von Vergewaltigungen oder sexuellen Übergriffen gewesen zu sein. In unserer Welt wird die Diskriminierung von Frauen häufig mit Genitalverstümmelung, sexueller Belästigung, Zwangsheirat und häuslicher Gewalt in Verbindung gebracht. Die Serie greift das Thema gelegentlich in Form von Sexismus oder Vergewaltigungen auf.

Sexismus bezeichnet Verhaltensweisen oder Einstellungen, die Frauen aufgrund ihres Geschlechts ausschließen und diskriminieren. Der Sexismus in *Game of Thrones* spiegelt den Sexismus unserer eigenen Gesellschaft wider, da er verschiedene Facetten aufweist und Frauen unterschiedlich darauf reagieren. Wind Goodfriend zeigt zum Beispiel auf, dass Arya Stark und Daenerys Targaryen mit verschiedenen Formen von Sexismus konfrontiert sind.[11] Manchmal werden sie als zerbrechliche und wertvolle Wesen beschrieben, die von Männern beschützt werden müssen – der sogenannte „wohlwollende" Sexismus. Gleichzeitig sind sie aber auch Opfer von bösartigem Sexismus: In diesem Fall werden sie als potenziell gefährliche Wesen dargestellt, die von Männern beherrscht werden müssen. In beiden Fällen handelt es sich um heterosexuelle Personen, die sich der Mutterschaft und dem sexuellen Vergnügen von Männern verschrieben haben. Arya ist zunächst mit dem wohlwollenden Sexismus ihres Vaters konfrontiert, der sie als zukünftige Ehefrau eines Adligen und als Mutter von Rittern und Damen sieht. Er lässt ihr jedoch Raum zur Entfaltung, sodass sie aktiv feministische Positionen vertritt, indem sie regelmäßig Fechten trainiert und die strenge Frauenrolle der Gesellschaft ablehnt, in der sie lebt. Daenerys ihrerseits ist mit bösartigem Sexismus konfrontiert: Als Kind stand sie unter der Herrschaft ihres Bruders, von dem sie sich als Erwachsene befreit, indem sie eine andere Art von Mutterschaft annimmt, als von ihr erwartet wird. Als Mutter der Drachen nutzt sie ihre Macht, um gegen Sklaverei und Armut zu kämpfen, da sie eine besondere Verpflichtung gegenüber den Unterdrückten empfindet.

Natürlich kommt es in dieser brutalen Welt häufig zu Vergewaltigungen. Die Männer und Frauen auf Westeros und Essos definieren Vergewaltigung auf die gleiche

Es überrascht nicht, dass es in dieser gewalttätigen Welt häufig zu Vergewaltigungen kommt. In Westeros wird Vergewaltigung mit Amputation, Kastration oder Verbannung in die Nachtwache bestraft. Sie bleibt jedoch meist unbestraft, wenn der Vergewaltiger ein Adliger ist und das Opfer aus dem einfachen Volk stammt.

Weise wie wir: als nicht einvernehmlichen Geschlechtsverkehr. Sie kann sowohl unter Anwendung von Gewalt als auch ohne Gewalt erfolgen, aus Opportunität, wegen des sexuellen Vergnügens, das sie dem Vergewaltiger bringt, wegen des Gefühls der Kontrolle, das sie vermittelt, weil sie die Möglichkeit bietet, sich an einer Person oder an Frauen im Allgemeinen zu rächen oder eine allgegenwärtige und aufdringliche Wut zu entladen. In Westeros wird Vergewaltigung mit Amputation, Kastration oder Verbannung in die Nachtwache bestraft. Sie bleibt jedoch meist unbestraft, wenn der Vergewaltiger ein Adliger ist und das Opfer aus dem einfachen Volk stammt.

In der Serie gibt es verschiedene Arten von Vergewaltigung: Die „opportunistische" Vergewaltigung ist nicht vorsätzlich wie die versuchte Vergewaltigung von Sansa während eines Volksaufstands (Episode 6, 2. Staffel). Dieser Opportunismus wird durch eine bestimmte Motivation verstärkt, nämlich Wut: Die Männer, die mit der unbarmherzigen Herrschaft des jungen Königs Joffrey unzufrieden sind, glauben, dass sie die Kontrolle zurückgewinnen müssen. Das möglicherweise vorhandene sexuelle Vergnügen steht jedoch nicht im Mittelpunkt, im Gegensatz zur „wissentlichen" Vergewaltigung, derer sich Khal Drogo schuldig macht: Er vergewaltigt seine junge Frau Daenerys in ihrer Hochzeitsnacht und in den folgenden Nächten. Die hypermaskuline Kultur der Dothraki, die Männer dazu bringt, den Kampf zu schätzen, den Tod zu erotisieren und sich in Bezug auf die Sexualität als hart und kalt darzustellen, ist ein wesentlicher Faktor für diese Vergewaltigung in der Ehe. Die Vergewaltigung von Sansa Stark durch Ramsay Bolton ist ebenfalls eine eheliche Vergewaltigung, allerdings aus anderen Motiven: Wie bereits erwähnt, ist Ramsay ein Sadist. Indem er sie vergewaltigt, erniedrigt er Sansa, bricht sie und genießt die Not seines Opfers, nicht den sexuellen Akt selbst.

Aber warum so viel Hass?

Warum sind Ramsay Bolton und Joffrey Baratheon so gewalttätig? Warum beweist Jon Schnee so viel Empathie? Das könnte damit zusammenhängen, wie ihre Eltern jeweils auf ihre Bedürfnisse reagiert haben … In Anlehnung an Diana Baumrinds Arbeit, in der sie Elterntypen anhand der Antworten, die Eltern ihren Kindern geben, und ihrer Erwartungen klassifiziert, zeigt Stephen Hupp, dass die Häuser Stark und Lennister unterschiedliche Elterntypen aufweisen.[12] Kinder, die in einem demokratischen Elternhaus wie dem der Starks aufwachsen, neigen dazu, sich zu selbstständigen, disziplinierten, glücklichen und neugierigen Erwachsenen zu entwickeln. In diesem System reagieren die Eltern oft sehr schnell auf die Bedürfnisse ihrer Kinder und stellen hohe Ansprüche. Andere – antiautoritäre – Eltern neigen dazu, übermäßig auf die Bedürfnisse der Kinder einzugehen, und stellen nur geringe Anforderungen an sie. Autoritäre Eltern schließlich stellen übertriebene Ansprüche und nehmen keine Rücksicht auf die Bedürfnisse der Kinder. Die Häuser Arryn (in der Person von Lysa) und Lennister entsprechen diesen beiden Formen der Elternschaft. Unreife, mangelnde Selbstkontrolle, Gleichgültigkeit gegenüber anderen und soziale Unfähigkeit sind sowohl für Robin Arryn als auch für Joffrey Baratheon charakteristisch. Schließlich sind unengagierte Eltern emotional losgelöst und auf ihre eigenen Bedürfnisse konzentriert, sodass sie kaum mit ihren Kindern interagieren. Die Kinder wiederum wirken oft energielos, gleichgültig gegenüber anderen und sozial inkompetent. Dies trifft auf Joffrey Baratheon zu, der unter Männern aufwuchs, die sich nicht um ihn kümmerten. Sein leiblicher Vater zeigte ihm keine Zuneigung, da er Angst hatte, das Geheimnis seiner inzestuösen Herkunft zu lüften.

Sein offizieller Vater war nach Meinung seiner Mutter, die ihn abgrundtief verachtete, mehr an Huren und der Jagd als an seiner Familie interessiert. Sein Großvater schließlich mochte nur den Namen der Lennister, also sich selbst.

Wie alle Kategorisierungen stößt auch die von Diana Baumrind an ihre Grenzen. Man könnte einwenden, dass die Starks Jon nicht wirklich unterstützen, weil er das Stigma eines Bastards trägt. Es bleibt jedoch festzuhalten, dass sowohl in Westeros als auch in unserer Welt das Verhalten der Kinder und ihre Entwicklung eng mit den Erziehungsmethoden der Eltern verbunden sind: Die Kinder mit der positivsten Entwicklung hatten Eltern, die auf ihre psychologischen Bedürfnisse reagierten, indem sie Individualität, Selbstregulierung und Selbstbehauptung förderten.

Das *Diagnostic and Statistical Manual of Mental Disorders* (DSM; englisch für „Diagnostischer und statistischer Leitfaden psychischer Störungen“) beschreibt verschiedene traumatische und stressbedingte Störungen. Bei akuten

Kinder, die in einem demokratischen Elternhaus wie dem der Starks aufwachsen, neigen dazu, sich zu selbstständigen, disziplinierten, glücklichen und neugierigen Erwachsenen zu entwickeln.

und posttraumatischen Belastungsstörungen reagiert die Person mit dissoziativen Symptomen oder dem Wiedererleben des traumatischen Ereignisses, seiner Vermeidung in der Realität, Hyperreaktivität und Gefühlskälte. Eine weitere mögliche Folge sind Anpassungsstörungen, die durch eine Reihe von Symptomen gekennzeichnet sind. Darüber hinaus sind eine reaktive Bindungsstörung sowie eine Störung des ungehemmten sozialen Engagements Reaktionen auf Situationen, die ein kleines Kind daran hindern, sichere und zuverlässige Bindungen aufzubauen.

Sowohl in Westeros als auch in unserer Welt stehen das Verhalten und die Entwicklung von Kindern in engem Zusammenhang mit den Erziehungspraktiken der Eltern.

Von allen Traumata, die in der Serie zu sehen sind, ist das Trauma, das Ramsay Bolton Theon Graufreud zugefügt hat, wohl das schlimmste: Theon, der von Ramsay verletzt, zerfleischt und entmannt wurde, ist ebenfalls ausgehungert und befindet sich in einem Zustand der sensorischen Deprivation. Er entwickelt akute Angstzustände, eine dissoziative Störung und eine anerzogene Impotenz. Kurz gesagt, er ist völlig gebrochen. Seine Symptome erinnern an eine posttraumatische Störung (Verzweiflung in Situationen, die denen des Traumas ähneln, erhöhte Wachsamkeit, Verhaltensänderungen, Realitätsferne und dissoziatives Verhalten) sowie an das Stockholm-Syndrom (Bindung an den Peiniger).[13]

Theons Fall ist zwar extrem, aber es gibt keinen Charakter in *Game of Thrones,* der kein Trauma erlitten hat: Alle haben Erfahrungen mit Gewalt gemacht, sowohl in psychischer Hinsicht – Catelyn Stark, die Jon Schnee wegen seiner unehelichen Herkunft systematisch ausgrenzt, oder die Vorwürfe an Tyrion Lennister, seine Mutter bei der Geburt „getötet" zu haben – als auch in physischer Hinsicht – der Berg verbrennt das Gesicht seines kleinen Bruders. Sandor Cleganes Verhalten ist möglicherweise auf die Misshandlung durch seinen Bruder zurückzuführen, als beide noch Kinder waren. Dennoch weisen nur wenige Charaktere die vollständige klinische Form der traumabedingten Störungen auf, die im Diagnostic and Statistical Manual of Mental Disorders beschrieben werden, vermutlich weil ihre Traumata weniger wichtig sind als die psychologischen Kämpfe, die sie führen, um zu überleben.

Postmoderne Helden unterscheiden sich stark von den klassischen Helden. In Märchen und Legenden wird der Held durch eine Veränderung in der Außenwelt motiviert: Barbaren haben die Grenze überquert oder der plötzliche Tod des Königs stürzt das Land ins Chaos. In den postmodernen Erzählungen findet die Katastrophe im Inneren statt. Der postmoderne Held ist ein verwundeter Held und seine Gegner sind auch – und vor allem – die Monster in seinem Inneren. Dies macht moderne

„Märchen" wie *Game of Thrones* sowohl komplexer als auch interessanter, denn im Gegensatz zum klassischen Helden wird ein postmoderner Held von Selbstzweifeln, inneren Konflikten und Ängsten geplagt.

Diese innere Wunde findet sich bei allen Helden der Serie: Theon und Jon sind in ihrer eigenen Familie geächtet; der eine ist eine Kriegsgeisel und der andere ein Bastard. Die Geschichte von *Game of Thrones* folgt der allmählichen Heilung ihrer inneren Wunden, aber wie im wirklichen Leben ist diese Heilung weder gewährleistet noch verläuft sie geradlinig. Einige Charaktere wie Daenerys scheitern an Gewalt und Rache. Andere zeigen auf den ersten Blick eine lobenswertere Entwicklung, die jedoch immer stark schwankt: Arya erstellt eine Liste von Personen, die sie töten will, während ihre Schwester Sansa den Mord an Lord Baelish plant und Jon verrät, indem sie ihr Geheimnis an Tyrion weitergibt. Diese verschiedenen Entwicklungen verdeutlichen die verschiedenen Handlungsoptionen der Figuren im Umgang mit ihren eigenen Schwierigkeiten. Natürlich hat nicht jeder von uns das Trauma erlebt, einen Elternteil enthauptet zu sehen, aber wir alle haben schon einmal den Verlust eines geliebten Menschen oder die Aufgabe eines Ideals erlebt. Dadurch können wir uns in einigen Verteidigungsreaktionen von Sansa oder Arya wiedererkennen. Einige von uns reagieren mit Apathie und Prokrastination, während andere sich voller Rachegelüste auflehnen. Diese unmittelbaren Reaktionen sind nützlich, weil sie uns vor der Gefahr eines totalen Zusammenbruchs schützen. Doch die Entwicklung kann nur dann wirklich fortgesetzt werden, wenn der Verlust und seine Auswirkungen vollständig anerkannt werden. Die Schicksale der Stark-Schwestern veranschaulichen, wie ein Trauma verarbeitet werden kann. Beide gehen über die anfänglichen automatisch ablaufenden Abwehrreaktionen hinaus.

Wie bereits erwähnt, fasziniert uns die Welt von *Game of Thrones* deshalb so sehr, weil sie uns einen Spiegel vorhält, in dem wir uns selbst beobachten und unsere innersten Geheimnisse erforschen können. Gerald Poscheschnik zeigt, wie die geopolitische Organisation die Konflikte und Ängste der heutigen Zeit im Westen darstellt. Westeros, mit seinen korrupten Eliten und der Bedrohung durch einen erbarmungslosen Winter, repräsentiert die Ängste vor einer drohenden Katastrophe. Der Norden mit seinen Weißen Wanderern, die aus einer so fernen Vergangenheit stammen, dass sie kaum wiederzuerkennen sind, repräsentiert seiner Meinung nach die unausweichliche Rückkehr des Verdrängten. Der Zusammenbruch der Mauer bedeutet den Verlust der Abwehrmechanismen gegen die Angst, die die unbewussten Inhalte auslösen würden, wenn sie bewusst werden. Er ist außerdem eine Gelegenheit, sich der unbewussten Konflikte und Ängste bewusst zu werden und sie zu transformieren.

Diese Hoffnung auf Transformation wird von Essos und seiner reformorientierten Königin getragen, Daenerys Targaryen.

Ich bin mir nicht sicher, ob Daenerys die von Gerald Poscheschnik dargestellte Reformkönigin ist, aber ich bin nach wie vor davon überzeugt, dass Serien im Allgemeinen eine Gelegenheit bieten, über unsere eigenen Ängste, Konflikte und persönlichen Sackgassen nachzudenken. Wie Poscheschnik glaube auch ich, dass dies möglich ist, weil der Zuschauer in einen „Übergangsraum"[14] versetzt wird, also einen Ort, an dem es unmöglich ist, zu bestimmen, ob die Ereignisse zur inneren oder äußeren Realität des Betrachters gehören. In diesem Raum ist es möglich, mit Emotionen, Gedanken oder Konflikten in Berührung zu kommen, die in anderen Situationen Ängste auslösen würden. Indem er mit der Welt von Westeros in Resonanz tritt, kann sich der Zuschauer seinen persönlichen Erfahrungen und deren Auswirkungen auf sein eigenes Verhalten annähern und darüber nachdenken.

So weit entfernte Figuren ... und doch so nah

Game of Thrones lädt uns ein, unsere eigene Denkweise zu reflektieren, indem es uns mit bestimmten Denkmustern konfrontiert. Dies wird durch die Tatsache begünstigt, dass die Handlung in einer anderen Zeit und einem anderen Raum angesiedelt ist, aber dennoch ausreichend vertraute Aspekte aufweist, um das Hin- und Herwechseln zwischen unserer Realität und der Serienwelt zu ermöglichen. Wie wir sehen werden, sind drei psychologische Mechanismen – Dissoziation, Identifikation und Subjektivierung – für die psychische Arbeit der Zuschauer verantwortlich.

Dissoziation ist der Prozess, durch den ein Mensch eine Erfahrung aus seinem Bewusstsein verdrängt. Häufig beschreiben dissoziierende Personen ihre Erlebnisse so, als wären sie selbst die Zuschauer. Sie sind von ihren Gefühlen losgelöst und empfinden wenig oder keinen Schmerz. Sie erleben sich selbst und die Welt um sie herum als losgelöst. Die Dissoziation kann ein Abwehrmechanismus sein, der im Notfall genutzt wird, um das Unerträgliche zu ertragen. Die Person löst sich von dem traumatischen Ereignis – oder der Erinnerung daran – ab, um weiterleben zu können. Dissoziation ist auch ein Mechanismus des täglichen Lebens, der sich in Tagträumen, Prokrastination oder dem Anschauen von Fernsehserien widerspiegelt. Dabei werden jedoch verschiedene Ziele angestrebt. Im ersten Fall soll sie die Person schützen, indem die traumatische Erfahrung abgeschirmt wird. Im zweiten Fall soll sie das eigene Sein durch neue Erfahrungen bereichern. Der Zuschauer von *Game of Thrones* löst sich von der unmittelbaren Realität und taucht in die fantastische Welt

Serien bieten uns in der Regel eine Gelegenheit, über unsere eigenen Ängste, Konflikte und persönlichen Schwierigkeiten nachzudenken. Wie Gerald Poscheschnik glaube auch ich, dass dies möglich ist, weil der Zuschauer in einen „Übergangsraum" versetzt wird, also einen Ort, an dem es unmöglich ist, zu bestimmen, ob die Ereignisse zur inneren oder äußeren Realität des Betrachters gehören.

von Essos und Westeros ein. Diese Dissoziation erleichtert es ihm, sich mit bestimmten Charakteren oder Realitäten zu identifizieren. Indem er in die Realität der Serie eintaucht, bietet sich ihm die Möglichkeit, psychische Erfahrungen leichter zu integrieren. Diese Integration ist möglich, weil die Serie ein sicherer Raum ist, in dem Emotionen und Gedanken verarbeitet werden können, die zuvor beiseitegeschoben wurden.

Identifikation ist ein wichtiger Bestandteil unserer Auseinandersetzung mit den Medien. Sie definiert einen imaginären Prozess, durch den eine Person die Identität, die Ziele, den Standpunkt oder die Erfahrung einer Figur annimmt. Diese Identifikation ermöglicht es, die Ereignisse in der Serie als eigene Erfahrung zu erleben und die Emotionen der Figur zu teilen, mit der sich der Zuschauer identifiziert. Neben diesem reflektierenden Aspekt besitzt sie auch einen direkten Aspekt, indem sie eine Figur mit dem Bekannten identifiziert. In diesem Fall fühlt sich der Zuschauer nicht mit einer Figur aus *Game of Thrones* verbunden, sondern assoziiert sie mit einem Familienmitglied.

Cynthia Hoffner und Martha Buchanan haben eine interessante Diskussion über die Beziehung zwischen Medienerfahrung und Identifikation angestoßen:[15] Sie definieren Identifikation als Ergebnis der Fernseherfahrung. Identifikation ist die Verbindung, die eine Person mit einer anderen Person eingeht, sodass die Person die Eigenschaften, Einstellungen oder Verhaltensweisen der anderen Person annimmt oder die Eigenschaften der anderen Person in ihr Selbst einbaut. Die Autorinnen stellen darüber hinaus fest, dass in der Medienforschung Identifikation als der Prozess definiert wird, bei dem sich eine Person in eine Figur hineinversetzt und während der Serie die Erfahrungen der Figur macht: Der Zuschauer verliert dann während und sogar nach der unmittelbaren Medienerfahrung seine Identität an die der Figur. Anschließend versucht er zu handeln oder Erfahrungen zu machen, die denen der Figur ähneln, mit der er sich identifiziert hat (gewünschte Identifikation).

Im Allgemeinen neigen Menschen dazu, sich mit Figuren zu identifizieren, die ihnen ähnlich sind und mit denen sie bestimmte Erfahrungen oder Charaktereigenschaften teilen.[16] Die umfangreiche Bandbreite an Charakteren in *Game of Thrones* vervielfacht die Möglichkeiten der Identifizierung. Diese Identifikation wird darüber hinaus durch die Tatsache erleichtert, dass Motivation und Erfahrung der Charaktere genau beschrieben werden. Diese Figuren werden von Wünschen getrieben, von ihren früheren Erfahrungen gehemmt oder beflügelt, handeln nach ihrer persönlichen Moral oder sind völlig frei von einer solchen. Die imaginäre Interaktion mit ihnen wie Gespräche über die Serie mit Familienmitgliedern, ist eine Möglichkeit, die Welt, die Menschen und schließlich sich selbst besser zu verstehen.

Im Allgemeinen neigen Menschen dazu, sich mit Figuren zu identifizieren, die ihnen ähnlich sind und mit denen sie bestimmte Erfahrungen oder Charaktereigenschaften teilen.

Subjektivierung ist der Prozess, durch den sich eine Person eine Erfahrung aneignet. Die Psychoanalytiker betonen die Fehlschläge der Subjektivierung, indem sie sich auf die Mechanismen konzentrieren, die Gedanken oder Emotionen dem Bewusstsein vorenthalten. Subjektivierung bedeutet die Aufhebung dieser Mechanismen und damit eine Bereicherung der Person, die nun in der Lage ist, bisher zurückgehaltene Elemente in ihr Bewusstsein zu integrieren, beispielsweise eine breitere Palette von Emotionen zu erleben oder freier zu denken. Subjektivierung kann auch als der Prozess gesehen werden, in dem alltägliche Erfahrungen wahrgenommen, verstanden und im Gedächtnis gespeichert werden. Sie ist wie eine Folge von Überschwemmungen, die das Selbst mit ihrem Schlamm versorgen.

Game of Thrones ist ein ideales Medium zur Subjektivierung, da es eine große Anzahl von Figuren bietet, an die die psychische Verarbeitung anknüpfen kann. Die Charaktere, ihre Familien, ihre Beziehungen und die angesprochenen Themen wecken Emotionen, Gedanken und den Wunsch, diese mit anderen zu teilen. Die Saga nährt das Selbst, indem sie Bilder und Geschichten über persönliche Empfindungen oder Erfahrungen erzählt, die nicht vollständig anerkannt oder integriert sind. Für die Dauer einer Episode dehnt der Zuschauer die Grenzen seines Ichs auf die Welten von Essos und Westeros aus: Er gibt sich selbst die Gelegenheit, Aspekte seiner inneren Erfahrung zu transformieren. Die Ehre eines Ned Stark kann ihn zum Beispiel an die richtigen, aber zu starren Einstellungen erinnern, die er in der Vergangenheit eingenommen hat. Dieses Hin und Her zwischen Eintauchen und Transformation ist eine Aufgabe, zu der uns alle Bilder einladen.[17]

Popkultur und Psychopathologie

Game of Thrones bietet darüber hinaus Psychologen die Möglichkeit, theoretische Erklärungen auf eine gemeinsame und vertraute Kultur aufzubauen. Das Zusammentreffen von Psychopathologie und Popkultur ist keineswegs neu. Sigmund Freuds Vorliebe für Mythologie und Theater ist zum Beispiel allgemein bekannt und veranlasste ihn dazu, mithilfe des Ödipusmythos und der Figur des Hamlet einen strukturell wichtigen Moment in der Entwicklung des Kindes zu beschreiben. Märchen erregten ebenfalls die Aufmerksamkeit der Jungianer. In seinem bekannten Buch *Kinder brauchen Märchen (The Uses of Enchantment)* (1976) interpretierte der Pädagoge und Psychologe Bruno Bettelheim die unbewussten Bedeutungen der Märchen und betonte ihre Relevanz für die Entwicklungsprozesse. Schließlich wurde auch der Art und Weise, wie psychische Störungen im Film dargestellt werden, große Aufmerksamkeit geschenkt.

In jüngster Zeit nutzen Psychotherapeuten Erzählungen aus der Popkultur. Unter Popkultur verstehe ich die gesamte Bandbreite der großen Erzählungen aus den Bereichen Fantasy, Thriller, Krimi, Science Fiction usw. Diese Kultur stützt sich auf die klassischen Erzählstrukturen und weist oft eine große Anzahl von Charakteren mit komplexer Psychologie und Motivation auf. Dieses reichhaltige Material, das von vielen Menschen gleichermaßen geschätzt wird, befasst sich sowohl mit universellen Fragen als auch mit sehr spezifischen Interessen.

Für Psychotherapeuten bietet diese Popkultur einen doppelten Vorteil. Zunächst einmal hilft sie, sich durch die Verwendung einer gemeinsamen Sprache mit den Patienten leichter zu verständigen. Ein Großteil der Patienten kennt die symbolischen Momente dieser Kultur und erkennt sich darin wieder. So kann eine Situation oder der Lebensweg eines Patienten mit einer Figur aus der Popkultur in Verbindung gebracht werden. Diese Geschichten und Figuren werden zu einem Spiegelbild der externen sozialen Realität und kodieren gleichzeitig die interne psychische Realität des Einzelnen. *Star Wars* wurde beispielsweise von Hugues Paris und Hubert Stoecklin als „eine universelle Erzählung über die Konfrontation des Helden mit der Vaterfigur“[18] beschrieben, was erklärt, warum sich jeder darin wiedererkennen kann. Auch der Psychoanalytiker und zeitgenössische Künstler Warren Colman nutzte Darth Vader in der Behandlung eines seiner Patienten, um mit seiner Hilfe die komplizierten Beziehungen zum Vater zu erforschen. Auch die Geschichte von Kylo Ren in *Star Wars* kann ein Anlass sein, um mit den Gefühlen intensiver Wut und Angst zu arbeiten, die durch das Gefühl ausgelöst werden, den eigenen Idealen nicht gerecht zu werden.

Die Helden der Popkultur sind also ein Mittel, um leichter Zugang zu unserer inneren Welt zu erhalten. Neben dieser psychotherapeutischen Funktion werden sie auch in der Ausbildung von Fachkräften für psychische Gesundheit eingesetzt. Star Wars, um nur eine Saga zu nennen, wird dazu verwendet, um psychiatrische Konzepte zu lehren: Es können beispielsweise viele wichtige Störungen

(narzisstische Persönlichkeitsstörung, posttraumatischer Stress) und Konzepte (Entwicklungsstadien, Konfliktebenen) behandelt werden. Schließlich können die Erfahrungen der Charaktere genutzt werden, um die Auswirkungen von Ereignissen auf das Leben der Patienten zu diskutieren.

Psychopathologie durch *Game of Thrones* erlernen

Game of Thrones ist daher ein großartiger Nährboden, ein hervorragendes Lehrmaterial, um wichtige Themen der Psychologie und Psychopathologie wie traumatische Erfahrungen oder Umwelteinflüsse zu erforschen. Die Saga bietet die Möglichkeit, Angehörige der Gesundheitsberufe in der Kunst des klinischen Schreibens zu schulen.

Aufgrund der gewalttätigen Umgebung, in der sie leben, ist das offensichtlichste Thema die Auswirkung der Gewalt auf die Einzelpersonen und ihre Familien. Bran Starks Querschnittslähmung kann als Grundlage für die Diskussion über die physischen und psychischen Auswirkungen von Traumata dienen. Seine hellseherische Gabe, die er nach seinem Koma entwickelt, kann als Zeichen eines posttraumatischen Wachstums oder als Rückfall in eine halluzinierte Welt verstanden werden. Wie der Name schon sagt, bezeichnet posttraumatisches Wachstum die Beobachtung, dass manche Menschen nach einem traumatischen Erlebnis eine persönliche Entwicklung durchmachen: Sie genießen das Leben mehr, erleben einen spirituellen Wandel, entwickeln neue Fähigkeiten oder pflegen bessere Beziehungen zu anderen. Andererseits kann Brans Hellseherei auch als Zeichen einer traumatischen Anpassungsstörung verstanden werden. Durch die Fähigkeit, die Haut zu wechseln, entkommt er seiner Behinderung.

Die Frage der posttraumatischen Entwicklung findet sich in vielen Figuren wieder, am deutlichsten in Daenerys Targaryen: Von einem jungen Mädchen, das von seinem Bruder und seinem Ehemann beherrscht wird, entwickelt sie sich zu einer machtvollen Frau. Lange Zeit bewahrt sie sich ihre Empathie und ihre Hoffnung, die Welt zu verändern, doch schließlich beugt sie sich den Verheißungen der Gewalt.

Der Eisenthron in Königsmund

Die Frage der generationsübergreifenden Übertragung wird auch in der Psychopathologie diskutiert: Werden bestimmte Störungen allgemein vererbt oder sind sie das Ergebnis von Umwelteinflüssen? Diese Diskussion wird von der Debatte über imaginäre Einflüsse zwischen Mitgliedern derselben Familie überlagert. Psychotherapeuten haben aufgezeigt, wie die Erfahrungen eines Vorfahren einen schädlichen Einfluss auf mehrere Generationen ausüben können. In *Game of Thrones* stellt sich diese Frage bei Aerys II Targaryen, genannt „der irre König", einem impulsiven, gewalttätigen Mann mit schrecklichen Wutausbrüchen und einer Faszination für das Feuer. Seine Tochter Daenerys zeigt ähnliche Züge, was eine Diskussion über den genetischen oder umweltbedingten Faktor bei der generationsübergreifenden Weitergabe von Verhaltensweisen ermöglicht.

Obwohl das Schreiben ein Bereich ist, der in der Ausbildung von Fachkräften des Gesundheitswesens nur selten behandelt wird, nimmt es doch einen immer wichtigeren Teil ihres Berufslebens ein. Diese Fachkräfte verfassen eine Vielzahl von fachbezogenen Schriftstücken, von Notizen über klinische Berichte bis hin zu Briefen an Patienten und ihre Familien. Klinische Aufzeichnungen fassen die wichtigsten Informationen zusammen und dokumentieren die Begegnung mit dem Patienten. Sie ermöglichen das Erstellen eines klinischen Berichts, der die Gründe für die Begegnung mit dem Patienten wiedergibt, eine diagnostische Einschätzung und eine klinische Formulierung der Beschwerden enthält und, falls erforderlich, einen Behandlungsplan vorschlägt.

Fallstudien sind klinische Berichte, die für die Ausbildung von Angehörigen der Gesundheitsberufe im Allgemeinen und von Psychotherapeuten im Besonderen von entscheidender Bedeutung sind. Hierbei handelt es sich um eine eingehende Untersuchung einer Person oder einer Gruppe. Darüber hinaus sollen aus der gründlichen Kenntnis einer Situation allgemeingültige Lehren gezogen werden. Fallstudien wurden aufgrund ihres Mangels an wissenschaftlicher Strenge oft kritisiert. So ist es beispielsweise schwierig, ihre Formulierungen umfassend zu standardisieren. Zudem sind sie offen für Interpretationsfehler, bieten dafür allerdings eine Fülle und Tiefe, die mit anderen Mitteln nicht erreicht werden kann. Sie sind das derzeit effektivste Mittel, das Psychologen zur Verfügung steht, um die Komplexität einer Situation zu erfassen.

Die Geschichten der Popkultur sind daher eine Art Labor, in dem die Auswirkungen einer Situation auf das Funktionieren einer Person oder einer Gruppe untersucht werden können. Im Rahmen der Ausbildung von Fachkräften im Gesundheitswesen sind diese Geschichten von großem Wert, da sie die Möglichkeit bieten, Fähigkeiten wie die Identifizierung von Problemen, deren Konzeptualisierung und die Formulierung eines Behandlungsplans zu trainieren. Betrachten wir den Fall von Joffrey Baratheon.

Game of Thrones *ist ein hervorragendes Unterrichtsmaterial, um wichtige Themen der Psychologie und Psychopathologie wie traumatische Erfahrungen oder Umwelteinflüsse zu erforschen.*

Joffrey Baratheon, ein narzisstischer und antisozialer Psychopath

In einer normalen Entwicklung internalisiert das Kind den Elternteil, der sich gerne um es kümmert. Es verfügt über eine Reihe von „guten Objekten", die es in schwierigen Zeiten trösten. In der Psychopathie werden diese „guten Objekte" durch Objekte ersetzt, die als fremd und bedrohlich empfunden werden.

Joffreys offizieller Vater ist Robert Baratheon, sein leiblicher Vater Jaime Lennister, der Zwillingsbruder seiner Mutter. Nach Roberts Tod wird er zum König der Sieben Königslande gekrönt. Seine grünen Augen, das blonde Haar und das gute Aussehen beeindrucken seine Verlobte Sansa Stark, aber sein bösartiger Charakter zeigt sich schon früh, sogar noch vor seiner Konfrontation mit Arya Stark oder bevor er Eddard Stark auf offener Straße köpfen lässt, wobei dessen Tochter Sansa (seine zukünftige Frau) der Szene beiwohnen muss. Hinter seinen guten Manieren verbirgt sich ein Perverser, der seinen gesellschaftlichen Status nutzt, um andere zu erniedrigen, zu vergewaltigen und zu töten, wie es ihm gefällt. Wenn ihm zum Beispiel ein Lied nicht gefällt, bittet er den Barden, seine Strafe zu wählen: eine abgetrennte Hand oder eine herausgerissene Zunge. Er hat keinen Sinn für Moral, gibt anderen die Schuld für sein Versagen und zeigt nur wenig Selbstkontrolle. Er kennt kein Verantwortungs- oder Schuldgefühl und fürchtet nur diejenigen, die gewalttätiger sein können als er. Es gibt einige Hinweise auf die Art seiner Kindheit. So gesteht ihm zum Beispiel König Robert auf dem Sterbebett, dass er ein besserer Vater hätte sein können. Letztendlich blickt Joffreys Grausamkeit auf eine lange Geschichte zurück: Er ist auch ein gewalttätiger älterer Bruder, der regelmäßig seine Schwester und seinen Bruder attackiert.

Klinische Formulierung

Joffrey handelt ohne nachzudenken und scheint nur von der unmittelbaren Freude motiviert zu sein, die ihm seine meist grausamen Taten bereiten können. Im Gegensatz zu seiner Mutter Cersei nimmt er sich selten die Zeit, seine Handlungen zu planen. Dies führt dazu, dass er kindisch und kontraproduktiv handelt und Taten begeht, die ihn teuer zu stehen kommen. Der Schutz des Selbstwertgefühls ist eine zentrale Eigenschaft, die so stark ausgeprägt ist, dass er nur sich selbst liebt. Die Wahrnehmung seiner eigenen Person wird durch Größenwahn getrübt. Obwohl er nichts erreicht hat und auch nichts erreicht, wenn sich ihm die Gelegenheit dazu bietet, vergleicht er sich gerne mit den Größten in Westeros. Sein Wunsch, sich selbst in den Vordergrund zu stellen, ist so stark ausgeprägt, dass er sogar die Realität manipuliert. Er stellt sich selbst als Ned Starks Henker oder als derjenige dar, der eine entscheidende Rolle in der Schlacht um Königsmund gespielt hat, indem er persönlich gegen Stannis Baratheon gekämpft habe.

Die Geschichten der Popkultur sind daher eine Art Labor, in dem die Auswirkungen einer Situation auf das Funktionieren einer Person oder einer Gruppe untersucht werden können.

Joffrey scheint nicht in der Lage zu sein, jemand anderen außer sich selbst zu lieben. Seiner Mutter gegenüber zeigt er keinerlei Zuneigung, was wahrscheinlich auf seinen Frauenhass zurückzuführen ist. Er genießt es, sich vor seiner Mutter über die Untreue seines Vaters Robert lustig zu machen[19] oder Jaime zu demütigen, indem er seine Verdienste herabsetzt, oder Tyrion bloßzustellen, indem er sein Aussehen kritisiert.

Nach John MacDonald[20] neigen Kinder, die sich grausam gegenüber Tieren verhalten, mit Feuer spielen und Bettnässer sind, eher dazu, als Erwachsene einen oder mehrere Morde zu begehen. Diese Idee wurde 2009 insbesondere von Kori Ryan infrage gestellt, für den Tierquälerei bei Kindern dennoch immer ein beunruhigendes Zeichen ist: Das Tötungsverbot ist in der Regel von Kindheit an tief verankert, und jede Übertretung, insbesondere wenn sie mit Freude verbunden ist und wiederholt auftritt, ist ein alarmierendes Zeichen. Die Grausamkeit wird in der Tat in der Kindheit aufgebaut und im Erwachsenenalter beibehalten. Zahlreiche Faktoren führen dazu, dass ein Kind auf so problematische Weise aufwächst. In der Regel weisen alle großen Mörder eine Vorgeschichte von aktiver oder passiver Vernachlässigung, perversen Zügen, Misshandlung und eine psychiatrische Vergangenheit auf. In der Serie kann der Zuschauer Joffreys frühe Störung nur erahnen, aber in den Büchern erfahren wir, dass er als Kind eine trächtige Katze in zwei Hälften schneidet, um seinem Vater die Jungen zu zeigen. Dies hätte durch Erziehung verhindert werden können, wenn die Erwachsenen mehr Anteil genommen hätten. Obwohl er von Geburt an einen Status und Schutz genießt, durch den er ungestraft seine eigene Perversion entwickeln kann, unterscheidet sich Joffrey also nicht so sehr von den großen Psychopathen von heute.

Diagnose

Joffrey weist eine antisoziale Persönlichkeitsstörung, eine Verhaltensstörung sowie eine narzisstische und psychopathische Persönlichkeit auf. Ich werde hier nur die antisoziale Persönlichkeitsstörung erörtern, die am offensichtlichsten ist. Gemäß dem *Diagnostic and Statistical Manual of Mental Disorders* ist diese Störung Erwachsenen vorbehalten, die früher oftmals Kinder mit einer Verhaltensstörung gewesen sind. Die antisoziale Persönlichkeitsstörung bei Erwachsenen ist durch drei Kriterien gekennzeichnet: Missachtung und Verletzung der Rechte anderer, die bereits im Alter von 15 Jahren auftreten können, Verhaltensstörungen, die vor dem Alter von 15 Jahren einsetzen, und Verhaltensweisen, die nicht auf Schizophrenie oder eine bipolare Störung zurückzuführen sind. Für das erste Kriterium muss die Person mindestens drei der folgenden Merkmale aufweisen: Unfähigkeit, sich an soziale Normen zu halten, welche gesetzeskonformes Verhalten bestimmen; Neigung, aus Profit oder Vergnügen zu täuschen; Impulsivität oder Planungsunfähigkeit; Reizbarkeit oder Aggressivität; rücksichtslose Missachtung der eigenen Sicherheit oder der Sicherheit anderer; andauernde Verantwortungslosigkeit; fehlende Reue. Abgesehen von seinem Alter erfüllt Joffrey alle Kriterien und verhält sich so, als ob die grundlegenden Regeln des gesellschaftlichen Lebens für ihn nicht gelten würden. Er ist impulsiv und reizbar, zögert nicht, andere zu täuschen, verachtet deren Leben und handelt verantwortungslos.

Nach Louth und anderen Kollegen[21] machen Psychopathen aus Emotionen eine „zweite Sprache", die sie benutzen, um andere zu manipulieren. Ist das bei Joffrey der Fall? Wie auch immer, im Laufe ihrer Entwicklung bauen Kinder Abwehrmechanismen auf, um sich den erzieherischen Zwängen der Außenwelt und den Impulsen ihrer inneren Welt anzupassen. Die Tatsache, dass Joffrey dazu neigt, andere an seiner Stelle handeln zu lassen – und manchmal sich selbst mit der Person, die er beauftragt hat, zu verwechseln – lässt erkennen, welche Abwehrmechanismen er bevorzugt einsetzt. Allmächtige Kontrolle, projektive Identifizierung (der Betroffene lässt andere Gefühle oder Gedanken empfinden, um sich selbst besser verstehen zu können) und Dissoziation (Schwierigkeiten, richtig zu erkennen, was der Betroffene tut oder nicht tut) bilden eine erste Gruppe von Abwehrmechanismen.

Joffreys geringe Ausdrucksfähigkeit ist ebenfalls ein Indiz für Psychopathie: Diese Figur scheint nur Freude (andere leiden zu sehen) und Angst (selbst zu leiden) zu kennen. Das Leiden steht daher im Mittelpunkt seiner Erfahrungen, sowohl in Bezug auf seine Beziehungen zu anderen (die Prostituierte Ros wird ihr Leben verlieren) als auch zu sich selbst. Es deutet auch auf eine sehr primitive Art der Beziehung zu anderen hin, die auf projektiver Identifizierung beruht. Die Schwäche seines Selbst führt zu Momenten der Dissoziation. Ist er wirklich der Henker, der Ned Stark enthauptet hat? Reicht es nicht aus, etwas tun zu wollen, oder jemanden etwas tun zu sehen, um es selbst getan zu haben? Die Grenzen von Joffreys Selbst sind umso durchlässiger, als er einen enormen Hunger nach Anerkennung hat, wie die Skulptur beweist, die er von sich mit einer Armbrust in der Hand und einem Fuß auf einem erschlagenen Wolf anfertigen und im Schlossgarten aufstellen lässt, um die Realität zu verändern.

In den Büchern erfährt man, dass der kleine Joffrey eine trächtige Katze in zwei Hälften schneidet, um seinem Vater die Jungen zu zeigen.

Die Abwehrmechanismen schützen ein Selbst, das so unreif ist, dass es nicht durch ein Über-Ich geschützt wird (dessen Funktion darin besteht, die Person dazu zu bringen, sich gemäß der Moral der Gruppe zu verhalten, der sie angehört). Ohne ein Über-Ich kann Joffrey seinen Trieben freien Lauf lassen, was mit der Angst bezahlt wird, ohne Verbindung und Bindung zu sein. Je größer diese Angst ist, desto mehr nimmt die Person die Leere ihres Selbstwertgefühls wahr und desto mehr neigt sie dazu, einen Ausgleich in den Freuden des Triebes zu suchen, was letztendlich ihren Narzissmus noch weiter aushöhlt. Der Übergang zur Tat, also die sofortige Befriedigung selbst der heftigsten Wünsche, signalisiert das Versagen der meisten Abwehrmechanismen. Das ist auch ein Zeichen von Psychopathie. Aufgrund seiner sozialen Stellung leidet Joffrey nicht darunter, was ihn dazu ermutigt, immer häufiger seine Wünsche zu erfüllen und Anpassungsmechanismen aufzugeben. Die Kindheit von Psychopathen ist in der Regel von Unsicherheit, Chaos und bzw. oder Misshandlung geprägt, unabhängig von der Herkunft. Joffrey stammt aus einer königlichen Familie, aber das hat ihn nicht vor den Erfahrungen geschützt, die den Nährboden für Psychopathie bilden. Als Kind scheint Joffrey von einer (fälschlicherweise) überfürsorglichen Umgebung seiner Mutter zu einem völlig desinteressierten Vater gewechselt zu haben, ohne dass ihm der Grund für diese Veränderung mitgeteilt wurde. Emotionen werden in einem Mangel an bedeutungsvollem Kontext erlebt, was zu dem oben erwähnten Mangel an Expressivität und der Verwendung projektiver Identifikation führt. Ist Joffrey in einem solchen Umfeld aufgewachsen? Die Liebe seiner Mutter ist ziemlich offensichtlich, aber vielleicht wuchs er wie viele Prinzen in einer Umgebung auf, die eher in materieller als in emotionaler Hinsicht reich war …

Die wenigen Gefühle, die Joffrey ausdrücken kann, stehen im Zusammenhang mit einer Störung der Verarbeitung subjektiver Erfahrungen: Im normalen Entwicklungsprozess verinnerlicht das Kind den Elternteil, der sich gerne um es kümmert. Es verfügt über eine Reihe von „guten Objekten", die es in schwierigen Zeiten trösten und es vor problematischen Verhaltensweisen schützen. In der Psychopathie werden diese „guten Objekte" durch Objekte ersetzt, die als fremd und bedrohlich empfunden werden.[22] Im ersten Fall kultiviert das Kind den Prozess der Verinnerlichung, weil es ihm Freude bereitet, Teil der menschlichen Familie zu sein. Im zweiten Fall ist die Verinnerlichung eine Quelle der Angst und das Kind versucht um jeden Preis, die inneren Objekte zu vertreiben.

Kinder werden nicht gleich geboren. Einige sind leicht zu erziehen, weil sie leicht zu trösten sind, ihre Bedürfnisse leicht zu erkennen sind und schnell befriedigt werden. Eltern und Kind erleben dann den Austausch als eine Quelle der Freude, was dazu führt, dass das Selbstwertgefühl beider Seiten gestärkt wird. Andere Kinder sind komplizierter, weil sie von Anfang an aggressiver sowie schwer zu verstehen und zu befriedigen sind. Sie erfordern in der Regel eine stärkere Einbindung einer Elternfigur, die ihnen Grenzen setzt und hilft, ihre Ausbrüche einzudämmen. Man kann sich leicht vorstellen, dass Joffrey als Baby bei seinen biologischen Eltern Scham- und Schuldgefühle hervorgerufen haben muss, da er das Ergebnis eines Inzests war. Die geringe Anteilnahme seines Vaters hat seine Entwicklung zusätzlich belastet. Schließlich wuchs er mit dem Gefühl auf, für seine Eltern eher ein Problem als ein Grund zur Freude zu sein.

Der Übergang zur Tat, also die sofortige Befriedigung von Wünschen, selbst der heftigsten, signalisiert das Versagen der meisten Abwehrmechanismen.

Behandlung

Die Behandlung von Psychopathen ist so schwierig, dass sie oft als aussichtslos angesehen wird. Der berühmte Kinderpsychoanalytiker Donald Winnicott scheint zumindest aufzugeben, wenn er darauf hinweist, dass das Gefängnis die einzige Alternative sei, wenn die Behandlung nicht früh genug erfolge. Die veränderte Wahrnehmung der Realität, die man bei einigen Psychopathen findet, ihre enorme Impulsivität und ihr Sadismus behindern die Behandlung. Hinzu kommt ein falsches Selbst, das sich in charmanten Zügen präsentiert und absichtlich die authentischen und problematischen Aspekte der Persönlichkeit verdeckt. All dies erklärt, warum ein Psychotherapeut möglicherweise zögert, sich auf die Behandlung einer Person wie Joffrey einzulassen. Die Aufgabe ist jedoch unter bestimmten Bedingungen lösbar: Zunächst ist eine gewisse Bereitschaft des Betroffenen erforderlich. Zweitens ist es notwendig, eine ausreichende Intensität mit einem Rhythmus von vier bis fünf Sitzungen pro Woche zu erreichen. Die dritte Bedingung betrifft die psychische und physische Sicherheit des Psychotherapeuten, die gewährleistet sein muss. Dann kann die Behandlung vielleicht einige bescheidene Ergebnisse erzielen.

Die gute Seite von Joffrey Baratheon?

Hamlet oder Ödipus sind universelle Archetypen, die jedoch weniger aktuell sind als Charaktere wie Joffrey, der die Möglichkeit bietet, die Perversion der Macht, die Gewalt gegen Kinder oder die Rolle der Väter zu thematisieren. Diese unmittelbaren Resonanzen erleichtern die Auseinandersetzung mit der Figur. In diesem Sinne bieten sie größere pädagogische Möglichkeiten.

Die Ausarbeitung eines klinischen Falles wie der von Joffrey kann in einem Lehrplan für die Ausbildung von Fachkräften für psychische Gesundheit verwendet werden. Dank der Popkultur verfügen die Studenten über ein großes Angebot an klinischen Fällen, die sie diskutieren können. Meines Erachtens bietet die Verwendung dieser Unterrichtsmethode mehrere Vorteile. Die Privatsphäre der Patienten wird geschützt. Im Rahmen einer Fallstudie muss man in die Details des Lebens der betreffenden Person eindringen und gleichzeitig ihre Anonymität gewährleisten. Diese schwierige Aufgabe entfällt bei der Verwendung fiktiver Personen. Außerdem können die Lernenden in ihren Ausführungen so weit gehen, wie sie möchten, da es sich um Fiktion handelt. Sie müssen sich jedoch an die Grenzen der verfügbaren Daten halten. Bei fiktiven Figuren lässt sich leichter überprüfen, ob die Aussagen auf Fakten beruhen oder ob es sich um Vermutungen handelt. Darüber hinaus sind die Lernenden motivierter, sich mit einer Figur wie Joffrey Baratheon zu beschäftigen als mit Anna O., deren Geschichte inzwischen mehr als ein Jahrhundert zurückliegt. Eine fiktionale Figur erlaubt es auch, mit den negativen Einstellungen der Schüler zu arbeiten; Joffrey ist nicht gerade ein Sympathieträger und manche Patienten können die Feindseligkeit des Pflegepersonals auf sich ziehen. Es ist wichtig, sich dieser negativen Haltung bewusst zu werden, um sie zu korrigieren, damit sie die Behandlung nicht beeinträchtigen. Schließlich können fiktive Charaktere auch dazu herangezogen werden, um auf relativ seltene und schwer zu behandelnde Diagnosen wie die Psychopathie einzugehen. Eine solche Psychopathie wirkt dann wie ein Vergrößerungsglas, mit dem die Rolle von Emotionen und deren Regulierung in unserem Verhalten und unserer Wahrnehmung diskutiert werden kann.

Das Verbot des Tötens ist in der Regel von Kindheit an tief verankert und jede Übertretung, insbesondere wenn sie mit Vergnügen verbunden ist und wiederholt auftritt, ist ein Warnsignal. Die Grausamkeit wird in der Tat in der Kindheit aufgebaut und im Erwachsenenalter beibehalten.

Die Untersuchung einer fiktiven Figur unterliegt jedoch gewissen Einschränkungen: Die Störungen werden oft karikiert und der traumatischen Ätiologie (Ursachenforschung) wird zu viel Bedeutung beigemessen. Da eine Geschichte einen Sinn ergeben muss, werden die Schwierigkeiten der Figuren oft durch ein Trauma erklärt, das sie vor einigen Jahren erlebt haben. In der Realität sind die Dinge selten so klar. Depressionen oder Angstzustände können auch auftreten, ohne dass die Person eine externe Ursache für die Störung aufweist. Außerdem lässt die traumatische Ätiologie den genetischen und biologischen Teil mancher Störungen außer Acht, der in fiktionalen Werken oft nicht explizit erwähnt wird.

Diese Einschränkungen sind keineswegs unüberwindbar, wenn man, wie Freud forderte, darauf achtet, dass man das Gerüst nicht für das Gebäude hält.[23] Die fiktiven Figuren werden zu Vorlagen, anhand derer man lernt, klinische Überlegungen anzustellen und Diskussionen über die Entstehung und Aufrechterhaltung von Störungen, ihre mildernden oder verschlimmernden Faktoren, unsere Wahrnehmung und die Pflege, die wir anbieten können, zu führen. Auf diese Weise tragen diese Diskussionen zum Aufbau von psychopathologischem Wissen und zur Entwicklung einer professionellen Denkweise bei.

Game of Thrones ist somit ein würdiger Nachfolger der Märchen, die seit Jahrzehnten verwendet werden, um Entwicklungsverläufe aufzuzeigen und psychotherapeutische Behandlungen öffentlich zu machen. In diesen Märchen, die in komprimierter Form entwicklungsbezogene Themen beschreiben, werden die Figuren mit verschiedenen Hindernissen konfrontiert, die sie mithilfe magischer Wesen und bzw. oder Gegenstände überwinden. Diese auf den ersten Blick unterhaltsamen Abenteuer repräsentieren auch kindliche Wünsche und Ängste. In einigen Geschichten werden Kannibalismus, Inzest, Mord und Verstümmelung unverblümt dargestellt. Kritische Aspekte der Entwicklung wie Trennung, Individuation und posttraumatisches Wachstum werden regelmäßig behandelt. Die Abenteuer der Figuren können als Entwicklungswege mit all ihren Erfolgen und Misserfolgen verstanden werden.

Da die Serie *Game of Thrones* in einem Fantasy-Universum angesiedelt ist und Themen wie Gewalt, Resilienz, Rivalität, Bindung und eheliche Beziehungen aufgreift, ist sie als Spiegel unserer hyperhierarchischen Gesellschaft auch ein Nährboden für die Psychologie und bietet gleichzeitig eine großartige Grundlage, um Psychologie zu „betreiben“ und – wer weiß – zu verhindern, dass wir eines Tages alle zu einem Joffrey Baratheon werden …

Anmerkungen

1. William Clapton und Laura J. Shepherd, „Lessons from Westeros: Gender and power in Game of Thrones", *Politics*, vol. 37, Nr. 1, 2017, p. 5-18.
2. Charli Carpenter, „Game of Thrones as Theory", *Foreign Affairs,* 29 mars 2012.
3. Katie Ellis, „Cripples, bastards and broken thing: disability in Game of Thrones", *M/C Journal,* vol. 17, Nr. 5, 2014.
4. GoT I-4.
5. Colleen Elaine Donnelly, „Re-visioning negative archetypes of disability and deformity in fantasy: Wicked, Maleficent, and Game of Thrones", *Disability Studies Quaterly*, vol. 36, Nr. 4, 2016.
6. Reidar P. Lystad et Benjamin T. Brown, „‚Death is certain, the time is not': mortality and survival in Game of Thrones", *Injury Epidemiology,* vol. 5, 2018.
7. L. Vecchiolla, „The loving and the terrible mother: Daenerys and Cersei as two models of Jung's Great Mother Archetype" in T. Langley (Hg.), *Game of Thrones Psychology,* New York, Sterling Publishing Co, 2016.
8. W. B. Erickson und D. R. Weatherford, „All poor problem solvers must die: A model of winning and losing" in T. Langley (Hg.), *Game of Thrones Psychology*, New York, Sterling Publishing Co, 2016.
9. D. Klisanin, „Pure as Snow: The Character Strengths and Virtues of a Hero" in T. Langley (Hg.), *Game of Thrones Psychology,* New York, Sterling Publishing Co, 2016.
10. Sharon Jakobwitz und Vincent Egan, „The ‚dark triad' and normal personality traits", *Personality and Individual Differences,* vol. 40, Nr. 2, 2006, p. 331-339.
11. W. Goodfriend, „Women of Westeros: Fighting Benevolent and Hostile sexism" in T. Langley (Hg.), *Game of Thrones Psychology,* New York, Sterling Publishing Co, 2016.
12. HS. Hupp, „Parenting Styles of the Direwolf, Falcon, Lion, and Stag" in T. Langley (Hg.), *Game of Thrones Psychology,* New York, Sterling Publishing Co, 2016.
13. C. Blunt, „The breaking of a man: Torture and transformation" in T. Langley (Hg.), *Game of Thrones Psychology*, New York, Sterling Publishing Co, 2016.
14. Donald Winnicott, „Le rôle de miroir de la mère et de la famille dans le développement de l'enfant", *Nouvelle Revue de Psychanalyse*, Nr. 10, 1974.
15. Cynthia Hoffner und Martha Buchanan, „Young adults' wishful identification with television charac- ters: the role of perceived similarity and character attributes", *Media Psychology,* vol. 7, Nr. 4, 2005.
16. Ibid.
17. S. Tisseron, *Psychanalyse de l'image: De l'imago aux images virtuelles,* Paris, Dunod, 1995.
18. Hugues Paris und Hubert Stoecklin, *Star Wars au risque de la psychanalyse. Dark Vador, adolescent mélancolique?*, Toulouse, Érès, 2012.
19. GoT, I-2.
20. John M. Macdonald, „The threat to kill", *The American Journal of Psychiatry,* vol. 120, Nr. 2, 1963.

Da die Serie Game of Thrones *in einem Fantasy-Universum angesiedelt ist und Themen wie Gewalt, Resilienz, Rivalität, Bindung und eheliche Beziehungen aufgreift, ist sie als Spiegel unserer hyperhierarchischen Gesellschaft auch ein Nährboden für die Psychologie.*

21. Shirley M. Louth, Sherrie Williamson, Murray Alpert, Enrique R. Pouget et Robert D. Hare, „Acoustic distinctions in the speech of male psychopaths", *Journal of Psycholinguistic Research,* vol. 27, Nr. 3, 1998.

22. James S. Grotstein, „Newer perspectives in object relations theory", *Contemporary Psychoanalysis*, vol. 18, Nr. 1, 1982.

23. Sigmund Freud, *L'interprétation des rêves,* Paris, PUF, 1980, p. 578 (dt. *Über Träume und Traumdeutungen,* Frankfurt/M. 1993).

DIE TOTEN UND DIE LEBENDEN!

DAS BILD DER LEICHE IM PROLOG VON *GAME OF THRONES*

BARBARA
LE MAÎTRE

* Sofern nicht anders angegeben, stützen sich die Analysen dieses Artikels hauptsächlich auf den Inhalt der Fernsehserie *Game of Thrones*.

Der Prolog der Serie *Game of Thrones* beeindruckt durch seine extreme Gewalt, die zwar jene in den Romanen von George R. R. Martin fortsetzt, allerdings bildlich dargestellt und somit auf eine ganz andere Art und Weise erfahrbar gemacht wird. Der tote Körper ist zwar ein bevorzugtes Motiv der Eröffnungssequenz, taucht jedoch in verschiedenen Formen auf, die sowohl aus der Welt des „mittelalterlich Grausamen" als auch aus den großen Werken der Renaissance – Gemälde, aber auch anatomische Zeichnungen – übernommen wurden. In Anlehnung an bestimmte Fragen von Rafael Mandressi zur „Verbreitung des Leichnams im visuellen Raum der Gesellschaften"[1] soll die visuelle, historische und kulturelle Tiefe dieses meisterhaften Prologs ausgelotet werden.

Die verstümmelten Oberkörper erinnern an manche Leichen in den berühmten Gemälden und anderen Werken der Renaissance.

Vorherige Doppelseite
Die Mauer von oben

Die Reiter der *Drei Lebenden und drei Toten*

Die Serie beginnt mit drei eingeschworenen Brüdern der Nachtwache, die die Grenzen der Schwarzen Festung und den Schutz der Mauer verlassen, um in einem großen Wald – dem sogenannten Verfluchten Wald – zu patrouillieren, in dem eine Gruppe von Wildlingen und, wie sich bald herausstellt, auch einige Geister ihr Unwesen treiben. Gared, Will, Ser Weymar Rois: Drei schwarz gekleidete Gestalten reiten auf ebenso dunklen Pferden. Schneeflocken wirbeln durch die Luft. Die Reiter trennen sich am Eingang des mit Raureif überzogenen Waldes. Wills Silhouette hebt sich von der schneebedeckten Umgebung ab, gleitet zwischen den Bäumen hindurch und bewegt sich auf eine Anhöhe zu. Lautlos steigt die Figur vom Pferd ab, erklimmt den Hügel und schaut auf die darunterliegende Lichtung. Immer wieder werden seine weit aufgerissenen Augen mit einer ersten grausamen Szene in Verbindung gebracht: abgetrennte Gliedmaßen, deren blutiges Aussehen durch das kalte Licht noch verstärkt wird, dann abgeschlagene Köpfe, die auf Pfähle aufgespießt wurden, gefolgt von mehreren halben Leichen, von denen die meisten unbekleidet sind, umgeben von zerfetzten Eingeweiden und diversen Knochen. Die furchtbar zerstückelten Körper sind geometrisch angeordnet (ein in der Hälfte geteilter Kreis). Der Ton ist vorgegeben: Der Eindruck von Barbarei drängt sich auf.

Die verstümmelten Oberkörper erinnern an einige Leichen in großen Gemälden und anderen Darstellungen aus der Renaissance. Dabei denkt man insbesondere an den jungen Mann auf dem Gemälde *Der Heilige Georg tötet den Drachen* von Vittore Carpaccio (um 1502–1507) oder an die Frau im Frontispiz des anatomischen Traktats *De humani corporis fabrica libri septem* von Andreas Vesalius (1543, dt.: *Sieben Bücher über den Aufbau des menschlichen Körpers*) oder noch eher – denn der Körper ist nicht „zerrissen“ – an den Leichnam auf dem Scheiterhaufen von Andrea Mantegnas *Beweinung Christi* (um 1480).[2]

Als Will sich umdreht, um den Schauplatz zu verlassen, sieht er sich Auge in Auge mit einem auf einem Baumstamm aufgespießten Kind, einer Wachspuppe mit starrem Blick und blutverschmierten Lippen – eine zweite grausige Begegnung. Im Mittelpunkt der Sequenz steht Wills Blick, der, wie sich noch zeigen wird, einerseits eine echte Erschütterung angesichts des „Schauspiels“ des Todes offenbart. Andererseits bezeugen solche sorgfältig inszenierten Körperfragmente das Gedächtnis der Bilder und deren Fähigkeit, die Geschichte der Darstellungen (sowohl der künstlerischen als auch der wissenschaftlichen) widerzuspiegeln.

Nachdem sich die drei Reiter wieder zusammengefunden haben, führt Will seine Begleiter zurück zum Hügel, damit sie das Blutbad mit eigenen Augen sehen. Doch da ist nichts mehr: keine Spur vom Massaker der Wildlinge, die Lichtung ist fast leer. Trotzdem bückt sich Gared, um etwas Blutverschmiertes aufzuheben. Als er den Kopf in Richtung

Weymar dreht, der ihn nach dem unförmigen Teil in seinen Händen fragt, sieht man einen menschenähnlichen Schatten mit blauen Augen, der sich hinter dem jungen Ser aufbaut. Dieser bedrohliche Schatten erinnert in seiner Gesamterscheinung ein wenig an die dunklen Kreaturen aus *The Fog – Der Nebel des Grauens* von John Carpenter (1980), in dem die Geister von Schiffbrüchigen in einem kleinen Fischerdorf herumspuken.

Der Rest des Prologs gehört in den Off-Screen-Bereich, aber das Geräusch eines schneidenden Schwerts und der Schrei des Reiters lassen keinen Zweifel aufkommen: Weymar Rois wurde gefoltert. Bevor Will die Beine in die Hand nimmt, bleibt ihm noch Zeit, den Pferden dabei zuzusehen, wie sie wiehernd davongaloppieren und wie das kleine Mädchen, das in den Zustand des untoten Überlebens zurückgekehrt ist, mit traurigen huskyblauen Augen zu ihm aufschaut. Nach einer Flucht, die durch das Ächzen unsichtbarer Kreaturen – von denen man jedoch weiß, dass sie zahlreich und wütend sind – unterbrochen wird, sehen sich Will und Gared schließlich wieder. Die dritte grausame Szene: Der Erstere sieht, wie der Zuschauer, zu, wie der Zweite von der gleichen menschenähnlichen Gestalt enthauptet wird. (Im Roman ist es genau andersherum: Will wird getötet, während Gared fliehen kann. Nachdem er später geisteskrank wird, desertiert er aus der Nachtwache und wird dafür hingerichtet). Diese grausige Szene, in der drei Lebende – die Späher der Nachtwache – eine Art personifizierten Tod erleiden, erinnert an das berühmte Thema der Erzählung von *den drei Lebenden und den drei Toten,* die zwischen 1275 und 1300 geschrieben und später in Kupferstichen, Gemälden oder Skulpturen aufgegriffen wurde, die vor allem in Kirchen zu sehen sind. In dieser Legende sprechen drei Tote zu drei reich dekorierten jungen Männern, die zumeist auf Pferden jagen oder ihre Pferde am Zügel halten. Da die Toten als mehr oder weniger abgemagerte Skelette dargestellt werden, zeigt dieses Thema das Bewusstsein – wir schreiben das 13. Jahrhundert – für den physikalisch-chemischen Zerfall des Körpers nach dem Tod, das weit über die traditionelle, mehr oder weniger moralistische Darstellung des Todes hinausgeht, der auf die Lebenden lauert.[3]

Ein Weißer Wanderer

Die Eröffnungssequenz der Serie wiederholt also das Bildthema der drei Toten und der drei Lebenden einschließlich der Entwicklung der Figuren und der Erzählung. Die Begegnung, die in der Zeitlichkeit (Bewegung und Dauer) des Mediums neu erfunden wird, ist nicht nur grausam, sondern auch verhängnisvoll: Während Will dreimal mit der Leiche konfrontiert wird, sind die beiden anderen eingeschworenen Brüder eher Zielscheiben als Zeugen des Todes.

Man könnte meinen, das Skelettmotiv fehle, weil der Tod als frischer Leichnam oder als undeutlicher Schatten dargestellt wird. In diesem Fall fehlt das Skelett nicht, sondern befindet sich sozusagen am Rand der Darstellung.

Um zu verstehen, wie das Motiv zum Vorschein kommt, müssen wir zum Anfang des Buches zurückkehren, da es die Ereignisse auf eine etwas andere Art und Weise darstellt. Ohne auf die Adaption des literarischen Materials einzugehen – Ellipsen, Verdichtungen, Verschiebungen und andere „Erwägungen der Darstellbarkeit", um Sigmund Freuds Formulierungen zur Traumarbeit abzuwandeln – sind zwei Details der bildlichen Darstellung des Grausamen am Anfang der Erzählung erwähnenswert. Zunächst einmal wird das grauenhafte Schauspiel auf der Lichtung von George R. R. Martin nur als statische Szene erwähnt: Will sah Wildlinge, in ihrem Lager erstarrt, und vermutete, dass sie erfroren waren, was er aber nicht mit Sicherheit sagen konnte. Er entdeckte jedoch keine Blutspuren, sodass es einen großen Unterschied zwischen diesem eingefrorenen Leben und der grausamen Zurschaustellung menschlicher Gliedmaßen in der Filmversion gibt. Im Gegensatz dazu gleicht Weymar Rois' Tod im Buch einem Gemetzel: „Bei der ersten Berührung und mit einem schrillen Schrei, der von Echo zu Echo durch die Dunkelheit der Nacht und des Waldes hallte, brach der Stahl und das lange Schwert zerfiel in tausend kleine Stücke, die wie ein Regen aus Nadeln auseinanderfielen, während Rois vor Schmerz schreiend auf die Knie fiel und die Hände über die Augen schlug. Blut quoll zwischen seinen Fingern hervor. Wie ein Mann traten die Zuschauer vor, als hätte jemand ein Zeichen gegeben. Schwerter hoben sich und stießen herab, all das in tödlicher Stille."[4]

Vor allem aber wird das plötzliche Auftauchen der Angreifer, die von Will im Hintergrund beobachtet werden, mit Begriffen beschrieben, die das Skelett mit der Fahlheit des Vampirs verbinden: „Blasse Gestalten, die durch den Wald schleichen. Im nächsten Augenblick konnte er gerade noch einen bleichen Schatten in der Dunkelheit erkennen. [...] Ein Schatten von sehr hohem Wuchs, der so unheilvoll und hager war wie ein altes Skelett und dessen blutleeres Fleisch eine milchige Blässe hatte."[5]

Während der Prolog der Fernsehserie die Weißen Wanderer als dunkle Schatten erscheinen lässt, bezieht sich ihr Aussehen in späteren Episoden – in denen die Darstellung der ersten Angreifer nachträglich korrigiert oder präzisiert wird – zweifellos auf das Skelett (in Übereinstimmung mit dem Buch). Der Nachtkönig, dem wir später in der Serie begegnen werden (in den Romanen ist er nur eine ferne Legende), trägt kleine Hörner auf dem Schädel und ähnelt den Dämonen, wie sie insbesondere in den Illustrationen der lateinischen Texte der *Ars moriendi* („Die Kunst des guten Sterbens"), einem „illustrierten Büchlein, das wahrscheinlich [...] um 1465 veröffentlicht wurde"[6], zu sehen sind. Wenn die Weißen Wanderer – mit

Während der Prolog der Fernsehserie die Weißen Wanderer als dunkle Schatten erscheinen lässt, verweist ihr Aussehen in späteren Episoden – in denen die Darstellung der ersten Angreifer nachträglich korrigiert oder präzisiert wird – zweifellos auf das Skelett.

Ausnahme des Königs – auftauchen, bildet die pergamentartige Haut eine Anatomie – Knochen, Muskeln, Sehnen und sogar Arterien? –, die nach einer umgekehrten Systematik als die des Häuters sichtbar gemacht wird, da die innere Struktur nicht durch Sezieren, sondern durch eine hypothetische Form der Austrocknung sichtbar gemacht wird.

Noch später, während der Schlacht am gefrorenen See[7], werden einige bedauernswerte Charaktere, darunter Jon Schnee, von Skeletten angegriffen, die seltsamerweise in Lumpen gekleidet sind. Solche Skelette erinnern an die Totentänze im Europa des 15. Jahrhunderts, das gerade die Pest überstanden hat. Gleichzeitig erinnern sie an die sich ruckartig bewegenden Gerippe, die vom Meister der Spezialeffekte Ray Harryhausen (1920–2013) in Don Chaffeys *Jason und die Argonauten* (1963) animiert wurden.

Kurz gesagt, im Prolog der Saga ist das Motiv des Skeletts nur latent vorhanden und wird erst noch entwickelt: Es ist in einem anthropomorphen Schatten statt im festen Fleisch vergraben. Zweifellos ist es das Privileg der zeitgenössischen Künste, auf diese Art und Weise Zeit zu schinden.

Zu den drei Reitern, den Tod bringenden Figuren und den verschiedenen grausigen „Bildern" gesellt sich noch Wills Blick auf der Lichtung, als er nicht nur die Leichen, sondern vielleicht sogar die Leiche (als physisches Objekt) entdeckt. Tatsächlich dürfte der Schrecken der Figur jenseits des fiktionalen Rahmens die „gequälte und dramatische" (um mit Alberto Tenenti zu sprechen[8]) Erkenntnis des unausweichlichen Verfalls des Körpers zum Ausdruck bringen. Diese organische Zersetzung, die mehr oder weniger durch das christliche Szenario der Auferstehung[9] umgangen wird, bestimmt das Zusammenspiel und die Bedeutung der Darstellungen *der drei Toten und der drei Lebenden.*

Dabei muss die enorme Veränderung des Blicks auf den Tod bedacht werden, die sich zwischen Mittelalter und Renaissance in der Ikonografie bemerkbar macht. Auf der einen Seite verkündet die durch den Schädel der Vanitas implizierte Warnung – das aufrichtige *Memento mori* – die kurze Existenz des physischen Körpers im Vergleich zum ewigen Leben des spirituellen Körpers (nach der Wiederauferstehung). In diesem Moment drückt das dargestellte Skelettelement (Totenkopf oder Ähnliches) einen religiösen Glauben aus, in dem der Tod kein Ereignis ist, vor dem man sich fürchten muss. Auf der anderen Seite wird mithilfe der Illustrationen zur Erzählung von *den drei Toten und den drei Lebenden* eine neue Darstellung des Todes entworfen, die weniger abstrakt, beunruhigender und menschlicher ist und sich auf seine greifbaren Aspekte konzentriert: den Leichnam und seine physikalisch-chemische Verwesung. Mit anderen Worten, es handelt sich um eine Vision des Todes, die sich auf die empirische Realität des Körpers konzentriert und gleichzeitig dazu neigt, sich vom Religiösen zu entfernen oder „enttheologisiert" zu werden. Es ist unklar, ob George R. R. Martin solche Vorstellungen aus der Renaissance oder dem Mittelalter aufgreift[10] – im Übrigen ist der Prolog der Serie nicht mit dem der Romansaga zu verwechseln –, doch die Idee einer „enttheologisierten" Sicht auf den Tod ist mit dem von dem Schriftsteller propagierten Atheismus vereinbar. Wie dem auch sei, Wills entsetzter Blick lässt den Moment an der Wende vom 13. zum 14. Jahrhundert wieder aufleben, als sich das menschliche Auge und der menschliche Geist schließlich auf den Leichnam fokussierten.

Wenn die grausige Szene, auf die Wills Blick fällt, mit einer solchen Veränderung der Sensibilität in Verbindung gebracht werden kann – dem anthropologisch entscheidenden Ereignis der Bewusstwerdung des körperlichen Verfalls, den der Tod mit sich bringt –, so ist dies nicht nur auf die mittelalterliche Legende zurückzuführen, die im Prolog als Heimsuchung (wieder) auflebt. In der Tat tauchen in der grausigen Szenerie der Lichtung weitere „Bilderinnerungen" auf, die den Effekt des Auftauchens der Leiche – im stärksten Sinne des Wortes – noch verstärken. Wie bereits erwähnt, bezieht sich dieser dichte Prolog – der Prolog der Fernsehserie – sowohl auf den grausamen heiligen Georg und den Drachen von Vittore Carpaccio als auch auf den zerstückelten Körper, der durch die Praxis der Anatomie und die damit verbundenen Abhandlungen „hergestellt" wird. Nun müssen wir auf die Details dieser Darstellungen eingehen, die an der Schnittstelle zwischen der Kunst (des Malers) und der Wissenschaft (des Arztes) angesiedelt sind.

Die Anatomie Carpaccios: Der heilige Georg tötet den Drachen

Die Anspielung auf das Gemälde, das der italienische Künstler Vittore Carpaccio[11] zwischen 1502 und 1507 für die Scuola di San Giorgio degli Schiavoni in Venedig gemalt hatte – eine alte Zunft, die unter der Schirmherrschaft der Heiligen Georg, Tryphon und Hieronymus stand – ist offensichtlich. Die Fragen gehen sicherlich über die Einleitung der Erzählung und die Frage der Anatomie hinaus.[12] Um den Zusammenhang der Verbindung zwischen auf den ersten Blick unvereinbaren Darstellungen zu verdeutlichen, sei darauf hingewiesen, dass das Gemälde, unter dessen Schirmherrschaft die Serie steht, erstens „ein starkes Gefühl der Nostalgie für das Zeitalter des Rittertums, das nunmehr verschwunden ist", bezeugt, zweitens mehr oder weniger legendäre Figuren (darunter eine fantastische) in den Vordergrund stellt und drittens seine Geschichte an der Schnittstelle zwischen dem (mittleren) Orient und dem Abendland mit realen und fiktiven Architekturen ansiedelt.[13]

Auf der rechten Seite des Gemäldes stößt der heilige Georg in schwarzer Rüstung und auf einem sich aufbäumenden Ross seine Lanze in das Maul eines Drachens, den er später mit seinem Schwert enthaupten wird.[14] Ohne die eingeschworenen Brüder der Saga mit der Figur des heiligen Georg gleichzusetzen – die Identifizierung ohne Berücksichtigung der mit jeder bildlichen (Neu-)Gestaltung verbundenen Veränderungen ist sozusagen die Falle, in die der Ikonologe nicht tappen darf[15] – erinnern wir uns daran, dass die Nachtwache zum Teil nach dem Vorbild der Ritterorden konzipiert ist, also eines Zusammenschlusses von „denen, die kämpfen" und „denen, die beten".[16] Zu diesen mehr oder weniger thematischen Übereinstimmungen zwischen der bildlichen Darstellung und dem Prolog von *Game of Thrones* gesellt sich ein weiterer Aspekt: Die Mehrheit der Objekte, die vor dem Hintergrund einer schneebedeckten Waldlichtung wieder ins Bild gerückt werden, liegt auf dem Boden der ockerfarbenen Felslandschaft, in der der Kampf stattfindet. Vom linken bis zum rechten Rand des Gemäldes ist es eine berüchtigte Ansammlung von Körperteilen: Ein Durcheinander von Gliedmaßen (ein Bein auf einem abgetrennten Kopf, der fast zu einem Skelett reduziert wurde, ein Unterarm, dessen magere Hand in der Erde zu graben scheint), zwei Körper, die am Oberschenkel oder am Oberkörper abgetrennt wurden (ein Mann, eine Frau, mit Geschlechtsteilen oder Brüsten, je nachdem, und Blutspritzer aus der Armarterie des Ersteren) – dazu ein Skelett, das gegen einen Felsen gelehnt ist, verschiedene Schädel von Menschen und Tieren, eine fette Kröte, Schalentiere, schwarze Eidechsen.

Nach Rafael Mandressi ist „der Körper, den das anatomische Wissen konstruiert, in Begriffen der Fragmentierung konzipiert – einzelne Glieder, Abschnitte, Teile oder Segmente, die man isolieren kann oder sogar muss".[17]

Die geschundenen Körper in Carpaccios Gemälde – die die Verfilmung der Saga in ihre eigene Fantasy einfügt, indem sie deren Verteilung im Raum verändert und sie auf den ersten Blick aus der Geschichte des Bildes herauslöst – stammen aus der Zeit des Siegeszugs der Anatomie vom Ende des 15. und des gesamten 16. Jahrhunderts. Obwohl die logische Neuanordnung des Körpers in Vesalius' Abhandlung *(De humani corporis fabrica libri septem)* hier nicht zu finden ist, zeigt die Serie von Fragmenten die Dominanz der anatomischen Bilder. Hier ein Bein, dort ein Unterkiefer, an anderer Stelle ein Torso, alles deutet auf eine Zerstückelung hin, sodass die „Leichenansichten" (um einen Ausdruck von Rafael Mandressi zu verwenden), die das untere Drittel des Gemäldes bevölkern, sowohl vom „Blick des Anatomen" als auch von der Kunst des Malers abhängen. Im Übrigen ist ein solcher Austausch zwischen der medizinischen Wissenschaft und der Kunstwelt wohlbekannt. Um nur einige Beispiele zu nennen: Neben Carpaccio (1465–1525) sind es die Bemühungen eines Leonardo da Vinci (1452–1519) um das Sezieren oder die Beteiligung der Werkstatt von Tizian an der Herstellung des großen Werkes von Vesalius (1514–1564).[18]

Carpaccio, *Der heilige Georg tötet den Drachen*, 1502–1507

Durch die Kombination von Wills halluziniertem Blick – einer der drei Lebenden in unserem Prolog – mit den zerstückelten Körpern der Anatomie verbindet die Schnitttechnik zwei unterschiedliche Bildwelten miteinander: die grausamen Allegorien des späten Mittelalters und die Bilder gehäuteter Menschen aus der Renaissance. Auf diese Weise wiederholt der Prolog auf subtile Weise die Geschichte der künstlerischen Darstellungen in Kombination mit jener der Affekte. Die Idee, die uns diese Verbindung suggeriert, ist folgende: Indem sie diese „neue Beachtung der menschlichen Überreste" fortsetzten, das genaue Aussehen festhielten und darüber hinaus den „Inhalt" des Leichnams enthüllten, führten die Bilder des Anatomen (die nicht auf das Medium der anatomischen Abhandlung beschränkt sind: die Formen bewegen sich) zu dieser grundlegenden Veränderung des Todesbewusstseins gegen Ende des 15. und im Laufe des 16. Jahrhunderts – zusätzlich zu den Totentänzen, den Triumphzügen des Todes und anderen Darstellungen, die im Kielwasser der Erzählung von *den drei Toten und den drei Lebenden* den Einzug des Leichnams „in die Psychologie der Menschen" begünstigt haben könnten.[19]

Das Rad des heiligen Georg

Es wurde die Hypothese aufgestellt, dass die grausame Szene auf der Lichtung, die an das Gemälde *Der heilige Georg tötet den Drachen* von Vittore Carpaccio erinnert, bestimmte Bildmotive – die überall verstreuten Körperteile – hervorhebt, sie aber von der Gesamtgeschichte des Gemäldes loslöst. Aber ist das tatsächlich der Fall? Es gibt zwei Gründe, die für eine solche Darstellung sprechen. Zum einen gibt es in der Serie eine Vielzahl von Drachen, aber keiner erscheint auf der Lichtung. Damit soll jedoch nicht suggeriert werden, dass die Drachen, die später in der Saga auftauchen, in Bezug zum Gemälde stehen: Das Spiel der Bilder konfrontiert den Analytiker immer wieder mit den Effekten der Verschiebung, der Umkehrung und vor allem der vermeintlichen Ähnlichkeiten. So können die Drachen der einen (Daenerys) und des anderen (heiliger Georg) ohne jegliche Beziehung zueinander sein – abgesehen von einer oberflächlichen Ähnlichkeit. Andererseits stehen die eingeschworenen Brüder der Nachtwache zwar in einer gewissen Beziehung zu den Ritterorden der Mönche, aber es wäre falsch, sie mit dem Soldatenheiligen (der römischen Armee) gleichzusetzen, der angeblich den Drachen besiegt hat. Außerdem ist es am Ende des Prologs vielmehr die Nachtwache, die besiegt wird.

Allerdings wurde die Legende des heiligen Georg erst nach mehreren Jahrhunderten um das Drachenmotiv ergänzt, nachdem er ursprünglich nicht als Kämpfer dargestellt worden war: „Im frühen Mittelalter beruhte die Verehrung des heiligen Georg hauptsächlich auf

„Der Körper, den das anatomische Wissen konstruiert, ist in Begriffen der Fragmentierung konzipiert – einzelne Glieder, Abschnitte, Teile oder Segmente, die man isolieren kann oder sogar muss."

seinem Martyrium. Ein besonders schreckliches Martyrium, das der Kampf mit dem Drachen, der später der Legende hinzugefügt wurde, trotz seiner Bedeutung in der Ikonographie nie zu verdrängen vermochte."[20]

Es heißt, dass der Ritter – dessen Legende von Folterungen und mehreren Wiederauferstehungen berichtet – gevierteilt, gehäutet oder „in einen Kessel mit geschmolzenem Blei geworfen" worden sein könnte. An dieser Stelle kommt man nicht umhin, an den Tod von Daenerys' eitlem Bruder Viserys Targaryen zu denken, der von Khal Drogo hingerichtet wurde – dessen Seele sich kurz darauf in einen Drachen zurückverwandelte –, indem er ihm einen Topf mit geschmolzenem Gold über den Kopf goss. In einem Text, der die Verwicklungen der Legende des heiligen Georg und die damit verbundenen ikonografischen Variationen nachzeichnet, betont Georges Didi-Huberman die Qualen des „Großmärtyrers": „Wer in den ältesten Legenden vom heiligen Georg den Archetyp eines siegreichen – heroischen, erbaulichen – Kampfes gegen die dunklen, bösen Kräfte sucht, die durch den Drachen repräsentiert werden, wird schnell von dem erzählerischen Material enttäuscht werden, das in der ersten, östlichen Tradition dieser Legenden enthalten ist. Der heilige Georg beginnt ohne all das, was einige Jahrhunderte später sein Ansehen und sogar seine Bedeutung ausmachen wird. [...] Denn die Legende vom heiligen Georg beginnt – und das ist ihr erstes Paradoxon – mit dem Ende des heiligen Georg. [...] Dieser Tod dauert [...] nicht weniger als sieben Jahre und wiederholt sich in drei Akten, drei aufeinander folgende Tode, die mit dem göttlichen Symbol (die wundersame Auferstehung) versehen sind und auch mit einer extravaganten Übersteigerung des Horrors [...]. Georg wird an eine Folterbank gefesselt, in Stücke gerissen, ‚bis seine Eingeweide auf den Boden fallen', er wird gezwungen, die Füße in Schuhe zu stecken, die mit scharfen Nägeln besetzt sind, und ihm wird mit Hämmern auf den Kopf geschlagen, sodass das Gehirn ‚weiß wie Milch' hervorquillt."[21]

Wenn in Anbetracht dieser früheren Versionen der Legende – die weit von der ritterlichen Version entfernt sind, welche die Bildtradition bevorzugt – der Drache und der kämpfende Heilige im Prolog von *Game of Thrones* nicht vorkommen, so ist doch zu vermuten, dass der Märtyrer auf der Lichtung in einer subtileren – also bildlich ausgefeilteren – Weise als die anderen im vorherigen Abschnitt erwähnten Reminiszenzen auftauchen wird. Von den vielen Misshandlungen, die dem legendären Helden zugefügt wurden, ist eine besonders erwähnenswert: die Hinrichtung durch das Rad.

Die Zerstückelung mit diesem Rad wurde in verschiedenen Werken dargestellt, zum Beispiel in einer Skulptur an einem Fenster der Stiftskirche in Tübingen oder in einem Fresko in der Kapelle Saint-Georges der Kirche Notre-Dame-de-l'Assomption

(Clermont-Ferrand). Der heilige Georg wird manchmal als vollständig dargestellt – wie eine verrenkte Puppe, die auf eine unwahrscheinliche Weise um die Nabe gewickelt ist und deren Gliedmaßen zwischen den Speichen eingeklemmt sind (Tübingen) – und manchmal auch zerteilt, wobei die Körperteile in den Zwischenräumen verteilt sind, die von den Speichen des Rades begrenzt werden, die gelegentlich zu Speeren oder Schwertern umgewandelt werden. In der Kathedrale von Clermont-Ferrand etwa „zerlegt ein Rad mit scharfen Klingen den Körper des Märtyrers, dessen Glieder von den Anwesenden verteilt werden. Ein Engel sammelt sein Haupt ein".[22] Letztendlich ist es verständlich, dass die kreisförmige Komposition aus Körperteilen, auf die Wills Blick fällt – eine markerschütternde Abfolge

Ein Anderer steht wieder auf.

Die Legende des heiligen Georg wurde erst nach mehreren Jahrhunderten um das Drachenmotiv ergänzt.

von Eingeweiden, Köpfen und Gliedmaßen, die von der teuflischen Klinge der Anderen abgetrennt wurden –, an die Folter durch das Rad und sogar an das Martyrium des heiligen Georgs erinnert.

Die Frage *Warum gerade der Heilige Georg?* kann nur hypothetisch beantwortet werden, indem man sich an die Moral der Legende erinnert und sich vorstellt, dass die Saga auf ihre eigene Weise die untrennbar mit ihr verbundene historische und politische Neuausrichtung wieder aufgreifen könnte: „Indem er den Drachen tötet, ermöglicht der heilige Georg die Entstehung der Stadt. In der Tat kann der siegreiche Ausgang eines Kampfes gegen ein wildes und feindliches Wesen nur zu einem zivilisierenden und schützenden Akt führen. Durch seinen Sieg begründet Georg eine Form von *civitas,* einen Ort menschlicher, kultivierter Ordnung [...]. Die Legende verkörpert das ritterliche Ideal, sie inspiriert auch die europäischen Fürsten und Höfe und begleitet schließlich durch die ‚städtische Renaissance' den großen wirtschaftlichen und sozialen Wandel, der Europa am Ende des Mittelalters in die Moderne führt."[23]

Beenden wir nun diese Ausführungen über den fundamentalen Stellenwert der Anfänge für jeden Text (Film, Fernsehen oder Literatur), die das Gedächtnis der Bilder erforschen und gleichzeitig über die Hintergründe der Erzählung – den endlosen Konflikt zwischen Zivilisation und Barbarei – spekulieren. Als Antwort auf die in der Einleitung formulierten Fragen hat unsere Analyse die „Referenzwelten" aufgedeckt, also die ästhetischen, historischen, ideologischen und kulturellen Hintergründe, auf denen die Darstellung – möglicherweise bewusst und beanspruchend, vielleicht aber auch unbeabsichtigt – aufgebaut ist. Diese Entscheidung ist unwichtig, da die Arbeit von Bildern nicht auf die mutmaßlichen Absichten ihrer Schöpfer reduziert werden kann. Genauer gesagt wurden durch die Untersuchung des Prologs in einer Art ästhetischer Archäologie die Ursprünge dessen, was dem Betrachter präsentiert wird, verständlich (sichtbar, zugänglich) gemacht: die grausigen Legenden und Radierungen, die anatomischen Tafeln usw., all diese mehr oder weniger alten Darstellungen, aus denen *Game of Thrones* seine Adaption zusammensetzt. Derartige Ursprünge, wenn sie erst einmal enthüllt sind, führen vor allem dazu, dass die Wahrnehmung der Bilder komplexer wird, und sei es nur durch die Kombination von Epochen – so betrachtet im Wald eine mittelalterliche Märchenfigur Anatomien aus der Renaissance – oder durch die Neuverteilung von Motiven – so verbindet der Geist beispielsweise einen Kreis mit menschlichen Überresten mit einem Rad, das Körper zerschneidet. Letztendlich geht es darum, den Blick zu verändern und sowohl den Leser als auch den Zuschauer dazu zu bringen, nicht nur das zu sehen, was die Serie zeigt, sondern auch die Vorstellungswelt zu betrachten, die das Sichtbare gleichzeitig ergänzt und erhellt.

Anmerkungen

1. Der Autor geht der Frage genauer nach: „Auf welche Referenzwelten beziehen sich diese Praktiken, welche Gewohnheiten fordern sie heraus, wie fügen sie sich in eine kulturelle Dimension ein, die notwendigerweise auch historisch ist?", Rafael Mandressi: Le cru et le cuit. Les visibilités cadavériques de Joel-Peter Witkin et Günther von Hagens, in: Anne Carol und Isabelle Renaudet (Hg.), *La Mort à l'œuvre. Usages et représentations du cadavre dans l'art*, Aix-en-Provence, Presses universitaires de Provence, 2013, S. 57.
2. Derselbe Medizinhistoriker Rafael Mandressi erklärt: „Es handelt sich hier zweifellos um eine anatomische Sichtweise, einen Leichnam, der für die Sezierung vorbereitet wurde." (Rafael Mandressi, *Le Regard de l'anatomiste. Dissections et invention du corps en Occident*, Paris, Seuil, 2003, S. 107).
3. „Die christliche Ikonographie des 12. und 13. Jahrhunderts kennt nur Todessymbole und die literarischen Kompositionen dieser Zeit kommen nicht über abstrakte Gegenständlichkeit hinaus. [...] Aber bereits ein anderes ikonographisches Thema, das scheinbar mit dem Memento mori der christlichen Tradition übereinstimmte, machte das Grausame zu seinem zentralen Anliegen. Es handelt sich um die Legende von den drei Toten und den drei Lebenden, die in der zweiten Hälfte des 13. Jahrhunderts in den italienischen Kirchen auftauchte. [...] Bis etwa 1420 gab es keine oder nur wenige wesentliche Änderungen: Drei junge Personen, oft auf einem Pferd reitend oder dieses am Zügel führend, stehen plötzlich drei Toten gegenüber, von denen mindestens einer unbekleidet und nur noch ein Skelett ist. Im 15. Jahrhundert wurde die Darstellung dieser Toten stark verändert: Man sieht sie nun ohne Kleidung, sie greifen die Lebenden mit den Instrumenten des Totengräbers an [...]. Dieses erste grausige Bild hat eine bestimmte Bedeutung und ist von außergewöhnlicher Wichtigkeit: Es ist die Entdeckung des physischen Zustands des Menschen nach dem Tod." (Alberto Tenenti, *La Vie et la mort à travers l'art du XV e siècle*, Paris, éditions Allia, 2018, S. 10–13).
4. Prolog, Intégrale 1, S. 22–23.
5. Ebd., S. 20.
6. Siehe Anhänge in: Alberto Tenenti, *La Vie et la mort à travers l'art du XV e siècle,* a. a. O., S. 131–154. Das Zitat befindet sich auf S. 78, wo die *Ars moriendi* auch als „ikonographische Kristallisierung des christlichen Todes" erwähnt wird.
7. GoT, Staffel VII, Episode 6.
8. „Doch diese neue Aufmerksamkeit für die sterblichen Überreste des Menschen bezieht sich nicht auf seine Verwandlung nach der endgültigen Auferstehung: Sie richtet die Sinne auf ein Objekt, das an sich keine christliche Bedeutung hat. Es geht also darum, unmittelbar zu sehen, was vom Körper übrig bleibt, und um das Interesse an seinem physischen Schicksal [...]. Die Wahl der Mittel zeigt deutlich, dass der religiöse Impuls der moralischen Forderung weicht: Das rein menschliche Argument der Sterblichkeit tritt hervor und wird sogar für die Christen immer wichtiger. Das Gedicht Die drei Toten und die drei Lebenden, von dem mindestens fünf verschiedene Entwürfe erhalten sind, bestätigt diese Einschätzung. Im Gegensatz zu den Legenden von Wiedergängern zeigt es den Lebenden keine identifizierbaren Erscheinungen, sondern verwesende Leichname oder Skelette." (Alberto Tenenti, *La Vie et la mort à travers l'art du XV e siècle,* a. a. O., S. 13–14, S. 32 für die hier übernommenen Begriffe).
9. Bruno Nassim Aboudrar, „Notes sur une résurrection ratée", in: Barbara Le Maître (Hg.), *La Nuit des morts-vivants. Précis de recomposition,* Lormont, Éditions Le Bord de l'Eau, 2016, S. 109–127.
10. Als mittelalterliche Texte erwähnt George R. R. Martin die Chroniken von Froissart und einige Artus-Erzählungen (wie Thomas Malorys „The Morte of Arthur").
11. Künstler, der „am Ende des 15. Jahrhunderts in Venedig die Faszination illustrierte, die menschliche Überreste ausübten" (Nadeije Laneyrie-Dagen unter Mitarbeit von Jacques Diebold, *L'Invention du corps. La représentation de l'homme du Moyen Âge à la fin du XIXe*, Paris, Flammarion, 2006, S. 215).
12. Carpaccios Gemälde wird insbesondere von Stéphane Rolet erwähnt, der insgesamt die Ansicht vertritt,

dass „im Süden [von Westeros] der Einfluss der italienischen Renaissance des 15. und 16. Jahrhunderts vorherrscht", wohingegen ein italienischer Bezug „so weit oben im Norden einzigartig erscheint". Der Norden bezieht sich eher auf Albrecht Dürers visuelle Welt (Drucke, Zeichnungen oder Aquarelle). Siehe Stéphane Rolet, *Le Trône de fer ou le Pouvoir dans le sang,* Tours, Presses universitaires François Rabelais, 2014 (insbesondere Kapitel 4, „La création d'un univers visuel immédiatement identifiable", S. 67–83), aufrufbar unter: https://books.openedition.org/pufr/8876?lang=frhttps://books.openedition.org/pufr/8876?lang=fr

13. „An beiden Ufern des Sees/Meeres stehen sich eine ideale Selene, die aus realen Elementen wie dem Tor von Kairo und fantastischen Elementen wie dem Minaretttum zusammengesetzt wurde, der wie die exotischsten Architekturen von Cima da Conegliano mit bunten geometrischen Spiegeln verziert ist, und eine wahrscheinlich adriatische Stadt gegenüber, die durch die Kirche San Ciriaco in Ancona identifiziert werden kann, von der andere Reiter herunterkommen, die scheinbar bereit sind, dem Christus-Soldaten beizustehen. Georg repräsentiert daher weiterhin den Archetyp des bewaffneten Militantismus im Dienste des katholischen Glaubens, ein Beispiel, das in einer westlichen Welt, die ständig von außen bedroht wird, immer noch aktuell ist." (Vittore Scarbi, *Carpaccio,* Paris, Liana Levi, 1994, S. 122).
14. „Und als die Menge in der Stadt gelobte, sich zu bekehren, streckte Georg seine Hand aus und durchbohrte mit seinem Speer die Kehle des Ungeheuers und schlug ihm mit seinem Schwert den Kopf ab." (Laurent Busine, L'homme, le dragon et la mort, in: Laurent Busine und Manfred Sellink (Hr.), *La Gloire de saint Georges. L'homme, le dragon et la mort,* Bruxelles, Fonds Mercator, 2015, S. 16)
15. Hubert Damisch gibt den Ton an: „Das, was zählt, ist weniger das, was ein Werk – sei es Kunst oder Philosophie – darstellt oder manifestiert, als das, was es transformiert, und sei es, um den Sinn, die Form oder die Bedeutung zu verändern oder zu pervertieren." (Hubert Damisch, *Le Jugement de Pâris,* Paris, Flammarion, 1997 [1992], S. 140.)
16. Siehe Cédric Delaunay, *Game of Thrones. De l'histoire à la série,* Paris, Nouveau Monde Éditions, 2018 (insbesondere S. 80–85) sowie Florian Besson, Catherine Kikuchi und Cécile Troadec, „Les Moyen Âge de Game of thrones", Cahiers de recherches médiévales et humanistes [Online-Zugriff am 13. Oktober 2020], 28 | 2014. URL: http://journals.openedition.org/crm/13765 (insbesondere S. 489). Hinzu kommt, dass im Vergleich zum historischen europäischen Mittelalter die religiöse Komponente in der Saga deutlich zurückgenommen wird.
17. Rafael Mandressi, „Le cru et le cuit. Les visibilités cadavériques de Joel-Peter Witkin et Günther von Hagens", a. a. 0., S. 63.
18. Zu diesem Punkt siehe neben den oben erwähnten Arbeiten von Rafael Mandressi und Nadeije Laneyrie-Dagen die Einführung von Pierre Huard und Marie-José Imbault-Huard: „Problème iconographique", in: André Vésale. *Iconographie anatomique* (Fabrica, Epitomé, Tabulæ sex), Paris, Roger Dacosta, 1980, S. 31–36.
19. Der Ausdruck stammt von Alberto Tenenti, *La Vie et la mort à travers l'art du XVe siècle,* a. a. O., S. 154.
20. Mieke Parez, „Saint Georges / Variations sur une légende / Mégalomartyr", in: Laurent Busine und Manfred Sellink (Hg.), *La Gloire de saint Georges. L'homme, le dragon et la mort,* a. a. O., S. 71
21. Georges Didi-Huberman, „Celui par qui s'ouvre la terre. Une iconographie à l'épreuve de ses transformations", in: Georges Didi-Huberman, Riccardo Garbetta und Manuela Morgaine (Hg.), *Saint Georges et le dragon. Versions d'une légende,* Paris, Adam Biro, 1994, S. 25–26.
22. Paul Deschamps, „La légende de saint Georges et les combats des croisés dans les peintures murales du Moyen Âge", in: *Monuments et mémoires de la fondation Eugène Piot,* Bd. XLIV, 1950, S. 109–123 (Zitat S. 112). Zur Folter durch das Rad siehe auch: Thomas Brunner, „Le martyre de saint Georges sur la roue", *Revue d'Alsace,* Nr. 144, 2018, S. 367-420. https://doi.org/10.4000/ alsace.3526.
23. Jérôme André, „La ville accomplie", in: *La Gloire de saint Georges. L'homme, le dragon et la mort,* a. a. O., S. 107.

ANHANG

Weiterführende Literatur

Bücher und Artikel

Canard F. und Absalon P., *Les dragons: des monstres au pays des hommes,* Paris, Gallimard, 2006.

Erickson G. M., Zelenitsky D. K., Kay D. I. und Norell M. A., „Dinosaur incubation periods directly determined from growth-line counts in embryonic teeth show reptilian- grade development“, in: *Proceedings of the National Academy of Sciences,* Bd. 113, Nr. 3, 2016, S. 540–545.

Forward J. S., Keeffe R. M. und McLaurin V., *The anthropology of dragons. A global perspective,* Austin, Sentia Publishing, 2019.

Keen H., *The science of Game of Thrones. From the genetics of royal incest to the chemistry of death by molten gold – sifting fact from fantasy in the Seven Kingdoms,* New York, Little, Brown and Compagny, 2016.

Lehoucq R. und Steyer J.-S., „Les dragons, de chair, d'os et de feu“, in: *Pour la Science,* Nr. 489, 2018, S. 86–91.

Lehoucq R., Mangin L. und Steyer J.-S. (Hg.), *Die Wissenschaft von Mittelerde. Wie J. R. R. Tolkien die gräßte Fantasy-Welt aller Zeiten schuf,* Darmstadt, wbg Theiss, 2022.

Paci A. und Soulard T., *Les Mystères du Trône de fer, II. La clarté de l'histoire, les brumes des légendes*, Paris, Editions Pygmalion, 2021.

Simpson W. und Kogge M., *Game of Thrones: The Storyboards, the official archive from Season 1 to Season 7,* San Rafael, Insight Editions, 2019.

Steyer J.-S. und Bénéteau A., *La Terre avant les dinosaures,* Paris, Belin éditeur, 2009.

Steyer J.-S. Und Rafaelian A., *Anatomie comparée des espèces imaginaires, de Chewbacca à Totoro,* Paris, Le Cavalier Bleu, 2019.

Steyer J.-S., „Les espèces disparues, héroïnes du fantastique“, in: *La Recherche,* Nr. 563, 2020, S. 140–145.

Materialien im Internet

Deutschsprachiges Wiki zum *Lied von Eis und Feuer:* https://eisundfeuer.fandom.com/de/wiki/Das_Wiki_von_Eis_und_Feuer

Deutschsprachiges Wiki zum *Game of Thrones:* https://gameofthrones.fandom.com/de/wiki/Game_of_Thrones_Wiki

Englischsprachige Enzyklopädie zu George R. R. Martins Universum: www.westeros.org

Französischsprachige Enzyklopädie zu George R. R. Martins Universum: www.lagardedenuit.com

Game of Thrones: Die bekannte Welt genau erklärt: https://www.youtube.com/watch?v=G6sihBkVLzM

Game of Thrones: Die unbekannte Welt genau erklärt: https://www.youtube.com/watch?v=G9Ir8zmCih4

Zur Vorgeschichte von Westeros; Kinder des Waldes und Erste Menschen: https://www.youtube.com/watch?v=lfPs5scDQBk

Game of Thrones: Die größten Häuser von Westeros: https://www.youtube.com/watch?v=QjktmnGNd04

Über die Autor:innen

Jean-Sébastien Steyer ist Paläontologe am CNRS und am Muséum national d'Histoire naturelle in Paris, Träger zahlreicher Wissenschaftspreise, Autor von etwa 100 Forschungsartikeln und einem Dutzend Publikationen für das breite Publikum. In der Nacht organisiert „Maester Steyer" von der Zitadelle aus Ausgrabungen auf Essos und Sothoryos auf der Suche nach Drachenfossilien.

Jean-Paul Demoule ist Professor für Archäologie an der Universität Paris I und am Institut Universitaire de France sowie der ehemalige Präsident des Inrap (Institut national de recherches archéologiques préventives). Er betreute Ausgrabungen in Frankreich und auf dem Balkan und ist ein Experte auf dem Gebiet des Neolithikums, der Geschichte und der sozialen Rolle der Archäologie und hat etwa 30 Bücher veröffentlicht.

Stephen Giner ist als Konservator im archäologischen Dienst des Departements Var tätig und von Beruf Geomorphologe. Er ist ein Mann der Praxis und führte sowohl archäologische als auch paläontologische Ausgrabungen durch. Außerdem konzipierte er Wechsel- und Dauerausstellungen in verschiedenen Museen im Departement Var und verfasste mehrere populärwissenschaftliche Bücher über Geologie und Paläontologie.

Frédéric Landragin ist Forschungsleiter am CNRS und arbeitet im Labor Lattice (Langues, Textes, Traitements informatiques, Cognition), das der ENS Paris und der Universität Sorbonne Nouvelle angeschlossen ist. Er ist Autor zahlreicher Bücher über Linguistik und künstliche Intelligenz.

Yann Leroux ist Psychologe und passionierter Kulturfreak. Er betreibt einen Blog – „Psy & Geek" –, in dem er seine beiden Leidenschaften miteinander verbindet.

Barbara Le Maître ist Professorin für Filmtheorie und -ästhetik an der Universität Paris Nanterre. Sie ist Autorin von *Entre film et photographie. Essai sur l'empreinte* (PUV, 2004) und *Zombie, une fable anthropologique* (PUPO, 2015) und Mitherausgeberin verschiedener Sammelbände. Ihre aktuelle Forschung befasst sich mit der Schnittstelle zwischen Filmwissenschaft, Kunstgeschichte und Paläoanthropologie.

Dan Lunt ist Professor für Klimatologie an der Universität von Bristol (UK). Er ist verantwortlich für das Projekt zum Vergleich von Klimamodellen (www.deepmip.org) und außerdem Hauptautor der sechsten Bewertung der IPCC (Intergovernmental Panel on Climate Change, dem Zwischenstaatlichen Ausschuss für Klimaänderungen). Er ist Träger des Philip-Leverhulme-Preises und cin Fantasyfan.

Pierre Poveda ist Forschungsingenieur am CNRS und unter anderem der Verfasser einer Doktorarbeit über antike Schiffe.

William Simpson ist ein irischer Künstler. Er hat die *Storyboards* für die Serie *Game of Thrones* und das Design der verschiedenen Waffen in der Serie erstellt.

Die Autoren danken George R. R. Martin für die Inspiration und die Erlaubnis, dieses Buch zu schreiben, sowie der Vereinigung der Maester der Nachtwache (www.lagardedenuit.com) für ihre sachkundigen Ratschläge, bibliografischen Hinweise und das sorgfältige Korrektorat der Originalausgabe.

Jean-Sébastien Steyer, der Herausgeber des Buches, dankt den anderen sieben Mitwirkenden für ihr Vertrauen: Wie die Sieben Königslande haben sie ein Königreich errichtet, das sich in diesem wunderbaren Zauberbuch widerspiegelt. Außerdem dankt er Aurélie Paci für ihre Unterstützung, William Simpson für seine wunderschönen Illustrationen und seinen Enthusiasmus und seiner Familie für ihre Rückendeckung.

Jean-Paul Demoule dankt Sabrina Marlier und David Djaoui für ihre hilfreichen Anregungen, Anne Lesme für die Überlassung ihrer Archive, Vladimir Demoule und Jeanne Demoule für das fruchtbare Lektorat und dem verstorbenen Patrice Pomey für erste Anregungen.

Frédéric Landragin dankt Thierry Soulard für sein inspirierendes Buch über die *Mystères du Trône de Fer* (Band 1). Außerdem dankt er Adam Whitehead für seine online verfügbaren kartografischen Rekonstruktionen und Dominique Defert für seine Einblicke in die Übersetzungsarbeit, die ein so monumentales Werk wie das von George R. R. Martin erfordert.

Dan Lunt dankt natürlich George R. R. Martin für seine Inspiration. Seine Arbeit ist Teil eines größeren Programms mit dem Namen „Pathways to Impact", das vom NERC (Natural Environment Research Council), dem britischen Forschungsrat für Umweltforschung, finanziert wird, wobei seine Analyse der Welt des *Lieds von Eis und Feuer* nicht finanziert wurde. Seine Klimasimulationen wurden vielmehr in seiner Freizeit durchgeführt, wobei er die Rechenanlagen des Advanced Computing Research Centre der Universität Bristol nutzte, www.bris.ac.uk/acrc. Ein besonderer Dank geht an Gilly, die den Großteil der Recherchen in der Bibliothek der Zitadelle übernommen und bei der Erstellung des Klimamodells geholfen hat (leider wollte sie nicht beteiligt werden, da sie kein Buch für Nerds mitverfassen wollte). Vielen Dank auch an CHL und GLF für ihre wertvollen Anmerkungen und ihre Ermutigung, an GJLT für seine Übersetzungen aus dem Dothrakischen und Hochvalyrischen und an alle Follower von @ClimateSamwell für ihre Ermutigung und ihre Retweets.

Die französische Originalausgabe erschien 2021 unter dem Titel *Le Trône de Fer et les Sciences* bei Belin Éditeur/Humensis, Paris.

Diese Ausgabe erscheint gemäß der Vereinbarung mit Belin/Humensis in deutscher Erstübersetzung bei der Wissenschaftlichen Buchgesellschaft, Darmstadt.

Die Deutsche Nationalbibliothek verzeichnet diese Publikation in der Deutschen Nationalbibliografie; detaillierte bibliografische Daten sind im Internet über www.dnb.de abrufbar.

wbg Theiss ist ein Imprint der wbg.

Die Herausgabe des Werkes wurde durch die Vereinsmitglieder der wbg ermöglicht.

Redaktion und Satz: Dr. Rainer Schöttle VerlagsService, Lam
Einbandgestaltung: Vogelsang Design, Aachen
Einbandabbildungen: Illustrationen von William Simpson aus dem Innenteil

Gedruckt auf säurefreiem und alterungsbeständigem Papier
Printed in Europe

Besuchen Sie uns im Internet: www.wbg-wissenverbindet.de

ISBN 978-3-8062-4539-4